西夏死书 5

【死亡大结局】

顾非鱼 著

金城出版社
GOLD WALL PRESS

西夏死书
5

第一章 再上征程

1

晨曦中，老爷吉普车载着唐风一行人在戈壁滩上一路颠簸。他们再次上路，只为寻找那座湮没在沙漠深处的城市。

一如三十多年前马卡罗夫曾经看到过的景象一样，当吉普车向西驶入沙漠没多久，他们的车便开始在一片连绵不绝的沙丘上剧烈地颠簸起来，直到越过一座高大的沙山，吉普车才重重地从沙山上冲下，停在了一片广袤的平地上。

一切都归为平静，没有发动机的轰鸣，没有人，没有动物，也没有风。荒凉的戈壁滩上万籁俱寂，看不到一丝生命的迹象，所有人都有一种异样的感觉——他们似乎来到了另一个星球。

“我们还在地球上吗？”唐风和当年的马卡罗夫一样，发出了感慨。

马卡罗夫怔怔地注视着四周，嘴里喃喃自语：“对！对！就是这里……我又来到了这里！”

韩江手握方向盘，警觉地注视着这里的一切，一言不发。许久，他才看了马卡罗夫一眼，“是继续向西吗？”

马卡罗夫点点头：“对，继续向西，用不了多久就能看见一大片红色的山脉，那里就是野狼谷。”

“坐好！”韩江叮嘱完，便将油门踩到底，继续向西飞驰。韩江盯着前方，眼睛仍然不时地观察着周围的戈壁滩，他在查看地上那些如影随形的车辙印，不知是否还会惊现在这里。唐风和叶莲娜也注视着戈壁滩上的地面。

“那些车辙印会出现在这里吗？”唐风带着一丝忧虑，盯着韩江。

“不会，至少现在还不会，在地堡我们已经重创了他们。”韩江颇有几分自信。

“你就这么自信？要知道，那个可怕的斯捷奇金消失了，我们并没有在地堡发现他的尸体！”

“这很重要吗？就算他一个人跑了，又能怎样？”

“这不同于以往，这里已经离瀚海宓城越来越近了，斯捷奇金也许就在附近，甚至……甚至将军也在这里！”

当唐风提到“将军”这个词时，所有人都不约而同地朝四周张望。周围依旧是一望无垠的戈壁滩，没有任何生命的迹象。韩江轻轻咳了两声：“不管将军会不会出现在这里，至少这里暂时是安全的，你们在地上发现别的车辙印了吗？”

“没有。”唐风微微摇头。

“所以我们要抓紧时间，趁那些黑衣人遭受重创，无力进入野狼谷之时，抢先找到瀚海宓城。”韩江坚定地说。

叶莲娜却忧心忡忡：“我担心那伙人会不会在两头都派了人，我们在这里没有发现他们，不代表他们不会从野狼谷南面进入。”

叶莲娜的话音刚落，梁媛就叫了起来：“不！那绝不可能！叶莲娜，你是没去过那里！那里……太可怕了！可怕的黑尘暴、恐怖的魔鬼城、让人辨不清方向的沙漠，还……还有戴……”

梁媛欲言又止，将到嘴边的话给咽了下去，但是车上所有人都明白了她的意思。

一阵沉默后，唐风开口了：“叶莲娜的担忧是有道理的，不要忘了赵永的死，还有另一条神秘的车辙印。”

当唐风提到赵永时，他分明感觉到韩江那壮实的身体微微晃动了一下，紧接着，他们的车也在荒凉的戈壁滩上轻轻晃动起来。

“即便他们兵分两路，我想他们也很难从南边进入野狼谷。”梁媛不愿相信已经有人进入了野狼谷。

“总之，我们既要加快速度，抢在他们之前找到瀚海宓城，又要做好和那些家伙大战一场的准备。他们一定不会善罢甘休，也许他们离我们很近，很近！”

马卡罗夫的话音刚落，一片雄伟的红色山脉出现在了众人眼前。

2

吉普车驶近红色山脉，山脚下出现了许多大大小小的碎石块。韩江手忙脚乱，不停地扭转方向盘，以避让这些碎石块。但碎石块太过密集，韩江使出全力，也只能避开那些较大的石块，吉普车不断被一些较小的石块颠起。

前方又是接连的几块巨石，像是从附近山梁上滚落下来的。韩江猛打方向盘，绕过一块巨石，可没料到紧接着后面竟同时出现了两块巨石，再想从巨石旁边绕过，已经不可能了。韩江看了一下两块巨石之间的距离，想从两块巨石中间穿过去，但当他驾车冲到近前时，才发现两块巨石之间的空隙根本无法容吉普车通过！

眼看这辆老掉牙的吉普车就要撞上巨石粉身碎骨了，韩江猛踩刹车，终于将车停在了两块巨石前，车前的保险杠已经触到了其中一块巨石上。唐风惊魂未定地嚷嚷："你怎么开的车？"

韩江并不搭理唐风，转脸问马卡罗夫："老马，当年你来这里也是这样吗？"

马卡罗夫点点头："是的，当时就是这样，山下尽是些大大小小的碎石，我记得布尔坚科非常熟练地避开了这些碎石。"

"哦？当时这里的碎石也有这么密集？"韩江有些不敢相信，他自认为驾驶技术无人能及。

马卡罗夫稍作观察后，说："这里的碎石似乎比当年要多一些。"

"我就说嘛！"韩江似乎又找回了自信，"你再好好想想，当年你们的车一直开进了野狼谷吗？"

"没有，但我记得当时布尔坚科一直把车开到了谷口的一块巨石下，再往前，满地都是碎石和尸骨，车很难再继续前行了。"马卡罗夫回忆着。

"那我们离谷口还有多远？"

"还有一段距离呢，看到那块巨石就算是到了。我印象中那块巨石非常大，是你面前这两块巨石的十倍以上，横亘在谷口，非常明显。"

韩江无奈，只得小心翼翼地先向后倒车，然后绕开那两块巨石，这才继续向谷口前行。可是吉普车颠簸了两公里，仍然没有看见马卡罗夫所说的那块堵在谷口的巨石。唐风不禁疑惑起来："老马，我们是不是走错了？"

韩江放慢了车速，马卡罗夫目不转睛地盯着四周的景物。两旁的地势逐步高起，红色的山脊在炽烈的阳光下散发着神秘的气息。

"没错，就是这里，这里应该就是进入野狼谷的路。"马卡罗夫一边回忆，一边喃喃自语。

"可是你说的那块巨石呢？"韩江有些急躁起来。

"巨石？巨石……"马卡罗夫心里同样起疑，突然，他大叫起来，"韩，停车！停车！"

马卡罗夫这一喊，把众人都吓了一跳。韩江不解其意，赶忙停车。马卡罗夫跳下车，疾走几步，来到车旁一块较大的碎石旁。唐风也跟了过来，他看见这是一块极不规则的赭红色碎石。

马卡罗夫端详半晌，并不说话，又来到附近另一块碎石旁，唐风发现这块碎石与刚才那块很是相像。

这时，马卡罗夫伸出手，在碎石上蹭了一点儿石灰，看了看，又闻了闻，然后缓缓站起身来向四周望去。最后，他失望地说："看来还是有人捷足先登了！"

“哦！捷足先登？谁？”唐风不解，追问马卡罗夫。

众人也是一头雾水，都盯着马卡罗夫。叶莲娜倒先开口了：“我似乎闻到了一种不该出现在这里的味道。”

马卡罗夫点点头，这才缓缓地说：“叶莲娜，我想你一定闻到了炸药的味道。”

“是的！”叶莲娜点点头。

“我一直在纳闷，原来堵在谷口的那块巨石跑哪里去了？”马卡罗夫看看韩江和唐风，指着地上那几块碎石接着说，“这就是那块巨石，只不过它已经碎成了数块。”

唐风吃惊地看了看地上的碎石，又看看马卡罗夫：“你的意思是，那……那块巨石已经被人炸成了几块？”

马卡罗夫沉重地点点头。

“是最近炸的吗？”梁媛不敢相信。

马卡罗夫又点了点头，沉默不语。叶莲娜查看了一番，推断说：“应该就是最近被人炸开的，岩石上还残留着一些未充分燃烧的炸药。”

“真不敢相信，刚才还一片死寂的戈壁滩，现在竟然出现了人类活动的痕迹，而且很有可能是我们的老对手！”马卡罗夫摇着头说。

“可一路上并没有发现他们的踪迹啊！”梁媛不解地望着脚下。

唐风也感到奇怪，向前走了几步。突然，地上细细的黄沙表面隐约显出了一条车辙印。车辙印似乎是从另一个方向延伸过来的，在这里稍作停留后，便一路向峡谷深处延伸下去。

3

唐风的后背升起一丝凉意，被炸碎的巨石和地面上越来越清晰的车辙印，将他的思绪又拉回了现实。

“想不到那些家伙如此强大，在遭遇重创后，竟然这么快就恢复过来了。”韩江也不禁唏嘘。

“看来他们的目标与我们是一致的。”唐风说出了自己的判断。

“这说明他们也已经掌握了玉插屏背后的地图，并且看明白了那张地图。”韩江突然说。

韩江的话让大家一惊，梁媛不禁失声叫了出来：“如果真是那样的话，可就太可怕了！”

韩江转身看着梁媛：“所以留给我们的时间已经不多了。”

马卡罗夫紧锁眉头，深邃的眼睛望着山谷。那条车辙印一路延伸下去，似乎已经驶进了野狼谷。“可是……可是野狼谷车是开不进去的啊？”马卡罗夫喃喃自语，脚不自觉地向前走去。突然，“咔嚓”一声清脆的声响，将他的思绪拉回到了脚下。马卡罗夫缓缓地弯下腰，轻轻拂去脚下细密的黄沙，从沙土中拾起一块像石子一样的东西，仔细端详起来。

唐风凑到马卡罗夫身旁：“这是什么？”

“骨头！”马卡罗夫的声音异常镇定。

唐风却是一惊，“骨头？”他俯下身，拂去整片黄沙，一条已经断裂成数截的肋骨出现在他的脚下。这是一段人的肋骨，因为被风沙长久地侵蚀，这截肋骨已经从白色变成了枯黄的颜色。

“没错，这……这里就是当初我来过的野狼谷，谷口就在前方！我……我永远不会忘记这里……那些堆积如山的尸骨和奇异的图腾，还有……还有 A711209 号学员狰狞的面孔。”马卡罗夫若有所思。

众人围拢过来。叶莲娜迅速做出判断：“这截骨头至少已有几百年的历史，应该是刚刚被车碾压，因此断裂成数截。”

“那些人应该还没走远！”韩江说。

“那我们还犹豫什么，快追！”梁媛大声叫道。

返回车上，马卡罗夫叮嘱大家：“大家一定要小心，再往前走，你们会看到令你们终身难忘的恐怖景象。”大家的脑海里都浮现出了马卡罗夫曾经叙述过的可怕的情景。马卡罗夫接着叮嘱，“还有，当年我和布尔坚科是从这里步行进入山谷的，而现在看来有车一直开了进去，我担心……”马卡罗夫没有说完，但大家心里都已明白了他的担忧。

韩江缓缓发动吉普车，小心翼翼地向山谷内进发。吉普车不停地被地面的碎石和零星的骨头颠起，车轮碾碎骨头的声响令每个人心悸。

唐风发现前面的山谷逐渐模糊起来，看不见前方的情形。当韩江驾车转过一个弯时，他突然发现前面的沙地变得湿润，那道神秘的车辙印醒目地出现在湿润的沙地上：“看来这里原来是条河。”

没有人搭话，因为马卡罗夫的脸色越发阴沉。唐风知道那个可怕的地方就要出现了。果然，地上的尸骨越来越多，有人类的，也有牛羊等动物的。似乎是怕惊扰了这些沉睡的灵魂，韩江熟练地绕过地面上一些仍然完整的尸骨，最后将车停在了一堵由层层尸骨堆砌而成的骨墙前——这堵墙硬生生地挡住了他们的去路。

4

唐风之前虽然已经见过了千户镇的干尸和京观，但还是被眼前的这一幕震撼了。不过更让他震惊的是，这堵高大的骨墙中间，竟然被打开了一条通道。通道的宽度看上去只能容一辆车通过，而地面上的那道车辙印就从这条累累白骨中开出的通道延伸过去。

“不，这……这是怎么回事？”马卡罗夫比其他人都要震惊。他预想过那伙人会出现在这里，因此在驶进谷口时他就拔出了枪，可是眼前的景象却是他无论如何都没有想到的。

“老马，当年你们就走到过这里吗？没听你说起过这条通道啊？”唐风率先问马卡罗夫。

马卡罗夫不住地摇着头，仍然不敢相信眼前的景象：“不，当年这里被累累白骨堆满，根本无法通行，更没有这条通道。”

众人又沉默下来。大家都拔出枪，下了车，踩着地上的碎骨，走到骨墙近前。唐风随手拾起了一个羊头骨，正如马卡罗夫提到过的那样，他在羊头骨的正中心发现了那个神秘的符号——一只雄鹰立在一头狼的身上。唐风的身子微微颤了一下，又在另一个牛头骨上发现了同样的符号。这个奇怪的暗红色符号，难道真的是某个古老部落的图腾？

唐风忽然想到马卡罗夫曾经提到过的那个岩壁上的图腾，于是他抬头，在两侧的崖壁上搜寻。唐风发现马卡罗夫正盯着右侧的红色崖壁，顺着马卡罗夫的目光，他发现在红色的岩壁上，有一幅用一种奇怪的白色颜料绘制的巨大图案，那个熟悉而又陌生的图案。此刻，那巨大的白色图案在正午的阳光下泛着奇异的光芒，一如当年绘制时一样，夺人心魄。

“有什么新的发现吗？”唐风轻声问马卡罗夫。

马卡罗夫摇摇头：“没有。”忽然，马卡罗夫又将视线转到了面前这条被打开的通道，“除了这里——这条可怕的通道，其他的似乎都与当年一样。”

这时，韩江和叶莲娜从通道那边走了过来。韩江扔掉手里的半截骨头，“我们仔细勘察了一番，这条通道是用炸药炸出来的。”

“用炸药炸出来的？”唐风感到不可思议。

马卡罗夫却点点头，“看来韩江你的判断是对的，这些人一定看明白了那幅古地图，所以花了大力气，在这里炸开了一条通道。”

“你们不要这么严肃嘛！我看这对我们来说也是一件好事，我们不也正好可以通过这条炸开来的通道进入野狼谷吗？”梁媛忽闪着大眼睛看着众人。

马卡罗夫点点头：“对，我们也从这条通道进入野狼谷。”

大家重新上车，唐风有些迟疑。韩江喊他上车，唐风却犹豫地看着马卡罗夫：“老马，你不是对我们说过野狼谷中异常凶险吗？你还曾遭遇过奇怪的雾气，怎么今天……”

“是的，野狼谷中异常凶险，这些骨头不过是冰山一角，所以我们都要加上十二分的小心。当年那突然而至的雾气确实诡异，我至今也无法解释，不过我想这里这么干燥，应该不会经常有雾气升起吧！”

“老马，你这话可是自相矛盾，刚说要加十二分小心，又抱起了侥幸心理！”唐风戏谑道。

马卡罗夫刚想说什么，韩江打断了他，告诫众人：“不要有丝毫的侥幸心理，大家都听老马的前面半句，加上十二分的小心。”

说着，韩江将车先缓缓地向后倒退，然后突然猛加速，一头冲进了那条恐怖的白骨通道。

唐风不敢去看从身旁呼啸而过的累累白骨，但车的震动还是不断把两旁的骸骨震落进车窗，掉落在他们身上，惹得梁媛发出一阵阵尖叫。

一个人的头骨重重地砸在唐风身上，极力克制的唐风终于无法忍受，也叫了起来。他的叫声一直持续了2分36秒，当他发现韩江已经把车停下，大家都在看着他时，这才不好意思地停止了叫喊。

“你现在可真脆弱！”韩江冷笑了两声，盯着唐风。

唐风想反驳两句，可是他张了张嘴，又把话咽了下去，因为唐风发现他们已经驶出了那条狭长的通道。回过头去看那些堆积如山的白骨，依然令人毛骨悚然，唐风赶忙将掉落在自己怀中的那个头骨扔出车外。

“这也是一座京观吗？”韩江盯着白骨堆问唐风。

“现在还不好说，不过可以肯定，当年这里一定发生过一场激烈的战争，准确地说，是蒙古大军与瀚海宓城党项人的搏杀。”唐风答非所问。

“不要关心这些尸骨了，还是研究一下这条车辙印吧，这才是我们现实的威胁！”叶莲娜提醒众人。

唐风和韩江这才将目光重新转到地面上的车辙印上来。他们发现那条车辙印也通过了狭长的通道，并一直沿着山谷向前延伸，所过之处，地面皆留下了无数被碾碎的尸骨。

“这一定是辆豪车，把这些骨头都碾成了粉末。刚才通过这段通道时，我就怕咱们这老爷车被地上的骨头戳破轮胎，那咱们就完蛋了！”

韩江盯着地面上的车辙印看了半天，最后冒出来这么一句，把叶莲娜噎得无语。憋了半天，叶莲娜才说：“你放心，我找的车，肯定没问题。”

“你们发现没有，这里的地面愈发潮湿。我敢肯定，这里的地下水位很高，向下挖，用不了几下就能挖出水来！”唐风认真地说。

叶莲娜点点头：“可惜韩江这个猪脑袋愣是没看出来。”

“谁说我没有看出来呀，这不正可以解释老马当年遭遇的雾气吗？”韩江颇有些不服。

“雾气？韩江，你想到了什么？”马卡罗夫追问。

“你当年遭遇的雾气，足以说明野狼谷中气候多变，异常诡异。从外面看，茫茫的戈壁沙漠十分干燥，可是进入这条山谷后，就会发现地面有水的痕迹，而且越往里去，地面越湿润。我敢肯定，野狼谷深处绝对是一个湿润的地方，甚至还会有河流或是水泡子出现。”

唐风像是想起了什么，打断韩江的话，“死亡绿洲！”

“死亡绿洲？”大家的思绪又回到了史蒂芬临死前的描述。

“是的，按照史蒂芬临死前的说法，马昌国他们曾经到达过死亡绿洲。再结合玉插屏背后瀚海宓城所在的那块深绿色区域，我们可以认定，瀚海宓城应该在一片绿洲中，这说明当年野狼谷内一定是另一番生机勃勃的景象。之前我一直认为因为气候恶化，那片绿洲很可能已经消失变成了荒漠。不过现在看来，那里可能还有绿洲，即便绿洲不在了，那里也应该是一片有水的湿润地。”

大家点点头，思绪都飞到了那片神秘的绿洲，也许出现在他们眼前的潮湿沙土就是受到了绿洲流淌出的水源的滋润！

“我们如果继续往前走，不会突然遇到一条大河吧？”梁媛紧张兮兮地盯着前方看不见尽头的幽深山谷。

“也许会，但现在已经有人走在了我们前面，所以我们不用担心，只需跟着车辙印前进就行。”韩江再次发动吉普车，缓缓地向山谷深处驶去。

5

越往山谷深处前行，地面的尸骨越少，最后竟完全消失了。但是唐风注意到，两侧的山脉愈来愈高大，山谷也越来越狭窄，最后他们完全被高大山峰投下的阴影所覆盖，进入了阴暗的山谷深处。

唐风仰头望去，只有头顶的一道缝隙可以看到日光，证明此刻仍然是白天。唐风没有想到这里的地形变化竟是如此剧烈，若此时有伏兵在两侧的山上，他们必死无疑！想到这儿，唐风的心悬了起来。他也有些明白，为何当年蒙古铁骑难以征服瀚海宓城里那些桀骜不驯的党项人了，易守难攻的地形当年一定帮了党项人的大忙。

地面的细沙逐渐变成了泥泞的沟壑，山谷里愈发潮湿。韩江驾驶着吉普车在这些沟壑中艰难地前行，幸亏这老爷车还算皮实，没有陷在这暗无天日的山谷深处。

“这该死的地方，还要多久才能开出这里！”韩江咒骂起来，但没有人回答他，因为没人知道这条狭长的山谷还有多长。

唐风盯着前方的那条车辙印。车辙印依然向前方延伸，说明那些家伙安全通过了这里，所以现在还不用太担心危险的降临。唐风把心稍稍放在了肚子里。

果然，他们并没有遭到什么伏击，头顶也没有碎石落下。大约半个小时后，吉普车终于载着他们走出了这条狭长的山谷。前面豁然开朗，又恢复到了一开始进入山谷时的模样，两侧山脉忽地矮了下去，也不再陡峭，变得平缓宽阔。

大家长舒了一口气，来不及休息，继续向前赶路。宽阔的山谷，没有了那些恐怖的尸骨，也没有了潮湿泥泞的沟壑，一条坦途直通前方。韩江加快车速，追寻着前方的车辙印继续前进。不多会儿，唐风发现山谷越来越宽阔，而两侧的山脉则变得低矮如小土丘一般，但就在宽阔的前方出现了一座座造型各异的土丘，犹如一座座诡异的城堡。难道又来到了一座魔鬼城？

不容唐风多想，吉普车便一头扎进了这片神奇的土丘，大大小小的土丘形态各异，一眼不见尽头。唐风突然大喊："停车！"

大家都被唐风的大声叫喊吓了一跳。韩江赶忙停下车，厉声问："干吗？你发现了什么？"

"戴面具的女子……"唐风喃喃自语。

"什么？在哪里？"所有人都惊叫起来。韩江和梁媛的反应尤为激烈，因为那个戴面具的女人留给他们的印象太深刻了。

可是，众人四下张望了半天，除了大大小小的土丘，没看见什么戴面具的女人。

"妈的，你紧张过度产生幻觉了吧？"韩江开口训斥唐风。

唐风这时才缓缓摇了摇头："不，她不在这里。"

"所以我说你产生了幻觉！"韩江怒吼。

"你不觉得这里很像……"

唐风的话没说完，梁媛就接茬道："这里很像我们在月儿泉西北方发现的那座魔鬼城！"

"是的，几乎一模一样！"唐风点头，"其实这也是一片雅丹地貌，所以刚才当我们驶进这里时，我忽然产生了一种奇怪的感觉，以为我们又来到了月儿泉附近的那座魔鬼城！"

"可是这里并没有那个戴面具的女人，你不要一惊一乍的！"韩江也在观察四周的环境。

"条件反射，我真怕那个女人再跑出来吓人！"

"这里会不会就是你们在野狼谷南边进入的那片雅丹地貌呢？"叶莲娜问韩江。

韩江观察许久，摇了摇头："虽然很像，但仔细观察，和那里还是不太一样。"

唐风也附和："是的，我刚才也在想这个问题。我们之前已经从古地图上推断出，月儿泉就在野狼谷的南面，所以刚才我一度怀疑我们是不是已经走出野狼谷，又回到了南线的那片雅丹地貌。但我静下来仔细回忆了古地图，再结合我们已经掌握的一些资料，可以推断出野狼谷绝不会就这么短，也不仅仅是一条山谷。"

马卡罗夫接过唐风的话："是的。当初布尔坚科就对我说过，老牧民曾向他说起，所谓野狼谷其实并不是一条山谷，而是由众多地形各异的气候多变的大小山谷组成的，应该是很大的一片，绝不会就是这么短短的一条山谷。"

"所以我们有理由相信，刚才所走过的只是野狼谷众多山谷中的一条，我们绝不会已经走出了野狼谷，回到南线的那片雅丹地貌。"唐风进一步推断。

"也就是说，在这里——北线——也有一片雅丹地貌？"叶莲娜狐疑地扭转过头，观察着四周。

唐风点点头："现在看来，就是这样。"

"雅丹地区都是风口，那么我们很可能会在这里遭遇尘暴了？"叶莲娜忧心忡忡地问。

叶莲娜的话让唐风、韩江和梁媛的心情一下子降到了谷底，他们无论如何也不愿意再遭遇一次可怕的黑尘暴。

"那我们必须赶紧离开这里！可是……可是我们下一步该往哪里走呢？"梁媛不知所措地看着唐风。

唐风看看韩江，韩江拍了拍方向盘："你们啰里啰唆的，有什么好担心的！那条车辙印还在，我们只需要跟着他们就不会有事！"

果然，唐风看见那条一直伴随他们的车辙印仍然在他们车前蜿蜒前行，似乎并没有遭遇什么意外，他的心稍稍定了定。

韩江驾车，顺着车辙印继续向前驶去。

第二章 喷雾山谷

1

地势逐渐高起，唐风感到有些奇怪，雅丹地貌怎么会突然高了起来？但他们的老爷吉普车确实在吃力地爬坡。当吉普车载着他们终于爬到坡顶时，唐风看清前面是一个下坡。在这条坡上，不规则地伫立着几座外形奇特的土丘。

韩江熟练地驾车绕过这些土丘，一路猛冲下坡。就在他绕过一座巨大的土丘时，突然从土丘后面闪出一个黑漆漆的东西来。韩江赶忙猛踩刹车，在松软的坡道上划出一道深深的刹车印，这才将车停了下来。

众人都是一惊，待车停下来，仔细观瞧才发现，土丘后面那黑漆漆的东西居然是一辆被烧毁的汽车。

韩江和叶莲娜警觉地拔出枪，慢慢逼近那辆已经被烧成空壳的越野车。空气中还弥漫着刺鼻的味道。唐风看出那是一辆悍马，难道这就是那辆在他们前面进入野狼谷的车？他的脑海中迅速闪过了许多画面——进入沙漠后一直如影随形的神秘车辙印、蒙古小镇上的黑色悍马、抢在他们之前进入野狼谷的车……此刻，这辆“不可一世”的悍马又为何成了一架被烧焦的空壳？

就在唐风胡思乱想的时候，韩江和叶莲娜已经初步检查了这辆车。韩江收起手枪，叉着腰，注视着这辆被烧成空壳的悍马：“最新款的悍马，从被烧毁的车身判断，大火刚刚熄灭，没有发现尸体。”

“就这些吗？”唐风反问。

“当然不止这些！”叶莲娜替韩江回答道，“这真是个令人费解的现场，首先让我感兴趣的是，这辆车是否就是在我们之前进入野狼谷的那辆车。我将被烧毁的轮胎残骸与地上的车辙印作了对比，完全吻合，而那条从谷口一直出现的车辙印也在这里戛然而止了。因此，完全可以确定这辆被烧毁的悍马就是那辆在我们之前进入野狼谷的车。”

“关于这辆车的身份，有一个问题，叶莲娜，你还记得那辆出现在蒙古小镇上的黑色悍马吗？”唐风提醒叶莲娜。

叶莲娜点点头：“当然记得，虽然它只是在小镇上呼啸而过。怎么，你怀疑那辆悍马就是面前这辆？”

“很有可能。我记得出现在小镇上的那辆悍马呼啸而过朝南驶去，那不正是前进基地和野狼谷的方向吗？”

“不排除这种可能，但当时那辆车只是呼啸而过，我们都没有记下更多的细节，所以很难断定那辆悍马是否就是我们面前这辆车。”叶莲娜严谨地说。

“除了车的身份，你还想到了什么？”韩江问叶莲娜。

叶莲娜指了指空空如也的车壳：“还有，车上的人哪儿去了？现场没有发现一具尸体，说明车上的人都成功逃生，即便有人受伤或被烧死，也被其他人处理了。我仔细查看了车周围的脚印……”

唐风的目光正好落在地面上，车身周围尽是凌乱的脚印，唐风推断：“这说明悍马是突然间着火的，所以车上的人仓促奔逃，才造成如此凌乱的脚印。只是……只是一时看不出这是几个人的脚印。”

“五个人的！”叶莲娜的语气执着而坚定。

“他们也是五个人？”唐风将信将疑地盯着叶莲娜。

叶莲娜俯下身，指着地上凌乱的脚印：“虽然这些脚印凌乱难辨，但还是可以分辨出来，车上原来一共坐着五个人。车失火后，五个人都下了车，但是却奔向了不同的方向。”

“不同的方向？”唐风这才注意到车身周围果然出现了不同轨迹的脚印。

“应该有两人向东面的土丘奔逃，而另有两个人的脚印向西面的土丘奔逃，还有一个人的脚步很凌乱，一个人向南，也就是向土坡下面奔去。”说着，叶莲娜指了指一串向坡下延伸的凌乱的脚印。

韩江也勘查了一圈，最后将注意力放在了这串向坡下延伸的脚印上：“这串脚印明显比其他几人的脚印凌乱，显得慌不择路，独自向坡下奔去。更重要的是，这个人的脚步跌跌撞撞，所以我判断这人应该是负了伤。”

听了韩江的推断，叶莲娜点头表示赞同，唐风却说：“现在说那人负伤为时尚早，地上没有留下血迹。”

这时，韩江发现马卡罗夫一直沉默不语，似乎是陷入了沉思：“老马，你在想什么呢？”

韩江这一问，才将马卡罗夫从沉思中拽了出来，马卡罗夫轻轻地摇了摇头：“这确实很奇怪，但我更感兴趣的是这辆悍马是如何烧起来的！刚才你们说了脚印，那我也来说说这些脚印。这些脚印非常凌乱，显然说明这辆悍马是突然起火的，而且火势很猛，以至于车上的人根本来不及反应，只得放弃车辆，仓皇奔逃。”

叶莲娜点点头：“从车身被烧毁的程度也能看出来，当时火势非常大。这真是奇怪，悍马为什么会突然起火呢？”

众人陷入了短暂的沉默。突然，梁媛又惊叫起来：“会不会，会不会是……”

话到嘴边，梁媛却不敢说出来。唐风接过话茬：“你是想说那个戴面具的女人又出现了？”

“除此之外，还有什么力量能让悍马突然间起火？”梁媛瞪大眼睛，惊恐地望着唐风。

“不要危言耸听了，黑石附近是因为戈壁滩上有天然沥青和硫磺才起火的。这里有吗？这……”韩江话说了一半，突然没了声音，因为他又嗅到了那股熟悉的天然沥青的味道。

唐风和其他人也都嗅到了天然沥青的味道，梁媛却还不肯罢休：“可是天然沥青是怎么突然燃烧起来的？你也是亲眼看到过那个戴面具的女子的！”

韩江并不分辩，因为他不知道该如何解释这一切。他又绕着已被烧成空壳的悍马走了一圈，然后厉声催促：“是非之地，不可久留！快，大家快上车，我们先离开这里再说。”

唐风听出了韩江话中有话：“你是担心我们的车也会烧起来，还是害怕那个戴面具的女人出现？”

“不管怎样，都要先离开这鬼地方！”

“可我们该往哪里去？一直引导我们的车辙印可没了！”唐风提醒韩江。

韩江坐回驾驶室，握着方向盘，略作思考后说：“继续向前，顺着这个向坡下奔去的脚印走。如果这个人真的受伤了，应该走不远，说不定我们能找到他！”

大家沉默下来，谁也没有更好的主意。韩江见无人反对，便一踩油门，顺着那凌乱的脚步向坡下冲去。

2

不知怎的，不好的感觉在韩江心里升起。急于摆脱危险境地的韩江不顾下坡，依然加速，老爷吉普车好似飞了一样冲下土坡。

唐风只觉得两旁那些奇形怪状的土丘更显狰狞。突然，唐风嗅到了一股刺鼻的沥青和硫磺味，紧接着就闻到了焦煳味，随后是梁媛的尖叫：“烧起来了，烧起来了！快停车！”

韩江忙踩刹车，可他把刹车踩到底了，吉普车仍然飞快地朝坡下飞奔，而车前面的引擎盖里不停地冒着白烟。后来，刹车干脆彻底失灵。前方是几个巨大的土丘。韩江终于喊出了逃生的命令："跳车！快跳车！"

幸亏这里的地势已经缓了下来，叶莲娜和马卡罗夫先后跳下了车。梁媛不敢跳，唐风抱着梁媛，犹豫再三，最后被韩江猛地一推，才跳下了车。

韩江见大家已经跳下车，正要跳车，只见前方赫然出现一座巨大的土丘，已经来不及避让。就在吉普车撞上土丘的瞬间，韩江才从驾驶座上跃了出来，紧接着就是一声沉闷的爆炸，顿时，吉普车燃起熊熊大火，瞬间变成了一堆废铁。

"韩！"叶莲娜大叫起来，并奔向还在燃烧的吉普车。叶莲娜跑到近前，才看到韩江步履蹒跚地从黑烟中走出来，两人紧紧相拥在一起。但是，还没等他俩享受劫后余生的欣喜，一团浓浓的雾气就从山谷深处袭来。韩江和叶莲娜吃惊地望着这诡异的大雾，唐风本能地拽住了梁媛的手，马卡罗夫则惊恐地瞪大了眼睛，仿佛又回到了三十多年前的那一幕……

雾气迅速包围了他们，并继续向山坡上袭去。

"好奇怪的大雾！"唐风喃喃自语，刚说完，便发觉已经看不见韩江和叶莲娜的身影了。

"韩江！"唐风向着他认为的韩江所在的方向大喊。

可是没有回音，四周尽是厚厚的雾气。唐风死死抓住了梁媛，生怕梁媛也消失在浓雾中。这时，不远处传来了马卡罗夫苍老的呼喊声："叶莲娜！叶莲娜！"

没有听到叶莲娜的回声，马卡罗夫的呼喊也渐渐微弱下去。唐风看不到马卡罗夫的身影，但他通过声音判断马卡罗夫应该就在附近，于是大声喊道："老马，我们在这儿！"

马卡罗夫显然也听见了唐风的声音："唐风，不要动！我来找你们！"

雾气越来越大，越来越浓，都辨不清周围两三米之内的景物。唐风不敢轻举妄动，紧紧拽着梁媛，站在原地等待马卡罗夫的出现。可是时间一分一秒过去了，马卡罗夫还没有出现，唐风的心揪了起来。他刚想呼喊，一阵阴风此时吹过，卷起黄沙，唐风只得紧闭双眼和嘴巴。

风逐渐大了起来，丝毫没有要停下的意思。难道又是一次黑尘暴？唐风胡思乱想着，双脚已经站立不稳，本能地想躲到附近的一座土丘后面，可是他根本无法辨出那个土丘的方位，只能根据原有的印象大致推断。

3

唐风拉着梁媛向想象中的土丘跑去，几分钟后，土丘没有找到，风沙却越来越猛烈。唐风感到自己的身体似乎已经不属于自己，狂风只需要再猛烈一点，就能把他整个给卷到空中。自己尚且如此，单薄的梁媛肯定更无法支持……想到这儿，唐风使劲拉了一把梁媛，没想到自己脚底一滑，竟摔倒在土坡上。唐风力大，带着梁媛一起滑倒，两人便顺着土坡一路滚了下去。

两人滚到平缓处，尘暴丝毫没有停下来的意思，雾气依旧浓浓地笼罩着周围的一切。唐风顾不得身上的疼痛，拉着梁媛爬起来又继续向未知的方向狂奔。唐风中间停下来几次，呼喊韩江和马卡罗夫的名字，却没有一丝回音。

也不知道过了多长时间，唐风和梁媛在浓雾中翻过几座山丘后，似乎登上了一座高山。“我们应该已经离开了那片雅丹地貌！”唐风喘着粗气冲梁媛喊。

梁媛抽噎道：“可这是哪里？雾气还不散去！”

“我们好像爬上了一座山……”唐风在浓浓的雾气中说。

“完了，我们迷路了，永远走不出去了……”梁媛哭出了声。

“不！咱们能走出去！我们刚才是从山脊这边爬上来的，现在我们就从另一侧爬下去。”唐风已经分不清方向。

“你知道这一侧山下会有什么等着我们？”

“会有什么？”

“反正都是让人害怕的东西！”梁媛害怕地望着被浓雾笼罩的山坡。

“也许我们下去，雾就散了！”唐风安慰梁媛。

事到如今，梁媛也没有更好的主意，只好跟着唐风走。两人开始从山脊另一侧向山下走去。唐风注意到山脊上的沙土十分干燥，而越往山下走，沙土越发湿润。浓浓的雾气依然没有散去，虽然这座沙土山上没有一棵树，但唐风仍然无法看清楚山下的情形。

“这……这沙土越来越潮湿，下面不会是一条大河吧？”梁媛担忧地问。

“沙漠中的大河？”唐风喃喃自语，思索着这个不切实际的答案。

“或者……或者又是一个海子！”

“海子！”唐风听了梁媛这个猜测，点了点头，“脚下小心，这山下确实很有可能是一个海子，千万不要滑下去！”

两人小心翼翼地下到山下，地势比刚才要平缓了许多，但是雾气非但没有散去，反倒更加浓厚。

突然，唐风停住了脚步，怔怔地站在潮湿的沙地上，侧耳倾听。“哗，哗，哗……”他听到了一个让他难以置信的声音。唐风越听，眼睛瞪得越大。梁媛也听到了这个声音，惊得张大了嘴，过了好一会儿才惊叫：“水声，是水声！”

唐风点点头：“而且还是很大的水声，我……我真不敢相信。”

“有什么不敢相信的，我早就推测出山下可能是一个海子。”梁媛的言语中颇有几分得意。

“海子？我们之前见到的海子的水面都是平静如镜，什么时候有这么大的水声？”唐风这一问，把梁媛噎得无话可说。

“是啊！这水声像……像……”梁媛憋了半天，始终没有把那个不可思议的猜测说出口。

雾气久久不散，唐风拉着梁媛，每一步都异常小心地向着水声的方向挪动。没过多久，他们来到了水边。

4

唐风无法看清浓雾后面的世界，他俯下身查看面前的水，水质清澈。但让唐风感到惊诧的并不是水质，而是这里的水竟是流动的，就像在海岸边一样。水不停地向岸边涌动，很快就淹没了唐风的鞋面，惊得唐风赶忙向后退。可是水并没有继续向前涌动，过了一会儿，水又退了回去。

唐风轻轻松了一口气，叹道：“我现在有一种恍若隔世的感觉。”

“是啊！我们这是在沙漠中，还是在海边？”梁媛也感到惊奇。

“这也不奇怪，你听说过居延海吧？”唐风反问梁媛。

梁媛想了想：“好像有些印象。我记得史书上有记载，巴丹吉林沙漠在汉代的时候是一个水草丰美的大湖，被称为‘居延海’。后来环境恶化，水面越来越小，最后完全成了一片戈壁滩。”

唐风点点头：“是这样，所以巴丹吉林沙漠与其他沙漠不同，居延海消失后，巴丹吉林沙漠里留下了许多大大小小的海子。”

“我们之前遇到的海子水面都不大，所以也都很平静，泛不起一丝涟漪。”

“也许我们遇到了一个比较大的海子。”唐风推测说。

“比较大的海子？能有多大？”梁媛好奇地看着脚下的水面。这时，水又向他们站立的岸边涌淌过来，并伴随着哗哗的水声。

“不好说，或许我们离那片传说中的绿洲已经很近了。”

“死亡绿洲？那这里一定很危险。”

“雾气还是不散，我们什么都看不清，也许危险就在我们身旁。”

“啊！你不要吓我！”梁媛瞪着一双惊恐的眼睛，似乎想要看透这浓浓的雾气。

“也许……也许……这只是个普通的海子……”唐风似乎想到了什么，“我忽然明白了！”

“明白什么？”

“这浓浓的雾气！沙漠戈壁本该是极其干燥的地方，可野狼谷里为什么有这么大的雾？”

“你是说这些海子？”梁媛将信将疑地看着唐风。

“我想就是这样，海子提供的湿气与沙漠戈壁极其干燥的空气遭遇，便会形成这样的大雾。”唐风大胆地推测。

“你说的也许是对的，但我还是不敢相信，这么大的雾气，除非……除非这里的海子很大，水量很多……”

“我看面前这个海子就很大，应该可以证明我的推断，甚至这场大雾可能就是因为这个海子。”唐风说着，从岸边拾起一根被水流冲上岸的芦苇杆，在上面做了记号，插在沙子里，又对梁媛道，“不信咱们就沿着这个海子走走看，怎么样？”

“什么‘怎么样’，现在也只有这样了！”梁媛面带沮丧，无可奈何地说。

唐风和梁媛的许多装备已经丢失，两人重新整理好剩下的装备，沿着海子岸边走去。两人不知道这个海子有多大，也不知道这样走能走到哪里，更不知道会遭遇什么危险，但他俩已经别无选择。

唐风和梁媛顺着海子岸边前进，他们每走一步都异常小心，因为雾气还是不肯散去，他们只能看清周围两米之内的景物。唐风走在前面，一只手拉着梁媛，生怕她落入浓浓的雾中，消失得无影无踪；另一只手则紧紧握着他的手枪，这是一只在地堡内找到的 TT-33 手枪。唐风极力想看清浓雾后面的世界，但是除了雾气还是雾气，他感觉自己的心脏在紧张地乱跳。前面会有什么？陷阱、野兽，还是那些黑衣人？

唐风拉着梁媛往岸上走了两步，和水面保持着两三米的距离，他这会儿又开始担心水里面也许会有什么东西突然一跃而出……梁媛明白唐风的担心，紧紧地跟在唐风身后。

5

两人就这样沿着岸边走了十多分钟，周围的景物没有发生任何变化，平静的水面，黄色的细沙，浓浓的雾气，除此之外什么都没有。

两人又往前走了十多分钟，唐风估摸着他们已经走了快半个小时，可是依旧没有走到刚才他插芦苇杆的地方。这片海子果然很大！唐风在心中暗暗盘算着，脚下继续向前走。踩在潮湿的细沙上，唐风的心里一上一下，他也在注意脚下的沙土，寻找着可能出现的蛛丝马迹。细密的黄沙上除了他和梁媛的脚印，没有其他任何痕迹。难道这里从没有人来过？甚至没有任何动物来过？

两人又沿着岸边走了半个小时，还是没有回到他们出发的地方。雾气不但没有散去，反倒更加厚重，岸边的黄沙上依旧没有任何发现。

梁媛也觉得蹊跷了：“我们绕着海子走了这么长时间，还没有回到起点，而且岸边竟然没有一点儿动物来过的痕迹。”

“或许这里根本就没有生物。”

“真正的无人区！不，不仅仅是无人区，是无生命区！”

“无生命区？！”唐风的身子微微震了一下，无生命区，这意味着什么？

“看！那是什么？”唐风还沉浸在自己的思绪中，梁媛突然大喊起来。

唐风顺着梁媛手指的方向往前方望去，不远处的沙地上隐约现出了一个红色的东西。唐风拉着梁媛紧跑两步来到那东西近前，那是一个红色的烟盒。梁媛伸手想去拿烟盒，却被唐风一把拽住。梁媛不解，唐风轻声提醒道：“看，脚印。”

梁媛这才注意到，在沙地上出现了两串脚印，一串似乎是由沙坡上面延伸下来的，一直通到水边，另一串则沿着水边向他们前方延伸下去，而在那红色烟盒附近，这个脚印显然十分凌乱。

“我好像在哪里见过这个烟盒。”梁媛注视着那个烟盒。

唐风轻轻靠近红色的烟盒，然后小心翼翼地将烟盒拾起。唐风认出了烟盒上面的俄文商标：“这应该是老马的烟盒。”

“对，他抽的好像就是这种烟。”梁媛也回忆起来。

“老……”梁媛兴奋地刚要开口呼喊马卡罗夫，就被唐风一把捂住了嘴，“你不要命了？！”

“怎么？”梁媛瞪着无辜的大眼睛看着唐风。

“我们只能推测这是老马的烟盒，还不能肯定，万一这是其他人的呢？”梁媛瞬间明白了唐风所说的“其他人”是什么意思，唐风接着说，“还有这些脚印，究竟有几个人？”

“只有一串脚印由沙坡上下来，还能有几个人？”

唐风蹲下来，仔细辨认烟盒周围的脚印，脚印显然十分凌乱和犹豫。许久，唐风终于可以肯定：“确实只有一个人的脚印。难道真的是老马？他来到水边，在这里休息了一会儿，但是在附近没有看到熄灭的烟蒂。老马似乎很犹豫，而且脚步十分凌乱，或许他在水边遭遇了什么不测？”

唐风像是在自言自语，又像是在分析。梁媛催促他：“别管那么多了，咱们赶紧沿着脚印往前走吧！”

唐风没再说什么，和梁媛快步向前走去。很快，唐风就发现越往前走沿着岸边的脚印越是凌乱，中间有好几次，脚印在沙地上纠结在一起，但是最后又继续向前延伸，延伸进无边无尽的浓雾中。

6

唐风和梁媛加快了速度，但两人沿着岸边又走了快半个小时，除了地上那连绵不绝的脚印，仍然没有任何发现。身旁的沙丘和海子依旧被浓雾笼罩着，唐风心里的感觉愈发不好，这个海子究竟有多大?

唐风机械地沿着地面的脚印前进。还好有了一个目标，若是这个脚印戛然而止，那……就在唐风胡思乱想的时候，前方的浓雾中隐隐现出了一些黄色。“那是什么？”梁媛惊道。

唐风停下脚步，观察了一会儿，“芦苇，是芦苇！”

两人放慢脚步，走到近前，这才发现岸边出现了一片芦苇丛。此时雾气似乎散了一些，但依然无法看清这片芦苇丛的规模。

“这儿的芦苇比大白泉的芦苇要高许多，我还是第一次见到如此高大的芦苇。”梁媛说着，走近了芦苇丛。

唐风一把拉住梁媛：“小心，不要靠近芦苇丛。”

梁媛执拗地说：“你看，这个脚印可是走进了芦苇丛。”

果然，脚印一路延伸到了芦苇丛边。梁媛挣脱唐风，也走到了芦苇丛边。见那个脚印进了芦苇丛，唐风犹豫起来。梁媛回头问：“你想什么呢？进去啊！”

“你就不怕里面有什么危险？”

“有你在，我怕什么？”

唐风听了这话，心里一阵激动。梁媛又说：“再说那个人如果真是老马，我们也得进去找找啊！”

唐风无法反驳，只好跟梁媛弯腰走进了这片高大的芦苇丛。茂密的芦苇丛里根本就没有路，他们踩在淤泥里，深一脚，浅一脚，有时根本分不清哪个脚印是老马的。唐风生怕那个脚印消失在这边无边无际的芦苇丛中，于是死死盯着前方淤泥里断断续续的脚印。就这样，两人在芦苇丛里没头没脑地乱转了一通，最后跟着那个脚印，居然又走出芦苇丛，回到了岸边的沙地上。

“这个老马真有意思，进芦苇丛乱转了一通，又出来了？”梁媛气喘吁吁地说。

“不管那么多了，我越来越害怕这个走不完的大海子！”唐风也喘着粗气。

“你怕了？”

“谁知道下面会遇到什么？这个海子太奇怪了！”

“那我们该往哪里走？”

唐风回头看了看，雾气似乎散去了许多，沙地上的那个脚印出了芦苇丛后，没有继续沿着岸边前行，而是上了岸边的小沙坡：“你看看，这个脚印从这里离开了岸边，所以我们可以继续跟着这个脚印前进。”

“你不想看看这个海子的全貌了？我看……我看这雾气一会儿就会散了……”梁媛站在岸边，望着白茫茫的雾气，似乎对没能见到这个大海子的真容心有不甘。

7

唐风没再说话，站在岸边，也在默默地注视着面前这个被雾气笼罩的奇怪海子，他也想看清这海子的全貌。可是十分钟后，水面上的雾气却迟迟不肯散去。

“看来我们与这海子无缘！”唐风平静地说，“我们还是快走吧，再不走天就要黑了。”

梁媛又不甘心地瞥了一眼被雾气笼罩的海子，跟着唐风走上了沙坡。很快，他俩顺着那个脚印翻过了这个并不高的沙丘。站在沙丘的脊背上还是无法看清下面的海子，但是沙丘另一侧的雾气却已缓缓散去，唐风隐约看清了沙丘另一侧是连绵不绝的黄沙。

唐风一阵眼晕，又是黄沙。他不知道这串脚印通往哪里，它还在延伸，两人只好机械地继续按照脚印指引的道路前进。一个小时后，他们四周依然是连绵的沙丘，地上的脚印也依然在往前延伸，只是已经越来越杂乱。

又走了一个小时，太阳已西去，唐风心里不免焦急，难道又要在沙漠中过夜？犹豫中，唐风拉着梁媛登上了一座高大的沙丘。此时，两人已经精疲力竭。更让唐风失望的是，那个一直指引他们的脚印，在这座高大的沙丘上留下最后一团杂乱的痕迹后，便彻底消失了。

“这……这是怎么回事？”唐风绝望无助地站在沙丘的脊背上，沙丘下面竟又被一团雾气笼罩。

“脚印消失了？大雾又来了？”梁媛四下张望，声音十分惊慌。

“不！这不可能！脚印怎么会突然消失？难道……还有这雾，怎么又来了……”唐风精疲力竭地望着被雾气笼罩的沙丘下面。

说来也怪，唐风的话音刚落，沙丘下面的雾气竟缓缓地散去，一个如镜面般平整的小海子静静地躺在沙丘下面。当最后一点儿雾气散去后，海子边隐约显露出了两个蒙古包。

“看，下面有人！”梁媛兴奋地叫了起来。

“看来……看来我们走出了野狼谷……”唐风说完这话，眼前一黑，腿一软，便失去了知觉……

第三章 没有边际的海子

1

“哗哗——哗哗”的水声不断撞击着唐风的耳膜，唐风缓缓睁开眼睛，发现自己竟然躺在岸边的黄沙上。这是哪里？唐风想坐起来，可他刚一动，就觉得一阵剧痛。“媛媛……媛媛……”唐风虚弱地呼喊着梁媛，但是除了水声，没有任何的回应，甚至连风都停止了。

唐风想再试一下，可是他感觉浑身一点儿力气都没有。他侧过脸去，看见自己右侧是湖水，而另一侧则是看不到山顶的沙丘，四周完全被雾气所笼罩，白茫茫一片。

唐风平躺在岸边，瞪着眼睛望着白茫茫的空中。自己这是在哪里？好像还是那个被大雾笼罩的看不到边际的海子。可是……可是自己分明已经和梁媛离开了这个海子，怎么又回到了这里？唐风极力回忆着刚才发生的事，可是之前的记忆却是一片空白。媛媛呢？不行，必须找到媛媛！想到这儿，唐风一边用右臂支撑着想坐起来，一边呼喊着“媛媛……媛媛……”

但是，梁媛并没有出现，反而有一个黑影缓缓地从浓雾中走出来。不！那黑影不是走出来的，而是……飘！不，也不是飘。唐风不知道用什么词汇来描绘那个黑影移动的模样。只是一瞬间，那个黑影便来到了唐风身边，完全没有一丝响动！

唐风吃惊地望着这个熟悉而又陌生的黑影——戴面具的女人！当唐风再一次看到那个面具时，浑身不寒而栗。那空空的眼眶内仿佛有一道神秘的射线，当唐风的目光与它相会时，便再次倒在了地上。

一如之前几次看到的，戴面具的女子还是那副模样——华丽的长袍，高高的帽子，党项贵族女子的穿戴，还有那闪耀着金属光泽的奇怪面具！

“我们又见面了，我的朋友。”戴面具的女子先开了口。

“是的，你……你为什么又出现在了这里？”

“你找到瀚海宓城了吗？”戴面具的女子并不回答唐风的问题。

“没有，它太……太遥远，也……也太神秘，但我想我们已……经离它很近了。”唐风有气无力地说。

“我早就劝过你，瀚海宓城是党项人的禁地，你根本不可能找到它，这一路的艰难险阻足以夺去你的性命！你现在后悔了吗？”

“不，我不后悔。”

“你现在后悔还来得及。”

“不……只要我还没死，就不……不会放弃！”唐风咬着牙说。

戴面具的女子沉默了。过了许久，唐风支撑着，试图再次站起来，他发现戴面具的女子又缓缓地抬起了右手，这个动作让唐风十分紧张，她要做什么？唐风正在诧异，却觉得自己的身体像是被一种强大的力量拉动，竟然轻松地站了起来。

“是……是你吗？”唐风怔怔地站在女子面前，问了一句奇怪的话。

戴面具的女子慢慢放下手臂，还是沉默着，但唐风觉得她似乎点了点头。两人就这样面对面地站着，也不知过了多久，唐风刚想开口，戴面具的女子却抢先说道：“我给你的那件东西还在吗？”

“你是说那件……那件玉璜？”唐风忽然觉得自己手里正握着一件东西，冷冷的，硬硬的，他摊开手，正是那件玉璜！

“还记得我给你这件东西时，是怎么对你说的吗？”

“当时……当时你好像是说，如果我能到达瀚海宓城，就把这件东西带到那里去；如果我没能到达瀚海宓城，但平安地离开了这里，这件东西就留给我了；如果我没能到达瀚海宓城，也没能平安地离开这里，那么这件东西就是我的陪葬品。”唐风觉得这会儿的精神比刚才好了许多。

“你记得不错。当时你有三种命运，现在你仍然有这三种命运，至于你最终是何种命运，那就要看你自己的选择了。”戴面具的女子平静地说。

“我很清楚我的选择。”

“那好吧，你好自为之。”

说完，戴面具的女子转身就要离去。唐风也不知道哪儿来的勇气，冲她喊道：“请等等，我还有问题！”

“哦？”戴面具的女子似乎对唐风的这个举动有些吃惊。

“你……你能告诉我这是什么地方吗？”

“这儿？这里叫往生海。”那闪烁着诡异金属光泽的面具后面传出了一个奇怪的声音，这声音似乎与女子之前的声音有些不一样，像是从极其遥远的地方传来的。

“往生海？这么一片水面，怎么会是‘海’？”唐风不敢相信。

“这是从古时候就流传下来的名字！”

“那你能告诉我这往生海有多大吗？”

“往生海时大时小，大则吞吐瀚海，无边无际；小则静如珍珠，无影无踪。”

唐风不明白这是什么意思。就在唐风回味这句话时，戴面具的女子缓缓地转过身来，留下了最后一句话——“但是你要小心，往生之海，可脱今世罪孽，亦可令彼世不得善缘！”便消失在茫茫白雾中。

2

一切又恢复了宁静，唐风一个人静静地站在往生海的岸边，他还在仔细咀嚼着戴面具的女子最后留下的两句话。“往生海时大时小，大则吞吐瀚海，无边无际；小则静如珍珠，无影无踪。”这是什么意思？“时大时小”好理解，可后面几句唐风实在无法参透。“大则吞吐瀚海，无边无际，”这能有多大？“小则静如珍珠，无影无踪。”又消失得无影无踪？这是什么海，会有如此之大的变化？

更让唐风无法参透的是最后那句，“但是你要小心，往生之海，可脱今世罪孽，亦可令彼世不得善缘。”这透着佛家智慧的语句让唐风实在无法理解。往生海？这个名字本身就好生奇怪。唐风想得脑袋疼，索性不去想这些。他使劲晃了晃脑袋，发现雾越来越浓，以至于面对面都看不清。

唐风猛地又想起梁媛，梁媛去了哪里？还有马卡罗夫、韩江、叶莲娜，他们都去了哪里？唐风开始沿着岸边寻找。在浓浓的大雾中，唐风吃力地前行，岸边除了他自己留下的足印，没有一丝生命的迹象。

半个小时过去了，一个小时过去了，两个小时过去了，三个小时过去了……唐风已经精疲力竭。越来越浓的雾气，无边无际的海子，看不到一丝生命的迹象，唐风开始怀疑自己是否还在这世界上。

突然，浓雾笼罩的岸边出现了一抹黄色，是芦苇丛！雾气太大，唐风无法判断芦苇丛的范围。他想绕过芦苇丛，于是沿着芦苇丛外围继续向前走。可是没走多久，他就听到了一个奇怪的声音，像是女子的哭泣声，又像是风声。唐风的心猛地揪紧了，他听出来这个声音似乎是从芦苇丛中传出来的。

唐风堵住耳朵，不去听那个声音，继续在芦苇丛外走。可是那个奇怪的声音还是不断地传来。走着走着，唐风的脑海中突然蹦出了梁媛的面孔，难道那个声音是梁媛的哭声？

唐风索性停下脚步，认真倾听那个声音，那个声音确实是从芦苇丛里传出来的。唐风的心被揪得紧紧的，梁媛的面容不断出现在他的脑海中……

不知不觉中，唐风已经迈开脚步，走进了高大的芦苇丛。没走几步，唐风感到脚下踩到了一个硬邦邦的东西，低头一看，在淤泥里露出了一些白色的东西，抹去淤泥，拾起一看，竟是一根骨头——人的胫骨。再往前走，露出的骨头越来越多，全是人类骨骸。

芦苇丛也跟往生海一样，似乎无边无际，总是走不到尽头。唐风踩着满地的淤泥和尸骨，艰难前行。他忽然发现，脚下的水正在缓缓退去，虽然他在不断地向水里走，但水始终没有淹没他的鞋面。

终于，唐风来到了芦苇丛的尽头。雾气缓缓散去，他这才看见水位已经比他进芦苇丛之前退去了十余米。在水面和原来岸边的干燥黄沙间形成了宽达十余米的淤泥滩，在这淤泥滩上除了芦苇外没有留下任何生物，甚至连小鱼小虾也没有。

水位继续下降。忽然，一个白色的骷髅从水面露了出来，紧接着又是一个。大雾仍未完全散去，唐风还无法看清往生海的全貌。这时，唐风发现那个白色骷髅的眼眶里游出了一条蛇。这条蛇约有两米长，身体比那骷髅的眼眶略小，刚好可以自由出入。唐风不认识这是什么蛇。就在他诧异之时，那蛇趴在已经干涸的淤泥上，突然纵身一跃，扑向了唐风。唐风完全没有防备，只觉得大腿上一阵剧痛，便失去了知觉……

3

唐风的身体猛地抖动一下，苏醒了过来，梁媛美丽的面庞出现在他面前，紧接着，还有一张熟悉的面孔——老马。

“他准是又做噩梦了！”马卡罗夫对梁媛说，然后转而问唐风，“小子，我说得对不对？”

“噩梦？”唐风使劲揉了揉太阳穴，极力回忆着刚才遭遇的一切——戴面具的女子、没有边际的海子、骷髅，还有那凶猛的毒蛇……唐风猛地坐起身，看了看自己的大腿，没有剧痛，也没有伤口，只是感到有些酸痛。难道刚才真的又是一场噩梦？

唐风缓过神，看看四周，这是一间蒙古包，此刻自己正躺在一张木床上，梁媛和马卡罗夫正在看着自己：“老马，你……你怎么在这里？”

“我怎么不能在这里？我可比你们来得早啊！”马卡罗夫笑道。

“是吗？我这是在哪里？”

梁媛说：“你现在竟然还不如我，一看到蒙古包就摔下了沙丘。”

听梁媛这一说，唐风想起了最后看见的那个蒙古包：“怎么，这里还有人家？”

“是的，这里是一户牧民的蒙古包，住着一对大叔大娘。”梁媛介绍说。

“哦，野狼谷不是无人区吗？”唐风警觉地问。

“我也感到奇怪，就问了大叔大娘，大叔说这里是野狼谷外面。”

“野狼谷外面？我们竟然又走出了野狼谷……”唐风回忆着这一路的遭遇。

“不过，不过……”梁媛似乎欲言又止。

“不过什么？”

“不过大叔大娘的身份却有些特殊。”

“哦？有什么特殊的？”

“我本来以为他们是巴丹吉林沙漠里的土尔扈特人，但是他们却说自己是党项人。”梁媛疑惑地说。

“什么？党项人？不，这……这不可能！”唐风不敢相信。

“我一开始也不敢相信，结果那位大叔一本正经地对我说了他的名字。”

“他叫什么？”唐风迫不及待地问。

“他说他姓嵬名，叫嵬名长治。他还有个汉姓，姓李……”梁媛越说声音越小，因为她发现唐风的脸色变得十分复杂。

“嵬名？谁都知道这是西夏皇族的姓氏，李姓是唐朝皇帝赐给元昊先祖的国姓。可是……可是党项人不是已经消失了吗？”唐风不停地摇着脑袋。

“别忘了我们在川西遇到的没藏家族，还有黑云……”梁媛提醒唐风，“黑云，也不知道她现在怎么样了。她后来对我说不习惯城市里的生活，便回去了……”

“黑云？难道除了黑云他们，还有党项人存在？而且还是西夏皇族的后裔？”唐风陷入了沉思。许久，他像是下定了决心，小声说，“看来明天我要和这位嵬名大叔好好谈谈了。”

“明天？”梁媛一听就笑了，“傻子，天都快亮了，应该是今天。”

唐风这才注意到蒙古包的小窗外虽然还是黑夜，但已经泛出一些白光，看来自己已经睡了一夜。想到这儿，唐风又回忆起了那个奇怪的噩梦。

正当唐风回忆那个奇怪的梦时，马卡罗夫拍了拍他：“小子，说说你的梦吧！”

“不，先不说我的噩梦，还是先关心一下我们的现实问题吧——韩江和叶莲娜呢？”唐风看看马卡罗夫，又看看梁媛。

“自从吉普车起火，大雾袭来，我就和他俩失去了联系。但我想凭他俩的本事，现在应该还不会有事，而且他俩应该在一起。”马卡罗夫倒沉得住气。

“是啊，或许天亮后他们也会找到这里。”梁媛附和。

“你们倒挺乐观！其实我本来也算是一个乐观主义者，但自从进入这地方，我就变成悲观主义者了，难以解释的事接二连三地发生。”唐风紧锁眉头说。

“哦，我觉得都还好解释，除了……”马卡罗夫犹犹豫豫，欲言又止。

4

“除了什么？”

“除了那个海子。”

“吉普车自燃是怎么回事？”唐风问。

“唐风，在这片不可思议的土地上，你不可能把什么事情都解释清楚，比如吉普车自燃，我想与我们闻到的天然硫磺和沥青味有关。你看到了，不光是我们的吉普车，那辆悍马也被烧了，而且我可以肯定，悍马被烧毁的情形与我们应该一样。”马卡罗夫推测说。

“可是……可是这次那个戴面具的女子并没有出现啊？”梁媛又想起了那辆在黑石被烧毁的大切诺基。

“不管是在黑石，还是在野狼谷，天然硫磺和沥青都需要有某种手段才能使它们燃烧。戴面具的女子……”唐风感到有些恍惚，“至于这次，我能想到的唯一解释，可能与我们正处于下坡，车速很快，高速行驶的车轮与地面产生了摩擦……”

“我想也是这样。我更感兴趣的并不是车的自燃，而是那辆悍马上的人！”马卡罗夫说。

“我也想知道悍马上的人……我想他们应该是将军的人，甚至将军有可能就在车上。”唐风推测说。

“如果是这样，那这些人现在去了哪里？”唐风注意到马卡罗夫在和自己说话时，手里还握着枪，似乎感觉危险随时可能降临。

“或许他们撤出了野狼谷，或许他们已经遭遇了什么不测，也有可能……也有可能韩江和叶莲娜碰到了他们。”唐风说出了几种可能性。

“我觉得最不可思议的是这喷雾的山谷和没有边际的海子。”梁媛忽然说。

“大雾的原因我在海子附近已经做过了推测，至于这海子，确实奇怪。”唐风又想起了梦中戴面具的女子最后说的那两句话，虽然是梦，但是那两句话却深深印在了唐风的脑海里。

“没有边际的海子……”马卡罗夫听了梁媛的话，喃喃自语着。

“对了，老马，我们在那个海子边发现的脚印是你的吧？还有那个烟盒？”唐风问马卡罗夫。

马卡罗夫摸了摸身上，这才发现自己的香烟丢了：“是的，我在大雾中和你们失散了，也不知怎么走的，就到了那个海子边。”

“我刚才的噩梦正源于此！这真是个奇怪的海子，沙漠中怎么会有这么广阔的海子呢？”

“哦！你梦见了什么？”

“梦见了这个奇怪的海子，还有毒蛇、骷髅和戴面具的女人……”于是，唐风将他梦中遭遇的一切说了出来。

“这么可怕！难道这个海子里还有什么可怕的东西？”

梁媛听完后一惊一乍，马卡罗夫却陷入了沉思。唐风推了推他，他才从沉思中缓过神来：“我又想起了一件不可思议的往事，但是……但是我始终无法确认那件事究竟有没有发生过，所以从来没有对你们提起过。”

“哦？是什么事？”唐风和梁媛马上来了兴趣。

“那是我和布尔坚科进入野狼谷寻找水源后的一天……”马卡罗夫的思绪又回到了遥远的过去。

5

马卡罗夫和布尔坚科在野狼谷找水回去之后，不知是出于强烈的责任感，还是出于巨大的好奇心，马卡罗夫又一次进入野狼谷寻找水源，而且这次他是只身前来。

马卡罗夫按照上次的路线，很快进入了那条宽阔的山谷。一如上次看到的那样，山谷中满是绿色，在荒瘠的土地上顽强地生长着许多绿色植物。但是马卡罗夫驾车在这山谷中行驶了好一会儿，却没有看见上次那个令他头晕目眩的小水泡子。马卡罗夫心中起疑，将车倒回去，在沙地上看到了一些白色的尸骨，有动物的，也有人的，难道这里就是上次那个水泡子？

马卡罗夫跳下车仔细勘查，四周的地形似乎跟上次很像，但是马卡罗夫仍不敢断定这里就是上次见到的那个水泡子。如果这里就是上次见到的那个水泡子，那么仅仅是一天之后，水泡子里面的水就不见了？平白无故地消失了？虽然水泡子不大，但按照马卡罗夫上次的估量，也够基地上下百十来号人两个月的用水量，怎么会一夜之间彻底蒸发了呢？

也许……也许是自己记错了，那个水泡子还在前面？马卡罗夫决心继续向前探寻。但当他驾车又向前行驶了十多分钟后，周围的地势起了变化，原本宽阔的山谷变得狭窄起来，两侧的山势也抬高了。马卡罗夫觉得他好像进入了另一条山谷，这儿肯定不是上次布尔坚科带自己来过的地方了。

马卡罗夫不敢再贸然前行，于是，调转车头想从原路返回。七八分钟后，马卡罗夫驶出了那段狭窄的山谷，道路变得宽广起来。马卡罗夫以为他已经回到了来时的那条山谷，便加快了车速。可行驶了几分钟，马卡罗夫就觉察出有些异样，似乎哪里有些不对劲！哪里不对劲呢？过了好一会儿，马卡罗夫才发现这儿满是沙子，刚才还有的一些绿色植物已经消失了，道路也变得颠簸不平，前方尽是连绵起伏的沙丘。更让马卡罗夫感到吃惊的是，这儿的沙子竟然都是白色的！

自己怎么会陷入这片白色的沙丘？马卡罗夫把吉普车停下，静静地回忆了一会儿，却怎么也想不起来自己是怎么鬼使神差地进入这片沙海的。马卡罗夫进退维谷，思虑再三，决定再次后退，虽然他并不确定这次是否就能退回到来时的山谷中。

可马卡罗夫刚一倒车，便陷入了柔软的白色沙子中。马卡罗夫跳下车查看，他对这白色的沙子有些吃惊，脚下的沙丘竟是如此柔软，即便是自己双脚踩在上面都往下陷，更何况是十几吨重的吉普车?

马卡罗夫试着用铁锹挖车轮旁边的沙子，可是他挖得越多，车子陷得就越深。马卡罗夫恐慌了，最后他放弃了挖掘，失望地背起必要的装备，准备步行回基地。

马卡罗夫在沙海中走了快半个小时，非但没有找到来时的山谷，反倒完全置身于一片白色沙海中了。马卡罗夫惊慌起来，无助地向四周眺望，远处可以看到低矮的红色山脉，除此之外，就全是漫漫白沙了。

马卡罗夫决定向着红色山脉的方向前进。就这样，他又在沙海中行进了半个小时，那座红色山脉似乎离他已经很近了。可就在这时，不知从何处飘来一团浓浓的雾气，迅速将他包围。马卡罗夫心中大骇，这干燥无雨的茫茫沙海中怎么会有雾气？他百思不得其解。而更为糟糕的是，他彻底失去了方向。

马卡罗夫按照记忆，继续向红色山脉前进，可是他在翻越了大大小小几十座沙丘后，仍然没有到达红色山脉。精疲力竭的马卡罗夫绝望了，他这才回忆起布尔坚科的告诫——野狼谷里凶险异常！

就在马卡罗夫绝望之时，他发现自己面前出现了一座高大的沙丘，沙丘的顶端被雾气笼罩，或许……或许爬上这高大的沙丘顶端，可以看到周围的环境。马卡罗夫抱着最后一丝希望爬上了沙丘的脊背，可是这里雾气不散，他置身浓浓雾气中，根本辨不清周围的景致。

马卡罗夫无奈地向沙丘另一侧走去，这是一段下坡路，雾气越来越浓。马卡罗夫只顾走路，不知不觉中，他的军靴居然被水打湿了。马卡罗夫这才注意到自己已经走进了水里，他赶忙向后退去，退到岸上。这是一个海子？马卡罗夫狐疑着蹲下查看，水质清澈，可以直接看到水面下细密的白沙。马卡罗夫心中一阵狂喜，自己正是为水源而来，也许这就是命运的安排，竟然让自己在迷路之后找到这么一个优质的水源。而且看样子这个海子应该还挺大，至少比上次看到的水泡子要大。马卡罗夫兴奋地沿着湖岸走去，他将一根芦苇插在自己查看水质的岸边，心里盘算着，用不了多少步就可以丈量完这个海子。可是，很快他就发现自己错了。

马卡罗夫沿着岸边已经走出了整整一千步，竟然还没有回到那个插着芦苇的地方，看来这海子远远超出了自己的估计。这是一个很大的海子，水量一定很丰富，马卡罗夫不知道该兴奋呢，还是该惊诧。

马卡罗夫继续向前走。走着走着，兴奋之情逐渐消退，取而代之的是莫名的惊诧，随即惊诧又变成了恐惧，深深的恐惧！马卡罗夫又沿着岸边走了一千步，仍然没有看见那根他插下的芦苇！他终于停下了脚步，怔怔地站在岸边，瞪大双眼，希望看清浓雾背后的世界。可是什么都看不见，他根本看不清这个海子的大小。好奇怪的海子，它究竟有多大?

马卡罗夫的执拗劲儿上来了，他倒要看看这个在沙漠中的海子究竟有多大。他又继续沿着岸边向前走了一千步，两千步，三千步——依然看不到那根芦苇。马卡罗夫绝望地瘫坐在岸边，大口地喘着粗气。他无论如何也不能相信在沙漠中居然有这么大的一个海子，难道这是自己的梦境，亦或这一切仅仅是个幻觉？

眼看天就要黑了，马卡罗夫心中焦急，但又无可奈何。雾气仍然没有散去，他决定不再和这个奇怪的海子纠缠，离开这里！马卡罗夫拿出随身携带的指南针，根据指南针所指的方向往北走，那里应该就是基地的方向。

马卡罗夫在雾气中登上北侧的沙丘，可是北侧的沙丘似乎特别高大，马卡罗夫在大雾中爬了很久，还是没能登上沙丘的脊背。马卡罗夫心中惊诧，不禁加快了脚步。一天没吃没喝，他早已精疲力竭，当他终于登上沙丘脊背时，在浓雾中环顾四周，不禁心生悲凉。大雾、恐惧、饥渴、绝望一起向他袭来，马卡罗夫只觉头晕目眩，两腿发软，紧接着便失去了知觉……

6

听完马卡罗夫的叙述，唐风吃惊地靠在墙上：“想不到你也有过同样的遭遇，而且比我们走得更远。”

“不……我至今都不能确定刚才所说的事是否真的发生过，直到昨天在大雾中又遇到了，才勾起我的回忆……”马卡罗夫犹犹豫豫地说。

“为什么你会怀疑那次的遭遇是否发生过呢？”梁媛不解地问。

“因为……因为当我醒过来时，我已经躺在基地的床上……”

“这能说明什么？”

“布尔坚科说，他们是在那条山谷附近找到我的，当时我人事不省，昏厥在戈壁滩上，离我的吉普车并不远，所以他们认为我不知何故昏了过去。而我也只能清晰地记得我确实是驾车驶进了那条山谷，没有看见上次见到的那个水泡子，除此之外，其他的记忆十分模糊。所以我一直也分不清那究竟是真实的遭遇，还是我昏倒后的幻觉，或是噩梦。”

“所以你不敢确定？”唐风反问。

马卡罗夫点点头：“后来我再也没有去过野狼谷，随着时间的推移，这段记忆也逐渐尘封，即便偶尔想起，我也以为那只不过是我昏倒后的一段噩梦！”

“那我们昨天的遭遇难道也是噩梦吗？”唐风暗自思忖，喃喃地说。

“不！绝不可能是梦！韩江和叶莲娜都不在了，还有……还有这次我肯定是真真切切地遇到了那个没有边际的海子！”马卡罗夫叫了起来。

“对！绝不会是梦！”梁媛也叫了起来。

“所以……所以这次你不再和那个奇怪的海子纠缠，在海子边走了一段后就爬上了旁边的沙丘，并一直走到了这里？”唐风问。

马卡罗夫又点了点头：“是的，当我在和你们失散后走到那个海子边时，脑海深处模糊的记忆马上泛起，一切都和我几十年前的遭遇相符——奇怪的浓雾、没有边际的海子、迷失的方向，所以当我意识到这一点后，便马上改变了路线。”

唐风想了想后，忽然问马卡罗夫：“关于几十年前的那次遭遇，你曾对别人提起过吗？”

马卡罗夫先是摇了摇头，随后又点了点头，“我就对一个人提起过——布尔坚科，当时他说我一定是产生了幻觉，我后来也相信了这一切都是幻觉，沙漠里怎么会有大雾呢？又怎么会有没有边际的大海子呢？”

“是啊，我也在想这个问题，可是百思不得其解……”

唐风的话音刚落，门外忽然传来一个洪亮的声音：“野狼谷中无奇不有，没有什么好奇怪的。”

唐风一惊，梁媛却喊道：“是嵬名大叔！”

说话间，一个满脸络腮胡子、中等身材的汉子和一个三十来岁的女子推开了门，唐风这才注意到外面已经天光大亮。那汉子见到唐风，爽朗地笑道：“小兄弟，怎么样？好些了吗？”

“没事了，多谢大叔相救！”

“不用客气，我们时常救助一些在沙漠中遇险的人。”

“哦，还有其他人来过这里？”唐风好奇地问。

“有，不过不多，一年也遇不上几个，都是些旅游探险的外乡人！”

这时，那女子给众人倒上奶茶。汉子对唐风介绍道：“这是我媳妇。”

唐风和女子打过招呼，这对夫妇看上去很热情，但是唐风不得不心存疑虑。这大漠深处哪来的牧民？他们的汉语虽然有些口音，但说得还算标准，这也让唐风心中犯疑：“大叔的汉语说得不错啊！”

“还凑合吧！”

“这里是中国境内，还是蒙古境内呢？”

“我也分不清什么中国境内、蒙古境内。我们牧民自古逐水草而居，自打我记事起，就在这一带放羊和养骆驼。”

“哦！可是这一带都是戈壁沙漠啊？”

“这是我们祖先的土地，所以我们世世代代居住在这里。虽然这里环境越来越恶劣，能搬走的都搬走了，但我们还是不愿意走。”

“故土难离啊！但在这沙漠里如何放牧为生呢？”

“小兄弟，你有所不知。古代时，这里曾是一片水草丰美的地方，现在虽然变成了沙漠戈壁，但是在沙漠里留下了许许多多大大小小的海子。我们在这一带游牧，就是寻找这些海子，傍水而居。”

7

唐风想从大叔的回答中听出些破绽，但是现在还没有。于是，唐风接着嵬名的话头又问：“哦，那大叔应该很熟悉这一带的海子喽？”

“方圆几百里我都曾走过，但是……”嵬名大叔欲言又止。

“但是什么？”唐风的心猛地揪了起来，他预感到这个中年汉子要对他说出一些重要的东西。

“小兄弟，实不相瞒，刚才我进来前，在门外听到了你们说的几句话，你们是不是想去野狼谷？”

唐风暗暗吃了一惊，他快速思索着该如何回答，既然嵬名大叔已经听到了，那就没必要再隐瞒了。唐风点了点头：“是的，我们要去野狼谷。大叔，您不问我，我还要向您请教呢！这是哪里？是野狼谷内，还是野狼谷外？”

嵬名面对唐风一连串的问题，笑了：“小兄弟，你别着急啊，我正要跟你说这个问题。我刚才说到这方圆几百里我都去过，唯有一个地方从未去过……”

“野狼谷！”唐风已经猜到了嵬名大叔的意思。

嵬名大叔重重地点了点头：“是的，从我记事起，长辈就告诫我们，不准进入那一片红色的山谷，否则必然有去无回。”

“为什么？”唐风和梁媛同时问道。

“说是那山谷中气候多变，地形复杂，极其凶险，连飞禽走兽都不敢进入。我小时候曾去谷口看过，那里尽是堆积如山的白骨，吓得我这辈子再没敢靠近那里！”

看来此地已经出了野狼谷？！唐风想到这儿，笑道：“这传说也是一半真，一半假啊！”

“哦？”嵬名大叔面露惊异之色，“小兄弟何出此言？”

“实不相瞒，我们正是从野狼谷走出来的！”唐风言语中故意带出几分得意。

果然，嵬名大叔大惊失色，竟脱口而出：“那……那你们找到那座……”

话一出口，嵬名马上意识到自己说漏了嘴，把最后那两个字又咽了回去。不过唐风已经猜到了那两个字，他忙追问道：“您是想问我们找到那座古城了吗？”

嵬名怔住了，他端起茶杯，喝了一口奶茶，才点了点头，反问：“你们就是为了那座古城才闯进野狼谷的吧？”

唐风觉得嵬名似乎知道些什么，但又不愿对他们说。他略作思索，决定不再和嵬名绕圈子，因为他们的时间已经不多了：“嵬名大叔，直截了当地说吧，我们一行五人正是肩负着找到那座西夏古城的使命，才进入了野狼谷。如果您知道什么，希望您能告诉我们，因为正有一股邪恶势力也企图找到那座西夏古城。我们的时间不多了，我们必须赶在他们前面找到瀚海宓城。”

当唐风一脸诚恳地说出“瀚海宓城”四个字时，嵬名大叔的身子微微动了动。他沉默许久，才开口说：“小兄弟，看你们也不像坏人，我对你也不隐瞒。刚才我之所以说野狼谷凶险异常，是为了吓阻你们，不让你们进入野狼谷，但是我也并非胡言乱语地欺骗你们。”

唐风点点头：“我们已经领教了野狼谷的凶险诡异，当然知道您不是信口开河。”

“我之所以那么对你说，只是在忠实地履行我的职责。”嵬名大叔说。

“履行你的职责？”唐风、梁媛和马卡罗夫都感到诧异。

“是的！”嵬名环视三人，才缓缓开口，“这个要从我的姓氏说起。昨天我已经向这位老先生和这位姑娘谈到了我的姓氏。”

“我已经知道了，您的姓氏是西夏皇室的姓氏。”

“是的，我是西夏皇族的后代，我们的族人从一生下来就肩负着一项重要的使命——阻止外人进入野狼谷。我的祖先们为了保护古城的秘密，遭受大难，再加上野狼谷中不宜居住，便迁出了野狼谷。于是，我的祖先就编造了一系列可怕的传说，让外人对野狼谷心存恐惧，不敢随便进入。不过，这些传说也并非空穴来风……”

“所以我刚才说‘一半真，一半假’是说对了，野狼谷并非像您说的那样，所有进去的人都有去无回，我们不是从里面出来了吗？”唐风反问。

嵬名大叔摇了摇头：“我来问你，你们从哪里进入的野狼谷，走到了哪里？”

“我们就是从您刚才说的堆满尸骨的谷口进入的野狼谷，走到了魔鬼城，也就是雅丹地貌中。后来我们的车突然起火，又遭遇一场奇怪的大雾，便失散了，最后就来到了您这里！”

听了唐风的叙述，嵬名大叔干笑了两声：“小兄弟，恕我直言，你们仅仅走了一小段，甚至从严格意义上讲，你们所走的这一段都不能算作野狼谷！”

“啊——”三人大惊失色。

“那哪里才是野狼谷？”唐风追问。

“从广义上说，这一片红色山脉之内的数十条大大小小的山谷都可以叫作野狼谷，但真正的野狼谷，也就是最重要、最诡异、最令人恐惧的野狼谷要过了那座魔鬼城，也就是你们说的雅丹地貌才算是进去了。”嵬名解释说。

“原来是这样！看来我们只是探了探路，连野狼谷的大门都还没进去呢！”梁媛失望地说。

唐风和马卡罗夫听了刚才嵬名的介绍，才意识到问题的严重性——还没有进入野狼谷的重要核心地带。仅仅是走了那么一段，就已经凶险异常。如果进入野狼谷的核心地区，又将会有什么恐怖的遭遇？

8

唐风不敢再想下去，他思虑良久后接着问：“听大叔这么说，您一定是进入过野狼谷喽？”

嵬名点了点头，又摇了摇头：“野狼谷我是进去过，但也和你们差不多，只走到魔鬼城一带就不敢继续前进，只不过……”

“什么？”

“只不过我比你们进入的次数更多，我也曾在迷路后，走到了那片海子边。”

嵬名大叔的话让众人震惊：“这么说，您知道那个海子？”

“当然，我不但知道，而且还去过好几次，那也是我进入野狼谷最远的地方。”

“那是什么地方？”

嵬名听了这个问题，犹豫好一会儿，才说：“那个地方很难说清楚，因为那并不是一个具体的地点。”

唐风三人被嵬名的话搞得一头雾水。嵬名看出了他们的疑问，于是慢悠悠地解释：“这是因为那个海子是飘忽不定的。”

“飘忽不定的？”唐风一脸茫然。

“是的，那个海子时大时小，飘忽不定，有时在这个地方出现，有时又会出现在另一个地方；有时水面会非常广阔，有时又会消失得无影无踪。但总的来说，这个海子不会飘出野狼谷。”

“消失得无影无踪？”唐风不敢相信，“是不是化成了无数个小海子？”

“你可以这么认为。总之，这是野狼谷最不可思议的现象。至于为什么会出现这种现象，我也无法说清！”

嵬名的话让唐风想起了之前的那个噩梦，戴面具的女子曾告诫过他——往生海时大时小，大则吞吐瀚海，无边无际；小则静如珍珠，无影无踪。唐风又问：“那这个海子有名字吗？”

嵬名想了想，道：“听老辈人说，这个海子好像叫往生海！”

“啊——”唐风再次大惊失色，梁媛和马卡罗夫也叫出了声，“和你在那个噩梦中听到的名字一模一样！”

“哦，你们听说过这个名字？”嵬名问。

唐风不知如何回答，怔了一会儿，才又问：“大叔，我们发现那个海子时，整个海子被浓雾笼罩着，好生奇怪，所以我们未能一睹整个海子的真容。您见过海子的全貌吗？”

“是的，那个海子很是奇特，老辈人曾经说过，去十次难得有一两次能得见其真容。我去过几次，往生海都被大雾笼罩。只有一次就在我准备离开的时候，大雾突然散了，我这才有机会得见往生海的真容——广袤的水面无边无际，除了远处的红色山脉，在广袤的水面那头可以隐约看到一些绿色。我想走过去，走到那绿色的地方，但当时天色已晚，而且……而且我担心那个传说。”

“传说？”

“是的，一个关于往生海的可怕传说。传说在西夏时，野狼谷是方圆数百里唯一一片水草丰美之地。我们的祖先肩负着秘密使命，驻守在谷中，他们建造了恢宏的城市，世代繁衍生息。当王朝衰落之时，田园牧歌般的生活结束了。我们的祖先曾在野狼谷中与成吉思汗的大军作战，他们利用谷中复杂的地形和多变的天气，一次次击败了来犯的蒙古铁骑，甚至让成吉思汗在谷中坠马受伤，以致后来病重身亡！我们的祖先在西夏亡国后，仍然在这里坚守了数十年。”

唐风听到这里，心里暗暗吃惊，这个传说竟与他们已经掌握的情况高度吻合。嵬名停了停，又继续说：“后来蒙古大汗震怒，发兵十万，一路从谷口——就是你们看到的那个堆满尸骨的谷口——杀进野狼谷。因为年年战火，党项人死伤大半，再加上蒙古大军的封锁，谷内和外界不通，物资匮乏，党项人的灭顶之灾终于来临。十万蒙古大军吸取了之前的经验教训，很快攻到了往生海边。党项人把最后的希望全都寄托在了往生海上，这是通往古城的最后一道屏障。往生海最可怕之处便是笼罩其上的大雾。蒙古大军在大雾中来到往生海。这次，他们的统帅是个谨慎小心之人，他生怕在雾中受到党项人的突袭，于是将大军先撤到了谷外，又撒下许多探子留在往生海边，注意这儿的变化，一旦雾散，便及时通知大军进军，同时于谷口埋伏下兵马。党项人不知是计，以为蒙古大军撤兵了，便派出城中精锐乘雾出兵。兵至谷口，尽数被杀，党项人最后一点儿精锐也损失殆尽！”

“怪不得谷口留下了那么多的尸骨！”唐风感叹。

嵬名接着说：“但是即便如此，蒙古大军仍无法越过往生海。大雾久久不散，曾有几次短暂散去，但等蒙古大军赶到时，往生海又被大雾笼罩。最后一次，当蒙古大军再次被大雾笼罩时，他们在往谷外撤退的途中迷了路。十万大军在野狼谷中晕头转向，怎么也无法转出谷去，整整三天两夜，饥渴而死的士兵不计其数。就在军心即将瓦解之时，奇迹出现了，这是蒙古大军的奇迹，却是党项人的不幸——党项人的末日来临了。就在蒙古大军即将崩溃之际，他们再次来到了水边，饥渴难耐的士兵不顾统帅阻止，喝了往生海里的水，结果这水喝了非但没事，反倒救了蒙古大军的性命。这还不算，蒙古大军喝足水之后本想撤出野狼谷，但就在这时一直笼罩在往生海上的大雾突然散去了，这真是长生天帮了蒙古大军！他们的统帅决心一鼓作气荡平古城，于是下令兵分三路，左右两路沿水岸进军，中路骑兵涉水而过！”

“这么说来往生海的水并不深？”唐风马上捕捉到了有价值的信息。

“往生海的水深不深我不知道，我们祖先留下来的传说就是这样。蒙古大军兵分三路，终于攻进了党项人的最后一片土地。党项人最终被屠戮殆尽，只有一小部分人逃过劫难。据说蒙古大军为了防止党项人再次盘踞野狼谷，用党项人的尸骨筑造了一座可怕的骷髅城。”

“骷髅城？！”唐风惊叫，马上想到了在千户镇见到的京观。但是骷髅城会是什么样子？千户镇的京观还远远达不到“城”的规模，难道……难道会是一座巨型的京观？或者这一切只是一个传说。

嵬名看上去很淡定：“是的，老辈人就是这么说的——一座巨大的骷髅城。骷髅城封堵了进入古城的通道，从此，我的祖先便不能再进入那座古城，一切都湮没在黄沙中。”

“所以你们就迁出了野狼谷？”梁媛问。

嵬名沉重地点了点头。唐风忽然想到了什么，“骷髅城封堵了通道，那……那我们岂不是进不去古城了！”

梁媛和马卡罗夫也意识了这个问题：“是啊，那我们再也无法进去了？”

嵬名摇摇头：“我不知道，这一切都只是老辈人留下来的传说。据说，那骷髅城堆砌得像一座巨大的迷宫，走进去的人很难再出来。即便有人走出骷髅城，找到了古城，也从未有人回来过。”

“不，那米沙……”马卡罗夫想到了米沙。

“是啊，米沙应该找到了古城，还有马昌国。”梁媛也小声嘀咕。

唐风听到这儿，陷入了沉思。许久，唐风缓缓地抬起头，问嵬名：“这么说，通往古城的道路并没有完全被封堵，还是有人能走出骷髅城的？”

“我不确定，因为我从没到过那里，我只是把老辈人口口相传的故事说出来。”嵬名平静地说，“所以我劝你们，最好不要再去野狼谷，否则必是凶多吉少。”

“只要有一线生机，我也不会放弃！不为宝藏，也不为别的，只为已经死去的那么多人！”唐风声音不大，却异常坚定。

9

嵬名讲完了古老而可怕的传说，嘱咐唐风好好休息，便要离去。唐风突然喊住了他：“大叔，我还要向您打听一下，除了我们，最近还有谁来过这里，向您打听过野狼谷吗？”

“没有，最近两个月，你们是我唯一遇到的外乡人。”嵬名说完，便和大娘走出了帐篷。

唐风望着两人远去的背影，小声道："好奇怪的两个人，不但救了我们，还对我们说了这么一个有趣的传说。"

"有趣的传说？我看是可怕的传说吧！"梁媛叫道。

"传说是可怕，不过也很有趣！"

"你什么意思？"梁媛不解地问。

"首先是这位嵬名大叔很有趣……"

"怎么？你怀疑他的身份？"马卡罗夫打断唐风的话问。

唐风沉默了片刻："我不知道，不过在这大漠深处，又跟我们说了这么一个古老的传说……。"

"可是，我实在没听出来他们有害我们的意思，我看是你又疑神疑鬼了吧！"梁媛乐观地说。

"也许吧，也许……"

"也许什么？"

"也许他们是想帮我们……"

"你就别胡思乱想了！"梁媛劝道。

"除了这位嵬名大叔有趣外，他对我们讲的传说虽然可怕，但确实很有趣。"唐风转而说道。

"哦？"马卡罗夫和梁媛都想听听唐风的高见。

"特别是他说到的往生海，竟与我梦中所见的戴面具的女子描述的一模一样。你们还记得她说的话吗？'往生海时大时小，大则吞吐瀚海，无边无际；小则静如珍珠，无影无踪。'嵬名大叔讲的传说中也是这么说往生海的，而且两者连名字都一模一样，你们不觉得这很奇怪吗？"

听了唐风的话，马卡罗夫若有所思地点点头："听你这么一说，是很有趣！"

"还不仅如此。嵬名大叔又说了一个故事，也就是蒙古大军和这儿的党项人作战的故事，开头的部分竟与我们之前在南线已经掌握的情况完全吻合！"

"是啊，我当时听到也是吃了一惊。"梁媛回忆说。

"更有趣的还在后面，接下来大叔说的一段是我们之前所不知道的。如果后面一段真的就是历史，那么也就可以解释瀚海宓城的党项人最后是怎么覆亡的。"

"是啊！我们在千户镇就推测出，蒙古大军后来一定报复了党项人对千户镇的屠城，这也就是瀚海宓城最终消亡的原因。如果传说不假，那么就对上了！"梁媛激动起来。

唐风点点头："所以我说这个传说很有趣。还有那个骷髅城的传说，刚才嵬名大叔说的时候，我就在想那会不会又是一座京观！"

"京观？可是我们在千户镇看到的京观并不是很大，还远远够不上骷髅城的规模啊！”梁媛不解。

“是啊，我也在想这个问题。如果蒙古大军将死去的党项人的尸骨堆砌起来，那么一定是一座巨大的京观！真是不敢想象！”唐风不住地摇着头。

“但是嵬名大叔说，蒙古大军堆砌的骷髅城将通往瀚海宓城的通道给封堵了，那我们还能进去吗？”梁媛有些担心地问。

“这恰是整个传说最有意思的地方！往生海大多时候会被大雾笼罩，但也有云开雾散的时候，这点嵬名大叔已经证明了。在传说中，蒙古大军正是在雾气突然消散后攻入瀚海宓城的，所以大雾很重要！我们要想进入瀚海宓城恐怕也必须等雾气消散！还有就是通道被封堵的问题，我想米沙和马昌国他们应该曾经进入过瀚海宓城，所以一定会有通道的。只是……只是如果真的像传说中所讲，那么我们想要找到这个通道一定不会那么顺利。”唐风推测了一番，随后又补充说，“当然，我这里所说的一切都是建立在那个传说的基础上，如果那个传说不存在，我的推测也就很难成立。”

“如果真是这样，那对我们来说未尝不是一件好事！”马卡罗夫听了唐风的话，忽然说。

“哦，老马，你什么意思？”

“我想我们的老对手也不会那么顺利地找到通往瀚海宓城的道路！”马卡罗夫肯定地说。

唐风点了点头：“是的，机会对每个人都是公平的。”

三人在蒙古包中合计了一番，决计明天起程。唐风看见嵬名家养了几头骆驼，便要向嵬名大叔出钱租下骆驼。嵬名开始力劝他们不要再进野狼谷，但看三人态度坚决，于是同意租骆驼给三人。

唐风和马卡罗夫很快就适应了骆驼上的颠簸，但梁媛第一次骑骆驼，又惊又怕，大呼小叫。唐风和马卡罗夫用了一下午时间，总算是让梁媛学会了骑骆驼。很快，夜幕便降临了。吃过晚饭，三人回到那间蒙古包，早早地便进入了梦乡，等待他们的将是新的征途。

第四章 地堡中的黑影

1

黑夜中，马卡罗夫穿好衣服，一个人走出蒙古包，他翻过几座沙丘，很快来到了水边。马卡罗夫感到奇怪，想喊唐风，可是身边并没有唐风。就在马卡罗夫诧异之时，他忽然发现眼前的水面正在发生某种变化，不一会儿，水就淹没了他的鞋面。马卡罗夫暗叫不好，慌忙后退。水面上升的速度让马卡罗夫吃惊。他步步后退，水紧紧追赶，很快淹没了原本干燥的沙地。

突然，马卡罗夫一个趔趄，摔倒在沙地上。水位为什么会上升得这么快？容不得马卡罗夫多想，水位还在迅速升高。马卡罗夫匆匆站起身，继续向后面的沙丘退去。几十步后，马卡罗夫回头望了一眼，这才发现他已经从水边退到了沙丘的脊背上。可是面前的水丝毫没有退去的意思，继续向上逼来。马卡罗夫瞪着惊恐的眼睛看着眼前平静的水面，他不知道水面下有什么可怕的东西在搅动这一汪泉水，竟使看似平静的水面如洪水猛兽般吞噬一切!

黑夜中，马卡罗夫看不清自己身后的沙丘下面有什么，也许翻过沙丘就能摆脱这步步紧逼的泉水了！可是……马卡罗夫又向身后望了一眼，黑漆漆的沙丘下面一片阴影。马卡罗夫感到有些头晕，当他把目光再转回来的时候，水面依然以惊人的速度涌向自己。

马卡罗夫还在犹豫，他伫立在高高的沙丘脊背上，有一种高处不胜寒的感觉。已经有泉水漫过了沙丘的脊背，也漫过了马卡罗夫的鞋面，平静的水流在漫过沙丘脊背之后迅速变得汹涌起来。马卡罗夫感觉脚下的沙丘开始变得潮湿，进而晃动起来。马卡罗夫不再犹豫，他要逃离这里。可是就在他刚要向后逃去的时候，脚下高大的沙丘突然坍塌了……

马卡罗夫浑身一颤，从睡梦中惊醒——原来刚才是一场噩梦。他长舒一口气，缓缓抹去额头的冷汗，嘴里轻声喃喃：“都是被那个海子给闹的！”

可是，当马卡罗夫的眼睛适应了环境，他忽然发现自己并不是躺在蒙古包内，而是躺在冰冷的水泥地面上。再看四周，似乎是钢筋混凝土的建筑，空间很大。马卡罗夫不禁浑身战栗，自己这是来到了哪里？

马卡罗夫本能地在墙上乱摸一气，很快，他的手触到了一个像是开关的东西，轻轻一摁，有了亮光。马卡罗夫这才看清自己正处在一个宽大的走廊里，身边的走廊墙壁上有几盏壁灯亮着。这是哪里？像是……马卡罗夫很快想到了二十一号地堡！

但是马卡罗夫还是不敢肯定，地堡不是已经被炸毁了吗？马卡罗夫胡思乱想着向前走去，他本能地认为走廊前面应该也有壁灯，墙壁上也应该有开关。于是他向前走了三十步，走进了阴影里面，却没有在墙上发现和刚才类似的开关。马卡罗夫不禁疑惑起来，他睁大眼睛，向前面望去，黑漆漆的宽大走廊不知通向哪里。

突然，马卡罗夫觉得身后的地面上似乎出现了一个影子——一个不属于自己的影子。他猛地回头，什么也没看见！身后是被壁灯照亮的一段空间，再往后还是一片漆黑。马卡罗夫疾走几步，穿过明亮的空间，又走进了另一段漆黑的走廊。他放慢了脚步，一边小心翼翼地往前走，一边伸手在墙壁上寻找开关。

五步，十步，二十步，三十步，四十步……当马卡罗夫走出五十步的时候，他的手终于在冰冷的墙壁上触摸到了那个开关装置。马卡罗夫停住脚步，摁下开关，“啪嗒——”一声清脆的声响，开关摁下去了，可是并没有灯光亮起。此时，马卡罗夫才发觉自己已经离光明的世界很远了。

马卡罗夫又来回摁了几下那个开关，仍然没有任何反应。马卡罗夫望着周围漆黑的空间，不禁心中起疑。他回头看看那段依然明亮的空间，也许……也许在这漆黑的走廊里，那是唯一的亮光。马卡罗夫想回去守住那点儿亮光，可是巨大的好奇心又促使他向前去，去寻找走廊的尽头，离开这里！

但是前方有可能是一个巨大的迷宫！就在马卡罗夫犹豫不决的时候，他依稀听到从前面的走廊里传来一个轻微的声音。马卡罗夫屏住呼吸，侧耳倾听。那个声音像是从遥远的地方传来，“啪——啪——啪——”一下下打在马卡罗夫的心窝上。他敏锐地分辨出来，那是脚步声，正有一个人从黑暗的走廊里向他这边走过来！

马卡罗夫的心开始狂跳起来，虽然他已久经大敌，但是此时此刻他还是无法控制住自己狂跳不止的心脏。巨大的恐惧向他袭来，将他整个人都包裹起来。马卡罗夫开始向后退，但是他几乎听不到自己的脚步声，漆黑死寂的走廊里，只有那个人的脚步声一下下撞击着马卡罗夫脆弱的耳膜！

“一，二，三，四，五……”马卡罗夫一下下默数着那个脚步声，这也是他退却的脚步。当马卡罗夫默数到整整三十的时候，他发觉来人停下了脚步，漆黑的走廊突然变得死一般沉寂！

马卡罗夫也停了下来。没有了脚步，没有了声音，甚至连呼吸都没有了，一切都像是静止了。就这样僵持了有五分钟，马卡罗夫忽然觉出自己整个人正处在明亮的壁灯下，若从走廊深处走过来的确实是一个人的话，那么此人此时也许正在黑影中注视着自己！马卡罗夫再也无法忍受这种令人窒息的气氛，他首先开口了："有人吗？"

他的声音很快消失在无尽的走廊里，没有人回答，仿佛那里并没有人存在。马卡罗夫不死心，又问："你是谁？"

还是没有人搭腔。马卡罗夫简短的话语被黑暗吞噬，一切都如刚才一样死寂。

马卡罗夫强压住狂跳不安的心，故作镇定，"我知道你在那里，你在看着我！"

还是是沉默。马卡罗夫绷不住了，他想大喊，想放声大骂，想冲出黑暗！可就在这时，漆黑的走廊里传来了一个略带沙哑的声音："伊万，很多年了，你似乎并没有什么变化！"

"怎么，你认识我？"马卡罗夫心里一动。

"你还是那么冲动！"那人并没有直接回答马卡罗夫的问题。

"你究竟是谁？"马卡罗夫怒吼。

黑暗的走廊中没有声音传来，时间就这样一分一秒过去。马卡罗夫沉不住气了，刚想开口，猛地又听到了那个脚步声——还是那个脚步声，从黑暗的走廊中传来。但是，这个脚步声是在远去，还是在向自己逼近？

2

凭借多年的特工训练，马卡罗夫很快听出，这个脚步声并没有掉头回去，而是在向自己靠近。马卡罗夫继续向后退，一步，两步，三步，四步，五步……当马卡罗夫退到第八步时，那个脚步声又消失了。马卡罗夫迅速算出了那人应该比自己多走了七步，也就是说那人一共向前走了十五步！

一切又安静了下来，马卡罗夫决心这次要沉住气。走廊里静得可以听到自己的心跳，但是马卡罗夫听不到另一个心跳，他是人还是鬼？正当马卡罗夫胡思乱想的时候，那个声音先开口了："我就是你们要找的那个人！"

"你是……将军！"马卡罗夫虽然极力控制，但声音中仍然带出了复杂的情绪，是激动，是狂喜，是惊恐，亦是刻骨铭心的仇恨！

对方发出了一种奇怪的声响，似乎在笑："伊万，虽然你们给我添了那么多麻烦，但是我也要谢谢你们带我来到了这里。一切都将见分晓，漫长的等待后，我们就要看到最后的底牌了。但是我们俩之间，只有一个人能留到最后，看到这张底牌。"

"这么说你承认你是将军喽，那么你究竟是谁？"马卡罗夫迫不及待地问。

"我说了，我们俩之间只有一个人能看到底牌！"那个声音不慌不忙，马卡罗夫从中听不出任何情绪变化。

“你也是底牌？”

“难道不是吗？我也是底牌的一部分！”

“好吧，那我先不问你这个！”马卡罗夫定了定神，他想尽可能地多跟这个声音的主人说话，从中寻找破绽，“我想知道这一切是如何开始的，是因为维克多发现了冬宫的地下室？”

“那只是将一些东西——一点点东西暴露在了阳光下。”

“是的，我也想到了，那只是你们巨大阴谋的冰山一角！你们的阴谋早就开始了，早在1964年，那个遗失的1964年！”马卡罗夫说着说着有些激动了。

“1964年？”那个声音停顿了一下，“哼，那也不是这一切的开始！”

“哦？那么……这一切开始在什么时候？”

“宿命！”

那个声音答非所问地说了这么一句。马卡罗夫的心里猛地一颤，他似乎在哪里听到过这个词。是了，唐风和韩江曾经对他提到过，在科考队出事前夜的宿营地里，一棵枯死的胡杨树干上被人深深地刻上了这个词！

“宿命？”

“是的，这一切都是命运注定的，命中注定我必将找到那座消失的古城！”

“你们跟黑喇嘛和马远他们又是什么关系？”

“哼，他们只是历史长河中的匆匆过客，而有的人会永载史册！”

“比如科兹洛夫发现了黑水城？！”

那个声音沉默下来。马卡罗夫静静地等待了一会儿，才听见那个声音缓缓地说：“不！科兹洛夫不过是个暴发户，是忘恩负义的小人和盗贼！”

“你所做的一切难道不是和他一样吗？不也是为了虚无缥缈的传说和西夏王朝的宝藏吗？”

“不！不仅仅为了宝藏，还为了爱、仇恨和未来！”那个声音似乎蕴藏着巨大的力量，马卡罗夫终于敏锐地捕捉到了那个声音中一丝微小的情绪波动。

地堡中又陷入了可怕的沉默。马卡罗夫生怕这个声音会悄悄远去，抢先说：“我已经知道你是谁了，我们一定见过面！”

“当然，我们肯定见过面！”黑暗中的人给出了肯定的回答。

“那么，好吧，我的老朋友，尤里，我知道是你！”马卡罗夫报出了布尔坚科的名字。

那人发出了一丝冷笑：“伊万，你说的那个人早就死去了！”

“这么说你也认识布尔坚科？你到底是谁？”那人沉默了。马卡罗夫沉不住气，又问，“伊萨科夫？”

那人在黑暗中保持着沉默。

"布雷宁？"

还是沉默。

"斯捷奇金？不，不会是他！"马卡罗夫自己就把斯捷奇金给否定了。

走廊那头的黑暗中依旧是一片沉默。

"沃伦·怀特……"马卡罗夫迟疑地问。

没有声音从黑暗的走廊深处传来。

一阵短暂的沉默后，马卡罗夫突然眼前一亮："你……你不会是那些学员中的某位吧？不，学员们应该都死了……"

这次，那个声音又开口了："伊万，你就别乱猜了！"

马卡罗夫忽然觉得这个声音有一种似曾相识的感觉，可是他无论如何也想不起来在哪里听过。"不！我知道你，我一定知道你！"马卡罗夫大声吼叫，震得黑暗阴森的地堡里嗡嗡作响。

"好了，我一开始就说过，我们俩之间只有一个人能看到底牌。如果我现在就让你看到我的底牌，那么……"那人说到这儿忽然停了下来。

"那么什么？"马卡罗夫追问道。

那人没有回答，从黑暗的走廊深处又传来了脚步声，"啪——啪——啪——"机械而沉闷的脚步声。

这脚步声从马卡罗夫脆弱的耳膜传入他的身体，敲击着他的心脏。马卡罗夫本能地同时向后退去，不只是因为紧张，还因为恐惧。当那个脚步已经停下来后，马卡罗夫又向后退了两步，这才停下。这时，就听那人坚定有力地说："如果我现在就让你看到我的底牌，那么你的生命也就到了尽头！"

马卡罗夫闻言身子一颤，不觉又向后退了一步。他知道那个家伙已经离自己很近了，但是依旧把身体埋在阴影中，不肯露出本来面目，而自己则暴露在明亮的灯光中，只要那人有一支枪，这会儿就可以结束自己的生命！

出于职业的习惯，马卡罗夫想要躲避，可是他的脑中忽然产生了一个念头——自己为什么还要躲避？相对于那些已经逝去的生命，自己已经活得够长了！想到这儿，马卡罗夫强使自己镇定下来，不慌不忙地反击："哦？你就那么自信？你难道就不想看看我的底牌？"

"你的底牌？"那人显然对马卡罗夫的回答感到吃惊，但是很快就镇定了下来，"伊万，不要虚张声势了。既然你这么想看到我的底牌，那么我就成全你。永别了我的朋友！"

那人说完，漆黑的走廊里又想起了那个可怕的脚步声。"啪——啪——啪——"马卡罗夫知道那个脚步已经离自己越来越近了。他的心狂跳不止，似乎已经看到那人手里正有一支枪对着自己，子弹已经顶上了膛。也许……也许就在自己看见那人真面目的时候，枪里的子弹就会呼啸着穿过自己的胸膛！

3

此刻机械而沉闷的脚步似乎成了定时炸弹上的计时器，马卡罗夫再也无法镇定下来，他再次本能地向后退去。就在他退出第一步时，那个家伙的双脚从阴影中走了出来，但马卡罗夫还是没有看清那人的脸。马卡罗夫再后退一步，那家伙的腿也显露出来了。马卡罗夫感觉自己就要窒息了，他不知道接下来将会发生什么，也不知道那张底牌到底会有多么惊人！

又是一声恐怖的脚步声，那家伙的上身已经显露在灯光下。马卡罗夫想起了自己的枪，可是摸遍全身也没有摸到。他绝望地靠在冰冷潮湿的墙壁上，大口喘着粗气，等待着底牌揭开的那一刻，也等待着死亡来临的最后时刻。

可就在那家伙抬起脚，准备再向前走一步时，马卡罗夫突然听到从自己身后——漆黑恐怖的地堡深处，又传来了一个脚步声。这个脚步声坚定而有力，从遥远的地堡深处传来。马卡罗夫心里又是一惊，这……又是什么人？

再看那个已经抬起脚的家伙，显然也听到了从走廊另一头传来的脚步声，他犹豫一会儿，慢慢地放下了脚。另一头的脚步愈发坚定，一步一步地从黑暗的地堡深处走过来。马卡罗夫不知所措，惊惧万分，那……那一头走过来的又是什么人？竟是如此的坚定！

……

马卡罗夫猛地睁开双眼，发现自己浑身是汗，还躺在蒙古包里。他坐起来，看见唐风就躺在自己身旁，梁媛睡在另一头，看上去一切都很正常。可是……自己刚才……马卡罗夫喘着粗气回忆着，一时竟无法确定刚才发生的一切是不是自己的梦境。马卡罗夫努力回想，开始是……那个海子，无边无际的海子突然涨水！紧接着自己醒了过来……不！自己并没有醒过来，而是——梦中梦！

紧接着自己又梦见了地堡，二十一号地堡！在那里见到了将军！不，自己还是没有看到将军的庐山真面目。自己和将军有对话，而且还挺多。马卡罗夫极力回忆着对话内容，直到最后，将军要显露真面目时，从地堡另一头又传来了一个脚步声。这是怎么回事？那又是谁？

马卡罗夫想来想去，百思不得其解。想到最后一刻将军即将走出阴影，自己也将结束生命，马卡罗夫不禁又是一身冷汗，忙去枕头下摸自己的枪，那个硬邦邦的家伙还在！马卡罗夫这才稍稍安心，但是那连绵不绝的梦境充斥着他混乱的大脑，一想起那个即将露出庐山真面目的将军，马卡罗夫就觉得头痛欲裂！

马卡罗夫感到胸闷得厉害，于是走出了蒙古包，看看天，满天星斗，东方已经有些白色，但黑夜仍然笼罩着整个大地。嵬名夫妇的蒙古包没有一丝动静，看来他们还在熟睡。马卡罗夫绕开他们的蒙古包，走到了那个不大的海子边。整个海子实在是小，不到二十平米，只能算是个小水泡子，这就是嵬名他们的水源。

马卡罗夫坐在水泡子边上，望着四周沉寂的沙丘出神。突然，背后有人拍了拍他的肩膀。这要在以前，以马卡罗夫的职业习惯，肯定不会让人近身。但是现在他魂不守舍，直到那人晃了晃他，他才缓过神来，回头望去竟是唐风。

“你怎么也起来了？今天我们还要赶路呢，为什么不多睡一会儿？”

唐风笑笑：“还不是被你吵醒了吗？一看你就是有心事！”

“我又做了一个梦！”

“噩梦？”

“说不好……”于是马卡罗夫将自己的梦对唐风说了一遍。

“好奇怪的梦！”唐风听完喃喃自语。

“是很奇怪，不过这个梦让我有了新的想法……”马卡罗夫说了一半，忽然停住了，像是陷入了沉思。

唐风不去打扰他。马卡罗夫沉思了很久，当东方泛起一抹鱼肚白的时候，他突然大叫：“我想……我想我的老朋友布尔坚科很有可能就是将军！”

“布尔坚科就是那个一直躲在阴影中的将军？”唐风虽然之前因为地堡的发现，也开始怀疑布尔坚科，但当马卡罗夫如此坚定地说出布尔坚科的名字时，他还是感到有些惊诧！

“尤里，我已经看到了你的底牌！”马卡罗夫显得很自信。

“可他不是已经死了吗？”唐风反问。

“这正是最不可思议的一环。我现在还说不好，但我的直觉告诉我，布尔坚科一定是整个阴谋的知情者、参与者，甚至是主谋！”马卡罗夫顿了顿，又说，“先不管我的梦，我们先从已经掌握的线索看。最初，我对他的怀疑是因为那个神秘的图案，黑衣人身上有这样的刺青，而当年许多学员身上也有这样的刺青。布尔坚科当时给了我一个看似合理的解释，使我无法凭借那个刺青就怀疑一个已经死去的人，但是我却忽略了一个最大的疑点！”

4

“最大的疑点？”

“是的，这个疑点其实从我认识他的那一刻就开始了。上面派我和他来蒙古执行任务，他军衔比我高，却要听我指挥，说是戴罪立功。现在我们已经知道，他正是因为在第十三局期间建设二十一号地堡出了重大问题才受到处罚的，这个二十一号地堡让我产生了更大的疑问。布尔坚科是个做事极其严谨认真的人，他怎么会在负责这么重要的工程时出现重大差错？”

“你的意思是，他是故意的？！”唐风惊道。

马卡罗夫点点头：“我想这种可能性很大，这点从我们后来在地堡内的发现就可以证实，那么这就产生了一个问题——他为什么故意出错，使二十一号地堡无法正常使用？”

“为了训练学员……不，这不可能，地堡建好的时候，还没有前进基地呢！”唐风摇着头说。

“不，这很有可能！”

“什么？难道他未卜先知？”

“不是未卜先知，而是庞大阴谋的一部分！假设布尔坚科是故意出错，使二十一号地堡无法使用，那么一定有他的目的。这个目的是什么呢？我现在不知道地堡不能正常使用的具体原因是什么，但通过你破译玉插屏后的古地图和最近一系列的遭遇，我想到了一个原因，这个原因就与我们苦苦寻找的瀚海宓城有关。”

“你是说地堡的位置？”

“是的，地堡太靠近边境了，也太靠近野狼谷了，这就是问题所在。在地堡修建的那个年代，军事技术发展很快，强调大纵深作战，所以大型军事工事都建在离边境有一定纵深的地区，不大可能建在如此靠近边境的地区。地堡如果建在紧靠边境的地方，一旦遇到攻击，很快就会被敌方摧毁。我想这大概就是二十一号地堡被废弃的主要原因，当然还有内部结构等其他一些原因。那么，再联想到这里与野狼谷之间的距离，就更让人生疑了！”

“也就是说，布尔坚科正是为了野狼谷而故意在靠近边境的地方建造地堡，致使地堡废弃？”唐风想了想，“就算你能说得通，可是布尔坚科是怎么知道野狼谷的秘密的？要知道，我们可是费了九牛二虎之力才找到这里来的！”

“他当然不可能一开始就知道瀚海宓城在野狼谷之内，但他或者他的同谋一定知道瀚海宓城就在这片沙漠中，而野狼谷格外神秘，因此吸引了他们的目光。除此之外，还能怎么解释呢？”

“可这样做，他的目的何在？训练学员？”

“训练学员是后来的事，我想……他当初是想把废弃的二十一号地堡建成他们的前进基地！”

“他们的前进基地？”

“就是进入这片沙漠寻找瀚海宓城的前进基地！”

“哦！我明白你的意思了！”

“我想这个阴谋是在1964年形成的，就是那个遗失的1964。通过掌握的线索，我们已经知道了1964年负责保护米沙的三个人是布雷宁、伊萨科夫和斯捷奇金，而且我们还通过后来基地学员暴动的事将这三个人与布尔坚科联系到了一起，这便可以解释你前面那个问题——他们是怎么知道瀚海宓城和玉插屏的秘密的。不要忘了，米沙是最接近谜底的人！”马卡罗夫说到这里，似乎已经完成了完美的推断。

5

马卡罗夫的话让唐风陷入了沉思，过了好一会儿，唐风慢慢地摇了摇头，说：“老马，我觉得你的这个推断还不够成熟，仍然有很多漏洞。第一，米沙怎么会轻易地把玉插屏和瀚海宓城的秘密透露给这几个特工？”

马卡罗夫也无法肯定米沙是否将玉插屏和瀚海宓城的秘密透露给了斯捷奇金等人，他撇撇嘴：“这就要问米沙了！但是卷进此事来的斯捷奇金等三人都是曾经在1964年前后保护过米沙的特工，这是事实，我甚至怀疑1964年还有一个特工保护过米沙。”

“你是说布尔坚科？”

马卡罗夫点点头：“你还记得档案里被人撕去的那两页吗？”

“当然记得，缺的就是1964年！”

“不要忘了，布尔坚科曾经在克格勃档案处工作过，我想他在那里还是有些人脉和手段的吧！”

“总之，这点我还是不能认同你。以我对米沙的判断，他不可能轻易地就把玉插屏和瀚海宓城的秘密透露给斯捷奇金等人！如果你的推断成立，那么，除了米沙以外，他们一定还有更可靠的消息来源！”

“更可靠的消息来源？还会有谁呢？不会有人比米沙更接近谜底了！”马卡罗夫也想不明白这个问题。

唐风又接着说：“第二，前面的线索只能证明布雷宁、斯捷奇金等人都卷进了学员暴动事件，但当时布尔坚科早已死去，并不能看出他们和布尔坚科有直接关系。除非布尔坚科没死，并且仍然在领导着学员！”

“这正是我最担心的。”马卡罗夫发白的眉毛纠结在一起。

“怎么，你担心布尔坚科没死？当年可是你去给他收的尸啊！”唐风惊道。

“正因为是我给他收的尸，所以我更担心，难道……难道我几十年前就铸成了一个大错？！”马卡罗夫看上去忧心忡忡。

“好吧，就算布尔坚科没死，就算你前面的推断都成立，可是后来的事又如何解释？布尔坚科为什么要故意假死？学员训练了那么长时间，为什么不进入沙漠寻找瀚海宓城，却要闹什么暴动？这也是我刚才要说的第三点。”

“这个我也说不好，也许是他们的计划有变……”马卡罗夫被唐风的三点疑问问住了，他又想起了那个梦，就差那么一点点，他就可以看到真相。想到这儿，马卡罗夫忽然来了精神，“唐风，我刚才的梦境与我的推断完全吻合，那个将军认识我，并且通过他的话语，我能听出来他很可能就是布尔坚科！”

唐风笑了：“老马，你干了一辈子特工，怎么这会儿却糊涂了？你的梦是因为你这些天开始怀疑布尔坚科，所以做梦时以布尔坚科为假想目标，怎么能拿梦来证明呢！”

马卡罗夫被唐风这一说，顿时无语。唐风笑道：“在地堡的时候，我们也曾怀疑过布尔坚科，你却一直坚称布尔坚科已经死了，现在为什么又这么坚信布尔坚科参与了阴谋，甚至就是主谋将军？我想都是你这个梦闹的吧！”

“是吗？”马卡罗夫也开始怀疑自己的判断是否产生了误差。究竟哪些是事实，哪些是自己的臆想，又有哪些是梦境？

第五章 帝王之阙

1

唐风和马卡罗夫聊了半天，直到天光大亮，仍然没有统一认识。虽然唐风指出了马卡罗夫的漏洞，马卡罗夫也开始怀疑是自己产生了偏差，但最后马卡罗夫仍然坚持认为布尔坚科一定有问题——要么他没死，要么他的背后还有一个神秘人物！

唐风他们心里挂念着韩江和叶莲娜，不敢在这儿久留。吃罢早饭，三人告别嵬名大叔，骑上骆驼匆匆上路。

唐风和梁媛骑一头骆驼，马卡罗夫一个人骑一头骆驼，按照他们前天来时的路前行，同时他们也参考了嵬名大叔给他们指点的路径。很快，他们就又进入了茫茫沙海，回头再也寻不见那个小水泡子和嵬名大叔的蒙古包。唐风心中不禁产生了一种奇怪的念头，那个水泡子和嵬名大叔的蒙古包忽然在他心中变得虚幻起来。那个平静的水泡子和嵬名大叔的蒙古包真的存在过吗？或许他们都是长生天安排的专门来搭救自己的世外高人？

想到这儿，唐风不禁轻轻叹了口气，转过头见梁媛用一个头巾把脑袋裹得严严实实，便问她："这是谁给你的头巾？"

梁媛看看唐风，唐风忽然发现梁媛的眼眶四周涂了一圈黑色的东西，不禁惊诧："你这时候还有闲情化妆！这是什么东西？最新的化妆品？"

"什么化妆品，这是木炭！"

"木炭？你头脑烧坏了，用木炭涂在眼睛上？"

"哼，你懂什么，这是嵬名大娘教我的——白天沙漠里的气温高，而且没有任何植物可以遮挡，人的皮肤会受不了的，所以用沾湿的头巾把头包裹起来，再用木炭涂在眼睛周边，防止眼睛周围的皮肤被晒裂。"梁媛解释说。

"还有这么一说！"

"唐风，梁媛说得对，我们以前在沙漠野外训练时也用的是这样的办法。"马卡罗夫附和道。

"可我感觉这儿的沙漠温度并不高！"唐风看看天，今天是个好天气，太阳照射在沙漠上，却并不是很热。

"是啊！可谁知道野狼谷中会是什么样呢？"马卡罗夫也在仰头看天。

"至少今天不会出现昨天那么大的雾了！"唐风心怀侥幸地说。

"这可说不准。野狼谷中地形复杂，气候多变，我们还是要做好准备！"马卡罗夫忧心忡忡地说。

三人又翻过了几座高大的沙丘，他们忽然惊奇地发现，在地平线的尽头，左右两侧都出现了红色的山脉。唐风不禁喃喃地念叨："好奇怪的地方，我们似乎又进入了野狼谷！"

"可我们并没有看见什么明显的标志啊？"

"不要忘了嵬名大叔说的，他说我们之前走的那一段山谷还只是野狼谷的外围地区，并没有走进核心地带！"马卡罗夫提醒说。

"核心地带？哪里才是核心地带？"梁媛不解。

"我觉得我们至少得先回到那片雅丹地貌，也许……也许那里就是进入核心地带的大门！"唐风望着远方的漫天黄沙。

"大门？那座无与伦比的大门？"梁媛回忆起了米沙写给他爷爷的那封信。

"但愿是吧！"

"你们看，前面地势低的地方是什么？"梁媛忽然指着骆驼前方冲两人喊。

只见在他们左前方大约五百米处出现了几根在微风中摇曳的芦苇，芦苇往前的一大片区域不是黄沙，而是淤泥。三人跳下骆驼，走近查看。

"看来这里在不久前还是一个海子，或是海子的一部分。"马卡罗夫迅速做出了判断。

"难道……难道那个传说都是真的？梦里戴面具的女子对我说的话也都是真的……"唐风不住地喃喃。

"唐风，你什么意思？"

"往生海……"唐风加重了语气。

"你的意思是，这片刚刚干涸的地方就是往生海的一部分？"马卡罗夫反问。

"是的，而且很可能这里就是前天让我们迷失的那个没有边际的海子！"唐风回答说。

"这不可能吧？前天还那么广阔的一大片水面，今天就干涸了？"梁媛摇着头，不敢相信。

"你们忘了？今天我们可是按照记忆中前天的路线走进来的，那么我们很可能应该再次看到那个没有边际的海子。但是我们已经走了这么长时间，却并没有看到一个小水泡子，只有这么一大片刚刚干涸的淤泥，所以我推断这就是那个海子的一部分！那个传说中的往生海可大可小，水面应该是不断变化的。”唐风解释说。

梁媛忽然灵机一动，“那今天没有大雾，我们不正可以沿着这片淤泥走，看清楚整个海子的范围！”

“不，我们的首要任务是找到韩江和叶莲娜。如果他俩没事的话，应该还会在吉普车起火的地方等我们。”唐风坚定地说。

“是啊！我想他们不会走远的，应该还在那里。”马卡罗夫也同意唐风的意见。

“也不知道他俩怎么样了！就算他们没事，这两天如果待在那个鬼地方，一定也会遭到野兽或是其他什么可怕东西的袭击。”梁媛不无担忧地说。

“还有悍马车上的那些人，如果他们是将军的人，那恐怕韩江和叶莲娜少不了要同他们展开一场恶战！”唐风说。

三人合计一番后，重新骑上骆驼，沿着淤泥走了一段，没有什么新的发现。唐风驱使骆驼向前方一座高大的沙山走去。

2

翻越高大的沙山时，梁媛在骆驼上被颠得大呼小叫。跃过沙山脊背，一路下坡，骆驼一下子飞奔起来，吓得梁媛尖叫着闭上了眼。唐风开始时怕梁媛的尖叫把野兽和黑衣人招来，刚想斥责梁媛，叫她闭嘴，谁料这头高大的骆驼身子一晃，把唐风也吓了一跳。骆驼速度越来越快，唐风完全失去了对它的控制。到最后，唐风也被吓得干脆闭上了眼睛，任由骆驼在沙海戈壁间狂奔。

也不知骆驼在沙漠戈壁上狂奔了多久，唐风只觉得耳畔生风，五脏六腑都被倒腾了一遍。终于，耳畔的风小了，也不那么颠了。唐风睁开眼，发现骆驼正悠闲自得地一步一步慢慢行走在一片安静的世界里，而眼前正是他们熟悉的地方——巨大的土丘光怪陆离、奇形怪状，似乎无边无际。“我们……我们又回到了这座魔鬼城……”唐风嘴里喃喃地说。

身后传来马卡罗夫的呼喊，他在呼唤叶莲娜和韩江的名字。唐风回头看看，马卡罗夫紧紧跟在后面，并没有掉队。这样大声呼喊有可能暴露自己，特别是招来那些黑衣人，所以唐风紧紧地把手枪攥在手里。

梁媛也跟着呼喊起来。唐风警觉地拔出枪，注视着周围，他忽然觉得似乎周围的每一座沙丘后都有一双眼睛在盯着他们。“韩江！”唐风也大喊了一声，却只听到从远处飘来的回音。

骆驼还在一步一步慢悠悠地行走着，三人都沉默了下来。唐风觉得他们正在走的这条大路有些怪异，仔细一瞧，原来这条大路比魔鬼城中的其他道路都要笔直、宽敞，两旁的土丘也比其他的土丘似乎更规整。唐风感觉这个场景似乎在哪儿见过。对，在月儿泉附近的那座魔鬼城中！那儿也是一片雅丹地貌，也有这样奇形怪状的土丘，也有这样一条笔直的大道，当时自己是坐在车上，不如现在坐在高高的骆驼上看得全面。唐风敏感地捕捉到了一个重要的信息——南面和北面的雅丹地貌中都有这样一条宽阔笔直的大道，难道只是巧合吗？

不，这绝不会是巧合！唐风越看两边的土丘，越觉得这里面有文章。

很快，他们来到了这条大道的尽头，也是整座魔鬼城的尽头，前方变成了连绵不断的高大沙山。唐风坐在骆驼上，仍然无法一窥沙山后面的世界。但最让他感兴趣的还不是沙山后面的世界，而是在通往沙山的大道两旁，孤零零地伫立着两座土丘——两座巨大的圆形土丘！

面对眼前的场景，唐风又有一种似曾相识的感觉。是的，在南面魔鬼城的最北端，也有两个巨大的圆形土丘，当时他们还在那座土丘上面看到了戴面具的女子！唐风紧张起来，并不急于走近那土丘，而是坐在骆驼上静静地观察了许久。这时，日头已接近中午，戈壁上的温度开始升高。唐风眯起眼睛盯着那两座圆形土丘，没有看见韩江和叶莲娜，也没有看见那些黑衣人，更没有看见戴面具的女子，连一只飞鸟，甚至一个生物都没有看见！

梁媛有些不耐烦了：“你还等什么，过去看看啊？”

“你不觉得这两个圆形土丘很眼熟吗？”唐风反问。

“我当然看出来了，所以才让你去看看。”

“不要忘了那个戴面具的女子。”

“我都看半天了，哪来戴面具的女子，再说我可不怕她！”梁媛颇有几分自信。

唐风也不再等待，决定去看个究竟。他轻轻一拍骆驼，骆驼便一步一步地慢慢走向了那两座圆形土丘。唐风目不转睛地盯着土丘，生怕从土丘后面突然跳出什么可怕的东西来。骆驼走近圆形土丘时，唐风并没有让它停下，而是先绕着圆形土丘走了一圈，确定土丘后面没有人，才勒住骆驼，跳了下来。

马卡罗夫也跟了过来，三人围拢在左侧的圆形土丘下，绕着土丘转了一圈却没有什么收获。唐风从土丘的方位和形制上看，觉得这应该是人工建造的，至少也是人工改造过的，但是他在这座土丘上并没有发现任何直接证据能够证明自己的观点。

唐风的目光移向了右侧的土丘，他发现这个土丘比左侧的土丘矮了一截。再仔细一看，原来在这个土丘旁边还倒着小半截土丘，不仔细看还以为是一堆沙子。唐风走到近前，抬头看了看右侧土丘顶部，上面有明显坍塌的痕迹，显然躺倒在脚下的这小半截土丘原来应该是右侧土丘上面的部分。

再仔细勘查，唐风在这坍塌的小半截土丘中清晰地看到了芦苇与木板的痕迹，他的眼睛猛地瞪大了："看，我没看错，这两个圆形土丘是人工修建的，至少也是被人为改造过的！"

马卡罗夫也看出了端倪，他环视四周，"难道我们已经找到了瀚海宓城？"

"不，这不可能是瀚海宓城，这与传说中壮观的景象完全不符！"唐风否定了马卡罗夫的猜测。

唐风蹲下来，又开始围绕着圆形土丘仔细搜寻可能的蛛丝马迹。当唐风绕到右侧圆形土丘的东面时，他的眼睛再次瞪大了——他在土丘下面的沙尘中依稀看到了符号，或者说是文字的痕迹。

3

唐风仔细辨认那一行模糊不清的字迹，突然惊呼起来，"是一行汉字！"进而他缓缓读出了这行汉字，"维天授礼法延祚十一年九月，奈长生天庇佑，天降神阙于城之南北，礼成。"

"这是什么意思？"梁媛问。

唐风静静地想了想，说："我明白了，这两个巨大的圆形土丘是两个阙。"

"阙？阙是什么东西？"梁媛一头雾水。

"古代帝王的宫殿和陵墓前面都会立两根高大的柱子，以昭显威严。最早的时候就是两根木桩或是石柱，后来发展到用砖石砌筑宏大的楼阁式门阙，也有用石柱在上面雕刻精美花纹的，这种阙一般也被称为华表。"唐风解释说。

"华表？就是天安门前面的那两根柱子？"梁媛反问。

"是的，那也是一种阙。"

"可是我们眼前的这两个圆形大土丘，怎么看也和华表不一样啊？"梁媛还是有些不明白。

"是和我们见过的明清时期的华表不一样。党项人崇尚简朴，在建筑上常常因地制宜。在这里如果用砖石砌筑高大的门阙，或是用汉白玉雕刻，都费工费时，所以我想党项人便利用此地的土丘加以改造，建造成了我们眼前的恢弘门阙。"

听唐风这么一说，马卡罗夫想起来了："对了，在我的印象中西夏王陵前似乎也有类似的土丘。"

"是的，西夏王陵前就是这样的土丘式门阙，只不过……只不过西夏王陵前的门阙没有这两座门阙高大威严！"

"哦，那这里的地位级别更高喽？"马卡罗夫已经对中国的传统文化很了解了，他知道中国古代的建筑处处体现着等级和礼制。

唐风也想到了这一层，他又望了望这两座巨大的圆形土丘，以及刚才他们走过的大道，不禁惊叹："恐怕正是如此！如果我判断得不错，这两座门阙以及我们刚才经过的大道，无论是规模，还是建筑形制都远远超过了西夏王陵中的任何一座王陵！"

"什么？那这里为什么会出现如此高级别的门阙？"梁媛有些不敢相信。

"这还用我说吗？"唐风反问梁媛。

"你的意思是……是因为瀚海宓城？"梁媛将信将疑地说了出来。

唐风默默地点了点头："我们再来看看这句话，'维天授礼法延祚十一年九月'，这是个年号，也是一个时间——建造这座门阙的具体时间。'天授礼法延祚十一年'，这是元昊用的最后一个年号，也是元昊在位的最后一年，但其实这一年他只在位一天就驾崩了。"

"一天？"马卡罗夫和梁媛同时惊道。

"嗯，就一天。就在这年正月初一，元昊大宴群臣。当天夜里，太子宁令哥在没藏讹庞的唆使下，乘元昊酒醉入宫行刺，将元昊砍成重伤。次日，一代枭雄元昊便驾崩了。之后，没藏讹庞以宁令哥杀父弑君大逆不道为名杀了宁令哥，立他妹妹所生的儿子谅祚为帝。所以这一年元昊仅仅在位一天。"

"也就是说，这两座门阙建好的时候，元昊已经不在了？"梁媛开口问。

唐风点点头："是这样，我想瀚海宓城的建造时间也大致是这个时间，这倒让我又想起了那个遥远的传说。"

"遥远的传说？"梁媛和马卡罗夫都是一头雾水。

"你们还记得七色锦海边的大喇嘛吗？"

"当然记得！可是这和我们眼前的门阙有什么关系？"梁媛疑惑地问。

"笨！大喇嘛曾经对我们说过他们家族的历史，还说了瀚海宓城的历史。"

"哦！我想起来了！"马卡罗夫惊叫起来，"当时大喇嘛说，元昊死前命一支人马携带了大量的宝藏，去了帝国遥远的北部边疆，在那里建造了瀚海宓城！"

"对，今天我们的发现证实了这个传说。这说明瀚海宓城确实是在元昊临死前开始建造的，并且在他死后的数年内基本上完工了。"唐风说到这儿，忘记了疲劳，有些兴奋。

"可后面这句'天降神阙于城之南北'是什么意思呢？"梁媛又问。

唐风想给梁媛解释，可是他的嘴张了一半，忽然愣住了。唐风怔怔地盯着面前那一行字，愣了好半天，突然，他站起身走到了左侧的那座圆形土丘下。唐风绕着土丘转了好几圈，最后蹲在土丘西面，俯下身用双手轻轻拂去土丘上的浮土和沙粒，慢慢地，又有一行文字显露了出来，这是一行西夏文。

梁媛和马卡罗夫不明就里，也跟着唐风走了过来。"怎么这里也有一行文字？"梁媛惊道。

"这是一行西夏文，我粗粗看了一遍，和右侧土丘下的汉文是一个意思！"唐风激动地说。

“一个意思？那也值得你激动成这样？”梁媛不解。

“你不明白，最关键的是这个字！”唐风用手指着这行西夏文中的一个字，“这个西夏文字我不认识，但从这两句话可以推断出它所对应的汉字就是‘阙’字！”

“这又说明什么？”

“这个字曾经在玉插屏后面的古地图上出现过，并且困扰了我很久！”说着，唐风从背包里掏出那张古地图的照片，指给梁媛和马卡罗夫，“就是这个字，与左侧土丘下发现的西夏文一模一样。而且这个字在古地图上出现了两次，一次在南线的月儿泉北面，一次就是在这里。当时，我已经辨认出了南线那个地名的第一个字是‘南’字，后来在前进基地我又破译出了北线这个地名的第一个字是‘北’字，可就是不认得后面的这个字。现在，我终于知道这两个地名了，一个是‘南阙’，另一个就是‘北阙’。”

“也就是说有两个阙？”梁媛还是有些糊涂。

“是的，这不正好确定了我们之前对瀚海宓城位置的判断吗？”唐风的话语中充满了自信。

马卡罗夫明白了唐风的意思：“帝王的陵墓和宫殿前有阙。瀚海宓城是元昊下令建造的，而且从我们已经掌握的情况看，瀚海宓城主要为皇家服务，这里的党项人主要是西夏皇族嵬名氏的族人，所以它的地位很高，不但够得上用阙，而且其规模还远远超过西夏皇帝陵墓前的门阙，南阙和北阙也可以理解为瀚海宓城的南门和北门——这说明我们之前的判断是完全正确的，瀚海宓城就在野狼谷中，它有两条通道。”

“就是这样，从我们眼前这句话也能看出来——大降神阙于城之南北。‘天降神阙’，我判断这两个圆形土丘，包括南边那两个圆形土丘原来就有，是大自然的鬼斧神工让它伫立在这里，只不过党项人重新进行了一些人工的改造，所以叫‘天降神阙’；‘于城之南北’，这正好说明了我之前的推断，这里的‘城’显然是指瀚海宓城，‘南北’说明在瀚海宓城的南面和北面各有一对神阙，进一步可以证明进入野狼谷的通道有两条——一条南线，一条北线。其实我们在南线已经非常接近野狼谷了，甚至非常接近瀚海宓城了，可是却……却被黑尘暴，还有那该死的戴面具的女子给吓跑了……”唐风不无懊恼，但是他忽然话锋一转，“现在我们到了北阙这里，说明我们之前不管绕了多少弯路，但路线是正确的，进入北阙就算是进入野狼谷的核心地带了，也就离瀚海宓城越来越近了！”

唐风说了一大通，梁媛听得头都大了：“简单地说，就是这里的门阙相当于瀚海宓城的北大门，我的理解对吧？”

“可以这么理解！”唐风点点头。

“那我们还等什么？就顺着这条道一路跑到黑吧！”梁媛笑道。

唐风站起身，环视四周，还是不见韩江和叶莲娜的身影，他不禁忧心地说：“可是我们不能不管韩江和叶莲娜啊！再说我们人也太少了。”

三人陷入了沉默。梁媛向神阙前面的那高大沙山望去，忽然提议说：“也许……也许我们先登上那座沙山，就能看到韩江和叶莲娜了，那儿应该算是这一带的制高点了吧。”

唐风和马卡罗夫观察了一阵，确实如此，两人对视了一眼，眼下没有更好的办法，只能这样了。于是，三人重新骑上骆驼，缓缓地向面前的高大沙山走去。

4

骆驼每往前走一步，唐风都不住地向身后望去，生怕把韩江和叶莲娜落在后面。正午的阳光下，身后这条笔直宽阔的大道上不见一个人。那些衣着鲜丽的显贵、东来西去的商贾和凯旋而归的将士，都曾经从这条大道上走过，而此刻他们却消失得无影无踪。历史仿佛永远定格在了几百年前的某个时刻，它是那么宁静，那么壮丽，亘古未变！此刻那两个高大的神阙显得如此壮美和神秘，唐风不禁赞叹：“这是真正的帝王之阙！”

唐风的话音刚落，突然听见一声清脆的枪响，他顿时心里一惊。但比他更受惊的是身下的骆驼，骆驼发出一声凄厉的嘶鸣，然后猛地向前奔跑起来。唐风大惊失色。他用双腿夹住骆驼，生怕从骆驼身上摔下去，又用双臂牢牢抱紧梁媛。梁媛“不负众望”，再次尖叫起来。唐风闭上眼睛，脑袋里飞快地闪过一个个画面，枪声、黑衣人、斯捷奇金、将军……但是没过多久，骆驼就放慢了速度。唐风赶忙睁开眼，发现骆驼没有直接向正面的沙山奔去，而是向沙山右面的脊背奔出了几百米。

前面除了黄沙什么都没有，唐风不明白骆驼为什么往这边跑。他回过头，发现马卡罗夫就在身后，而在马卡罗夫后面，沙山的左侧正有一个人举着枪，向他们这边奔来。举枪的人的后面似乎还有一个人，但是那人站在原地没有动，身旁的地上还躺着一个人。

那人越跑越近，还不停地喊着什么。终于，唐风听到了那人是在喊自己的名字。这是谁？唐风将骆驼调回头，梁媛率先认出了那个人：“是韩江，韩队长！”

“韩江？！”唐风似乎也听出了韩江的声音，他随即轻轻拍了拍骆驼，向韩江的方向走去。

马卡罗夫也认出了韩江：“是韩江！后面那人好像是叶莲娜！”

唐风和马卡罗夫催促骆驼前进，很快他们来到了韩江面前。

“真的是你们？！”韩江不敢相信自己的眼睛。

“刚才是你开的枪？”唐风质问韩江。

“是啊！我不开枪，你们能注意到我们吗？”韩江理直气壮地回答。

“妈的，你把骆驼惊到了，差点儿要了我们的小命！”唐风怒吼。

“我早给你算过命了，你的命贱得很！”

“这是什么话？！”

“你没听说过吗？贱命好养活，逢凶必能化吉，遇难肯定呈祥！”

“呸！呸！呸！你才是贱命！比谁都贱！贱人！”唐风咒骂起来。

眼见两人掰扯了半天没有停下的意思，焦急的马卡罗夫只好开口打断两人：“你们这两天跑到哪里去了？”

“哎！一言难尽！”韩江看看他们的骆驼，“你们从哪儿搞来的骆驼？看气色你们这两天混得不错啊！”

“我们吉人自有天相！得贵人相助！”梁媛笑说。

“我们可倒霉了，那该死的大雾害得我和叶莲娜没头没脑地乱转一气，也不知道怎么走的，转到了一个海子边……”

唐风一听，惊道：“你们也看到了那个海子？”

“看不清啊，整个海子被浓雾笼罩，我们只能看见海子边上那点儿地方。而且，那个海子太奇怪了，我们绕着海子走了很远，却走不到尽头。怎么，你们也走到了海子边上？”韩江解释说。

“是啊，我们也没看清那个海子……”唐风简要地把他们在那个海子边的遭遇，还有马卡罗夫当年的遭遇，以及自己那个奇怪的梦都说了一遍。

马卡罗夫敏锐地察觉出了一些端倪，他问韩江：“你们在海子边上走了多远？”

“多远？我记不清了，但也应该有七八公里远。我们一开始就在海子边上做了记号，可是绕着海子走了七八公里，仍然没有回到那个做记号的地方。”

马卡罗夫听韩江这么一说，眉头紧锁，又问：“那么，你们在海子边上看到其他痕迹了吗？我是指其他人的脚印，或是用芦苇做的记号。”

韩江略思片刻，摇了摇头：“没有，我们什么也没发现。”

“这就更奇怪了！我和唐风没有看见你们的脚印或是标记，你们也没看到我们的，而我们都绕着海子边走了很远，这个海子的范围实在是太让人吃惊了！”马卡罗夫惊叹道。

马卡罗夫这一说，众人才想到了这一层。韩江吃惊地说：“这个海子的范围确实十分惊人！”

5

几人说话间，已经来到了叶莲娜近前。叶莲娜和马卡罗夫拥抱在一起，眼睛里都含着泪花。唐风在一旁问韩江："那你们后来呢？"

"后来？后来我决定不能再这样走下去了，于是就离开了海子岸边。我们完全辨不清方向，在翻越了无数座大大小小的沙丘后，我们忽然在沙漠中发现了一串脚印，我们不知道这串脚印是谁的。我想到了你们，但梁媛的脚不会有那么大，唐风的脚印我有印象，也不像是你的，我又想到了老马，但也不能肯定。当然，我也想到了可能是那辆悍马车上的人，因为我发现这个脚印很凌乱，很像我们发现悍马车后跟踪的那串脚印。于是，我和叶莲娜决定跟着这串脚印走。"韩江叙述着他和叶莲娜的经历。

"你们就走回了这片雅丹地貌？"

"是的，我们俩跟着这串脚印在昨天又回到了这片雅丹地貌。那串脚印还在往前延伸，但是我们担心你们，就决定不再跟着那串脚印前进，在这里等你们。"韩江停了停，又指着不远处的地上躺着的一个人，"可是我们等了一天，也没能等到你们。于是，今天早上叶莲娜提议我俩先试探性地继续跟着这串脚印，看这人究竟去了哪里。结果没多久我们就跟着这串脚印走到这里，发现了这个家伙！"

"这个家伙是谁？"唐风用脚踢了踢躺在地上的那人。

"好像已经死了！"梁媛轻声说。

叶莲娜点点头："是的，这家伙已经死了。刚才我大概检查了一番，这人大概四十岁，看上去像是中国人，但身上没有任何可以证明身份和国籍的东西，只有这个东西。"

众人一看，叶莲娜手里拿着一把枪。

"从这人身上发现的？"唐风问。

"是的，这人后背有刺青。"

"是那个图腾？"马卡罗夫反问。

"嗯，而且刺满了整个后背。"

"哦？"马卡罗夫似乎想到了什么。

叶莲娜将那人的身体翻了过来。果然，那人的后背上刺满了文身，就是那个反复出现的图腾。马卡罗夫喃喃地说："看来这还算是个重要的家伙。"

"另外，这人身上有比较严重的烧伤！"果然，这人的后背、腰部和前胸都有被烧伤的痕迹。叶莲娜接着介绍，"要在平时，这种程度的烧伤并非致命伤，但是这里没有办法及时医治，再加上这家伙又跟我们一样迷了路，所以最后才倒毙在这里！"

"那么，你们之前的判断看来是正确的。"马卡罗夫说。

"毫无疑问，这家伙是将军的人！凌乱的脚印让我想起了我们在发现悍马车后跟踪的那个脚印，当时我们就判断那人很可能受了伤，那么……"叶莲娜停下来，环视了一圈众人，才又接着说，"那么，在我们之前被烧毁的那辆悍马，就几乎可以认定是将军的人了。车上五个人，有一人很可能当时在驾车，结果被大火烧伤，这个人应该就是眼前这个家伙。另外，还有四个人应该没事，成功逃脱了。”

“问题是他们又去了哪里呢？除了这个人，我们两路都没有撞见其他四个人……”马卡罗夫想了想，又说，“我推测，这个后背刺满图腾的家伙在将军的组织里地位应该不低。由他来驾车，那么车上坐的那几位我估计身份也都不会低！”

“你是怀疑那四个都是大鱼，甚至将军本人可能就在那辆被烧毁的悍马上？”唐风问道。

马卡罗夫点点头：“你们要清楚，这已经是最后的时刻了，瀚海宓城就在眼前，底牌就要被揭开，将军难道还能坐得住吗？我想他一定就在我们身边。”

一阵沉默后，马卡罗夫又说道：“这也意味着我们下面的路程将更加危险，致命的危险和灾难随时可能降临到我们头上。”

唐风听完马卡罗夫的话，后背在正午的阳光下升起了一股凉气。

第六章 浮屠峡

1

众人七手八脚地将地上那人的尸体用黄沙匆匆埋了，然后略作休整，便决定继续前进。唐风说两头骆驼无论如何也坐不了五个人，韩江却说："我看这两头骆驼高大健硕，坐我们几个不成问题的。这样吧，叶莲娜和老马坐一头，我和唐风、梁媛一起挤一挤。"

叶莲娜没说什么，唐风却叫开了："妈呀，你最重了，竟然还要跟我们俩挤一起！再加上我们几个人的包，你要把这可怜的小骆驼给累死啊！"

"就这么定了，服从领导安排！"说着，韩江就上了唐风的那头骆驼。唐风无奈，只得和梁媛也上了骆驼。这头骆驼驮着三个人，很是吃力地爬了起来，然后毫无怨言地向前面的沙山上走去。

唐风惊奇于这骆驼的坚韧和负重能力。大约一刻钟后，两头骆驼载着五个人艰难地爬上了沙山的山脊，展现在他们面前的景象令他们无比震撼。就在这座沙山下面，几乎是在平地上突兀地崛起了一座巨大的红石山，红色的岩石在阳光的照射下散发着神秘的气息，横亘在他们面前。正在众人诧异之时，唐风率先看见在那巨大的红石山中间，像是被利刃劈开来似的，显露出一条狭窄幽长的峡谷。

这算是野狼谷的核心地区了？唐风胡思乱想着，催促骆驼向山下走去。很快，他们就来到了红石山下，那条狭窄幽长的峡谷入口。

在峡谷的入口，首先吸引唐风注意力的并不是峡谷本身，而是谷口的一块碑。

"这里伫立着一块碑！而且是古代的碑！"唐风已经看出了这块碑是一件有年头的古物。

唐风跳下骆驼，来到那块碑近前，拂去碑上的浮土，碑文逐渐清晰地展露在他面前："又是八思巴文。"

“八思巴文？蒙古人立的碑？”韩江想起了他们在千户镇外看到的那块八思巴文残碑。

“是的，是蒙古人立的碑，落款仍然是亦集乃路总管府，碑的题目叫‘浮屠峡成吉思汗落马之处’。”

“什么乱七八糟的，这就是碑的题目？”韩江问。

“是的，这句八思巴文翻译过来大概就是这个意思！”唐风顿了一下，“不过你不要小瞧这个题目，短短一句话包含了两个重要信息。”

“哦？”大家都围拢过来。

“第一，‘浮屠峡’这显然是个地名，那么它指哪里呢？我想应该就是我们面前这条狭窄幽深的峡谷了。”

“浮屠峡？”梁媛嘴里喃喃，“好奇怪的名字，为什么这里叫浮屠峡？”

“你问我，我问谁去？古人就这么叫的！”唐风回道。

“不是吧！据我所知，‘浮屠’是佛教用语，难道这条峡谷和佛教有什么关联？说不定里面会有一座金碧辉煌的寺院！”梁媛自问自答地说着。

“废话，我也知道浮屠是什么意思，但你看这里面连个鬼影都没有，像是有寺庙吗？”唐风没好气地说。

“你还没进去，怎么知道里面不会有寺庙？”梁媛颇不服气地顶了回去。

“好吧，那等会儿你就第一个进去，看看里面有没有寺庙！”

听唐风这么一说，梁媛的嘴张了张，还想争辩，但她望了一眼那阴森恐怖的峡谷，便把嘴边的话又咽了回去。

看到梁媛那又不服气却又害怕的样子，唐风直想笑，他强忍住，又继续说：“第二点重要的信息就是，这里是成吉思汗落马的地方。对于这件事史书上有过记载，成吉思汗在最后一次征讨西夏时，曾在西夏北部的某个山谷内坠马，并因此生病。当成吉思汗灭了西夏后，他也离开了人世，但是史书上并没有说明成吉思汗坠马是在哪条山谷，这块碑的发现证明成吉思汗就是在这里坠马的。”

“那碑文说的是什么？”韩江问。

唐风仔细辨认了碑文，一直看到最后，摇着头失望地说：“碑文没有什么有价值的线索，和我们在千户镇外面看到的那块禁约碑的意思类似——开头说了成吉思汗是在这里坠马的；然后说这条峡谷狭窄幽长，里面阴森恐怖，常有怪声异响；最后告诫军民人等不要进入这里，否则后果自负。不过，这里面有一点很值得推敲。”

“哦！哪一点？”

“碑文中并没说明成吉思汗是被党项人偷袭导致坠马的，还是因为别的什么原因导致坠马的。”

“你在千户镇看了耶律楚材的卷子后，不是推断说成吉思汗很可能是遭到瀚海宓城的党项人的偷袭才坠马负伤的吗？”韩江反问道。

唐风仔细回忆了一下耶律楚材的卷子：“不错，当时我是大胆推断，成吉思汗很可能在山谷中遭受了党项人的伏击。不过我刚才仔细想了一下，耶律楚材的原话是‘余随先可汗攻伐西夏，先可汗于山谷之中坠马，全军大骇，又遭西夏来袭，余遂与先可汗及诸将失散’，我当时看到上面说‘西夏来袭’便推断说成吉思汗可能是在山谷里中了党项人的埋伏，可是仔细推敲，耶律楚材是先说的‘先可汗于山谷之中坠马，全军大骇’，而后‘又遭西夏来袭’，也就是说西夏来袭是在成吉思汗坠马之后！所以我想，成吉思汗大军是遭受了瀚海宓城党项人的偷袭，但党项人是在看到成吉思汗落马、蒙古大军惊慌之际才出击偷袭得手的。”

唐风的推断让众人眼前浮现出了一幅惊心动魄的大战场面。成吉思汗的大军钻进了狭窄、曲折、幽深的峡谷，不知是何原因，成吉思汗的坐骑突然受惊，将成吉思汗摔落马下，蒙古大军顿时惊慌失措。恰在此时，一队党项伏兵纵马杀出。慌乱间，成百上千的蒙古军士保护在坠马的成吉思汗周围。虽然党项勇士异常勇猛，外围的蒙古军士一排排倒下，但不断有蒙古军士冲上来。无奈党项人兵少，只得眼睁睁地看着蒙古大军将成吉思汗救出了峡谷，在幽深曲折的浮屠峡中只留下数百具尸骸和汇聚成小溪的血流。

“我想应该是这样的。那么如果不是党项人的偷袭导致成吉思汗坠马，还能是什么原因呢？”韩江不解。

“比如马在穿越山谷时突然受惊了！”唐风随口一说。

“马为什么会受惊呢？”

“那就要问这条浮屠峡了！”唐风说着，向漆黑的峡谷内望去，蜿蜒曲折的峡谷，根本无法窥见里面的真容。

2

五个人在谷口合计了半天，最后还是得硬着头皮往里面闯。他们重新骑上骆驼，唐风的骆驼在前，率先走进了这条峡谷。

浮屠峡越往里走越是狭窄，开始的宽度还能容两头骆驼并排走，到后来就只能容一头骆驼了。越往里走光线也越发昏暗，唐风抬头望去，头顶几乎成了一线天，而谷底距离上面至少也有六七层楼那么高，上面的那丝光线根本无法照射下来。

浮屠峡更绝的还不止于此，他们走进去没多久，峡谷竟然开始转弯了，这是众人见所未见闻所未闻的。“这么狭窄的峡谷怎么还有这么多的弯弯绕绕？”唐风不禁疑惑起来。

绕过了两道弯，前面一段似乎是一条笔直的道路，但是唐风看不清前方，因为有一块从山顶崩落的巨石不偏不倚地正卡在前方的岩壁之间，只容下面一点空间可以通行。众人不停地抬起头，仰视头顶，警觉地注视着上面的情形，生怕有人埋伏在上面。谁都知道，这时如果有人从上面偷袭，无须枪支炸药，只需从上面扔几块石头下来，即便砸不中他们，也能把他们活活困死在这绝谷之中。

所有人的心都提到了嗓子眼。紧张的十分钟后，他们来到了那块巨石下，并没有遭遇任何危险。巨石下的空间容不得众人坐在骆驼上通过，大家只得爬下骆驼，拉着骆驼通过。走过巨石下阴暗的空间，前面的光线似乎明亮了许多，一直狭窄的山谷也变得宽阔了一些，众人悬着的心稍稍放了下来。

唐风和梁媛又骑上了骆驼，叶莲娜和马卡罗夫也骑上了骆驼，只有韩江摆了摆手："你们骑吧，我就在下面走。"

众人继续向前走，又转过了一道弯。唐风忽然感到从前方吹来了一阵凉风，酷暑之中，顿觉凉意，可他身下的骆驼却停住了脚步。唐风用鞭子轻轻拍了拍骆驼，但这头骆驼迈了迈腿，还是原地不动，再看马卡罗夫和叶莲娜座下的那头骆驼，也是裹足不前了。

"这是怎么回事？"唐风心里忽然升起一种不好的感觉。他拔出手枪，又向头顶望去，头顶并没有什么动静。又是一阵凉风，比刚才那阵吹得更猛，一些细小的碎石从两侧的岩壁上掉落下来。唐风愈发紧张，握着枪柄的手心里满是细汗，他猛地抽打了一下骆驼，嘴里念念有词地喊道，"宝贝，亲，你倒是走啊！"

骆驼向前微微挪动了半步，但是随后一阵狂风袭来，骆驼竟又向后退了一步。伴随着狂风，一阵奇怪的声响传来，像是有人在哭泣，又似乎有人喊、马鸣、兵戈碰撞的声音。唐风大骇，梁媛惊恐地望着前方："这……这是什么声音？"

众人不再去望头顶，全都直直地盯着前方蜿蜒曲折的幽深峡谷。那里会有什么出现？成吉思汗的大军？骁勇善战的党项勇士？还是将军手下的黑衣人？或者……或者是什么可怕的怪兽？

3

唐风明显感觉到了骆驼的不安，两头骆驼都开始摇摆起来，四蹄不停地抬起又落下，似乎显得很烦躁。唐风又猛抽了一下身下的骆驼，这次骆驼干脆向后退了一步，与马卡罗夫和叶莲娜的骆驼并排靠在了一起。

唐风不敢再去抽打骆驼，他用双腿死死夹紧骆驼，又牢牢抱住梁媛。这时，那些诡异的声响越来越响，风也越来越大，一时飞沙走石，阴风怒号，原本宁静的峡谷像是变了天。但是等了很久，对面的峡谷深处也没有什么东西走出来。唐风正在诧异之时，忽然觉得脚下的大地发生了微微颤动，虽然只是一瞬间，但是他仍然敏感地捕捉到了。

就在大地颤动的一瞬间，那个诡异的声响陡然升高，唐风觉得身下的骆驼猛地一晃，他的身体就不再属于自己。他牢牢抱住梁媛，然后死死抓住骆驼的驼峰，不论骆驼如何晃动，就是不撒手。但原本温顺的骆驼像发了疯似的，疯狂地扬起前蹄。唐风和梁媛眼看坐立不住，就要被骆驼翻下。突然，一双有力的大手拽住了骆驼的缰绳，使骆驼没有再往后翻倒。唐风定睛一看，原来是韩江。此时，也只有韩江可以伸手一救了。再看韩江另一只手也没闲着，牢牢抓住了马卡罗夫那头骆驼的缰绳，那头骆驼同样疯了似的，高高扬起了前蹄。

两头高大的骆驼显然受到了巨大的惊吓，使劲扬起前蹄，身体向后倒去。韩江则牢牢控制住缰绳，把两头骆驼往下拉，不使唐风他们摔下去。这是一场人与兽之间的较量，是韩江一个人与两头骆驼之间的竞赛！

显然还是那两头骆驼的力量更大一些。韩江不撒手，双脚不断地被骆驼拉得向后滑行，一连三步，但是在第四步的时候，韩江又重新站稳了脚跟，没有使骆驼翻过去。韩江的双手已经被缰绳磨出了鲜血，脸涨得通红，仍然咬着牙坚持着。唐风真想下去帮助韩江，可是此刻他却在骆驼背上动弹不得。

唐风看在眼里，急在心中，眼见韩江就要支持不住的时候，唐风把眼一闭，已经做好了最坏的准备。可是谁料，闭上眼后，他就觉得身体随着骆驼猛地向前倾倒，然后又重重落了下来。

唐风忙睁开眼，原来两头骆驼全都落回了原地，此刻又变得老实温顺起来。这是韩江的神力？还是……唐风静下来认真听了听，刚才的阴风怒号消失了，诡异的声响也远去了，怪不得骆驼恢复了平静！

唐风忙跳下骆驼，关切地询问韩江："手怎么样？都出血了！"

韩江却并不在意："没什么，擦破了一点儿皮。"

叶莲娜用随身携带的绷带给韩江做了包扎。唐风忽然一拍脑袋，惊道："我知道当初成吉思汗为什么会在这里坠马了！"

"你是说蒙古大军当年也遭遇了和我们一样的情形？"韩江马上就明白了唐风的意思。

唐风点点头："不错，这就能解释耶律楚材的卷子中为什么说成吉思汗是先坠马，而后才遭到党项人袭击了。"

"可……可刚才那又是怎么回事？难道……难道那些死在这里的孤魂野鬼显灵了？"胆小的梁媛紧张地问。

"你不要那么迷信好不好？"唐风轻声斥责。

"那你说是怎么回事。"梁媛颇不服气。

"我想……我想可能是与这里特殊的地质构造有关吧！"唐风只笼统地说了这么

一句。

这时，马卡罗夫接过唐风的话："唐风说得有道理。这浮屠峡既窄又长，而且还蜿蜒曲折，很可能是因为风吹进峡谷时产生了那可怕的声响。外加峡谷内特殊的构造，致使气流在狭窄的通道中拥有很大力量，造成飞沙走石，阴风怒号，使得动物也心惊胆战！"

"刚才幸亏韩江没有上骆驼，否则我们肯定会被骆驼掀翻下来。"叶莲娜替韩江包扎好伤口，笑着问韩江，"你是不是有先见之明？"

韩江笑笑："我会掐指算命！要不要我给你们都算算？"

"好了，别开玩笑了，要开玩笑也等出去后再说，我们现在还没摆脱危险呢。下面该怎么办？"梁媛忧心忡忡地说。

"没什么怎么办的，我们不可能回去，只能往前走，走出这条峡谷！"韩江停了一下，又说，"大家都不要骑骆驼了，牵着骆驼走。"

大家点点头，牵着骆驼，默默地继续向前进发。

4

浮屠峡内变得安静下来，除了几人的脚步声，听不到任何声响。峡谷时宽时窄，蜿蜒曲折。唐风在地上发现了有水流冲刷的痕迹："看来有水流经过这里。"

"从地质学上说，这种蜿蜒曲折的深切峡谷，肯定是被一种强大的外部力量冲击成现在这副模样的。"马卡罗夫解释说。

"你是说水？"唐风有些吃惊。

"就是水！你看峡谷两边的红色岩石其实很脆弱，只要用硬物轻轻敲击就容易崩落。"说着马卡罗夫用枪柄随手敲击了一下，果然，红色岩壁便剥落下来一小块，"再加上强大的水流冲击，就变成了这副模样。"

"强大的水流？能有多强？"

"足以切开整座山的力量！"马卡罗夫肯定地说。

"啊——"梁媛惊诧地抬头仰望头顶的一线天，"那……那当年曾经有水流从那么高的位置通过？"

梁媛的话把唐风逗乐了："我来告诉你是怎么回事。很多年以前，这块巨大的岩石和周边的沙山是差不多高的，但是因为不断遭受强大流水的冲击，这条峡谷越冲越深，于是渐渐形成了这么深的峡谷。"

"那现在要是也有汹涌的水……"

唐风明白梁媛要说什么，瞪了她一眼，梁媛便将到嘴边的话又咽了回去。

大家又陷入了沉默。走着走着，唐风忽然发现浮屠峡有些不对劲。哪里不对呢？

唐风四下张望，忽然发现他们两旁原本红色的岩壁逐渐起了变化，岩壁的颜色变得越来越浅，越来越淡，到后来完全变成了白色：“你们注意到岩壁的变化了吗？”

“不仅仅是岩壁起了变化，我们脚下的地也起了变化。”

大家顺着韩江的目光向前望。果然，就在前面不远处，原本坚实的地面变成了沙子，而且是白色的沙子。“好奇怪的沙子！”唐风喃喃地说。

“峡谷也变得宽阔起来，足有十多米宽，这是之前没有见到的宽度。”叶莲娜指着两旁的岩壁。

“可是前面似乎是块岩壁，看不到峡谷通向哪里。”梁媛不解地问。

韩江来到沙子边缘往前面眺望，只能看到峡谷的尽头是一块巨大的白色岩壁，但是……韩江驻足许久后，说：“不，那岩壁下应该有通道。”

“走过去看看不就知道了！”唐风说着，迈开腿就往前走，并拉着那头骆驼。可是，当他走进那白色的沙子没超过十步时，就觉得脚下碰到一个坚硬的东西。他低头一看，在细细的白沙中显露出一截白色的人骨。不！不仅仅是一截，而是一堆散乱的骨骸！

唐风大惊，想要后退，却吃惊地发现他已经无法挪动自己的脚步。他的双脚正在一点点地陷入细密的白沙中，身后的骆驼也在往下陷：“你们不要往前走，我陷进去了！”

众人大骇。慌乱间唐风使出浑身力气，想把自己从白沙中拔出来，可是不但没用，反倒使自己越陷越深。

马卡罗夫见多识广，他在后面大叫：“唐风，你不要动！这是流沙，你越挣扎陷得越深！”

韩江想上前去拉唐风，却被马卡罗夫一把抓住：“不要去拉他，否则你也会陷进去，就像那些白骨一样！”

这时，随着阳光照射角度的变化，一缕阳光射进了峡谷深处，越来越多的骨骸从白色的流沙中显现出来，有人的，也有马的，还有一些没有腐朽的马鞍、兵器之类的东西……

5

唐风和那匹骆驼越陷越深。韩江感到自己的一只脚也要陷进去了，好在他反应及时，迅速抽身而退。逃过一劫的韩江惊恐地说：“看来这些白骨都是当年成吉思汗大军的尸骸。”

“是的，他们陷进了致命的流沙中，永远没有出来。”马卡罗夫说。

此时，唐风不再挣扎，可是他的身体还是在慢慢下沉。梁媛急得哭出声来：“有什么办法啊……快救救唐风……”

叶莲娜死死拉住梁媛，生怕梁媛控制不住情绪冲进流沙。马卡罗夫冲唐风大声喊道：“调整呼吸，慢慢向上爬，身体前倾，腿出来一点儿，把身体倒在流沙上。”

唐风按照马卡罗夫的指点，小心翼翼地把腿一点点往外拔，最后将身体完全倒在流沙上。时间一分一秒地过去，直到唐风把另一只脚从流沙中轻轻抽出来，整个人完全趴在流沙上，大家悬着的心这才落了回去。

再看那头骆驼，庞大的身躯已经有大半陷进流沙中。骆驼仰着头，不甘心地望着峡谷前方的白色岩壁，发出凄厉的嘶鸣，使出浑身气力，想从流沙中跃出。众人感到脚下的大地都在颤抖，可不论这头骆驼使出多大气力，最终一切都是徒劳的。

另一头骆驼也发出了凄婉的嘶鸣，似乎想去搭救同伴，可是无能为力。在两头骆驼绝望的嘶鸣中，传来梁媛的呐喊：“我们该怎么办？”

马卡罗夫依旧保持着镇定——至少从外表看是这样。他大声冲众人喊道：“放弃骆驼，把我们的东西都从骆驼身上卸下来，然后就像唐风这样，趴到流沙上！”

“就像蜥蜴那样前进？”韩江脑中忽然闪出了他与沙蜥搏斗的场景。

“是的，就像爬行动物那样！”马卡罗夫肯定地说。

叶莲娜和韩江赶忙将骆驼身上背负的东西都卸下来，马卡罗夫拉着梁媛小心翼翼地趴到了流沙上。每一步都得十分小心。马卡罗夫很快爬到了那头已经奄奄一息的骆驼旁边，把骆驼身上背负的包都卸下来，然后拖着包，慢慢向唐风靠近。

五个人艰难而缓慢地在流沙上爬行，穿行在那些恐怖的骨骸之间。爬出了有百余米，只顾低头往前爬的唐风突然一头撞上了一个硬邦邦的东西。他抬头一看，从流沙中冒出的一颗人头正微笑着注视着他！

第七章 流血的图腾

1

唐风惊恐地往后退去，可是因为身体趴在流沙上，行动不便，他只好侧身滚了一下，但当他抬头时，发现面前又是一颗人头。唐风的心脏像是被什么东西猛地抓了一下，惊恐万分！唐风稍稍镇定下来后，忽然觉得不对劲，流沙下怎么会有人头？就算是真的人头，也早该化作白骨了！

唐风壮着胆子定睛细瞧，面前的“人头”有鼻子有眼，栩栩如生，却不是真的人头，而是一尊佛像的头部。佛像上贴金彩绘，不过大都脱落，有些地方甚至已经露出了里面的泥胎。看来这是很有年头的东西了。再仔细查看，唐风很快根据其艺术风格判断出这是西夏时期的佛像。

“这是什么东西，这么吓人？”韩江他们也都撞见了这些佛像。

“是佛像，西夏时期的佛像。”唐风解释说。

“佛像怎么跑到了流沙中？身子呢？”韩江不解。

唐风一时也不知道如何解释，但是他细细观察了面前的佛像，发现佛头下面似乎还有东西，应该就是佛像的身子，可是这些佛像怎么会陷进流沙中了呢？

这时，梁媛一听这些“人头”是佛像，非但不害怕，反倒高兴了起来：“怎么样？我没说错吧！这个峡谷之所以叫浮屠峡，一定与佛像有关！”

唐风此时已经没了脾气：“就算你说得对，那请你解释一下，这些佛像怎么都跑到流沙里面去了？”

“我怎么知道，这不是你该研究的吗？”

唐风不和梁媛争辩，继续向前爬。他发现这里的骸骨没有那么多了，但仍然有几具马骨和人骨散落在这些各式各样的佛像中间。突然，唐风发现一柄已经锈迹斑斑的马刀竟砍在了一尊佛头正中。佛头被劈成了两半，但没有完全裂开，那柄马刀仍然留在了佛头中间，触目惊心！

唐风不禁浑身一颤。这是什么样的仇恨，竟使得人去砍佛像？唐风发现在这尊佛像旁边出现了一堆散乱的尸骨，他辨别了一番，认出是一匹马和一个人的骨头。在散落的白骨间还有马鞍和弓箭的痕迹，这难道就是当年成吉思汗的大军？

唐风胡思乱想着继续前进。又向前爬了五六十米，唐风感觉这儿的白沙不再像刚才那样柔软，他试着站立起来。果然，这儿已经摆脱了流沙区，脚下是比较坚硬的沙地了。众人都站立起来，回身望去，那匹陷入流沙的骆驼已经奄奄一息，只剩下最后一口气，它再也没有力气动弹，只能等待死亡的降临。它绝望地扭动了一下还没被白沙吞没的脖颈，看了一眼同伴……那头没有陷入流沙的骆驼还在不住地嘶鸣，焦躁不安地来回踏着蹄子。韩江见此情形，掏出了枪，想尽早结束那头骆驼的痛苦，可是却被马卡罗夫给摁住了："别开枪，万一惊动……"

韩江明白马卡罗夫的意思，只得又把枪收了起来。那头骆驼发出了最后一声嘶鸣，便垂下了头，一切似乎又恢复了平静。另一头也不再嘶鸣，只是久久不愿离去。

"好可怜的骆驼！"梁媛的眼角有些湿润。

"行了，还是来看看我们的出路吧！"韩江抬头看看头顶的那点儿天空，没有阳光射进峡谷，日头已经西去了。

"这里好像有字……"叶莲娜在身旁的岩壁上似乎发现了什么。

唐风走过去，白色岩壁上隐约露出几个黑色的字迹。"是西夏文，不过不是很清楚。"唐风辨认了半天，终于一个字一个字地读了出来，"敕——建——浮——屠——禅——寺。"

"哈，这里果然有一座寺庙！"梁媛颇有几分得意。

2

唐风回过身看看这里的峡谷，虽然比前面的峡谷要宽阔许多，但也不过十几米宽，在这么狭小的空间内建造寺庙？而且还有流沙，阴风怪响，谁会在此居住修行呢？想着想着，唐风眼前忽然浮现出玉插屏后面的古地图。他忙翻出照片查看，果然在北阙的南面不远处标示了一个名字——流沙暗河，其后还有一行小字注明："此处小心有浮屠寺"。

"浮屠寺？流沙暗河……看来这里就是古地图上标示的流沙暗河，我们走的路线没错！只是这里怎么会有一座寺庙……"

唐风正说着，叶莲娜忽然又在岩壁上有了新的发现："这后面好像还有字，还不少呢！"

唐风赶忙查看，在那几个大字后面隐隐约约出现了几行小字，还是西夏文："流沙吃人，此地多有冤魂野鬼出没。每当此时，阴风怒号，凄凄惨惨。遂尊昊王之命，建寺以镇之，并度一切亡魂。”

“原来如此！”唐风读完这段后，喃喃自语。

“什么鬼啊魂啊的，什么意思？”韩江不耐烦地问。

“这段碑记说了建浮屠寺的原因。因为这里的流沙常常吃人，而每当阴风怒号之时，党项人就认为是这些被流沙吞没的孤魂野鬼出来作祟。于是他们便奉元昊之命，在这里建了一座浮屠寺，用来镇住这些孤魂野鬼，也用来超度这些亡魂。”唐风解释了一番。

“那我们看到的这些尸骨呢？”韩江又问。

“从这些尸骨的遗物来看，他们应该是蒙古大军，但不知道他们是成吉思汗的大军，还是后来攻灭瀚海宓城的蒙古大军。”

“那么这些陷入流沙中的佛像就是浮屠寺的佛像喽？”

“我想是的。党项人把这些佛像摆放在流沙中，当蒙古铁骑突入山谷时，因为这里光线昏暗，再加上紧张，不辨真伪，把这些佛像当作敌人，于是径直向这些‘敌人’冲来。大部分兵马还没接近‘敌人’便陷入了流沙中，偶尔有几个骑兵冲到佛像近前，甚至挥刀向佛像砍了下去，但是最后的结果可想而知。当他们发现砍的只是佛像时，为时已晚，连人带马还是被流沙无情地吞噬了。”唐风的眼前又出现了一幅波澜壮阔的战争场面。

3

众人收拾好行装，继续向前。前面的石壁果然如韩江所说，走到尽头才发现峡谷在这儿又拐了弯，大家鱼贯而行。拐过这道弯，唐风发现这儿的峡谷又开始变得狭窄，头顶的天空越来越暗，看来黑夜很快就会降临。

又是一道弯，拐过去后，峡谷陡然宽阔起来，两旁岩壁的高度也逐渐降低。唐风明显感到自己的心跳又开始加快，他预感到他们就要走出这条可怕的峡谷了，但是他不确定前方会有什么在等待着他们，也许是更可怕的恶魔！

夕阳西下之时，一行人终于走出了浮屠峡，展现在他们眼前的是茫茫沙海——白色的沙海。虽然没有什么更可怕的东西出现，但是每个人都把失望和担忧写在了脸上，因为这无边无际的白色沙海也许就是最可怕的东西。

众人合计一番后，决定今晚就在谷口宿营，明天天亮后再去征服这片沙海。韩江安排了叶莲娜、唐风和自己值夜。大家都太疲倦了，这一夜谁也没有胡思乱想，只想抓紧时间多睡一会儿。

唐风负责前半夜，凌晨时分，韩江来接替他，他便沉沉睡去。沙漠白天还骄阳似火，夜晚却很冷。唐风睡到天快亮时，竟然被冻醒了。他感到浑身发冷，便坐了起来。此时，正是叶莲娜在值守。唐风刚想跟叶莲娜打个招呼，突然听见一声撕心裂肺的惨叫。叶莲娜也听到了，她迅速把枪举了起来。其他人也都被惊醒了。

“什么情况？”韩江揉着惺忪的睡眼问。

“好像……好像是一声惨叫！”唐风仔细回忆刚才那个声音。

“你没听错？不是野兽？”

“应该不是！”

“是人的叫声！而且就是从浮屠峡里传出来的！”叶莲娜肯定地说。

“你确定？”韩江反问。

“当然，我不会听错的。”叶莲娜再次肯定地说。

“所有人都起来，准备战斗！”韩江腾地站起来，快速收拾好了东西。

五个人收拾好行装，除了梁媛，唐风、韩江、叶莲娜和马卡罗夫四个人都举起枪，对准了谷口。但是他们在谷口守了快半个小时，也没见有人钻出来。唐风侧耳倾听：“里面好像什么声音都没有。”

唐风揉了揉已经发麻的双臂，韩江和叶莲娜也放下了枪，只有马卡罗夫还一动不动地举着枪，盯着黑暗的谷口。

叶莲娜和韩江劝马卡罗夫休息一下，但是马卡罗夫不为所动。

“这是哪个该死的家伙，嚎这么一嗓子，害得老子觉都没法睡！”韩江咒骂道。

叶莲娜却忽然说：“你们没发现有什么不一样吗？”

“有什么不一样？”韩江和唐风向四周看去。

“好像……好像起雾了！”梁媛在他们身后轻声说。

“是啊，怎么又起雾了！”叶莲娜忧心忡忡地向身后的沙海望去。

此刻，夜幕中的茫茫沙海已经被雾气笼罩，白色的雾气正快速地向谷口推进。

一直到天光大亮，浮屠峡内再没有动静传来，倒是雾气越来越大。不过今天并不是阴天，又过了一会儿，太阳从云层中钻出，雾气似乎有所消散。

韩江看看天，“今天是个好天气，不该有这么大的雾。我们先等一会儿，说不定一会儿雾气就散了。”

大家也没办法，只好原地待命。果然，随着太阳升起，雾气开始消散，沙漠中的气温急速上升，大家都已满头是汗。

“这该死的天，不是大雾就是高温！”韩江骂道。

“不，韩江，你不觉得这温度上升得太快了吗？”马卡罗夫忽然说了一句。

“太快了？”他们静下来感觉了一会儿。

“是的，比前几天要热许多。而且从天亮到现在，不过一个小时，温度上升得太快了！”唐风抹着头上的汗说。

4

“你们快看！那是什么？”梁媛突然惊叫起来。

众人赶忙顺着梁媛手指的方向抬头望去，随着雾气的散去，在他们头顶的白色岩壁上，炽烈的阳光照射着一幅巨大的图案，这幅图案几乎占据了整面岩壁。

“啊——又是那个图腾！”唐风惊道。

“昨晚我们怎么没注意到……”叶莲娜在回忆昨晚的情形。

“这次是红色的图腾！”韩江也惊了。

“不！是……是血！那图腾在流血！”马卡罗夫惊恐地喊道。

流血的图腾？！众人无不惊恐。炽烈的阳光照射在那个红色图腾上，一滴滴鲜红的像是血水一样的东西慢慢地从白色岩壁上滴下来，让人一阵心悸。

就在大家将注意力都集中在石壁上时，突然从浮屠峡中冲出来一群黑衣人，不由分说，举枪就向唐风他们射击。“小心！”唐风大叫一声，将梁媛扑倒在地，两人滚落到了一座沙丘下。韩江和叶莲娜、马卡罗夫也及时扑倒在地。

“这些家伙终于出现了！”韩江恨恨地说。

“可是……可是他们的人怎么这么多？不是只有四个吗？”唐风发现有几十个黑衣人从谷口冲了出来。

“看来将军这次是倾巢而出了！”韩江小声说。

面对强大的火力，韩江和唐风他们根本无力还击，只能躲在沙丘下，连头都不敢抬起。幸亏有雾，浓浓的雾气很好地掩护了唐风他们。

说来也奇怪，就在那伙黑衣人冲出浮屠峡的时候，原本炽烈的阳光被云层遮蔽了，快要消散的雾气又开始变得浓厚。显然雾气影响了黑衣人的视线，他们停止射击。随即，众人听到了一个熟悉的声音：“伊万、叶莲娜、韩江、唐风，你们不要躲了，我们已经把你们包围了，今天你们是跑不掉了！”

大家互相看看，谁也没开口。

“是斯捷奇金！”马卡罗夫听出了这个声音。

“又是这个可恶的家伙！”叶莲娜用枪瞄准了声音传来的方向，可是雾气让她根本无法看清斯捷奇金。

“我知道这个鬼地方让你们很难受！”斯捷奇金又开口了，“我们可以不计前嫌，与你们合作，一起找到瀚海宓城，到时候咱们可以对半分，你们看怎么样？”

还是没人开口。马卡罗夫也在注视着斯捷奇金的声音传来的方向，忽然前方的雾气散去一些，他隐约看见了斯捷奇金。叶莲娜也看见了斯捷奇金，她想开枪，但她知道如果一击不中，就会暴露他们。就在她犹豫的时候，马卡罗夫突然压低声音说：“叶莲娜，看见斯捷奇金身旁的那个人了吗？”

“那是谁？距离太远看不清！”

“看上去像是这伙人的头儿！”

“您是说——将军？”叶莲娜惊道。

“我不知道，不过……”马卡罗夫话没说完，面前的沙地上就是一串子弹。马卡罗夫和叶莲娜赶忙低下头，子弹掀起的沙粒溅了他们一身。斯捷奇金不再说话，黑衣人的火力又开始强大起来。

5

众人合计了一下，面对敌人这么强大的火力，不能束手待毙，也不能都聚在一起。于是，韩江、叶莲娜和马卡罗夫决定分别从不同的方向出击，唐风则负责留下来保护梁媛。

韩江、叶莲娜、马卡罗夫分散开来。不大一会儿，留在原地的唐风就听见四处都响起了枪声，他的心猛地揪紧了。在这个鬼地方，韩江、叶莲娜、马卡罗夫三个人都不能有事，否则一切都将功亏一篑！

过了一会儿，枪声似乎小了，唐风又不禁为自己和梁媛担起心来，好在雾气越来越大，他拉着梁媛躲到了一座沙丘后。

浓雾完全把他们包围了，对面两米便看不清人。黑衣人看不到他们，可唐风也看不到敌人。要是有哪个家伙突然从浓雾中闯出来……想到这儿，唐风把手中的枪攥得更紧了！

大约半个小时后，枪声渐渐小了，到后来干脆停了，空旷的沙丘间静得没有一丝声响。唐风壮着胆子站了起来，浓雾丝毫没有要散去的意思。他想大声呼喊韩江他们，可是又不敢，就这样茫然无措地伫立在沙丘上。

又过了一会儿，唐风听到了轻微的响动，是脚步声。他和梁媛隐藏在沙丘后面，直到看清来人是韩江才探出头来。五分钟后，叶莲娜也回来了。

“怎么样，有什么收获？”唐风问。

“雾太大，根本看不清！”两人都摇了摇头。

“那老马呢？”唐风关切地问。

韩江喘着粗气，看看叶莲娜，叶莲娜也看着韩江，两人一脸茫然。又过了大约十分钟，还不见马卡罗夫回来，大家开始担心起来。韩江忧虑地说：“老马怎么这么长时间还不回来？也听不到枪声？”

“是啊！他能去哪儿？”唐风皱着眉头。

“我们三个一开始就散开了，各自为战，所以……”叶莲娜焦急地向四周眺望，但她什么也看不见。

“老马，他……他不会是出……”梁媛话说了一半，被唐风瞪了一眼，又缩了回去，但大家都明白她的意思。

“叶莲娜，我记得我跟你们分开时，老马还和你在一起！你再好好想想，你们是在哪里分开的？”韩江提醒叶莲娜。

“韩，我们和你分开后，没多久我和父亲也分开了，全是大雾，我实在想不起来……”叶莲娜急得眼眶有些湿润了。

韩江轻轻拥住叶莲娜：“不要太着急了，那么多大风大浪他都过来了，这次不会有事的。”

叶莲娜趴在韩江肩头想了想，突然想起了什么：“对了，父亲跟我临分手时，说他要去抓住那个人。”

“抓哪个人？”韩江一头雾水。

“就是斯捷奇金身边的那个人。之前，父亲曾对我说斯捷奇金身旁的那个人像是黑衣人的头儿！你们想想，黑衣人的头儿是谁？”

“将军！”三人异口同声地说。

叶莲娜含着泪，点了点头：“我猜父亲就是那么想的。”

“将军终于要露出真面目了！”韩江激动起来。

唐风却说：“将军不会这么轻易露面吧！”

韩江还想说什么，可就在这时，从浓雾中传来了一些声响。“有人过来了？”唐风警觉地说。

韩江和叶莲娜全都举起了枪。

“像是两个人！”叶莲娜忽然说。

“两个人？难道不是老马？”唐风惊道。

韩江冲他们做了个噤声的手势，大家都闭上嘴，屏住呼吸，静静地等待那两个人走出浓雾。

唐风、韩江以及叶莲娜的三支枪全都对准了脚步传来的方向。唐风清晰地听到了自己的心跳，还有那个有节奏的脚步声，会是谁呢？

就在唐风满脑子胡思乱想的时候，马卡罗夫举枪押着一个人走出了浓雾。见马卡罗夫安然无恙，大家总算是松了一口气。再看马卡罗夫押回来的那个人，五十来岁，高鼻深目，金发碧眼，一看就是个西方人。

这人是谁？难道他就是将军？

第八章 沃伦·怀特

1

马卡罗夫将人押到众人面前，一边用枪顶着这个深目高鼻的西方人，一边快速地在自己的脑海里搜寻，可是他不记得曾经在哪儿见过这张面孔。那人翻着蓝色的眼睛，喘着粗气，也在盯着马卡罗夫看。两人对视了一会儿，那人先发出了两声冷笑。马卡罗夫感觉自己被这个人蔑视了，怒不可遏地将枪口死死顶住那人的太阳穴，然后歇斯底里地冲那家伙吼道："说，你叫什么名字？哪国人？"

那人又冷笑了两声，用俄语缓缓地说："伊万，其实咱们是老相识了！"

"什么？"马卡罗夫更加震惊，"你知道我的名字，我却不认识你，咱们见过面？在哪里？什么时候？"

"曾经有过一面之缘！"

"一面之缘？"马卡罗夫不解。

"好了，老朋友，不要这样对待我。我知道你的厉害，也知道你想知道什么，把枪放下，咱们可以心平气和地好好谈谈。"那人试图挣脱马卡罗夫和韩江的控制，却被两人按得死死的。

马卡罗夫和韩江对视一眼，韩江微微点了点头，那意思是放开他，量这家伙也逃不出自己的控制！于是，韩江轻轻地松开了手，马卡罗夫也收回了顶在这家伙太阳穴上的手枪，但他依旧把枪紧紧握在手中，以防不测。

那个家伙舒展了一下身子，却又闭口不言，还不时地左顾右盼，似乎期望着他的人能从浓雾中突然冲出将他救走。

"别看了，不会有人来救你的，就算有人来，我也让他有来无回！"韩江说着摆弄了一下手中的枪。

那人盯着韩江看了一会儿，似乎没听懂韩江的话。韩江很气恼，自己白挤眉瞪眼半天，这家伙一句没听懂！韩江冲叶莲娜使了个眼色，于是叶莲娜用枪顶着那人下颚，用俄语说："我知道你就是将军，一直躲在阴影中的将军！"

"将军？"那人听懂了叶莲娜的话，竟大笑起来，"将军……将军，哈哈，你们怎么知道我是将军？！"

众人被这笑声怔住了，叶莲娜一时也不知该如何是好。马卡罗夫缓过劲来，凑近那人，低声说："你肯定知道克格勃的手段吧？如果你不说，我就用克格勃最厉害的手段对付你，你好好想清楚。"

那人一听这话，止住了笑声，盯着马卡罗夫看了许久，才缓缓地开口："好吧，我说！伊万，还有你们——唐风、韩江、叶莲娜，你们可能都听说过我的名字，我叫怀特！"

"怀特！你就是怀特？"叶莲娜不敢相信，她极力回忆在克格勃档案中记载的那个曾因间谍船事件被捕的怀特的照片，却无法把面前的这个老人与照片上的那个怀特联系到一起。

"这么说你是美国人？"马卡罗夫问道。

那人点了点头："不错，我是美国人，而且曾经是中情局的一名特工。"

"果然是你！看来我和叶莲娜的调查方向是对的！当年在海参崴企图接走那些暴动学员的就是你？！"

怀特点了点头。

"还有……还有 1986 年的间谍船事件，那个怀特也是你？"没等怀特回答，马卡罗夫又紧接着问，"可是……可是谢德林曾经见过你，当我将那次事件留存的档案照片给他辨认时，他却没有认出你来，这是怎么回事？"

"呵呵！"怀特干笑了两声，"那都是后话了！"

"还有，你跟布尔坚科到底是什么关系？"马卡罗夫追问道。

"他是不是就是'将军'？"叶莲娜更是迫不及待地想知道谜底。

"有烟吗？"谁也没想到怀特面对那些重要的问题，竟然冒出来这么一句。

马卡罗夫摸了摸身上，自己的烟早已不知去向，可能是遗落在野狼谷中了，也有可能是掉在了海子边。他将目光移向韩江，韩江身上的烟也早已没了。这时，叶莲娜从身上摸出了一盒女士香烟，递给怀特一根。怀特犹豫了一下，还是接了过来，点燃后猛吸一口，又轻轻地吐出，似乎很享受这根女士香烟。抽了两口后，怀特慢悠悠地问马卡罗夫："伊万，虽然你对我没什么印象，可我对你却是印象深刻。你刚才问我在哪里见过你，你还记得那年莫斯科大学的高尔基图书馆吗？"

"高尔基图书馆？"马卡罗夫极力在自己的记忆里搜寻着。高尔基图书馆他去过不止一次，自己一个人去过，跟别人也去过，跟布尔坚科也去过，可是这个怀特，马卡罗夫却怎么也想不起来了。

怀特见马卡罗夫还是想不起来，冷笑了两声，说："想不起来也是正常的，毕竟那是很遥远的事了，而且我们仅仅是一面之缘！"说着，怀特抽完了最后一口烟，然后很不情愿地吐出了云雾。在一团云雾中，他的思绪似乎又回到了遥远的过去……许久，怀特才叹了口气，"我那时还很年轻，是莫斯科大学的一名美国留学生，但是我还有另一个身份——中情局的特工。伊万，你应该知道那个年代美国人想去你们国家并不容易，更别说去搜集情报了，所以中情局看中了我这个年轻的留学生。那时，我只觉得当特工很刺激、好玩，没有多想，便接受了中情局的邀请，并加入了他们。在接受了两个月的培训后，我便来到了莫斯科。

"可我没想到，在莫斯科的间谍生涯竟是那么枯燥无味，一晃两年快过去了，我几乎一无所获，上面对我很不满意。更为糟糕的是，我越来越觉得似乎有一双眼睛在暗处盯着我。我想也许是我多心了，但随着时间的推移，那种感觉越来越强烈。我想到了克格勃，我相信我被他们盯上了。那些日子我惶惶不可终日，于是我便向上级汇报，希望回国。上级最后还是同意了我的请求，只等两个月后学期结束我就可以回国，结束我这失败的间谍生涯。可是，就在这最后的两个月里，一个人的出现彻底改变了我的人生轨迹……"

2

莫斯科的冬天来得特别早。这天，怀特从高尔基图书馆借了两本书，照例来到学校主楼旁的花园里看书——这是他的老习惯了。他不喜欢在阅览室里看书，偏要来到外面看，哪怕是在已经寒冷的深秋季节。

怀特准备好好享受在莫斯科的这最后两个月时光，他几乎忘记了自己的另一个角色。可就在这天下午，怀特在花园的长凳上捧着一本俄文小说正看得入迷的时候，一个细长的黑影出现在他面前。怀特仍然聚精会神地看着小说，可是面前的那个黑影却一动不动地伫立在长凳前。好奇心促使怀特抬起头，看了看那人，但那人背对着阳光，怀特看不清那人的容貌，只能看出这是个瘦高的人。

这时，那个黑影开口了："沃伦·怀特？"

怀特一惊，他的身子微微颤动了一下，忙合上手中的书，再次仔细打量面前的这个人。此人身材瘦高，身着一件黑色的长风衣，面无表情，冷峻的面庞透着一股杀气，特别是那双深陷的灰色眼睛。怀特不敢和那人对视，因为他从未见过一双那么冷酷的眼睛。怀特回避着那人的目光，却无法回避他的问题，只好轻轻地点了点头："怎么，你……你有什么事吗？"

"你是美国人？"那人又问。

怀特感觉那人虽然是在问自己，但像是已经完全掌握了自己的情况。怀特不禁紧张起来，一种不好的预感在他心里升起，他微微点了点头：“嗯，我……我是美国人，来……来莫斯科大学留学……”

那人依旧面无表情地问：“如果我没有说错，你还有另一个身份，中情局的特工，是吗？”

当怀特的身份被揭穿时，他惊得将手中的书滑落到了地上。他的心脏狂跳，脑中一片空白，嘴上完全失去了控制：“不，你认错人了！”

“哼，”那人冷笑了一声，“不会认错的，我观察你也不是一天两天了。”

怀特的预感越来越不好，他害怕的事还是来了。就在他胡思乱想不知所措的时候，那人又说：“来，认识一下吧，尤里·巴甫洛维奇·布尔坚科——克格勃上校。”

“布尔坚科……上校？”怀特此时只想赶紧逃离这里，逃离莫斯科。可是这个叫布尔坚科的克格勃上校并没有掏出枪和手铐来逮捕他，而是拿出自己的证件在怀特面前晃了晃，随后慢悠悠地坐在了怀特身旁。

怀特不解其意。他曾无数次被噩梦困扰，他总是梦见一群人高马大的克格勃特工一拥而上将自己扑倒在地，然后几拳就把自己打个半死，再给自己戴上手铐，押到审讯室，在强光的照射下逼迫自己说出一切秘密——一切都像007电影里一样。可是现在自己的身份被一个克格勃上校揭穿，却没有一拥而上的大汉，也没人给自己戴上手铐，他不明白这个叫布尔坚科的家伙究竟要做什么。布尔坚科不慌不忙地坐在长凳上，点燃一支烟，深吸了一口，才又缓缓地说：“你不用紧张，我今天没有带枪，也没有带手铐。”

怀特觉得，既然自己的身份已经被这人揭穿，也没必要再装了，反倒镇定了几分，“你既然已经知道了我的身份，作为克格勃人员，你难道不需要逮捕我吗？”

布尔坚科听了这话，反倒笑了。笑毕，他才模棱两可地解释：“不错，对于我的国家，你是敌人，我应该逮捕你；但对于我个人，你并不是我的敌人，甚至还可以成为我的朋友。”

怀特不明白布尔坚科的意思，他决定不再兜圈子，直截了当地问：“那你为什么找我？”

“因为我需要你帮我一个忙！”布尔坚科掐灭手中的烟，转而看着怀特。

怀特感到布尔坚科说这话时的态度和刚才的态度大不相同，两人之间的气氛明显缓和了下来。怀特调整了一下情绪，反问布尔坚科：“哦，那我有什么可以为你效劳的呢？”

“很简单，把我引荐给你的上司。”布尔坚科的话语坚定，不容置疑。

怀特愣了一下，他听出了布尔坚科话中的意思，反问道：“我是否可以认为，你是想为我们服务？”

“你可以这么认为，但我并不这么想。”布尔坚科又是一句模棱两可的话。

“那你的意思是……”

“合作！”布尔坚科坚定地说。

“合作？怎么合作？”怀特不解。

“我为你们提供感兴趣的东西，同时我会在克格勃内部发展一些人，我相信你们一定会对我们提供的货物感兴趣的。”

“我们该怎么相信你呢？”

“我想你们的人也不是饭桶。我会先向你们提供几份不太重要，但足以证明我们实力的情报。”

“那你希望得到什么呢？”

“应得的回报。”

怀特笑了笑：“钱不是问题……”

布尔坚科打断怀特：“钱对你们当然不是问题，但对我们也不是问题。我们需要得到你们一个保证！”

“哦，看来你们不是为钱而来，至少不是单单为钱而来！”

“当然不是。我们需要你们，我指的是你顶头上司的保证——也就是在我们不再方便为你们工作的时候，帮助我们离开这里，并接纳我们。”

“这个当然，我以为你会有什么特殊的要求！”怀特觉得布尔坚科的这个要求似乎并不过分。

“请允许我解释一下这个条件，这里面包含两点：第一，我说的是‘我们’，不是我一个人；第二，我说了‘在我们不再方便为你们工作的时候’，什么是‘不再方便为你们工作的时候’，这个不是由你们来定，而是我们自己说了算！怎么样？你可以做主吗？”

怀特慢慢明白了布尔坚科的条件：“我明白了你的意思，我会先请示我的上级，我相信上面会满足你的条件的。”

谁料，布尔坚科却摇了摇头：“年轻人，要知道我这可是冒着杀头的危险来见你的，所以你一定要小心谨慎！越过你在莫斯科的上级，直接请示你们总部，否则你将失去这次绝好的机会。”

“为什么？这不合规矩！”

“我不管你们的什么规矩，我需要保证我们的安全。所以如果你不想把这事搞糟，就按照我说的做。”

怀特还是不能理解布尔坚科选择这么做的原因：“可是……我没有直接与总部联系的渠道。”

“哼，需要我告诉你你们总部的电话号码吗？”

“直接用国际长途？这不合规矩，也不安全。”

“记住，今天晚上 8 点 15 分至 8 点 45 分，你找一部公用电话直接拨打你们总部的电话，不会有人监听。我只会和你联系，千万不要节外生枝。你们那边也有我们的人，一旦我发现哪里不对，就会立即切断和你的联系。”

布尔坚科叮嘱完，很快便消失在了花园深处，只留下怀特仍在回味刚才这突如其来的一切。

3

怀特一个人坐在长凳上想了半天，突然，他警觉地向四周望去，天色已晚，并没发现什么可疑之处。怀特回想着刚才与布尔坚科见面的每一个细节，当他想起布尔坚科那令人胆寒的目光时，身子猛地颤了一下。难道一直在暗处监视自己的就是这双眼睛？怀特心里似乎明白了许多，自己也许很早就被克格勃监控了，幸亏……幸亏是这个布尔坚科，否则自己可能早就成了克格勃的阶下囚！想到这儿，怀特一阵后怕，他不知道这对自己是好事还是坏事。如果上面同意了布尔坚科的条件，那么就意味着自己原定的回国计划彻底泡汤了，自己要继续待在这里，充当他们的联络人。但怀特思前想后，还是难敌立功的诱惑。他想，自己来莫斯科两年了，这次总算要干出一点儿成绩了，光是一个克格勃上校，就足够令总部兴奋的了，更何况布尔坚科还不止一人，也许……也许他背后还有什么大人物。这样一想，怀特又对未来充满了信心。

当天晚上，怀特按照布尔坚科指定的时间，通过国际长途向总部做了汇报。总部马上指示他答应布尔坚科的全部要求，并命令他继续留在莫斯科，充当布尔坚科的联系人，一切都单线联系。

第二天晚上，怀特按照约定好的时间和地点，转达了总部的命令。布尔坚科听完之后，只是面无表情地点了点头，然后拿出了一个大牛皮纸袋子递给怀特：“我想这里面的东西你们一定感兴趣。”

怀特粗粗看了两眼，全是苏联在远东地区军事部署的资料。怀特点了点头：“我们确实对这个感兴趣。”

说完，怀特递给布尔坚科一个小信封：“这是三千美金。”

布尔坚科并没打开信封查验，接过信封揣起来，便匆匆离去。

就这样，每隔一段时间，布尔坚科便会在接头时给怀特几份情报，怀特会视情报质量给布尔坚科一笔钱。布尔坚科一如第一次那样，从不查验信封里的钱，直接揣进口袋就走。但好景不长，没过多久，怀特就失去了一开始的激情，原因主要来自于上面对布尔坚科传递的情报质量越来越不满意。他们原本希望布尔坚科能提供更多更好的情报，但是布尔坚科除了开始提供的几份情报比较有价值外，后来提供的情报基本上都是大路货，根本没有多少价值。

怀特决定要找布尔坚科好好谈一次了，于是他按照约定好的时间来到了莫斯科大学的高尔基图书馆——这里是他和布尔坚科常用的一个接头地点。

“总部对你最近提供的情报很不满意。”怀特开门见山地质问布尔坚科。

“这是可以预料的。”

“那你为什么不提供更有价值的情报？”

“我一开始就对你说过，咱们这是合作，你不能要求我太多。”

“我们的要求并不高，只需要你提供有价值的情报。”

“我会尽力的，但是最近我的处境不太好。”布尔坚科的眼中闪过了一丝不安。

怀特第一次见到布尔坚科这个样子，但是布尔坚科那不安的眼神只存在了一瞬间后就很快消失了。

“怎么，你遇到了什么麻烦？”怀特关切地问。

布尔坚科犹豫了一会儿才说：“我把一项工作搞砸了，所以我现在暂时被上面停职了。”

“停职？”怀特似乎找到了布尔坚科提供的情报质量下降的原因。布尔坚科被停职意味着他暂时很难接触到有价值的情报，也意味着布尔坚科对他们没了价值，怀特不免有些失望。

虽然怀特并没将失望之情写在脸上，但布尔坚科还是看穿了怀特的内心，他轻轻叹了口气说：“不过这只是暂时的，而且我的几个朋友如今都受到了重用，不用多久，他们就能得到更多更有价值的情报。”

“你的几个朋友？我能见见他们吗？”怀特显然对布尔坚科的朋友们产生了浓厚的兴趣。

“可以，没有问题。不过，我要安排一下。”

“那好，我等你的消息。”怀特没有想到布尔坚科答应得如此干脆，心中不禁一阵狂喜。

4

一周过去了，布尔坚科一直没有联系怀特。又过了一周的周末的晚上，怀特本想去参加学校的舞会，但就在他准备出发时，接到了布尔坚科的电话，布尔坚科用两人约定的暗语通知他今晚可以和朋友们见面。

于是，怀特开车来到布尔坚科指定的地点——特维尔大街的普希金纪念碑前。布尔坚科坐到驾驶座上，怀特则坐到了副驾驶的位置上，布尔坚科驾车很快便出了城。

“我们这是去哪里？”怀特问。

“到了你就知道了。”布尔坚科守口如瓶。

"那地方安全吗？"怀特不禁担心起来。

"非常安全。"布尔坚科总是惜字如金。

怀特不再问什么，他判断出车驶向了莫斯科的北郊。天色已经全黑了，再往北开，怀特就不认识了。蜿蜒的公路似乎没有尽头，怀特向窗外看去，一片漆黑，除了昏暗的路灯，已经没了其他灯火。

车大约行驶了一个多小时，就在怀特昏昏欲睡的时候，布尔坚科终于把车停在了一处废弃的工厂中。怀特发现这里已经远离公路，连路灯的亮光都没了，他的心不禁悬了起来。怀特虽然跟布尔坚科认识的时间并不长，但他已经领略过了布尔坚科的厉害，如果今天布尔坚科要对自己有什么企图，那自己肯定必死无疑！

怀特跟着布尔坚科在黑暗的厂区内前行，翻过一堵矮墙，他们进入了一个院子。院子里似乎是一间废弃的厂房，布尔坚科推开吱呀作响的厂房大门，走到黑暗的厂房中，然后拍了四下掌。一阵可怕的沉默后，几支强光电筒一起对准了布尔坚科身旁的怀特。怀特惊得向后退去，撞在了一段废弃的钢管上，钢管发出的声响在旧厂房内久久回荡。

一盏台灯在厂房一角亮了起来，惊魂未定的怀特这才看清，除了他和布尔坚科，厂房内还有三个人正聚在那盏台灯下——一个人高马大，一个锋芒毕露，一个老成持重。布尔坚科干笑了两声，对怀特介绍："这就是我的朋友，这位是伊萨科夫少校，满身绝技，勇武过人。"

"瓦西里·阿列克谢耶维奇·伊萨科夫。"那个人高马大的壮汉和怀特握了握手，怀特便知此人力量惊人。

"这位是斯捷诺夫上尉，枪法了得，你也可以叫他斯捷奇金。"

"尼古拉·德米特米耶维奇·斯捷诺夫。"斯捷奇金也和怀特握了握手。

"这位是布雷宁中校，他可是一位正在克格勃崛起的明日之星，现在深得上级的信任。"

怀特伸出手去，想和布雷宁握手，可是布雷宁却坐在椅子上，动都没动。怀特只好尴尬地又把手抽了回来。

"你们是一个小组吗？"怀特问。

"是的，我们就算是一个小组，为了共同的目标聚在一起。"

"共同的目标？"怀特不明白布尔坚科的意思。

布尔坚科也不解释，继续说："当然我们小组里并不止我们四个，还有很多成员，我们四个是核心成员。"

"哦，很高兴认识你们。希望大家今后合作愉快。"

就这样，怀特结识并发展了更多的成员。但是让他有些郁闷的是，虽然这几位的职位都不低，特别是那个布雷宁，完全可以搞到许多有价值的情报，但布尔坚科交给他的大多还是些没价值的情报，只是偶尔有那么一两份还算重要的情报。

怀特和布尔坚科一直按照事先约定的时间和地点接头，很少在其他时间见面，除非是特殊情况，比如上次约见其他几位小组成员。但是这一天，布尔坚科匆匆要求与怀特见面，见面的地点就约在了莫斯科大学的高尔基图书馆。

怀特按照临时约定的时间来到了图书馆，直到约定的时间已经过了，仍没见到布尔坚科的身影。怀特深知，布尔坚科是个很准时的人，没有特殊情况是不会迟到的！

怀特焦躁不安地在图书馆的走廊里乱转。他感到恐惧，害怕布尔坚科已经败露，那自己就危险了。他注视着每一个从身旁擦肩而过的人。当他走到这条走廊尽头的时候，突然一个有力的大手拉了他一把，他回头一看，正是布尔坚科。

“你怎么迟到了？”怀特怒道。

“有事耽搁了！”

“还能有什么重要的事？”

“克格勃主席的召见。”

“什么？安德罗波夫召见了你？”

布尔坚科点点头。

“你是要升官了，还是要倒霉了？”

“我不知道。我只能告诉你，我要去蒙古了。”

“去蒙古？”怀特一惊。

“对，到那里执行一项特殊任务。”

“什么任务？是你负责吗？”

“不，我是戴罪立功，是副手，负责的人是马卡罗夫少校。具体情况我走之后会有人跟你说清楚的。我现在没有多少时间了，明天就要出发。”

布尔坚科的话音刚落，从走廊那头走来一个三十多岁的年轻军官。布尔坚科见状，压低声音叮嘱道：“那人就是马卡罗夫少校，你赶紧走吧！记住我们的约定。”

“约定？”怀特一愣，但他很快明白了布尔坚科的意思。

马卡罗夫已经看到了他们，就在布尔坚科和马卡罗夫打招呼的时候，怀特低着头匆匆与马卡罗夫擦肩而过。

5

“原来你就是那个年轻学生？！”马卡罗夫听完怀特的叙述，震惊不已。

“是的，这是我们仅有的一面之缘。没想到，今天我们还能在这里相见。”

更让马卡罗夫震惊的是，布尔坚科竟然早就背叛了自己的祖国，为美国人服务了，这是马卡罗夫无论如何也没有想到的。

“尤里，竟然……竟然早就……还有布雷宁、斯捷奇金、伊萨科夫……他们不但早就认识，而且都是一伙的。”马卡罗夫震惊地喃喃自语。

“是的，但是……”怀特话说了一半。

“但是什么？”马卡罗夫一把抓住怀特胸前的衣服。

“但是他们几个始终没有给我们提供多少有价值的情报。”

“斯捷奇金和伊萨科夫恐怕接触不到什么有价值的情报，布尔坚科我说不好，布雷宁也没给你们什么有价值的情报吗？”

“布雷宁自始至终似乎都不太愿意和我们合作。”

“但是间谍船事件却帮了你们。”

怀特点点头：“那是后话了。”

“好吧，那我们就继续说说后面的事。”马卡罗夫极力使自己平静下来，他放开怀特，“那么，后来你和布尔坚科是怎么联系的呢？”

“几乎没有！”

“没有联系？”

“是的，那几年你天天跟他在一起，见过他和外界有什么不正常的联系吗？”

“不，没见过，但我不相信你们之间会不再联系。”

“事实上，在后面几年里我再没有见过布尔坚科，他离开莫斯科后，我也奉命回国了。”

“难道你们放弃了他们的小组？”

怀特犹豫了一下，“当然没有，不过我们改变了策略，不再期望他们会在短期内给我们提供多么有价值的情报，而改为‘埋钉子’。”

马卡罗夫明白“埋钉子”的意思：“也就是说一般情况下你们不联系，但在关键时刻启动他们？”

怀特点点头：“之后大概有两年多的时间，我都没有再和他们联系，直到有一天我忽然收到一个从伊尔库茨克寄来的国际包裹……”怀特的思绪又回到了那个阳光明媚的早晨。

这么美好的早晨，应该去跑步或是打网球，刚加了一夜班的怀特这么想着把车开进了自家车库。他下了车，刚想进家门，忽然又掉头向家门口的邮箱走去。他似乎有一种直觉，那里会有什么东西在等着自己。他打开邮箱，果然有一件包裹和一封信静静地躺在里面。怀特只看了一眼这包裹，刚才的好心情便荡然无存了。

包裹上有俄文和英文两种文字，收件人是自己，寄件人是一个叫“弗拉基米尔·谢尔盖诺维奇·西蒙诺夫”的人，这是一个典型的俄国人的名字，也是怀特极为熟悉的一个名字——这是布尔坚科和他约定联系时使用的化名。

而那封信则是前一天从莫斯科寄来的，寄件人是一个叫“柳德米拉·菲利波夫娜·玛丝洛娃”的人，一看这就是个俄国女人的名字。信封上的字体也十分隽秀，但是怀特知道这是他与布雷宁约定的化名。

两年没有和他们联系，怀特也感到奇怪。当初在莫斯科与布尔坚科匆匆一别后，他曾经见过布雷宁和斯捷奇金。布雷宁总是高傲地抬着头，让怀特感觉很不舒服。他和布雷宁有过约定，布尔坚科会在合适的时候与他联系，不需要怀特主动和他们联系。这个约定曾让怀特很失望，这意味着他很可能会失去这仅有的成果。

怀特在和布尔坚科的接触中总是有一种奇怪的感觉，他也不知道这种感觉来自哪里。他总是觉得自己在布尔坚科面前永远处于被动状态，一切似乎都是在由布尔坚科掌控，这令怀特感到很郁闷，也让上面对他的工作很不满意。按理说，是布尔坚科他们要投入我们的怀抱，事实却……怀特无数遍思考过这个问题，可是他不知道问题究竟出在哪里。

此刻，怀特面对这个奇怪的包裹，有些兴奋，又有些茫然不知所措。布尔坚科终于主动和自己联系了？他要告诉自己什么？怀特迅速拆开包裹，发现里面只有一本书，一本俄文书，一本没有什么名气的苏联小说家写的侦探小说。但怀特拿到这本书时，浑身猛地颤抖了一下，这是几年前布尔坚科和自己约定的一个暗号！

怀特赶忙撕开布雷宁寄来的那封信，里面只有一张纸，纸上没有任何文字，而是一串数字。怀特明白这是一系列的密码，他开始对照书的内容破解这一串密码。第一页第三行第七个单词，第十三页第六行第四个单词，第二十二页第十六行第一个单词，第四十五页第十行第五个单词，第六十七页第二行第十一个单词，第九十二页第三行第七个单词……把这些单词连在一起，怀特慢慢拼出了这句话——本月二十三日去越南，会有人联系你，有重要情报，勿忘！

“越南？重要情报？二十三日？”怀特嘴里喃喃自语，他不明白这是什么意思，看来这次自己又要被布尔坚科牵着鼻子走了。

怀特心里疑惑，却还是登上了去往越南的军用飞机，来到了这个战火纷飞的国度。当怀特刚刚走出西贡郊外的美军基地，就有一个美国大使馆的情报官员给他送上了一封信。这是一封从柬埔寨寄来的信，没有落款，信封上只写着“美国驻西贡大使馆 沃伦·怀特收”。

不用拆开这封信，怀特就知道这一定是布尔坚科他们寄来的——除了他们，不会有人知道二十三日他会出现在这里。果然，信封内又只有一张信纸，信纸上没有文字，只有一长串的数字和字母。这是什么意思？怀特盯着那串数字和字母看了一会儿，恍然大悟，这是一个坐标。怀特赶忙拿出大比例的军用地图，在上面寻找，可是当他找到这个坐标所代表的区域时，却发现这是一片人迹罕至的热带雨林！

怀特一阵眩晕，他明白布尔坚科的意思，这是让他去这个地方与来人接头。他恨恨地拍了一下桌子，他真想直接打一个国际长途电话去质问布尔坚科，或者布雷宁、斯捷奇金，这是在玩什么？！为什么要让自己去那个在地图上都难找到的鬼地方！但是，怀特知道这一切是不可能的。

6

怀特只得匆匆地收拾行装，第二天一早便离开西贡，在一队美军的保护下来到了离那个坐标还有三十公里远的一个小镇上。指挥官对他说："前面距离边境很近了，我们只能把你送到这里，多保重！你办完事，回到这个小镇后再联系我们，我们会来接你。"

怀特无奈地背上包，走下装甲车。他不知道自己将要去的是什么地方，也不知道此去将会遇到什么贵人，总之，一切都是未知的。他一头扎进了茫茫雨林，在雨林中穿行了一天一夜，终于来到了布尔坚科指定的那个区域。

怀特紧张地注视着四周，茂密的雨林无边无尽。这里靠近边境，北越士兵、南越的游击队，还有野兽也许就隐藏在不远处！怀特等了一会儿，发现前方的密林中传来了一些轻微的声响，他敏锐地觉察出有人来了！

他悄悄地将自己隐藏在一棵巨大的树木后面，直到那个人钻出了茂密的雨林。"斯捷奇金？"怀特已经认出来人，并从树后面闪了出来。

"看来你很准时。"斯捷奇金没头没脑地说了这么一句。

"准时？你也很准时！可你们的信上并没有约定时间？"怀特不解地问。

"是没有约定时间，但我们已经算准了你这个时候会出现，说明你很准时！"斯捷奇金笑了笑。

"如果我没有及时出现呢？"

"那我就在这里等你三天。"斯捷奇金说得很轻松。

"这里？等我三天！这里可是热带雨林！"怀特感到吃惊。

"呵呵，这对我来说不算什么！"斯捷奇金说。

怀特仔细打量斯捷奇金，没有背包，看上去什么装备和食物都没带，只有腰间的一支冲锋手枪和他背着的一支突击步枪。怀特觉得斯捷奇金身后的突击步枪眼熟，是一支美制 M-16 突击步枪。他不禁疑惑道："你怎么有机会到越南来？"

"执行秘密任务。"

"什么任务？"

斯捷奇金犹豫了一下："这个任务和我们之间的事无关，也不在我们合作的范畴之内！"

怀特对斯捷奇金的回答很不满意，但也无可奈何："那你们把我从美国叫来，是为了什么？"

斯捷奇金想了想，缓缓地说："我们有个很重要的大计划，希望你们能配合。如果你们答应配合，我们会真正地和你们全面合作，而不是像之前那样合作。"

"哦？"怀特显然对斯捷奇金所说的大计划产生了兴趣，"什么样的大计划？"

"这里说话不方便，我也没有多少时间。"说着，斯捷奇金递给怀特一个不大的牛皮纸袋子，"关于计划的所有内容都在这里面，你回去后好好研究。里面还有我们以后的联络方式，另外有一份厚礼，以显示我们的诚意。"

怀特打开牛皮纸袋子，往里面瞅了一眼，看见里面有一盒录音带和一卷胶卷。怀特重新合上袋子："好的，就这些吗？"

"你还想要多少？！把这个带出来就已经让我费尽了心思！"斯捷奇金看起来有些不满。

两人说完就要分手，怀特忽然转身问："布尔坚科现在还好吗？"

"不太好，但他无所谓。"

"我看他给我寄的包裹是从伊尔库茨克寄来的，他现在还在蒙古？"

斯捷奇金点点头："不错，他还在那里。"

怀特还想说什么，斯捷奇金却已经不耐烦地挥挥手，一头钻进了茂密的热带雨林，消失在了茫茫的雨雾中。

第九章 吃人海子

1

怀特叙述完这一切，马卡罗夫仍然不依不饶，想尽快从他口中得知一切秘密：“包裹里面是什么？”

韩江却开始担心他们所处的环境，他忧心忡忡地望着四周的浓雾：“这里不安全，那些家伙随时会从浓雾中杀出，我们还是先转移到安全的地方吧！”

“安全的地方？这里哪有安全的地方？”叶莲娜警惕地望着四周。

“反正不能在这里，那些家伙随时会回来找到我们。”

没有人反对，于是韩江押上怀特，大家开始往前走。在重重浓雾中，六个人艰难地在潮湿的沙子里跋涉，没有再遇见那些黑衣人，也没有遭遇什么危险。但是唐风感到呼吸越来越急促，步伐也越来越沉重。唐风觉察出海拔的升高，他们似乎在翻越一座山，一座高大的沙山。

唐风想到了那些关于野狼谷的种种传说——野狼谷被许多山脉分割成不同的山谷。这是不是又翻过了一座山？山那面将会是什么？众人的心里惴惴不安。不知不觉中，他们又开始向下走。韩江和叶莲娜一前一后押着怀特，怀特倒也算老实，并没有要逃跑的迹象。马卡罗夫走在最前面。

忽然，唐风听见从浓雾中传来了马卡罗夫的抱怨声：“该死！我们怎么又走到了水边！”

唐风闻言疾走几步，来到马卡罗夫身边。果然，他们又来到了水边，大雾笼罩着平静的水面，看不到三米之外的景物。

“难道我们又走到了那天遇到的海子边？”唐风大惑不解。

“不，这绝不可能！”马卡罗夫叫了起来，“我们已经走进了阙门，又穿过了浮屠峡，还走了这么远，怎么会又回到了那天遇到的海子边？！”

“我也不相信。”梁媛也晃着脑袋，直呼不可思议。

一阵沉默后，马卡罗夫突然转身，用枪指着怀特质问：“你们也遇到过那个湖吗？一个没有边际的湖！”

怀特看看马卡罗夫，又把目光移向水面，淡淡地说：“你们以为抓住了我，就能抓到将军？你们以为走进了野狼谷，就能找到那座古城？还有许多不可思议的事会出现在你们面前，我劝你们要做好准备。”

“听你的口气似乎知道些什么？”叶莲娜问。

“我并不比你们知道得多，那个湖我们也遇到过，但是……但是我们很快就离开了湖边！”

“哦！雅丹地貌里那辆被烧毁的悍马是你们的吧？”叶莲娜继续质问怀特。

怀特点点头：“不错，那是我们的车。不知怎的，那辆车突然起火了。”

“你们一共有五个人，除了你和那个已经死了的司机，还有三个人，我说得没错吧？”马卡罗夫问道。

怀特的身子震了一下，随即又恢复了正常。马卡罗夫继续说：“既然你不是将军，那么剩下的三个人当中有一个人就是将军，还有一个人应该是斯捷奇金。至于剩下的那个人，能告诉我他是谁吗？”

“我不认识那人，那人很神秘，戴着斗篷，看不到脸，不过……”

“不过什么？”马卡罗夫迫不及待地问道。

“不过那应该是个中国人，我知道的就这么多。”

“好吧，那么我们来说说我最关心的人——将军，他究竟是谁？布尔坚科？”马卡罗夫极力压低自己的声音。

怀特愣了一会儿，才缓缓地说：“你想知道的一切都可以从我在越南接到的牛皮纸袋子说起……”

2

众人都在等着怀特继续揭开这些迷雾，可是怀特却欲言又止，他环视四周，不知道在看什么。

“别指望这地方有人能救你！”叶莲娜呵斥道。

“我不指望有人能救我。从我打开斯捷奇金给我的那个牛皮纸袋子开始，我就没指望过有任何人可以救我。即便是上帝，也无法救我！”

“袋子里面有什么秘密？”马卡罗夫追问。

“是一盒磁带和一卷胶卷！”怀特仍然在东张西望。

“磁带和胶卷是什么内容？”叶莲娜问。

“是……是一个惊人的计划！”怀特说到这儿，突然从地上跃起，不知他哪来的力量，竟一下撞翻了韩江。叶莲娜刚要举枪，怀特又飞起一脚，正踢在叶莲娜的手腕上，叶莲娜的枪飞了出去。怀特又摆脱马卡罗夫，向水边奔去。

这一切都发生在短短的十秒内，没等其他人反应过来，怀特已经跳进了水里，玩命地向海子深处奔去，溅起了巨大的水花。

“怀特，别跑，再跑，我就开枪了！”马卡罗夫举枪对着水面的浓雾，但是此刻他的前方全是白色的浓雾，根本看不清怀特的身影，只能通过水声判断出怀特应该还没跑远。

韩江从地上爬起来，懊恼地举枪就想射击，却被马卡罗夫拦住：“不要引来不必要的麻烦。”韩江明白马卡罗夫的意思，只好放下枪。

“都怪你要跑到这个鬼地方来！”叶莲娜埋怨韩江。

“我怎么知道会弄成这样！”韩江申辩道。

“现在我们该怎么办？”叶莲娜问马卡罗夫。

马卡罗夫的眼睛眯成了一条线，但是他无论如何也无法看穿面前的浓雾。唐风、韩江和叶莲娜等不急了，刚迈步要冲进水里，马卡罗夫却突然大喝：“不要下水！”

众人大骇。唐风和叶莲娜赶忙退回岸边，冲在前面的韩江停在水中。众人不明白马卡罗夫何意，回头望着马卡罗夫。他做了个手势，那意思是“你们听”！所有人都屏住呼吸，周围鸦雀无声，一切似乎都恢复了平静，没有怀特奔跑溅起的水声。怀特人呢？

浓浓白雾笼罩着水面，也包围着每一个人。“如果怀特聪明，这会儿应该待在水里不动！”唐风小声嘀咕。

“或许他就在我们附近。”叶莲娜忽然猛地转身，但身旁依旧是浓雾。

时间一分一秒地过去，海子边静得可怕，每个人都能清晰地听到自己的心跳……突然，就在离他们不远的地方，传来了一阵撕心裂肺的惨叫！

马卡罗夫第一个反应过来，冲韩江大喊：“韩，你快上来，水里面有东西！”

韩江赶紧撤回岸上，那声惨叫持续了约有半分钟，随后水面重新恢复了平静，又像之前一样，静得可怕！

大家面面相觑，刚才那声惨叫显然是怀特发出的，怀特一定遭遇了什么意外。水里面会有什么？还是别的什么威胁？

唐风感到自己浑身的毛孔都张开了，这种恐怖的感觉令他的心脏狂跳不止。他的瞳孔急速放大着，直直地盯着面前被浓雾笼罩的水面，似乎那里有什么可怕的东西将冲出，向他们袭来……

3

就这样僵持了足足有十分钟，唐风不知道他们在和谁对峙——敌人、猛兽，还是未知的威胁？雾气仍然没有要散去的意思。终于，水面上起了变化，一个东西被看似平静的水流冲到了岸边——是一个人。唐风马上认出了这就是怀特。此时，怀特已经成了一具恐怖的尸体。

韩江和叶莲娜壮着胆子，将怀特的尸体从水里拖上来，然后翻过身。久经大敌的两个王牌特工竟然被怀特恐怖的面容吓了一跳，只见怀特的面部已经没有一块完好的肌肤，整个脸因为极度的痛苦和恐惧扭曲在一起。

刚才怀特究竟遭遇了什么可怕的东西？唐风和韩江、叶莲娜、梁媛都在想着同样的问题。马卡罗夫却蹲在怀特身旁仔细查验，一声不吭。许久，马卡罗夫站起身来，故作镇定地说："怀特是被一种力大无穷的生物缠绕致死的。"

"缠绕致死？"唐风马上想到了什么，"你是说蛇？"

马卡罗夫点点头："不是一般的蛇，是巨蟒！"

"沙漠中的巨蟒？！"唐风倒吸一口凉气。

"是的，怀特身上几乎没有一块完好的骨头，全部都被弄断了，面部还有被蛇吞噬的痕迹。"马卡罗夫迅速做出了判断。

众人大骇，这海子里竟然会有巨蟒？！

"更可怕的是，这里面还不止一条巨蟒！怀特在短时间内被攻击致死，这绝不会是一条蛇所为，而是无数条蛇！"马卡罗夫说。

"有很多蛇？那……那这些蛇也会爬到岸上来的！"梁媛惊慌起来。

众人惊恐地观察着四周，生怕那巨蟒会窜到沙地里。但是他们并没有看见巨蟒的踪影，却又发现有些东西被水流带到了岸边，都是些白花花的骨头。

唐风小心翼翼地拾起这些骨头，有人的，还有牛的、马的、羊的。忽然，唐风发现在这些骨头当中，有一些骨头是他从没有见过的。他拾起这些骨头给大家辨认，竟没有人能说出这是什么生物留下来的。

马卡罗夫拿起一块形状奇怪的头骨，"这个东西的头骨我从未见过，大小……和熊类似，但又不是熊，很像是某种灵长类动物的。"

"你是说猴子？"唐风猜测道。

"比一般的猴子要大！"

"猩猩！"唐风继续猜测。

马卡罗夫不置可否，他盯着那头骨，眼睛眯成了一条线。唐风不知道马卡罗夫看出了什么，嘴里喃喃道："可是这里怎么会有猩猩呢？就是在古代也不会啊！"

谁料，韩江却说："你直接说是人的不就行了！"

“人？”众人大骇。

马卡罗夫放下这块头骨，摇了摇头：“不，肯定不是人的，但是很接近灵长类动物的头骨。”

“可是……剩余的骨头怎么也不像是灵长类动物的啊！”叶莲娜忽然在一旁叫了起来。

叶莲娜用剩余的骨头在白色的沙地上大致摆出了一个骨架的形状，虽然不是很完整，但并不难看出，这副骨架绝不可能属于一个高智商的灵长类动物！

“这不会是另一个动物的骨架吧？”梁媛喃喃地发问。

“不……就是那个东西。”马卡罗夫盯着沙地上的骨架说。

“你为什么这么肯定？”韩江不解。

“因为这副骨架明显很大，看上去应该是某种猛兽的。但它不是虎，也不是豹，更不是狼，与这里可能出现的大型动物都不符合，体型应该很大。这副骨架的高度接近一头成年黑熊直立起来的高度。”

“有这么高？那就是熊吧！”梁媛喃喃道。

马卡罗夫又摇摇头：“熊的骨架我见过很多次，这个东西与熊的骨架并不相同，它的前肢明显比熊的前肢要发达得多。”

“比熊的前肢还要发达？熊一掌能把人拍死，这东西比熊还要强大，那它的力量……”唐风不敢再说下去。

“它的力量会比熊还要惊人！”马卡罗夫接着唐风的话说了出来。

“所以你推断这是一个未知生物的骨架？”韩江反问马卡罗夫。

4

马卡罗夫不置可否，“还有，这个东西的骨架的高度接近成年黑熊，但是看上去却并没有熊那么大。它的前肢粗壮有力，后肢也很发达，所以我推测这个东西奔跑起来，速度会比熊快很多。”

“这究竟是什么东西？这么厉害？！”韩江惊道。

“一种未知的生物。”马卡罗夫终于说出了自己的判断，“这个东西有灵长类动物的智商、熊的力量和虎豹的速度，很可能还具备豺狼的凶狠残暴。”

“这么可怕？”所有人都倒吸一口凉气。

“妈的，这鬼地方又是巨蟒，又是未知怪兽的，还有这个该死的总是被浓雾笼罩的海子，老子快受不了了！”一向镇定的韩江嚷了起来。

“韩，你不用太担心，好在这种猛兽现在已经不存在了，它很可能生活在古代。”马卡罗夫宽慰韩江。

“生活在古代……”韩江一听这话，马上怔住了。当他和唐风四目相对的时候，唐风突然大叫起来，“你们还记得千户镇里的那些干尸吗？”

“你是说我们最后发现的那些可怕的干尸？”韩江也想起了那些干尸。

“对！一个个面目狰狞，身体遭受了严重的攻击，内脏和肠子都流了出来。当时我们就判断那些军士是遭受了一种强大猛兽的攻击！”

“你的意思是，攻击千户镇的猛兽就是我们现在看到的这具骨架？！”梁媛面露惊恐。

唐风点点头：“我想是这样，而且我判断这种猛兽很有可能是受瀚海宓城的党项人控制的。”

“瀚海宓城的党项人竟能驯服这么厉害的猛兽？！”马卡罗夫将信将疑。

“是的，在千户镇被这种猛兽攻击的全是蒙古军士，显然这种猛兽是被党项人控制的，应该是他们武装力量的一部分。”唐风向没有见到那些干尸的马卡罗夫和叶莲娜解释了一番。

众人用白沙把那具可怕的骨骸和怀特面目狰狞的尸体匆匆掩埋，水面的浓雾依旧没有散去的迹象。梁媛望着被浓雾笼罩的水面，心悸不已：“幸亏我们出发时带的水够多，否则就要喝这些可怕的水了。”

“你怀疑这个海子的水有问题？”唐风问。

“是啊，这水表面看上去清澈，可谁知道有没有毒呢。要不那么多人畜，还有这么可怕的猛兽怎么都死在了水里？”梁媛说。

“也许杀死他们的生物和杀死怀特的是同一种！”韩江突然冒出来这么一句。

“你的意思是，都是巨蟒？”叶莲娜惊道。

“我看这水质纯净，不像有问题，那么有问题的就只能是水里面的东西了。”韩江解释说。

“我不同意你的这个判断。这些尸骨出现在水里，并不能说明他们就是被水里面的东西杀死的，也不能说明水质有问题。如果这个海子就是传说中的往生海，那么在传说中，往生海可大可小，变幻无常，水面大的时候，它可能把原来在戈壁滩上的东西全都裹挟进来，所以这水里出现一些东西很正常！”唐风又想起了嵬名大叔对他说的那个关于往生海的传说。

5

韩江听了唐风的推断，反驳说：“首先，这是不是传说中的往生海还不一定！其次，就算是往生海也不一定可大可小变幻无常，我不相信沙漠戈壁中的海子可以像传说中的那样不断变化。”

“可我们这一路的遭遇不正在一一应验那个可怕的传说吗？”唐风颇不服气，他想了想，“我现在明白为什么在古地图上没有标示海子了。按理说，这么大的海子肯定要出现在地图上，但是玉插屏后面却没有，这说明什么？说明这片海子就是传说中的往生海，它可大可小，变幻无形，所以无法标示在古地图上。”

“好了，你们俩先别争了，往生海也好，未知猛兽也好，现在都不是我们的现实威胁。”马卡罗夫打断了唐风和韩江的争执，然后环视众人，“我们现在最现实的威胁是这不肯散去的浓雾，还有水中的巨蟒！”

马卡罗夫的话让所有人的心里都是一颤。

“是啊，这浓雾久久不散，我们不能一直这样待在水边啊！说不定……说不定天黑后，那些巨蟒会游到岸上来，到那时……”梁媛不敢再说下去。

“你别吓人了！我们当然不会在这里坐以待毙！”唐风很坚定地说，“依我看，这浓雾未尝不是一件好事。”

“你说什么？”

“你什么意思？”

梁媛、叶莲娜和韩江都不解地望着唐风。

只有马卡罗夫似乎明白了唐风的意思：“唐风的意思是这浓雾对我们是坏事，对将军他们来说也是坏事！”

唐风点点头：“不错，将军他们人多势众，如果没有这浓雾，恐怕他们早就找到了瀚海宓城。浓雾困住了我们，也一定困住了他们。他们或许就在离我们不远的地方，所以我们说话一定要小点儿声。”

唐风的话让大家更加警觉起来，五个人聚在一起，所有的眼睛都紧张地注视着浓雾中的一切。

“我们现在该怎么办？总不能一直在这里等到天黑吧！”叶莲娜问。

“别急，让我判断一下！”唐风掏出指南针和电子罗盘。令他不可思议的一幕发生了，指南针上的指针竟指向了背后沙丘的方向——那里是南方？可是按照唐风的判断，背后的沙丘应该是北方，面前的这片海子才是南方！唐风感到有些困惑，大家谁也不知道是怎么回事。

最后马卡罗夫提议：“我们先沿着水边走一段，再看看吧！”

大家只好同意，五个人开始慢慢地顺着水边走。他们也不知道这是什么方向，更不知道他们会走向哪里，而前面又会有什么可怕的东西在等着他们！

第十章 怯薛军碑

1

在浓雾中，众人沿着水边只走出百米远，就花了一刻钟的时间。每个人都处于高度紧张中，谁也不知道下面该怎么办。如果一直是这样，那……正当唐风胡思乱想的时候，韩江突然大喊了一声："谁？！"

紧接着，韩江就朝着前方开了一枪，唐风、叶莲娜和马卡罗夫也把枪口都对准了前方。可是浓雾中只隐隐约约显出了一个黑色的轮廓，那并不是人，也不知是什么未知生物。

唐风壮着胆子又向前走了几步，浓雾渐渐散去，他看见一座巨大的石碑伫立在海子边的白色沙滩中。

唐风长出一口气，收起手枪，心里忽然被一种莫名的兴奋包围——他并不知道这块石碑会对他们有什么帮助，也许什么帮助也没有，但是终于可以暂时摆脱那种令人窒息的处境了："是块碑，虚惊一场！"

众人迅速来到石碑近前。韩江瞥了一眼石碑，依然警觉地注视着周围，不肯把枪放下。

唐风伸手摸了摸石碑，石碑的质地似乎很脆弱。他不禁担心起来，这么脆弱的石质，沙漠中又有这么大的风沙，恐怕当年刻在上面的文字早就模糊不清了吧！

唐风首先观察了一番石碑的形制，判断说："这块石碑应该是就地取材，所以石质并不好，而且上面也没有雕刻什么纹饰，很难看出这是哪个时期的碑。"

"那就只有通过石碑上的文字判断了。"梁媛说。

"对，只能通过文字了！可是这里风沙这么大，碑的石质又不好，我怀疑还能不能在碑上找到文字。"唐风仔细地在石碑的正面搜索，却看不到任何文字的痕迹。唐风心里疑惑，不禁向后退了两步，当他退到第三步时，隐约在石碑上看见了文字的痕迹，是很大的几个字——石碑正面阴刻着几个大字，可是这字不是汉字，也不是西夏文，唐风马上想到了八思巴文。

“是八思巴文，一共是四个大字。”唐风激动地说。

“什么字？不会是往生海吧！”梁媛胡乱猜测。

“往生海？不，不是，我说了是四个大字！”

“到底是什么字？快说啊！”韩江催促道。

“别急！”唐风说着跑到石碑前面，用手拂去碑面上积累了数百年的灰尘，四个八思巴文逐渐显露在他的面前。唐风退后两步，慢慢地念出了石碑上的八思巴文，“怯——薛——军——碑——”

“什么……切……血……军？！”韩江根本没听明白。

“是怯薛军。”唐风纠正道。

“什么是怯薛军？”梁媛问。

唐风解释说：“怯薛军是由成吉思汗建立起来的一支强大禁卫军。直到元朝灭亡，怯薛军一直都是宿卫蒙古大汗和元朝皇帝的禁卫军。我很奇怪，这里怎么会有这样一块碑。”

“那也就是说，它是蒙古人战斗力最强的一支军队喽？”韩江反问。

“可以这么认为，怯薛军是元朝的精锐。但是怯薛军一般不会远离蒙古大汗，更别说出来单独执行任务！”

“这……什么意思？”韩江没听明白。

“笨！意思就是说，蒙古大汗带领怯薛军曾经来过这里！如此说来，很可能是来对付瀚海宓城的党项人的！”梁媛倒是明白了唐风的意思。

“我就是这么想的，不过具体是怎么回事，光凭这几个字还很难判断。在我的印象中，除了成吉思汗，好像没有哪位蒙古大汗带领怯薛军到过这里……”唐风疑惑地盯着面前这块已经有些残破的石碑。

“这碑上就这几个字吗？”马卡罗夫好奇地问。

“我想应该还有。这块碑应该是怯薛军所立。这种碑多半都是记功碑，怯薛军很可能在这里打过一场重要的战役，才立碑记功，所以不可能就这么几个字……”唐风说着，转到了怯薛军碑的后面。当他用手拂去石碑后面薄薄的灰土后，许多密密麻麻的小字显现在他的眼前。

2

唐风见到怯薛军碑后面的文字，兴奋地叫了起来：“文字在后面，密密麻麻的，全是八思巴文！”

众人一起跑到碑后面。果然，上千个密密麻麻的八思巴文清晰地展现在众人面前。

“我知道当初刻碑的人为什么要把碑文刻在后面了。”唐风指着碑后面清晰的碑文说。

“因为后面背风，可以避开风沙的侵扰。虽然经历了几百年的风沙侵袭，碑文依然清晰可见。”梁媛竟然马上就明白了唐风的意思。

“是的，当初刻这些碑文的工匠真是聪明之人，在这里无法找到坚硬的岩石刻碑，又为了让碑文清晰地流传百世，所以他们选择刻在碑的后面。”唐风带着敬畏解释说。

“行了，我不关注工匠，我就关心碑文写的什么！你倒是快点儿翻译啊！”韩江已经急切地想知道碑文上的内容了。

唐风低头不语，他在仔细辨认碑后面的文字。虽然有些八思巴文他并不认识，但他认出了大部分文字，连在一起，他大致弄清了碑文的内容。

唐风看碑时的脸色一阵红一阵白；一会儿紧闭双唇，一会儿又半张着嘴；一会儿眉头紧锁像是沉思，一会儿又脸色大变像是受到了惊吓。众人不解，梁媛不停地催促他：“上面究竟写的什么啊？你倒是快说啊！”

唐风匆匆看完了整篇碑文，震惊之余，开始细细地为众人解读：“这是一段不为人知的秘史，更是一场空前惨烈、惊心动魄的大战。碑上的原文翻译过来，大致是这样的……”

怯薛军感恩记功碑

大元至元八年秋，大汗闻千户镇守军被屠，大为震怒，欲御驾亲征，为群臣所谏阻。翌年春，大汗又闻宓城之党项屡屡进犯四邻州县，谓群臣曰：“朕闻宓城之党项骁勇异常，早年败太祖皇帝于谷中，致我祖父坠马染病，竟至不治！此大仇未报，又闻宓城之党项屡屡犯我州县城池，屠灭千户镇，杀我军士无数，实欺朕也！我朝幅员辽阔，苏鲁锭所到之处，远人无不宾服！惟宓城之党项，负隅顽抗，垂死挣扎。朕欲亲率怯薛军讨之，诸臣勿劝，朕意已决！”三月，大汗亲率怯薛军三万，会诸路大军十万亲征。

四月，大军至黑城，一败宓城之党项。五月初，大军进至九里堡等处，诸军士恐惧，不敢向前，流言散布军中。大汗闻之震怒，督促进军，于千户镇外为党项所袭。宓城之党项果骁勇异常，并善驱使傀夔等凶兽，我军大溃。大汗险为凶兽所害，奈怯薛军将士拼死用命，大汗使得脱。大汗惊惧，竟患小疾，二十日方痊愈。

此役，失我将士数千。大汗召臣与帝师谋划。臣曰：“宓城党项骁勇，又善驱使凶兽，不若困之。”大汗曰：“前者困宓城数十年不灭，奈何？”臣对曰：“可使重兵困之，另觅捷径，袭之！”大汗曰：“善！”帝师曰：“臣闻军中尚有当年随太祖皇帝亲征之老军士，可使人问之，或有捷径可袭宓城。如有归附之人，更需问之，定有所获。”大汗曰：“大善！”

大军尊大汗旨，坚壁清野，筑营垒困宓城数月，党项屡屡来犯，被我大军一一击退。帝师于军中觅得老军士数人，并亲选精干军士数十人，随老军士穿峡谷，涉流沙，几番遇险，几番受困，终潜至往生海边。然此海变化无端，凶险异常，常无形于瀚海，又广袤于戈壁。水质虽清，然水下白骨累累，巨蟒穿行，更有大雾笼罩，不知其周长几何！老军士予帝师曰：“成吉思汗大军止于此矣！”及出，又几番为山谷所困，阴风怒号，飞沙走石，不辨方向。帝师叹曰：“绝险之地，十万大军不可进也。”

八月，大军进至瀚海已数月余，缺粮少水，酷暑难耐，军心浮动，诸将及群臣皆有退兵之意。大汗亦有此意，然帝师却道：“大军远征，劳师糜饷，今困宓城数月余，已挫其锐气，党项必已困顿，怎可于此时退兵，功亏一篑乎？”臣亦曰：“帝师所言极是！此番大汗亲征，我若退，则宓城党项气更甚，再难制也！”大汗闻之，谓诸将及群臣曰：“几十年之怨，必在今日！再勿言退兵之事！”军心稍安。

数月来，尊帝师之计，于俘获宓城之党项中寻捷径之途，然宓城之党项皆冥顽不化，不为所用，所俘之人，皆求速死！嗟乎！党项勇士何其多也，而其主不能用，故有今日亡国灭种之事。终有一日，怯薛军士获党项老妪一人，此人愿为前引。臣与帝师遂引五千精锐怯薛军随老妪入谷，进至往生海边。老妪吐露隐情：数十年困于瀚海之中，宓城之党项已减大半。前者千户镇之役，宓城党项倾巢而出，是为决死突围。然千户镇虽屠，党项精壮之士亦折损过半，再无力与我大战。今我大军困之，城内粮草已尽，食马度日耳，城内之人只求速死。老妪求生，遂出城为我军所获。帝师曰：“困守孤城，必不长久，宓城指日可下矣！”

老妪又指往生海边言道：“往生海可大可小，待海子小时，可寻得进入宓城之道路。”不想老妪言毕，天色大变，狂风骤起，瀚海之上，电闪雷鸣，豪雨如注，老妪竟为雷击而亡！全军大骇，帝师亦惊惧！片刻，往生海暴涨，方圆几成泽国，臣与帝师及全军命悬旦夕之间。军心大乱，军士四散奔逃，溺死、践踏无数，若此时党项来袭，我命必休矣！帝师于风雨中大呼曰：“诸军勿乱！死生有命，聚于高处，我将诵经护佑诸军！”

大军退之高处，水亦高涨，大军犹困于孤岛之上矣！全军惊骇，帝师不为所动，端坐高丘之上，闭目诵经。诵经之声，传之数里，水至前军之处，全军皆谓此番必死矣！谁想少顷水面不升反降，全军无不倒地跪谢我佛显灵，救大军于倾覆之时！诵经之声，响彻瀚海，感天动地。片刻之后，雨过天晴，浓雾散去，使得亲见往生海之真容，水面辽阔，碧波荡漾，不见边际！

水面稍退，诸将欲领军回撤，帝师言道：“我得佛祖点化，破宓城就在今日！”诸军存疑。少顷，果如老妪所说，水面急降，通宓城之道显露。我军疾驰，见绿洲之中果有大城，庙宇巍峨，金碧辉煌，不似人间！绿洲亦凶险，我军折损数百将士，始至宓城下。党项虽已式微，然托坚城据守不出，奈何？

又一日晨，大雾突降，宓城为浓雾所隐，不得见也！诸军疑惧党项乘雾来袭，皆谓佛祖庇佑党项，宓城不可得也！帝师却道："此雾乃佛祖显灵，正助我破城！"于是，帝师简精壮之军士十余人，觅暗门而入，宓城遂破！

帝师严令军士勿滥杀，勿抢掠。然城破之时，宓城之党项男力战求死，女皆自裁而亡，一时血流成河。隗夔百余，凶残之物，帝师以佛理化之。是夜，城中火起，帝师疑惧，命诸军退出，诸军争财货，死者众。

嗣后，帝师命诸军驻于往生海边，搜殓蒙古、党项尸骨筑城，以度亡魂。当此之时，诸军恐惧，皆曰："凶险之地，不宜久留。"帝师曰："勿惧，我亦在此！我将每日诵经，超度亡魂，尔等定然无恙。"帝师见诸军仍疑，又曰："我见宓城周围尸骨露野，数十年将军不得入土，此役我军损失颇多，党项几至覆灭，若使两军诸将士沉尸荒野，我辈之罪也！与佛理亦不符，恐佛祖怪罪，暴死不得善终也！"诸军疑惧遂消，一月坛城乃成。一月间，往生海碧空万里，风和日丽，不见一丝凶险之象。及工成，大军回师，谷中阴风又起，鬼哭狼嚎，诸军士皆言帝师神人，必菩萨化身。

我大元天下归心，富有万方，四海八荒，无不宾服，奈何一小小宓城乎？此役，大汗英明，将士用命，帝师犹临危不乱，屡献奇谋，率军破城，首功也！我不如也！前者，帝师筑坛城，曾暗语我曰："此城有大玄机也！"我问是何玄机，帝师笑而不语，吾愚钝实不知也！又者，我欲著书，记此次征战之事，以示后人，以备录国史之用，帝师又曰："不可，恐有人据此城生变！若记，可刻石以感恩并记功，立于往生海之侧。"于是乃有此碑。

大元至元九年秋八月二十三日光禄大夫 太保 中书令刘秉忠书

3

唐风翻译完碑上面洋洋洒洒数千字，倒吸了一口气："这真是一篇重要的碑文，记录了一段我们从不知道的隐秘历史。这石碑本身就是很重要的发现，而这段隐秘历史，对我们找到瀚海宓城，破解它的秘密又留下了至关重要的线索。"

"你能肯定这篇碑文上写的东西可靠吗？"韩江质疑道。

"我想应该不会有什么问题。一来这篇碑文被刻在这么隐秘的地方，不会有多少人看到，刻碑之人没有必要隐藏什么；二来写这篇文章的人是刘秉忠，应该不会有什么问题。"

"刘秉忠是谁？"韩江又问道。

"刘秉忠是忽必烈的丞相，是忽必烈早期的第一重臣，他为忽必烈出谋划策，并谋划奠定了元朝的各种典章制度。所以当我看到碑文下面的落款是刘秉忠时，就非常吃惊，想不到在这荒凉险恶之地，竟然会出现一块刻录着刘秉忠的文章的碑！再一读开头就更让人吃惊了，里面不但有刘秉忠的自述，还提到了忽必烈和帝师！”

“是啊，我一直想问你，这满篇的‘帝师’是谁？”梁媛好奇地问。

“帝师就是我们看到的这种文字的创立者。”

“你是说八思巴？”

“还能是谁？根据碑刻年代显示，那时候八思巴刚刚被忽必烈加封为帝师，所以这里的帝师当然是指八思巴。”

“这么多大人物都来过这里，真是有些不可思议。”梁媛似乎听明白了碑上的一些内容。

唐风点点头：“是的，更让人吃惊的是，这些大人物居然都来到了这里。我之前说过成吉思汗在征讨西夏的时候曾经来过这里，并被宓城的党项人所袭，坠马受伤。没想到几十年后，宓城顽强的党项人又引来了成吉思汗的孙子忽必烈。碑文第一段就提到了事情的起因。忽必烈因为千户镇被屠，十分震怒，想要御驾亲征，被群臣谏阻。第二年，宓城的党项人又袭扰附近州县，于是忽必烈亲率三万怯薛军，会合其他各路大军十万人来攻宓城，帝师八思巴和刘秉忠也一同随扈左右。这段记载印证了我们之前在千户镇的判断，也印证了嵬名大叔对我们提到的古老传说。宓城的党项人在西夏灭亡后，仍然依托这里的有利地形与蒙古大军周旋了几十年，直到忽必烈时期，终被蒙古大军所灭。但是这段记载又让我产生了两个疑惑。第一个疑惑是，我从未看到过有史书记载忽必烈曾亲率大军征讨党项——当时他正忙于统一天下的战争，怎么会有大半年御驾亲征这里？”

“我想正是因为忽必烈要开始统一天下的战争，所以必须先解决宓城的党项人，以防背后生变！”梁媛推断说。

“很有这种可能。第二个疑惑是，这里是我们进入沙漠戈壁后第一次看到‘宓城’这两个字的地方，也是除了玉插屏外第一次在古代文献上看到‘宓城’这个称呼的地方。你们还记得耶律楚材的卷子吗？”

“当然记得！卷子上记载耶律楚材误入宓城，他当时好像……好像并没有称呼那座城市为‘宓城’！”梁媛回忆说。

“是的，不知什么原因，耶律楚材只称呼他看到的那座城市为‘大城’，我想他当时可能并不知道这座城市的真正名字。”

“而到了忽必烈时期，蒙古人已经知道了瀚海中的那座城市叫‘宓城’！”

“唐风，这个‘宓城’是什么意思？我一直不太明白。”马卡罗夫忽然问。

唐风解释说：“‘宓’是个很古老的文字，指党项民族最早起源于遥远、康静的地方。我想党项人之所以将沙漠中的这座古城命名为‘宓城’，可能是有某种特殊的含义，不过这个特殊含义我现在还说不好。”

4

唐风接着说："从碑文第二段开始，记载的就是蒙古大军征讨宓城的具体过程。难能可贵的是，刘秉忠把整个战争的过程写得非常具体，使我们今天能够得知当年的情形。第二段一开头的'四月，大军至黑城，一败宓城之党项'就让我吃了一惊。四月，当忽必烈大军到达瀚海的时候，第一战他们击败了党项人，让我吃惊的是他们这一仗的地点竟然是黑城。"

"就是科兹洛夫发现的黑水城？"叶莲娜问。

"嗯，就是黑水城！黑水城在元代一直被使用，并作为管理这片区域的首府。但是黑水城离我们要找的宓城应该有数百里的距离，宓城的党项人竟然在这个时候还能长途奔袭，跑到那么远的地方与忽必烈大军激战？"

"困兽犹斗罢了，后来那个老妪吐露了实情！"韩江说。

"即便如此，宓城党项人的勇气也是超乎我想象的。接着五月初，忽必烈大军进军至九里堡等处，有流言在军中传播，以至军士恐惧不敢向前。我想肯定是关于宓城和党项人的种种可怕传说，也许当年蒙古大军听到的传说和我们听到的很像。"

"这也许是党项人的心理战！"韩江猜测说。

"很有这种可能。总之，最后忽必烈震怒，强命大军行进，在千户镇外再次被党项人偷袭，忽必烈大军大败。幸亏怯薛军将士拼死将忽必烈救出，才使忽必烈躲过了一劫，否则历史就真要改写了。不过，这段记载最让我震惊的并不是这些，而是那句'宓城之党项果骁勇异常，并善驱使隗夔等凶兽，我军大溃，大汗险为凶兽所害'。"说到这里时，唐风停了下来，环视众人，眼中写满了恐惧。

在浓浓的雾气中，众人面面相觑。片刻之后，梁媛先打破了沉默："这个隗……隗夔是什么东西？"

唐风把头扭向一边，看着平静的水面，喃喃道："我想这个东西就是我们见到的那具不明骨骸。"

"一种能把人掏空撕碎的凶兽！"韩江停了一下，又说，"看来当年宓城的党项人驯养了这种凶兽，并将它用在了战争中。在千户镇屠城的那场战役和这次战役中，党项人都使用了隗夔，并都大败了蒙古大军。"

"一定是这样，这种凶兽还险些要了忽必烈的命！忽必烈虽然得救，但显然也被这种凶兽惊吓到了，以至于患了病，二十日才痊愈。虽然碑文中刘秉忠只说是'小疾'，但我想刘秉忠这是为尊者讳，什么小疾要二十日才好？忽必烈一定是得了一场大病！那么反过来讲，什么凶兽能把见多识广、威震天下的忽必烈吓倒呢？这个'隗夔'看来确实是个很厉害的东西！"唐风忌惮地说。

马卡罗夫点点头："从我对那具骨骸的推断不难看出，这个隗夔一定是个相貌凶恶、力大无穷、动作敏捷的怪兽！”

“好在这些家伙已经都死了，否则我们就真要死无葬身之地了！”梁媛庆幸地拍拍前胸。

“但愿如此！”唐风接着解释碑文，“第三段记述了此战之后，忽必烈与刘秉忠和八思巴谋划的具体经过。刘秉忠献策采取围困之策，忽必烈心存疑虑，说以往几十年一直有兵马驻守在宓城附近，但宓城一直没有被击败，再采取这样的计策有用吗？刘秉忠说这次派重兵围困，然后派人寻找通往宓城的捷径，采取偷袭之策。忽必烈采纳了他的计策。不能不说，忽必烈手下有刘秉忠这样的大臣是他的幸运。宓城地形复杂，忽必烈大军人数虽多，但施展不开，所以当千户镇外再次失败后，蒙古大军及时改变了策略，转攻为困——这是一种积极的‘困’。前面几十年没有困死宓城的党项人，我想宓城除了物产丰富、自给自足外，一定有些渠道连接外面。现在刘秉忠加重兵力，将所有通往外部的通道都堵死，这对宓城的党项人来说无疑是灭顶之灾，而且刘秉忠不仅仅采取‘困’这一招，还积极命人寻找捷径，准备偷袭宓城！”

“这是用党项人的办法对付党项人啊！”梁媛感叹。

“刘秉忠献计后，八思巴也提醒忽必烈，可以在军中寻找当年跟随成吉思汗来过此地的老军士，当然更重要的也是更厉害的一招是从敌人内部瓦解敌人——如有归附之人，更需问之，定有所获。”

“看来这刘秉忠和八思巴两人都是厉害的角色，这样一搞，宓城的党项人就遭殃了！”韩江长叹道。

5

“那你就低估宓城这些党项人了！第四段记载，围困之策开始挺有效果，党项人为了突围，屡屡主动进攻，但都被坚守的蒙古大军击退。这让我想起了我们一开始在狼洼附近发现的一些防御工事。当时我们感到奇怪，为什么那里会出现蒙古人的防御工事，现在这篇碑文解释了这个问题。那些工事应该是蒙古人在千户镇被屠退守到狼洼一线的时候建造的，也可能就是在忽必烈采纳刘秉忠之计后修筑的。”

韩江听了唐风的推断，想了想说：“那么，在沙漠中像那样的防御工事应该还有不少。”

“总之，党项人被彻底困在宓城。这时，蒙古大军又开始实行另一计策——寻找通往宓城的捷径。八思巴找来几个曾经随成吉思汗来过这里的老军士，‘穿峡谷，涉流沙，几番遇险，几番受困，终潜至往生海边’。从他们的过程中，你们看出什么了吗？”唐风用询问的眼光注视着大家。

梁媛想了想，说：“他们所走的这条路似乎……似乎和我们这几天所走的路线差不多啊！”

“是的，我想老军士带八思巴所走的路线就是我们这几天所走的路线。接下来‘然此海变化无端，凶险异常，常无形于瀚海，又广袤于戈壁。水质虽清，然水下白骨累累，巨蟒穿行，更有大雾笼罩，不知其周长几何’，这不与我们在这里遭遇的情形一模一样吗？”

“看来上千年来这里都是如此！”韩江惊叹地说。

“更为重要的是，这段记载又证实了那个关于往生海的传说——变化无端，凶险异常，常无形于瀚海，又广袤于戈壁……”唐风嘴里喃喃自语，望着不远处被大雾笼罩的海子，陷入了沉思。

许久，唐风望着远处，说：“成吉思汗大军当年就止步于此，几十年后，忽必烈的大军也被困于此地。当年八思巴恐怕也像我们一样，在这往生海边被浓雾所困，进退维谷，以至于他感叹道——绝险之地，十万大军不可进也。”

唐风感慨了一番，又回到碑前，指着第五段碑文，“显然，忽必烈、八思巴和刘秉忠都低估了宓城党项人的决心和毅力，他们围困了宓城几个月，党项人并没有屈服。从碑文上可以看出，党项人后来已经没有什么力量向蒙古大军发起主动进攻了，但是他们仍然依托复杂的地势和坚固的城池据守，忽必烈大军也没有办法。当时正值盛夏，沙漠中缺粮少水，酷暑难耐，军心不稳，于是大臣和将领都想退兵，忽必烈也有此意，只有八思巴和刘秉忠坚持不能退兵。八思巴不但是一代宗教领袖，更是杰出的政治家、军事家，他准确判断出这时候的宓城党项人也很困难——应该比他们还困难。这场战争很快就要见分晓了，这时候就是看谁能坚持到最后，如果此时退兵，将会功亏一篑！刘秉忠的看法与八思巴相同，并对忽必烈说，这次大汗亲征，如果就这样无功而返，那么宓城党项人将会气势更盛，今后就很难制服了！最终，八思巴和刘秉忠帮助忽必烈重新坚定了决心。”

“看来凡事都需要坚持，我想我们离宓城也不远了！”马卡罗夫喃喃地说。

“不错，我们离宓城应该很近了，这从碑文上就能看出来。”唐风又指着第六段碑文，“几个月来，八思巴一直派军士寻找宓城的党项人，但是所有被俘获的党项人皆求速死，不肯透露宓城的细节，可见宓城的党项人是何等顽强，以至于刘秉忠感叹到‘嗟乎！党项勇士何其多也，而其主不能用，故有今日亡国灭种之事’。

“终于有一天，怯薛军捕获了一个党项老妇人，这名老妇人愿意为大军带路，刘秉忠与八思巴便带五千精锐怯薛军再次入谷。在往生海边，老妇人吐露了宓城的实情。原来宓城经过这么多年的围困和战争，已经精疲力竭，人口损失大半。攻打千户镇其实是宓城的党项人想要突围，但是他们虽然打下了千户镇，却也损失了许多青壮年；蒙古大军又死死围困，城中粮草已尽，宓城的党项人已无力再打，只能杀马度日，城里的人现在只求速死。而这个老妇人不想死，于是偷偷出城，想谋条生路，却被怯薛军俘获。为了求生，这个老妇人最终出卖了宓城。”

“战争真是残酷，连老妇人都……”梁媛哀叹起来。

唐风冲梁媛摆了摆手：“行了，先别叹息了，更值得叹息的在后面呢！八思巴在听到这些情况后说，‘困守孤城，必不长久，宓城指日可下矣！’这句话几乎就宣判了宓城的最后时刻！”

6

唐风望着长长的碑文眉头纠结起来：“第七段碑文最为神奇，也是对我们最为重要的一段。那个党项老妇人对八思巴说出了往生海的秘密——‘往生海可大可小，待海子小时，可寻得进入宓城之道路’。我认为这句话至关重要，这很可能是我们找到瀚海宓城最后的钥匙。”

“最后的钥匙？什么意思？”梁媛不解。

韩江插话说：“他的意思是，我们也应该听当年这个党项老妇人的话，待海子小时，自会有道路显现，通往瀚海宓城！可是这几百年前的话也能相信吗？”

“我们一路上的遭遇和发现无不应验了这个古老的传说！”唐风坚持道。

“可是这碑文后面说得也太离奇了，什么老妇人刚说完，就电闪雷鸣，风雨大作，老妇人还被雷给劈死了。片刻之后，往生海水位暴涨，差点儿让蒙古大军全军覆没。最后，八思巴靠念经感动了佛祖，就在他们要全军覆没的时候，雨停了，全军又得救了。这怎么跟说故事似的？”韩江还是表示怀疑。

“这两段确实太过离奇，像是在讲述一个故事，但仔细想来，跟那个古老的传说相符，和我们的遭遇也很相符。这正说明了往生海的水位是不断变化的，水位升高时，水面就很广阔，水位下降时，水面就缩小。暂且不去说这两段记载是否过于离奇，这其中还是透露给我们一些线索的。当大军危难之时，八思巴再次显现了统帅的领导才能，临危不乱。我想雨停水退并非是八思巴诵经的功劳，但是他的诵经安抚了惊慌失措的大军。至于雨停水退，我想只能是跟这里的地形和气候有关。还有一点，就是当雨停后，浓雾也散了，这一点非常重要。八思巴率大军几次来到往生海边，都被浓雾所阻，这不正与我们遭遇的情况类似？而当浓雾散去，他们终于看清了往生海的样子——‘水面辽阔，碧波荡漾，不见边际’，这说明往生海在一般情况下确实非常大。”

“听你的意思，咱们也得等来一场大雨，才能驱散这雾气？”韩江反问。

唐风摇摇头：“我不知道，这沙漠中一年也下不了几场雨，我不敢奢望天降甘霖！我们再往下看，雨停水退后，诸将都想退兵，这时，八思巴信心十足地说，‘我得佛祖点化，破宓城就在今日。’八思巴为什么敢这么说？我想除了鼓舞士气外，很重要一点就是他相信了那个老妇人的话。果然，不一会儿，真的像老妇人所说，往生海的水位急降，那条通往宓城的道路显露出来了！”

“真是越来越离奇了！通往宓城的道路在水下？这往生海的水位怎么会一会儿暴涨，一会儿又急剧下降呢？”韩江的疑问让众人陷入了沉思。

许久，马卡罗夫低声说：“除非……这沙漠下面有巨大的空间，就像喀斯特溶洞一样……”

“这怎么可能，这里是沙漠啊！”叶莲娜惊诧地望着身旁的水面。

“我也无法理解，海子的水位有变化是正常的，但是如果真的像碑文中所说急涨急退，就很不正常了。”唐风顿了顿，“可这一切都是事实，往生海水位急剧下降后，通往宓城的道路显现，八思巴和刘秉忠率军疾驰，深入绿洲，果然看见一座金碧辉煌的大城，壮丽不似人间。”

“这段记载与耶律楚材的卷子正好可以互为印证——宓城建于一片绿洲之中。”梁媛又提到了耶律楚材的卷子。

“这段记载倒让我想起了马昌国，他临死前一直呼喊着‘死亡绿洲’。”韩江想到了史蒂芬对他们讲诉的故事。

唐风连连点头：“是的，我也想到了马昌国。我们已经推测过，马昌国很可能来过绿洲，这也确是一块死亡绿洲，因为碑文上特别提到了死亡绿洲——‘绿洲亦凶险，我军折损数百将士，始至宓城下’。这说明绿洲也很危险，以至于在没有遭到党项人进攻的情况下，怯薛军损失了几百人才来到宓城下。这段记载再次证明了我之前的判断——宓城就在死亡绿洲中，而绿洲就在我们前面，往生海对岸！”

“这个我倒没想到。也就是说，只要我们过了这片水面，就进入了死亡绿洲，也就可以看到宓城了！”韩江有些激动地说。

“嗯，快了！只是……只是不知道绿洲之中有多少危险在等着我们……”唐风喃喃自语，停了一会儿，才又继续说，“但是宓城的党项人据守坚城，不与蒙古大军接战。蒙古大军应该都以骑兵为主，缺乏攻城的装备，所以虽然他们千辛万苦攻到了宓城城下，城里的党项人也已弹尽粮绝，但蒙古大军仍然无法轻易破城！从这段记载不难看出，宓城的城墙一定很坚固，很难攻破。这也是宓城党项人的最后一道防线，党项人即便弹尽粮绝，也会拼死抵抗。”

“但是大雾似乎帮了忽必烈大军的忙！”梁媛说道。

“是啊！当八思巴和刘秉忠率怯薛军来到宓城城下时，突然又降了一场大雾，将士们疑惧城内党项人会乘大雾出城偷袭他们，以为佛祖这次是要保护党项人。八思巴再次把握住机会，他选拔了十多名精壮的军士，趁大雾从宓城的暗门攻入了宓城！你们一定都注意到了这个所谓的‘暗门’，我想这对于我们也是至关重要的。”唐风说着环视了众人一圈。

谁料，韩江笑了："你多虑了吧！蒙古大军已经摧毁了宓城，恐怕宓城现在连大门都没有了，这暗门不暗门的，跟我们也没什么关系了吧！"

唐风想了想，"你说得有道理，不过我还是认为这句话很重要，这说明宓城有城门，还有暗门。只是……只是我实在想不明白这个暗门是个什么东西，我从没见过城墙上有暗门的！"

"会不会是地道之类的东西？"叶莲娜忽然想到了什么。

"地道？一般若不是有特别的需求，是不会在城墙底下修建什么地道的，因为那样既不安全，又会影响城墙的稳固性。"唐风解释说。

"先别管那么多了，总之就是怯薛军偷袭得手，攻入了宓城！"梁媛插话说。

"嗯，宓城被攻破了！下面就是一幅极其惨烈的画卷了，八思巴命令军士们勿滥杀，勿抢掠，可是宓城的男子皆力战求死，女子皆自裁而亡……"

7

唐风说到这儿时，众人眼前都浮现出了宓城最后的悲壮画卷。梁媛不禁感叹："这就是玉插屏上所说的'复国之人'吗？看来昊王没看错人，宓城的党项人不但骁勇善战，还都刚烈守节。"

"这一段记载最重要的不是这些，而是后面几句。"唐风继续破译碑文，"'隗夔百余，凶残之物，帝师以佛理化之。是夜，城中火起，帝师疑惧，命诸军退出，诸军争财货，死者众。'这段话说了两件事。第一件事很有意思，说是怯薛军在城内发现了百余头隗夔，面对这种极为凶残的动物，八思巴居然用佛理化之。整篇碑文读到这里，这是让我最不能理解的一句。隗夔如果真的那么凶残，八思巴是如何驯服他们的？难道他对着这些凶兽念经，就能把它们搞定？"

众人也大惑不解。"看来只有到了宓城，才能搞清楚这一切。"马卡罗夫说道。

唐风接着说："第二件事，当天夜里宓城中突然着火，连八思巴都感到疑惧，赶忙命诸军退出，可军士们争抢财货，以至造成众多伤亡。这几句看似很正常的记载，却透露出巨大的信息。首先让我想到的是，八思巴已经严令'勿抢掠'，可是怯薛军仍然争抢财物，这说明什么？是怯薛军军纪差吗？是八思巴的命令不管用吗？从前面的记载看，都不是。那只能有一种解释，就是宓城内的珍宝太让他们震惊了，都是他们闻所未闻、见所未见的，所以在巨大的诱惑面前，军纪也好，命令也罢，都不管用了，连八思巴和刘秉忠也无法约束士兵。

"其次就是这场无名大火。我之所以说是大火，因为如果只是一般的失火，还不至于让八思巴疑惧，所以当天夜里宓城中一定是着了一场大火。至于这火是如何烧起来的——是幸存的党项人纵火焚城，还是怯薛军贼喊捉贼，抑或是无意之中燃起大火，那就不知道了。总之，这场大火吓跑了怯薛军，也彻底摧毁了宓城。”

“宓城地处荒漠之中，人烟稀少，怯薛军纵使抢掠，也没必要故意放火，贼喊捉贼吧？无意中失火倒有可能，但是导致一场吞灭宓城的大火，似乎也说不过去。所以我觉得，幸存的党项人纵火焚城的可能性比较大。”韩江分析道。

“我也是这么想的，一定是有党项人幸存下来，他们可能白天躲了起来，夜里跑出来放火。”唐风同意韩江的推断。

梁媛忽然提出了一个奇怪的观点：“照你们这么说，夜里幸存的党项人跑出来放了一把大火，然后蒙古大军就撤了。合着打了半天，最后宓城还指不定是谁的呢？”

“这……”梁媛的话一下子把唐风给怔住了，难道在蒙古人退走之后，依然有党项人在宓城延续着它曾经的辉煌？

8

片刻之后，唐风缓过神来：“我觉得宓城还是应该算被蒙古大军攻破了，虽然后来起火，他们只在城里待了一天就退出来了，但是从日后的记载来看，幸存下来的党项人人数应该很少了。此役之后，再没有关于宓城的任何记载和线索。”

“怯薛军攻破宓城的事已经基本讲完了，怎么后面还有两段碑文？”马卡罗夫指着石碑问道。

“最后两段文字对刘秉忠来说也许并不重要，只是在后面又记上了几笔，但我以为，这两段文字对我们非常重要。倒数第二段主要讲的是攻破宓城后的善后事宜，整个善后事宜其实就是一件事——八思巴命怯薛军搜集散落的蒙古和党项人的尸骨，在往生海边筑造了一座坛城，以此来超度亡魂。这件事又让我想到了那个古老的传说……”唐风说到这儿，停了下来。

梁媛接道：“你这一说，我也想起了嵬名大叔提到的那个传说，传说往生海中有一座骷髅城。当我听到这个传说时，先是被吓了一跳，然后想想又觉得是无稽之谈，但是今天这一看，这很有可能是真的啊！”

“是的。碑文上提到，八思巴所筑的坛城是拿两军将士的尸骨垒砌而成的，又说遗弃几十年的野狼谷内的尸骨无人收殓，再加上此役蒙古大军损失颇多，而党项人几乎全军覆没，一定有很多尸骨。你们想想，当这些尸骨堆砌在一起，不……不就是一座骷髅城吗？”唐风瞪大了眼睛望着众人。

听到这里，众人无不惊骇：“看来传说都是真的！”

“当然，这段记载也颇为传奇，说是军士们担心往生海边凶险，不愿久留，八思巴给了众将士一个保证后，大家才在往生海边住了下来。说来奇怪，一连十多天，这里风和日丽，不见凶险的迹象。一个月后，坛城建好，当他们撤出去后，野狼谷中又恢复了原来的凶险之状。于是，军士们都说八思巴是神人，是菩萨转世！这后面过于传奇的记载，甚至让我开始怀疑前面的记载，那个坛城真的存在吗？”唐风也开始怀疑这段记载的真实性了。

“我看这就是给八思巴脸上贴金，吹牛吧！”韩江戏谑到。

“真是这样吗？”唐风把思绪又拉回到碑文上，“最后一段说了三件事，其实是两件事，因为前面几句就是歌功颂德。但是紧接着，刘秉忠话锋一转说了一件事——前者，帝师筑坛城，曾暗语我曰：‘此城有大玄机也！’我问是何玄机，帝师笑而不语，吾愚钝实不知也！这‘大玄机’是什么意思？”

“废话，当年刘秉忠都没弄明白，我们怎么能知道！”韩江道。

“刘秉忠是绝顶聪明之人，又参与了整个事件，他竟然不知道八思巴所筑坛城里面的大玄机？而且刘秉忠说是八思巴暗语他，看来这个大玄机只有八思巴一个人知道了！”唐风叹道。

“得了吧，说不定这是八思巴在故弄玄虚，既然他都成了菩萨转世，那就干脆再写得神一些吧！”韩江摇着头说。

“那么第二件事呢？”梁媛问。

“第二件事很简单，正可解开我之前的疑问。碑文的最后刘秉忠解释了他为何写这篇碑文，他本来想著书记载整个战争的过程，既可传之后人，又可在将来编修国史的时候派上用场。他想的倒是挺好，但没有八思巴考虑周全。八思巴对刘秉忠说，不能这样做。万一有人——特别是亡国之后的党项人，看到书上的这些记载，再跑到宓城，占据此城与朝廷对抗，那么又将成为朝廷的心腹大患。如果你非要记载这段历史，那么你就在往生海边刻一块碑吧！于是，就有了我们看到的这块石碑。”

“八思巴倒是考虑周全，怪不得史书上找不到关于这段历史的记载！”梁媛终于明白了这块石碑的来龙去脉。

“但也要感谢八思巴和刘秉忠没让人把这段历史写进正史，那样我们就看不到这么原汁原味的记录了。刘秉忠在这块碑上无所顾忌，所以既可详细地真实记录，又可加入自己的观点，就是我们见到的这篇碑文。”

唐风说到这儿，发现马卡罗夫把脸转向了一边，失神地望着浓雾笼罩下的水面。唐风忙询问马卡罗夫：“老马，你想到了什么？”

唐风喊了两遍，马卡罗夫才回过神来：“我……我还在想那个‘大玄机’。”

“大玄机？老马，不会吧，当年刘秉忠都没明白的玄机，你一个老外能想出来？”韩江笑道。

“那可不一定！”马卡罗夫的倔脾气上来了，“八思巴叫刘秉忠立碑于往生海之侧，八思巴率军筑骷髅坛城也是在往生海边，你们想过两者之间的关系吗？”

马卡罗夫的话让众人全都是一惊。唐风眼前一亮，惊道：“我怎么就没想到呢，还是老马厉害啊！刻碑与修筑坛城应该是同时进行的，而且应该就是在蒙古大军攻破宓城之后的一个月中，那么这两个建筑很可能离得并不远！”

“也就是说……那座骷髅坛城就在附近？！”梁媛的话，再加上周围的浓雾，让所有人都感到了深深的恐惧。

第十一章 巨蟒潜行

1

五个人依然被浓雾包围着，伫立在石碑下。当梁媛说出那句话时，所有人都不约而同地把视线转向了石碑后面的往生海。那座传说中的骷髅坛城真的就在这附近吗？也许它就在他们的脚下，或是不远处的水下！

还是马卡罗夫率先打破了可怕的沉默：“因此，我不得不认真考虑碑文上提到的大玄机，因为我有一种预感，我们可能很快就能见到那座巨大的骷髅坛城了。”

“我也有这种预感，而且这种预感越来越强烈了！”梁媛喃喃地说。

“大玄机？”唐风也在想着这个问题。突然他猛地回过身，再一次认真地看石碑上的碑文，想从中找到开启八思巴所谓的大玄机的密钥，哪怕只是蛛丝马迹。他又通读了一遍碑文，却没有新的收获。

就在唐风绞尽脑汁的时候，灰蒙蒙的天空中竟然掉下了雨点！雨滴落在白色的沙地上、平静的水面上、沧桑的石碑上，也打在唐风的脸上、身上……

“下雨了！”这雨让众人马上联想到了石碑上的记载。

唐风依旧盯着面前的石碑，他的眼睛眯成了一条线，死死盯着面前的石碑。突然唐风眼前一亮，指着这块饱经沧桑的石碑说：“你们快看，石碑上！”

众人一起转向石碑，却什么也没看出来。梁媛疑惑道：“看什么？我看了半天，除了碑文，什么也没看出来啊！”

“看，碑身上的水渍！”唐风指着碑身说。

经唐风一说，众人这才注意到，在石碑的碑身上出现了数道淡黄色的印迹。韩江点点头：“对！这是水渍！”

“那也就是说，往生海的水曾经到达过这几个位置……”梁媛仰头看到，最上面的那道水渍已经接近石碑顶部了，她倒吸一口凉气，“难道往生海的水曾经淹没过这座石碑？！”

大家都注意到了石碑最高处的那道水渍，唐风也无法想象往生海的水位曾经到达过哪个位置。这时，马卡罗夫说：“只有水面在那里停留了较长的时间，才会出现那道水渍。”

“也就是说，往生海的水位曾经在那里停留了很长一段时间！”韩江低声说。

唐风思虑良久，推测说：“我估计往生海的水位除了出现短时间的异常变化——比如碑文上记载的那次，在绝大多数时间它的水位是相对稳定的。但它是有变化的，不同的历史时期，它的水位会停留在不同的阶段。这块碑现在基本处于水边，当年刘秉忠立这块碑时也不会把它立在水里，所以我想现在的水位与他当时立碑的时候差不多。但是这里面就有一个问题，他们当初立碑时也就是和我们现在差不多的水位，那这个水位是急降之前，还是之后呢？”

“嗯，这是个问题！按照碑文上的记载，忽必烈大军破宓城之时，往生海的水位先是出现了急涨，随后退回了原来的状态。紧接着，水位出现了急降，显露出了通往宓城的道路。我想他们立碑时的水位绝不会是急涨之后的状态，只能是后面的两种状态。而碑文提到八思巴筑骷髅坛城也是在往生海边上，所以我推测刘秉忠立的这块碑恐怕和骷髅坛城在一个水平面上。”马卡罗夫推测说。

“什么？那……那就是说骷髅坛城并不在现在的水平面下，它就在我们附近！”叶莲娜也惊叫起来。

大家忙四下望去，雨势渐大，原来的浓雾不但没有消退，还夹杂了厚厚的雨雾。难道那座传说中可怕的骷髅坛城就在石碑附近？所有人都惊恐地瞪大了眼睛注视着四周，但是谁也不敢离开石碑半步。

五个人如临大敌，但他们也不知道自己在和谁对峙，是飘荡在野狼谷中的冤魂？还是游弋在水中的巨蟒？是浓雾中随时可能窜出的黑衣人？或者……仅仅只是这浓雾？这浓雾像是一座虚幻而又坚固的围墙，将他们团团包围，阻碍着他们的视线和前进的步伐。这虚幻的浓雾后面究竟是怎样的一个世界？

唐风强迫自己冷静下来，他重新想了一遍马卡罗夫的话，突然大声说：“不！老马，你说得不对！你还记得那个古老的传说吗？传说中骷髅城是在往生海水下的！刘秉忠完全可以将碑立在高处，这个高处指的是当时的高处，也就是比骷髅坛城更高的位置。”

“传说不一定准，从碑身上的水渍可以推断，历史上往生海的水位曾经长时间高于现在，所以传说中的骷髅坛城在水位下也是完全有可能的。”马卡罗夫反驳说。

“不管是在水下，还是在水上，那个骷髅坛城肯定就在附近，大家多小心！”叶莲娜叮嘱道。

叶莲娜的话音刚落，梁媛忽然惊叫起来：“你们看，你们快看，水位上涨了！”

大家更加惊骇。唐风看见水面已经淹没了石碑的基座，如果不是有这块作为参照物的石碑，也许还不能这么快发现水位的上涨!

雨越下越大，往生海的水位上升得很快，众人只好向后面的高处退去。唐风一边向后退，一边死死地盯着不断高涨的水面，仿佛水中的巨蟒随时可能窜出水面，冲向他们!

不过半个小时，往生海的水位已经涨到了石碑的半腰处。唐风看见那儿有一处颜色很深的水渍，这说明历史上往生海的水位曾长期稳定在这里。唐风正胡思乱想着，没曾想脚下一滑，他身下的一大块白沙竟向水里坍塌下去。唐风被潮湿的白沙裹挟而下，瞬间滑落到了还在快速上涨的往生海中。几乎同时，另一个身影也消失在了水里。

2

唐风滑落水中的时候本能地屏住了呼吸，他惊奇地发现往生海的水极其清澈。唐风正在诧异，忽地一个巨大的黑影从前面闪过。他马上意识到，那是吞噬怀特的巨蟒！求生的本能促使他来不及思考，便快速地掉头向岸边游去。在他的意识里，自己离岸边并不遥远，可是他感到每游一米都十分吃力。巨大的惊恐包围着唐风，他生怕自己突然抽筋，或是被巨蟒追上……

唐风感到窒息，他闭上了眼睛，重复着机械的动作。他想加快速度，他觉得自己离岸边越来越近了，却总是到不了岸边。终于，他看到了岸边的白沙，但与此同时，他感到了一股巨大的力量正从身后向他推来，求生的本能促使他不顾一切地向岸边游去。借助着那巨大的力量，唐风猛地冲上了岸。岸上，一只大手迅速将他提了起来："你要把我吓死了！"

是韩江的声音！唐风抹了抹脸上的水迹，回头望去，水位已经超过了石碑的腰身。这时，梁媛带着哭腔扑到唐风怀里。唐风忽然想起自己落水时，似乎还有一个身影也和自己一起滑落水中。想到这儿，唐风浑身一激灵，忙向水面看去。韩江和马卡罗夫冲到了水里，焦急地呼喊着叶莲娜的名字。是叶莲娜，她也落入了水中。

唐风和梁媛扑到水边。远处，清澈的水面下时不时有黑影闪过。唐风一阵眼晕。叶莲娜怎么还没上来？按理说她的水性和能力远在自己之上……难道叶莲娜被巨蟒给缠住了？唐风不敢再想下去。

韩江早已脱了上衣，他拔出匕首，斩钉截铁地对唐风、梁媛和马卡罗夫三人命令道："你们都老老实实待在岸上，我去找叶莲娜！"

唐风张张嘴，想说什么，但又不知此时还有什么言语可以宽慰韩江。三人只好待在岸上，焦急地等待着韩江和叶莲娜。

韩江跃入水中。五分钟过去了，水面没有一丝动静，不见叶莲娜，也不见韩江。马卡罗夫焦急地冲进水里，唐风硬将他给拖了回来。又过了一会儿，唐风突然发现远处的水面上起了水花。往生海的水实在是太清澈了，唐风分明看见水下有一团巨大的黑影纠缠在一起。

唐风也拔出匕首紧紧地攥在手心，随时准备扑入水中支援韩江。不过就在这时，水面上浮出了一个人，是叶莲娜！叶莲娜惊恐地想往岸边游，可她像是精疲力竭了，反复在水面上沉浮。韩江呢？叶莲娜出来了，韩江怎么不见踪影……

唐风和马卡罗夫手握匕首跃进水中。两人走到齐腰深的地方，忽然发现远处叶莲娜周围的水面已经被血水染红了。唐风和马卡罗夫不禁心里一紧，难道韩江遭遇了不测?

唐风和马卡罗夫刚想纵身游入深水区去救叶莲娜和韩江，水面下突然掀起一股巨大的力量。唐风吃惊地看见韩江和一条巨蟒缠斗在一起，跃出了水面！韩江满身是血和污物，根本分不清那是韩江的血，还是巨蟒的血！

唐风和马卡罗夫刚一迟疑，韩江和那巨蟒又消失在了水下，两人互相交换了一下眼神。

“叶莲娜刚才显然是被巨蟒给缠住了，所以现在没有一点儿气力！”马卡罗夫小声说完，就纵身跃进了水里。

唐风正要跃入水里，就见叶莲娜那边的水面又起了变化，韩江竟然奇迹般地摆脱了巨蟒，抱着叶莲娜钻出水面，向岸边走来！唐风见状赶忙呼喊马卡罗夫上来。幸亏马卡罗夫没游远，很快便回到了岸边。这时，韩江抱着叶莲娜也回到了岸上。唐风关切地问：“你没受伤吧？”

韩江咧开嘴笑了，嘴里竟然还吐出了一小块蛇皮：“我没事，那家伙不是我的对手，被我搞了个半死！”

唐风这才长出一口气：“刚才你是真的吓死我们了！巨蟒呢？”

“受伤跑了！”韩江轻轻把叶莲娜放在沙地上，“叶莲娜开始时被巨蟒缠住，差点儿把小命丢了！”

这时候叶莲娜也缓过劲来，活动了一下：“谁说我小命差点儿丢了，你来的时候我正在跟巨蟒搏斗，鹿死谁手还不一定呢！”

“呵呵！”韩江讪笑两声，“对！还真不一定呢！说不定你能把那巨蟒给宰了，这样我们今天就有蛇肉吃了！”

谁料，韩江一提蛇肉，叶莲娜一阵作呕，忙摆手道：“别跟我提蛇了！还蛇肉，我现在最大的愿望就是能洗个热水澡。那巨蟒没把我弄死，但是那味儿我真受不了！”说着，叶莲娜又是一阵作呕。

大家都笑了，权当苦中作乐。

梁媛忽然说："你们别笑了，雨好像停了！"

唐风这才发现刚才还很大的雨果然停了。当然，他更关注的并不是雨，而是这浓雾和变幻无常的往生海。唐风奔到石碑附近，惊奇地发现水位开始下降了，而且下降的速度很快。"难道一切都像七百年前八思巴和刘秉忠攻破宓城的那次一样？"唐风望着快速下降的水面，更加神奇的景象出现了，一直困扰他们的浓雾竟然也开始慢慢散去……

3

一切都如刘秉忠碑文上所说的那样，雨过天晴，碧空万里，浓雾渐渐散去，往生海的水位已经差不多退回到了原来的位置。一片巨大而宁静的湖面展现在众人面前，完全是一派大漠风光，丝毫没有刚才风雨交加、与巨蟒殊死搏斗时的惊涛骇浪！

唐风不禁长叹："果然如刘秉忠所说，往生海方圆不知几何！"

"是啊，根本看不到边际！"韩江也不禁赞叹。

"你们注意到对面远处的山脉和沙丘了吗？"马卡罗夫指着遥远的地方问。

"那是……"唐风手搭凉棚，往远处眺望。

"如果那不是海市蜃楼的话，我猜想那就是往生海的对岸，瀚海宓城就隐藏在那片山脉和沙丘中！"马卡罗夫推测说。

"父亲，先别说远的了，您刚才就猜错了！"叶莲娜也在眺望着远处的湖面，那里平静得就像一面镜子，根本无法想象那平静的湖面下竟有如此凶残的巨蟒。

"我怎么错了？"马卡罗夫反问。

"您刚才说，骷髅坛城应该就在这石碑附近，而且应该和石碑差不多位于一个水平面。可是现在浓雾散了，我们只看到这块石碑孤零零地伫立在往生海边，没见到骷髅坛城啊！"

马卡罗夫一时不知如何回答，唐风倒兴奋起来："一切都与那古老传说和怯薛军碑上记载的相符，只差一项了！"

"你是说往生海的水位还会下降，就像当年八思巴和刘秉忠看到的情景一样？"梁媛问唐风。

唐风点点头："我相信今天我们也能看到这样壮观的景象。"

"可是我看不到这样的迹象！"梁媛说着走到石碑边上，"你们看，水位退到这里已经不再退了。"

"是啊！我已经观察十多分钟了，水位退到石碑基座的位置，基本就不再下降了！"韩江肯定了梁媛的说法。

"我现在没法说服你们，等着吧，今天一定会发生的。"唐风颇有几分自信。众人之前的遭遇一一和传说、碑文相应验，所以这次他很有信心。可是让他感到意外的是，从下午一直等到夜幕降临，往生海的水位都没有再变化。韩江他们开始还站在岸边等待，后来都抓紧时间开始晾晒湿衣服，整理东西，再后来干脆都躺下来休息了。只有唐风一个人还怔怔地站在石碑旁，等着看奇迹再次出现。

命运似乎和唐风开了一个玩笑，一路的遭遇都一一应验了古老的传说和怯薛军碑上的记载，偏偏这最重要的一幕没有出现。当夜幕完全笼罩了往生海后，唐风不禁担心起来："若是明天早上又有大雾，那该如何是好？"

没有人能回答这个问题。吃过晚饭，韩江又像前一晚一样，安排自己、唐风和叶莲娜三人值夜。韩江特别叮嘱道："每个人都要小心，今晚不比昨晚了，将军的人也穿过了浮屠峡，他们很可能就在附近。还有那巨蟒，那家伙很难对付，更何况这往生海中应该远不止这一条巨蟒，所以大家还要提防这些可怕的家伙。至于其他的威胁，冤魂厉鬼的，我就不跟你们一一提示了。总之，要加一万分小心。"

五个人如临大敌，小心翼翼地开始睡觉。前半夜是唐风值夜，梁媛睡不着觉，也陪着他。两人相依在一起，望着美丽而宁静的海子，憧憬着找到宓城之后的新生活。前半夜一切都很正常，黑衣人没有出现，巨蟒也没有冲上岸来，更没有孤魂野鬼来骚扰他们，一切都是那么恬静安详。

第十二章 骷髅坛城

1

当东方第一缕阳光照在宁静的水面上时，唐风走到了往生海边。一阵金色的粼光泛起，原本平静的水面忽然起了变化，水下像是有一个……不，也可能是很多个泉眼，正源源不断地向水面上喷薄而出，直至唐风面前的水完全沸腾起来。唐风瞪大眼睛，吃惊地望着沸腾的水面。那下面有什么？骷髅坛城，还是无数的巨蟒？

水面慢慢地分开，一团云雾之后，那个戴面具的女子又出现了。只是……只是这次戴面具的女子是从水下出来的，她慢慢地向岸上漂移而来。让唐风吃惊的是，这女子身上竟不带一滴水花！

唐风不自觉地向后退，没退两步，就靠在了那块怯薛军碑上。戴面具的女子在离唐风还有三步远的地方停下，依旧无法从她那黑洞洞的眼眶中看到眼睛。那闪耀着金属光泽的面具后面究竟是一张怎样的脸庞？

唐风还在胡思乱想，那女子先开口了："你还好吗？"

"不……不太好！我们找不到进入宓城的通道。"唐风回答。

"那都是因为八思巴这个和尚，是他封堵了进入宓城的通道。"戴面具的女子平静地说。

"八思巴？他为什么要封堵进入宓城的通道？"唐风对女子的话有些吃惊。

"因为从成吉思汗到忽必烈，蒙古与西夏的战争持续了一个甲子。党项人让他们吃尽了苦头，成吉思汗死在了西夏，忽必烈也险些丧命于此，所以八思巴不想让党项人再拥有这里，不想他们再占据这座城市！"那女子说到这儿，突然话锋一转，问唐风，"你一定听说过继迁老王地斤泽起事的故事吧？"

唐风点点头："我知道。当年党项族首领李继捧被诱入宋朝，被迫交出五州之地，归附宋朝。李继捧的族弟继迁不肯屈服，仅带数百人出奔沙漠瀚海之中的地斤泽，抗宋自立。经过继迁、德明两代西平王，再到昊王，三代君主几十年的努力，党项人重新壮大起来，建立了西夏，并与宋、辽抗衡数百年！”

戴面具的女子微微颔首：“你说得不错。李继捧献出五州之地的时候，党项人几乎要亡国灭种，只有继迁老王不肯屈服，仅带了区区数百人，逃到沙漠中的地斤泽，整个西夏的基业就是从那时候开始的。你现在该明白，为什么昊王将这里命名为‘宓城’了吧？宓是我们民族起源的地方，我们党项民族纵横草原大漠上千年，几番沉沦又几番崛起，只要还有不肯屈服的党项人回到这里，就能在此重新发展壮大。宓城就像是党项人的一粒种子。当年昊王看西夏境内东、南、西三面皆有重镇驻守，唯有北面空虚；又见此地绝险，易守难攻，危难之际可作又一个地斤泽，所以在此建城，并派最骁勇善战的族人驻守此地，期望它能在党项危亡之时发挥像地斤泽那样的作用，成为民族复兴的源头。”

“我明白了。所以当蒙古大军花费几十年，死伤无数，攻下宓城后，八思巴不希望以后还有党项人回到这里重新复兴党项的基业，于是封堵了通往宓城的道路，并且不让刘秉忠将此事记录下来，以至于后人根本不知道这段秘史。可是，我还是想不明白，八思巴用什么办法封堵了通往宓城的通道呢？”唐风心中依旧写满了疑问。

戴面具的女子沉吟许久，并不回答唐风的问题。唐风焦急地盯着女子的面具，在刺眼的阳光照射下，唐风极力想看清楚面具背后的那张面孔，可是他看到的只是一副面具，一副面无表情的面具。她在想什么？还是已经灵魂出窍了？为什么不说话？为什么不回答我的问题？唐风心中盘算着一连串的疑问。

这时，戴面具的女子突然向前走了两步，几乎就要和唐风靠在一起。不知怎的，唐风这时不敢再直视女子的面具，他手足无措，不知戴面具的女子想要做什么。那女子仿佛也在注视着唐风。突然，她转过身，和唐风并排站在水边。紧接着，就见那女子又缓缓地举起了右手。每次当她举起右手的时候，自己就要倒霉！所以这次，当唐风看到戴面具的女子的这个动作时，浑身不自觉地一颤，虽然这次女子的右手并没有指向自己，而是指向了水面。

还没等唐风明白过来，就听到一声极其沉闷的声响。那声音并不大，像是从极遥远的地方传过来，但是唐风却感到脚下的大地微微颤动了一下。紧接着，往生海辽阔的水面开始沸腾起来，像是水下有无数个泉眼，不断喷涌而出……

片刻工夫，水面又恢复了平静。唐风正在诧异，就觉着水面似乎开始下降，水面依然很平静，但是水面的下降却很明显。唐风半张着嘴巴，吃惊地看着眼前的一幕。突然，唐风看见在退去的水面下，一条碗口粗的巨蟒正吐着信子盯着自己。唐风大惊失色，再看身旁那戴面具的女子，早已不见了踪影……

2

“我看见了！我看见了！”唐风惊叫着，想要睁开眼睛，却被强烈的日光刺得双眼紧闭。

唐风又做了一个噩梦，当他醒来时，天光已大亮。但是他还没来得及回忆刚刚那个算不上噩梦的噩梦，就感到身子下面的白色沙粒开始微微跳动起来。他忙坐起身，却见韩江、梁媛、叶莲娜和马卡罗夫并没在自己身旁，而是一字排开，直挺挺地站在往生海边上。

唐风刚想站起来，就感觉到大地微微晃了一下。“这……这是怎么了？地震了吗？”唐风大声冲韩江他们喊。

“不！这……这不是地震，是奇迹！”韩江大叫起来。

“奇迹？！”唐风忙跌跌撞撞地冲到韩江等人身边。

“看，今天没有下雾，太阳刚升起来，你昨天苦苦等待的奇迹终于来了！”韩江望着前方的水面，嘴里喃喃地说。

“奇……奇迹真的出现了……”唐风这才发现，往生海的水位又开始下降了，此刻已经退到了怯薛军碑碑座以下一米多的位置，并且水位还在下降。这种下降速度似乎并没有刘秉忠在碑文中提到的那么快，昨天他们遭遇的涨水和退水也并没有碑文中记载的那么悬乎，但是这一切确实和碑文里记载的很像——水位明显在下降。

当往生海的水位下降到怯薛军碑碑座下两米的位置时，梁媛首先发现了异常：“你们看，那是什么？”

众人顺着梁媛手指的方向望去，左前方的海子边上露出了一大片芦苇，而在离芦苇三十余米的水面上，有一大片阴影正缓缓地从水中显露出来。

“是……是坛城，是骷髅坛城！”唐风惊诧地半张着嘴巴，不知是从嘴里还是从喉咙里发出了声音。

水位像是被人为操纵似的，缓慢而精确地下降。在清晨阳光的照射下，那一大片阴影慢慢显露了出来，白花花的一大片。果如传说和碑文上的记载一样，往生海水退之后，骷髅坛城露出了水面。

此时，骷髅坛城上面的部分已经清晰地展现在众人面前，大家无不惊讶。虽然他们已经无数次在脑海中想象过骷髅坛城的形制和规模，但是与真正的骷髅坛城比起来，他们的想象根本不值一提！

只见坛城上部密密麻麻地互相垒叠着白色的骨骸，规整而宏大，坛城的每一片区域都巧妙地使用不同的骨骼部位互相叠加穿插，像是一个复杂的系统工程。

随着水位的不断下降，更让唐风他们吃惊的是骷髅坛城的规模。整个坛城呈长方形，当往生海的水位下降到坛城底部的时候，不多不少，便停止了继续下降！在左前方的芦苇丛后面有一条十余米宽的宽阔大道高出周围的水面，一直向南延伸过去。这条道路上没多远就是那座骷髅坛城。唐风有些明白了，骷髅坛城正好坐落在通往宓城的必经之路上，怪不得八思巴执意要把坛城建在这里——既是为超度亡魂，也是为了堵住通往宓城的道路！

3

骷髅坛城的规模超出了所有人的想象，唐风一时竟看不到骷髅坛城的尽头，只看见坛城在长堤上一直延伸。坛城高达四五米，这样的高度也让众人吃惊！

“太神奇了！像是一座城堡！只是……只是它都是由骨头堆起来的。”叶莲娜惊道。

“我原来以为，所谓骷髅坛城，也就比我们在千户镇看到的京观大一些，没想到……这简直就是一座超级大京观啊！”韩江惊叹。

“错，这不是京观。京观是为炫耀武功，用敌人的尸骨垒砌而成。刘秉忠的碑文里说得很明白，这是坛城。八思巴修筑这里，不是为了炫耀武功，而是为了超度几十年来阵亡的双方将士！今天在藏区有许多用经板垒砌而成的坛城，只是……只是我们眼前这座坛城是用无数人的骨骸堆砌而成的。”唐风解释了一番。

“我记得藏区那些坛城都是用刻满佛经的石板垒砌的，那我们眼前的这座坛城上也会有佛经吗？”梁媛忽然问。

唐风心里一震，是啊，堆砌坛城的石板上刻满了经文，难道这些白骨上也被刻上了经文？想到这儿，唐风收拾行装说：“那上面有没有刻满经文，只有过去了才知道。”

“现在就过去吗？”梁媛有些害怕地问。

“我们还需要在这里等待吗？古老的传说和怯薛军碑上的记载为我们指明了方向。我相信将军的人现在应该还没有找到这里，但是他们就在附近，我们要抢在他们前面！”唐风已经收拾好行装，向左前方那片芦苇丛走去。

众人匆匆跟上唐风。走到近前，唐风才发现这片芦苇丛原来应该是生长在高处的，也就是他们昨天见到的石碑基座位置，现在水退了，芦苇丛的根系也全部露了出来。这样看来，最近这些年往生海的水位应该是维持在昨天见到的那个高度。

唐风拨开浓密的芦苇，一种奇怪的感觉瞬间袭遍了全身。他忽然又想起了那个噩梦。梦中他也是像这样闯入了茂密的芦苇丛，踩在潮湿的白沙上，突然露出了一截白色的人骨……唐风想到这儿，眼前真的闪过了一截白色的骨头。唐风吓了一跳，定睛一看，原来梁媛从淤泥里找到了一截白骨——是人的胫骨！

“把它扔了！”唐风呵斥道。

“看你现在胆小的样子，这个也怕？等会儿你怎么进骷髅坛城啊？”梁媛扔了那截骨头，笑道。

是啊！唐风感觉自己的神经现在是越来越敏感，也越来越脆弱了，等会儿还有那么巨大的骷髅坛城在等着自己。

唐风默不作声，继续往前走。大约十分钟后，他们走出芦苇丛，来到了通往骷髅坛城的大道上——这也是通往宓城的道路。

大道约有十米宽，犹如一条海上栈道突出在水面上。唐风走到其中一侧。往生海的水位已经停止下降，虽然水位退了这么多，但是站在这条大道边缘往下望，唐风仍然觉得头晕目眩，往生海依然深不见底。“好神奇的海子！”唐风不禁再次感叹。

韩江也看出了端倪：“怪不得八思巴要在此处建坛城。从别处进不了宓城，只有这里，当水退到这个位置时，通往宓城的大道才会显露出来。”

“我想这就是八思巴所谓的‘大玄机’，他在攻破宓城后所做的几件事都是为了元朝的长治久安。如何能长治久安？就是不让人——特别是党项人再回到这里占据宓城。所以他采取了一系列的措施：一是严令将士勿滥杀抢掠，以此来安抚幸存的党项人的心，化解双方几十年的积怨——当然这第一条不一定管用，于是八思巴又采取了其他几项措施；二是不让任何有关此次战争的文字记录传世，哪怕是贵为宰辅的刘秉忠也不例外，所以刘秉忠只好把此事记录在怯薛军碑上，几百年来伫立在这人迹罕至的地方；三是修筑眼前这座巨大的骷髅坛城，既是超度亡魂，化解积怨，又巧妙地用坛城堵住通往宓城的路。我甚至怀疑怯薛军碑碑文中所记载的那场无名大火也是八思巴密令放的，如果猜测属实的话，那么这也算一条！”唐风似乎破解了八思巴密语刘秉忠的所谓大玄机。

“这不大可能吧？当时他们的人还在宓城中，放火难免造成自己人的伤亡，而且这与你说的为了化解和党项人的积怨也自相矛盾啊！”马卡罗夫疑道。

“这……我只是怀疑，现在没发现证据，所以只能存疑，但不排除这种可能。”

“唐风，我也有一点儿不明白。”叶莲娜忽然问，“如果八思巴要封堵进入宓城的道路，那他直接挖断这条长堤不就行了，哪怕是只挖掉一小段，不就达到目的了？”

“这……”叶莲娜的问题让唐风也无法回答。

“或许这坛城里面还有什么玄机吧！”马卡罗夫说。

“还有玄机？”马卡罗夫的话让唐风陷入了沉思。

唐风正在思考叶莲娜的问题，梁媛忽然看见大道前面有一个骷髅头：“你们看，这是被水从坛城上冲下来的吧！”

说着梁媛就用手去拿那个骷髅头，唐风再想阻止已经来不及了。只见一条体形不大的小蛇蹭地从骷髅的眼眶中窜了出来，一下子扑到了梁媛身上。梁媛被吓得花容失色，惊叫起来。韩江反应够快，一把抓起梁媛身上的蛇摔到地上，然后拔出匕首，将蛇砍为两段。

梁媛渐渐止住了尖叫，唐风刚说了一句“叫你不要乱碰这些东西……”谁料，惊奇的一幕在众人眼前上演了！只见那条已经被韩江分为两段的蛇，身体前半段还在蠕动，一点点地向水里游，最后竟跳入水中，一眨眼不见了踪影，而蛇被砍下的后半段在阳光的强烈照射下，瞬间化为了一堆蛇皮。

众人吃惊地看着眼前的一幕，谁也不知道这是什么蛇，就连见多识广的马卡罗夫也不认识。

4

大家继续前进。虽然通往骷髅坛城的路并不算远，但是他们小心翼翼地走了二十分钟才来到坛城近前。

一个个面目狰狞的骷髅和累累白骨堆砌了一座城堡，城堡正中竟然还做出了一个门的形状。这就是坛城的入口？五个人面面相觑，谁也不知道那里面会有什么。

韩江愣了一会儿，然后笑着说道：“看来又是我第一个了，你们还杵着干吗？进去啊！”

“从……从哪里进？”唐风用手指了指那个白色的城门，像是在询问韩江。

“废话，不从那里进，还能从哪里进？”韩江说着，大步走进了这座用白骨堆砌的城门，其他人只好硬着头皮跟了进去。

进入这白骨城门，里面是一堵用白骨和骷髅头堆砌的墙。唐风仔细观察了一番，又壮着胆子用手推了推，白骨墙纹丝不动。奇怪，这面白骨墙没有用任何黏合材料，只靠这些白骨和骷髅堆砌在一起，竟然这么牢固？唐风狐疑着跟在韩江身后绕过了这面墙。墙后面是一个正方形的庭院，当然，这庭院四周也都是用白骨堆砌的。

唐风看了两眼，不禁冷笑：“这八思巴和刘秉忠看来不愧都是建筑大师啊！”

“建筑大师？”

“你们还不知道吧，历史上刘秉忠和八思巴都可算是规划建筑大师了！刘秉忠主持建造了元大都，就是今天的北京城；八思巴主持建造了西藏萨迦寺、北京白塔寺等许多重要的寺庙。你们看这用骨头堆砌成的坛城，还做成了四合院的样子，与我在藏区见到的石经坛城大不一样啊！”唐风似乎不像进来之前那么紧张了。

“就是没有屋顶！”梁媛嘟囔了一句。

唐风抬头望去，骷髅坛城虽然做出了城堡的样子，有墙有门，但是没有做屋顶，此时他们所在的这个院子更像是一个天井。从天井上空望出去，外面阳光明媚。从昨天大雾散去后，往生海的温度就直线上升，刚才唐风在进入骷髅坛城之前被炽烈的阳光晒得满身大汗，这会儿却像是来到了另一个世界。他不知道为什么炽烈的阳光竟无法照进这坛城，也许……也许是这里的阴气太重了吧！

唐风正在胡思乱想的时候，梁媛猛地拍了他一下，把他吓得半死。他刚想发作，梁媛却指着身旁的一大块白骨，惊道："快看，快看，这上面有文字啊！"

唐风也是一惊，定睛查看。果然，在这块盆骨上刻满了密密麻麻的小字，是西夏文。唐风粗略辨认一番，惊呼："果然是经文！"

这时，韩江、叶莲娜和马卡罗夫也都在其他的骨骸上发现了文字。唐风一一辨认，更加吃惊："全是佛教经文，而且……而且我只看了这几块，就已经发现了四种文字。"

"什么？你是说这些刻在白骨上的经文是用不同文字书写的？"韩江吃惊地又看了一眼身旁的一个骷髅。

"是的，有西夏文、古藏文、八思巴文，竟然还有汉字！"唐风吃惊地看着众人。

"那么，这些经文说的是什么呢？"叶莲娜问。

"要想弄懂这些，我还要仔细看看。"唐风说着开始连续查看码放整齐的一排骷髅。过了一会儿，唐风似乎看出了一些名堂，"我挑了一个刻着汉字的骨头看了，上面刻的是不同的佛经，让我再看看。"

唐风向前走去，韩江等人跟在他后面。众人又穿过一道门，进入了一个狭窄的巷道里。四周都是骷髅，五个人紧挨着这些骷髅，竟是那么近。唐风有一种窒息的感觉，一路走来，满眼全是白色骷髅和密密麻麻的佛经。突然他停下了脚步，这里的巷道开阔起来。唐风忽然指着其中一个头骨，看着上面的文字说："我看出了一些名堂。我刚才除了查看汉文的，还看了八思巴文和西夏文的，通过对比，我发现这几种不同文字书写的佛经是相同的。"

"就是说这四种文字刻的都是相同的佛经？"梁媛问。

"对，都是一样的。虽然我只看了这一小部分，但已经可以推断出这些骨骸上刻的应该是一部《大藏经》！"

"什么？《大藏经》！我听说《大藏经》是主要佛教经典的总集，那规模一定非常庞大！"梁媛惊道。

"是的，所以我们看到了这么宏大规模的坛城。这不是信众自发刻写堆砌成的坛城，这是由帝师八思巴组织策划的一次大的宗教行动。他从一开始就是有组织的，规模之大让我感到很吃惊。当然，我没看完，不知道当初有没有把整部《大藏经》都刻完。"唐风激动地说。

"八思巴为什么要把《大藏经》刻在这些骨头上呢？难道仅仅是为了超度亡魂？"韩江不解地问。

"也许这就是信仰的力量吧！"唐风轻轻地叹了口气，又向坛城更深处走去。

5

唐风继续向前走去，又进入了狭窄的巷道，周围依旧是白色的骷髅和骷髅上密密麻麻的经文。走着走着，唐风忽然觉得这里的一切都是那么熟悉，他的心猛地一坠，难道……难道他们又回到了刚才走过的巷道中？

在坛城千篇一律的巷道中乱转了一通，唐风的眼前开阔起来，他们进入了一个圆形的大厅。唐风轻轻吁了一口气，总算走出了迷宫一样的巷道，这是他们没有来过的地方，可这里并不是出口。

圆形大厅的四周各有四个用白骨堆砌的门。“这里也许就是整个坛城的中心。”唐风推测说，却没有人应声。整个圆形大厅内寂静无声，只有唐风简短的话语在这里回响。

五个人在圆形大厅内怔怔地站了一会儿，韩江低声问：“下面该往哪里走？”

唐风指了指对面的那个门：“那里应该是南边，从那边走。”

于是，五个人又走进了巷道——一模一样的巷道，就连骨骸摆放的形制都完全一致。没走出多久，就出现了岔道，唐风停下了脚步。正在众人迟疑的时候，梁媛突然失声尖叫起来：“看！蛇……蛇在我们头顶！”

唐风一惊，抬头望去，果然一条黑色的蛇从顶端一具头骨的眼眶中钻出，正吐着信子盯着自己。唐风有些蒙，他想退，但又怕一往后退，那蛇会突然冲上来，他知道自己的速度是无论如何无法和这条蛇相比的！

唐风蹑手蹑脚地向后退了半步，谁料，那蛇仍然捕捉到了唐风这一微小的举动，猛地向他扑来。唐风暗道不好，迅速后退，就在他重重靠在身后的骷髅墙上时，那条蛇也跟了上来。在这千钧一发之际，唐风眼前突然血光一闪，一团红黑的液体溅到了他身旁的白色骷髅上，有几滴甚至溅到了唐风的身上。

唐风定睛一看，韩江手持匕首，已将那条蛇拦腰斩断。可是那条蛇一如在坛城外面见到的那条蛇一样，丢下被砍断的后半截，晃动着前面半截身体，很快消失在地下的缝隙中。

唐风长出一口气，刚想继续前进，谁料又有一条黑色的长蛇从他身后的头骨中钻了出来。“啊——”唐风只叫了半声便没了声音，因为那条蛇已经吐着血红的信子，迅速缠绕上来。

韩江见状，刚想过来解救唐风，没想到另一条蛇已经缠住了他的脚。韩江蹲下去，想先解决脚下那条蛇，可几乎就在他蹲下的同时，又有一条蛇从坛城上面的骷髅中钻出，飞快地扑向他。

不知何时，一条蛇也爬到了梁媛身上，梁媛吓得只剩下在原地尖叫的份了。而叶莲娜和马卡罗夫也自身难保，因为正有七八条蛇同时向他们袭来。

韩江被头顶突然而至的蛇绕住了脖颈，正在苦苦挣扎。此时唐风身上已经被五条蛇缠绕，他感到恐惧、恶心，一阵剧烈地反胃，差点儿把早上吃的那些东西呕吐出来。但还没等他吐出来，一条碗口粗的蛇已经将他的脖子牢牢缠住，唐风剧烈咳嗽起来。那条蛇缠得越来越紧，唐风翻着白眼，感到窒息，他努力想把身子往前倾，以摆脱这些该死的蛇。唐风脖子上的每一条青筋都暴了起来，可是这些蛇的气力巨大无比，他的任何努力都成了徒劳，最后唐风又被蛇拉回到骷髅墙上……

唐风仰面看着坛城外的阳光，感觉自己的生命就要走到尽头。就在这时，坛城上突然闪过了一阵黑影。那是什么？唐风的心脏猛地一紧，瞪大布满血丝的眼睛向外望去。没过一会儿，那个巨大的黑影又笼罩过来。这次唐风看清了，是两只鹰——真正的雄鹰。

6

两只鹰在坛城上来回盘旋着，最后落在了坛城上。唐风看见雄鹰的利爪牢牢抓在两个狰狞的头骨上，正注视着坛城里发生的恐怖一幕。

鹰啊！此时我要是能化作雄鹰，飞出这恐怖的骷髅坛城，那……那该多好！我要飞到空中，看一看这……这神奇的地方！唐风心中默念着，重新在体内聚集力量，他感到缠绕在脖子上的蛇有些松动了，也许还有希望！

唐风再度用力，一点点，一点点，不断向前，唐风企图先挣脱缠绕在腿上的蛇。他知道这是自己的最后一次努力，如果这次再不能摆脱这些该死的蛇，此处就是他的葬身之地！

就在唐风和蛇僵持之时，立在坛城上的两只鹰猛地抓起脚下的两个头骨飞了起来。紧接着，唐风感到脚下的地面颤动起来。不，不仅仅是脚下的地面，身后，还有对面的骷髅墙壁也都跟着晃动起来。

这……这是怎么回事？难道坛城要坍塌？唐风还没反应过来，身上的蛇却先惊慌起来。随着晃动的加剧，唐风感到身上轻松了许多，刚才还死死缠绕自己的蛇瞬间消失了。韩江、梁媛、叶莲娜和马卡罗夫身上的蛇也纷纷遁形，巷道中只留下了几条被斩断的蛇尾。可此时众人根本没有心情庆幸死里逃生。

“这……这骷髅坛城怎么晃动起来了？”韩江大叫。

“你们看到那两只鹰了吗？”唐风答非所问。

“看到了，怎么？”韩江不解其意。

“是那两只鹰救了我们！”唐风大声解释。

“现在我们怎么办？”叶莲娜打断了两人的话。

“此地凶险，快离开这里！”唐风大喊。

“可前面有两条岔路，该往哪里走？”叶莲娜问。

唐风看看面前两条几乎一模一样的岔路，全是面目狰狞的骷髅，该走哪一条呢？坛城还在晃动，唐风看看韩江，又看看叶莲娜和马卡罗夫，他们也在盯着唐风，似乎在等待唐风最后的判断，倒是梁媛嘴里念念有词，不知在叨咕什么。

“不！让我想想！”唐风闭上了眼睛，思绪飞快地在黑暗的迷宫中穿行。一会儿，黑暗的迷宫变成了狭窄的巷道，巷道两边全是白骨、骷髅。那些面目狰狞的骷髅似乎被重新赋予了生命，虽然无血无肉，唐风却看见了他们奇异的表情——有的痛苦挣扎，有的血肉模糊，有的面无表情，有的怒目而视，有的鬼哭狼嚎，有的念念有词……左侧巷道的骷髅是这样，右侧巷道里的骷髅也是这样。唐风的大脑快速运转着，他感到越来越混乱，生怕自己跑进了巷道，会被这些骷髅……唐风不敢再想下去，他猛地睁开眼睛，抬起颤抖的右手，先是指了指左侧的巷道。就在此时，脚下突然猛烈晃了一下，唐风心里一惊，又把右手移到了右侧巷道。

“你确定？”韩江大声反问。

“我不知道！”唐风根本无法使自己平静下来。

“不管了！走！”韩江说完第一个冲进了右侧的巷道。

叶莲娜和马卡罗夫也跟了进去，唐风只好拉上嘴里还念念有词的梁媛跟上去。

7

右侧的巷道里白骨森森，坛城还在晃动，唐风觉得两旁的骷髅全都活了过来，正盯着他们。他不敢停留，只顾往前奔跑。耳畔传来奇怪的声响，他不知道是风声，还是这些冤魂的呼号。

巷道内不停地出现拐弯，几乎每走二十余步就会遇到，唐风感觉他们进入了一个巨大的迷城。这条道路对吗？能带他们走出迷宫吗？唐风胡思乱想着，忽然眼前一片明亮，看来走对了，走出了坛城？！

唐风心里又惊又喜，可谁料他只喜了半截，惊倒是一直惊了下去——他们冲出了巷道，却又来到了一个圆形的大厅。此处和刚才见到的圆形大厅一模一样，一样的形状，一样的白骨，一样在四面有四道门！

不！不！这就是刚才他们来过的圆形大厅！唐风心里猛地揪紧了：“我们好像又迷路了！”

唐风的话让所有人都垂头丧气的。韩江也看出来了：“是呀！这里就是我们来过的圆形大厅！我们从另一个门又走了出来！”

“那我们现在该怎么办？”梁媛问。

“我不知道……”唐风方寸已乱。

“至少这里还是安全的。”叶莲娜忽然说。

众人一起看着叶莲娜。

“你们没觉察到吗？坛城不晃了！”

听叶莲娜这么一说，大家才感觉到这会儿的坛城又恢复了平静，那些蛇也不见了。唐风长长地出了一口气，重重地倒在身后的骷髅墙上。可他刚一靠上骷髅墙，就像条件反射一样又蹦了起来：“我……我又想起了那些蛇！”唐风苦笑着走到了圆形大厅中央。

五个人坐也不是，靠也不是，只能站在大厅中央，只有这里能让他们感到一丝安全。可是他们不能一直这样站着，必须寻找一条出路。唐风环视圆形大厅四周，只有一个门没有走过，他用手指了指那个门：“看来我们只能进这里面转转了！”

韩江也在注视着四周，他刚要开口却又顿住了。

唐风不解地看着韩江：“你怎么了？”

韩江迅速地冲他摆了摆手，唐风这才注意到不仅仅是韩江，叶莲娜和马卡罗夫也都屏气凝神，和韩江注视着同一个方向——也就是他们来时的那个门！

唐风马上明白了，他静下心，仔细听了听，脚下的大地又微微晃动起来。不过，这不是刚才的那种晃动，是有人来了！此时此地，会是谁呢？反正不会是自己人！唐风从进入沙漠那刻起就知道，在这里不会再有人帮助他们。

那就只能是将军的人！也许将军就在其中！唐风想到这儿时，韩江冲所有人挥了挥手，他们向那个从未走过的门里退去。

8

他们刚刚隐藏好，两个持枪的黑衣人就冲进了圆形大厅。紧接着，一个穿着斗篷的人走了进来，那人头上带着兜帽，看不清面孔。唐风等人正在诧异，斯捷奇金带着大批黑衣人涌进了圆形大厅。

唐风的心已经悬到了嗓子眼，他盯着韩江，想从韩江那里得到下一步行动的指示，但是韩江的脸上异常平静。

“我们是不是要撤？万一他们从这……”唐风压低声音问韩江，还没等他说完，就被韩江一把堵住了嘴。

五个人屏住呼吸躲在巷道里，韩江缓缓松开了手。唐风有些明白了，韩江在和那伙人比心理，他想看到将军的真面目，就必须冒这个险。唐风靠在骷髅上，仰头望去，排列整齐的骷髅也在看着他。唐风的心脏狂跳不止，他生怕那些蛇这个时候冒出来，那样就算有再坚强的心理素质，恐怕也没法不暴露！

好在蛇并没有出现。那些黑衣人没有说话，只是围绕着圆形大厅观察。那个戴斗篷的人则一直静静地伫立在圆形大厅的中央，斯捷奇金就站立在他的身后。斯捷奇金冲几个黑衣人挥了挥手，几个黑衣人开始逐个检查圆形大厅的另外几个门。眼见那些黑衣人就要走到唐风他们藏身的门，韩江不得不挥了挥手。

五个人蹑手蹑脚地向巷道深处退去，拐过了数道弯，唐风估计走出了近百米后，他们停了下来。五个人靠在狭窄的巷道两边，唐风终于忍不住了：“那个戴斗篷的人就是将军？”

“妈的，还跟我们玩捉迷藏！”韩江骂道。

“你没看见吗？斯捷奇金跟在那人后面，显然，那人的地位要比斯捷奇金高。在他们组织内部，还会有什么人比斯捷奇金的地位更高？”唐风说。

“根据史蒂芬临死前透露的信息，在他们的组织内部除了将军就是怀特了，怀特已经死了，那么那个戴斗篷的人只能是将军！”韩江推断说。

“这么热的天，他为什么还要戴斗篷？”梁媛问。

“这还用说，他肯定不想让我们看到他的真面目！”唐风说。

“就像戴面具的女人！”梁媛忽然提到了戴面具的女人。

“戴面具的女人？”唐风心里一震，他到这时仍然无法确定那个女人是否真实存在。

“嘘！”叶莲娜忽然冲众人做了一个噤声的手势，“有人来了。”

大家静下来，侧耳倾听，果然有杂乱的脚步声从巷道深处传来。将军他们朝这边过来了？唐风掏出了枪。

9

凌乱的脚步越来越近，所有人都做好了遭遇的准备，可是韩江忽然挥了挥手，让众人向相反的方向撤退。

“为什么撤？”唐风不解。

“如果那头也有敌人过来，我们被困在这狭窄的巷道内，无险可守！”

韩江说完，已经弯下腰，快步向相反的方向前进，唐风等人只好跟上。路过一个岔道，他们已经顾不上判断，只管往前钻。

走着走着韩江停了下来，唐风催促道：“快走啊！”

韩江“嘘”了一声，示意大家安静下来。众人侧耳倾听，前面传来了凌乱的脚步声，而后面的脚步也是往这边来的。

“妈的！我们被堵中间了！”韩江骂了一句。

“都是你带的好路！这下好了，想跑也跑不掉了！”唐风抱怨说。

韩江极力使自己保持冷静，他忽然想到了刚才路过的岔道：“我们看看还能不能回到那个岔道里！”

“恐怕来不及了。”

“试一下吧！”

说着，众人又掉头往回走。这次唐风走在了前面，他快步向刚才路过的那个岔路奔去。可是他们还没走出两分钟，迎面就和两个黑衣人相遇了。慌乱中，唐风率先扣动了扳机，“砰砰”两枪，没有击中对方，都打在了巷道两侧的骷髅上，闪烁出耀眼的火光。

对方立即躲藏起来，并迅速反击。唐风侧身趴下，叶莲娜和马卡罗夫也举枪射击。韩江没有参与，一方面是因为巷道狭窄，容不下这么多人，另一方面是身后的敌人也已经逼近了。

韩江侧身隐藏在骷髅墙旁边。那头的人显然听到了这边传来的枪声，加快了脚步。韩江迅速判断出了那边的人数，至少有六个人！

那些人越来越近了，韩江举起了枪。当第一个人闯进他的视线时，韩江扣动了扳机，连发三枪，枪枪命中。两个黑衣人倒了下去，另一人发出惨叫，隐藏了起来。韩江又射几枪，但对面的家伙隐藏了起来，没能打中。韩江换弹匣的工夫，对面开始还击，韩江只好侧身躲避。

就这样，交火持续了十多分钟，韩江和唐风他们腹背受敌，到后来他们的火力已经完全被压制。更为糟糕的是，他们不可能这样一直坚持下去。“枪声会引来越来越多的黑衣人，再这样下去，我们只会被他们完全包围！”唐风冲韩江吼道。

“你有什么办法？”韩江反问唐风。

“没有！”

“没有就给我闭嘴！让我好好想想。”

韩江靠在骷髅墙上，闭上眼，任凭对方的子弹在他的头顶呼啸。他在想，想一个摆脱绝境的办法，但是没有，他的大脑中一片空白。他并不缺乏冲上去的勇气，但是那样只能同归于尽，可是难道就在这里束手待毙吗？

韩江的心里焦躁不安，但是两分钟后，四周忽然安静了下来！韩江猛地睁开眼，唐风、叶莲娜、马卡罗夫和梁媛也在看他，大家面面相觑，侧耳倾听，巷道两头的枪声都停了下来。

“难道他们有什么诡计？”唐风喃喃地说。话音刚落，突然从前方的巷道传来一阵密集的枪声，紧接着是一阵撕心裂肺的哀号！唐风注意到，虽然枪声大作，却并没有子弹射向他们。那边究竟发生了什么？所有人心里都疑窦重生，又惊惧不已！

过了一会儿，枪声停了下来，哀号也听不见了……究竟发生了什么？所有人心中都在想着这个问题。韩江前后看看，然后朝前方指了指。大家明白他的意思，唐风和叶莲娜走在前面，韩江则小心翼翼地盯着身后，倒退着跟上去。

10

所有人都异常谨慎。唐风蹑手蹑脚地走在前面，突然，叶莲娜伸手拦住了他。叶莲娜冲他使了个眼色，唐风偷眼望去，前面的巷道内横七竖八地躺着几个黑衣人！他们是死了，还是……

唐风正在狐疑，叶莲娜扣动扳机，冲那些人开了两枪。那些人倒在地上，纹丝不动，看来确实已经死了。唐风和叶莲娜保持着高度的戒备，同时加快了脚下的步伐。很快，两人走到了那些黑衣人近前。唐风只看了一眼，便觉头晕目眩，就连见惯了血腥场面的叶莲娜也是一阵作呕。

只见六个黑衣人横七竖八地躺在狭窄的巷道中，他们身上布满了枪眼，此刻枪眼已经停止了往外冒血。他们暴露在外的头部不知被什么东西攻击，血肉模糊，惨不忍睹，甚至有一个人已经露出了白骨。

“这……他们是怎么死的？”唐风不解地问。

马卡罗夫蹲下仔细观察了一番，说：“你们看，他们每个人身上都有枪伤，但显然这并不是他们死亡的原因。”

“哦！那他们是……”

“你们看这里。”说着，马卡罗夫指向其中一人的胸部，“肋骨已经被折断，并刺穿皮肤，露了出来！这只能有一种东西可以做到！”

“你是说——巨蟒？！”唐风惊道。

“这里也有巨蟒？”梁媛惊得慌忙向四周望去，满是骷髅，巨蟒是从哪儿钻出来的？

“不仅仅是巨蟒！”马卡罗夫又说，“恐怕还有别的蛇，并且有很多蛇，所以他们的身体才会这么惨！”

叶莲娜点点头：“在慌乱中，这些人开了枪，甚至在精神崩溃之际自相残杀。可能因为枪声，蛇没有吞下他们就离开了这里！”

“那我们现在该怎么办？”唐风问。

“必须快点儿离开这里，走出坛城！”叶莲娜说。

韩江指了指后面的巷道：“我们从那边走！”

没人再说什么，大家又向后面的巷道走去。没过多久，地上出现了几具白骨，众人更加惊诧。

“这……这些人这么快就成了一堆白骨？”梁媛惊道。

“他们还没来得及开枪就断了气，然后被蛇吞噬了。”马卡罗夫喃喃。

“是的，他们被巨蟒吞噬了。我跟他们交手的时候，估计对方至少有六个人，而这里只剩下四具骨架！”韩江分析说。

“看来巨蟒不止一条！而这几具骨架，我估计是被成千上万条小蛇吞噬的！”

唐风的话让众人更加惊恐。叶莲娜催促道：“快走！离开这里！”叶莲娜的话音刚落，梁媛就尖叫起来，因为正有一条蛇缠住了她的脚踝。

唐风拔出匕首，斩断了梁媛脚上的蛇，拉起梁媛就往前方跑。五个人不敢停留，拼命地向前跑，仿佛身后有无数条蛇在追击他们。

跑着跑着，唐风忽然感到脚下的大地又颤抖了起来，巷道两边的骷髅也开始发生变化，各种奇怪的表情出现在这些骷髅的面部。一瞬间，唐风觉得这些骷髅似乎重新被赋予了生命，正在极力钻出骷髅墙，向自己袭来……

“砰”的一声，正在飞奔的唐风不知被什么绊了一下。唐风来不及细看，继续拉着梁媛往前跑。跑着跑着，唐风挥舞起右手中的匕首，像是在挡开身旁不断钻出的骷髅，但是当他真的将匕首刺向身旁的骷髅时，却什么也没刺到。

唐风顾不上多想，他觉得周围无数双眼睛在盯着自己，还有无数双没有皮肉的手臂在抓自己，更有无数条大大小小的蛇从骷髅空空的体内钻出……终于，唐风拉着梁媛奔出了狭窄的巷道，但是还没等他高兴起来，就发现自己又回到了那个圆形大厅。

唐风伫立在圆形大厅中央，回身望去，韩江、叶莲娜和马卡罗夫也奔进了大厅。唐风眼前一阵眩晕，此时，他已经无法分清这一切是自己的幻觉，还是那些骷髅真的被灵魂附体了！

“这……这是怎么回事？我们又回到了这个大厅！”叶莲娜惊恐地说。

“看来我们彻底迷失在这骷髅坛城中了！”马卡罗夫也有些沮丧了。

“不仅仅是迷失在这里，还有这些被灵魂附体的骷髅和成千上万的蛇！”叶莲娜又说。

“你们发现没有，那个戴斗篷的人呢？”韩江忽然提醒道。

“看来他们离开了这里！”马卡罗夫回答说。

正在众人诧异的时候，几条蛇从圆形大厅的上方钻了进来，紧接着就是三条巨蟒分别从圆形大厅的三个门内慢慢地滑了出来。坛城还在颤抖，蛇越来越多，成千上万条蛇不断地从骷髅的缝隙和顶上钻出，一点点向唐风他们逼近……

11

唐风极力使自己冷静下来，他知道乱打乱撞是出不了坛城的。八思巴……唐风想到了八思巴和刘秉忠的碑文。坛城有大玄机？什么大玄机？唐风闭上眼睛，仔细咀嚼着碑文中的这句话。突然，唐风睁开眼睛，恍然大悟般：“八思巴当年建骷髅坛城是为了封堵外界通往宓城的道路，他为什么不直接毁掉通往宓城的长堤？他一定还是想留一条进入宓城的通道，但是又不能让人轻易地找到这条通道……”

韩江打断唐风的话语，怒吼："你到底要说什么？都这个时候了！"

"我要说的是骷髅坛城的大玄机！"唐风的话语异常镇定。

"大玄机？你这会儿想明白了？"

"八思巴留下了这条通向宓城的通道，但为了不让人轻易地进入宓城，就在这座坛城中故布疑阵，这些蛇很可能也是当年八思巴放养的。"唐风解释说。

"你是说这些蛇是八思巴放养的？"

"是的，他既要留下一条通道，又不希望常人很容易地走出这里。显然他留下通道并不是为了党项人，而是为了有一天如果有必要，他们仍然可以进入宓城。那么，我想八思巴一定会有一个特殊的办法，让自己的人不至在坛城中迷失，更不至于像我们这样在坛城中遇险！"

唐风的话提醒了众人。韩江推断说："是的，八思巴一定在坛城里为他们自己人留下了特殊的通道！"

"不，不一定是特殊的通道，很有可能是坛城中某些特定的路线，那个特殊的通道也就是坛城的大玄机！"唐风斩钉截铁地说。

"特定的路线？在哪里？"韩江急不可待地问。

唐风正要开口，忽然瞥见一直没言语的梁媛："你嘴里在念什么？"

"念经啊！我现在一紧张就想起来那段经文。"

"念经？就是你爸教给你的那段经文！""嗯，就是那段经文！"

梁媛停止了念经。说来奇怪，坛城不再晃动，蠢蠢欲动的骷髅们恢复了平静，圆形大厅内的蛇也不再向前。梁媛惊异地望着眼前这一幕："难道……难道这和我念的经文有关系？"

12

众人和成千上万的蛇对峙着。唐风仍然在思考着八思巴的大玄机，他疾走两步，来到其中一面骷髅墙壁前。那些蛇竟然没有冲上来，反倒向后退去。唐风清晰地看见了白骨上刻写的经文，并小声念出这些经文。众人不解其意，跟着唐风的脚步，绕着圆形大厅慢慢走了一圈。当走到那个他们从未进入过的大门前，唐风停住了脚步。令人窒息的沉默后，唐风突然转过身，眼中闪烁着兴奋的光芒，"我……我想我找到八思巴的大玄机了！"

"快说！"韩江催促他。

"八思巴在这些骷髅白骨上刻上《大藏经》，既是为了超度亡魂，更是为了隐藏一个秘密——刻满经文的骷髅是按一定顺序摆放的。简而言之，我们只需要按照大藏经的顺序走，应该就能走出坛城。"

“也就是说不懂佛经的人就很难走出坛城？”梁媛反问。

“是的，只有精通佛经的高僧大德才能按照这些骷髅白骨上的经文顺序，顺利走出坛城！”

“那么，你行吗？”韩江问唐风。

唐风有些犹豫地点点头：“我以前上学时就对《大藏经》产生过兴趣，后来又跟罗教授学过，应该可以。”

“那就快点儿吧！我可不想在这里等到天黑！”

韩江的话让众人心里一惊。韩江冲着门上的蛇连开几枪，然后掩护众人穿过蛇群，冲入了他们面前的巷道。几条蛇落在他们身上，梁媛忍不住地尖叫起来，直到唐风把蛇从她身上扔掉，梁媛才止住尖叫。

唐风走在前面，他按照《大藏经》的顺序快速穿行在巷道中，只在遇到岔路的时候，才会停下来仔细辨别一番，然后按照正确的顺序选择其中一条向前走。说来奇怪，他们这一路再没有遇见蛇，也没有遭遇那些黑衣人，坛城内竟异常的平静。

前方豁然开朗，炽热的阳光在坛城出口等待着他们。虽然是白天，虽然他们可以看到头顶的阳光，但是阳光照不进坛城，整个坛城内阴森森的。此刻，唐风只想赶快将自己冰冷的身体置身于炙热的阳光下，他不禁加快了脚下的步伐，可是身后忽然传来马卡罗夫的声音：“等等，唐风。”

众人都停下脚步，看着马卡罗夫。马卡罗夫侧着身子，喘着粗气，看了看坛城洒满阳光的出口，又看了看另一头阴森灰暗的坛城里面，忽然问：“唐风，你刚才说只有熟知《大藏经》的人才能走出坛城，那么，将军的人呢？”

“将军的人？他们如果在我们之前走出了坛城，那么他们当中就一定有人熟知《大藏经》，但是我想他们恐怕这会儿还在坛城里转悠呢！或者他们干脆已经退出了坛城。”

“哦？你就这么自信？如果真像你说的这样，那我们岂不是可以摆脱将军了，至少是暂时摆脱了这些家伙。”马卡罗夫怀疑地说。

“我想是的，我们至少可以暂时摆脱那些黑衣人，八思巴大师帮了我们的忙。下面我们主要的对手恐怕就是那个死亡绿洲了！”

“死亡绿洲？！”唐风的话让大家心里又是一惊，刚刚走出阴森恐怖的坛城，又要进入一个恐怖的死亡绿洲？大家胡思乱想着走出了骷髅坛城，眼前的景色更是令人吃惊，他们仿佛来到了另一个世界。

这里的沙漠已经退去，在长堤的尽头是一片茂密的绿色。在绿色掩映中，他们依稀可以看到一些古代建筑的轮廓——那就是他们苦苦寻找的宓城吗？

第十三章 绿洲陷阱

1

唐风走到长堤的尽头，这里是一大片绿色的草地，草地的边缘是一棵棵参天大树，有雪松，有紫杉，还有许多他不认识的树木。一切都是那么宁静，看不出一丝一毫的凶险。

从白色的沙子走到柔软的草地上，唐风仿佛瞬间被电了一下，那种奇异的感觉袭遍全身。大家小心翼翼地走过草地，来到森林边缘。唐风看看韩江，韩江率先走进了森林，唐风拉着梁媛也跟进了森林。

“这……这真是太神奇了！我们还是在沙漠中吗？”梁媛好奇地问。

唐风使劲掐了一下韩江，问：“你确定吗？”

韩江疼得一龇牙，骂道：“你要确定掐你自己呀！竟然掐老子！”

“我现在可以确定了，我们不是做梦，这也不是海市蜃楼！”

唐风的话缓和了众人紧张的气氛，暂时看不出这片绿洲有什么可怕之处。大家又往前走了一会儿，唐风忽然发觉脚下的草地不见了，取而代之的是一层地衣。唐风不禁惊奇道：“这里的植物太奇怪了，很多都不该出现在这儿！”

马卡罗夫仰头环视这片森林，也惊叹道：“是啊，还有许多植物我见所未见。”

唐风想了想，说：“或许……或许这是因为野狼谷特殊的地理气候，在这里形成了一个稳定的小环境。这个稳定的小环境与世隔绝，很可能会保留下来许多我们从未见过的古代植物，从而造就了这片神奇的绿洲。而元昊正是发现了这片绿洲，才决定在这里建造宓城的。”

“可我怎么也看不出这里有什么凶险的！”梁媛好奇地环视四周的密林。

“也许危险很快就会降临，还是小心一点儿为妙！”唐风告诫梁媛。

“唐风，你的话让我忽然想起了一件可怕的事！”叶莲娜忽然面色紧张地说。

大家停下脚步，一起转向叶莲娜："什么可怕的事？"

叶莲娜四下张望了一番，她的眼神就像是马上会有什么可怕的东西从密林中钻出来似的："唐风说这里独特的小环境与世隔绝，会保留下许多已经消失的古代植物，我……我忽然想到，如果这里独特的小环境能保留下来许多已经消失的古代植物，那么，会不会也保留下许多已经消失的古代动物？"

叶莲娜的声音不大，却让在场的所有人都毛骨悚然，每个人的脑海中都浮现出了往生海边那巨大而恐怖的不明骨骸。难道那种怪兽仍然生存在于这片绿洲中？

唐风瞪着惊恐的眼睛望着周围的密林，密林寂静无声，"看不到有什么动物！"

"怯薛军碑上是怎么称呼那种怪兽的？"韩江忽然想到那个拗口的名字。

"隗夔！"唐风说道。

"从碑文的意思看，八思巴他们已经攻入了宓城。我想忽必烈的大军应该消灭了隗夔，否则，他们怎么能攻入宓城呢？"韩江推断说。

"消灭了隗夔？可是碑文上并没有明确提到那些怪兽的结局啊，只说八思巴'以佛理化之'。"唐风也在回忆怯薛军碑上关于隗夔的只言片语。

"我只是按常理推断，隗夔凶恶异常，这点我们在千户镇已经看到了，忽必烈的大军如果不能消灭隗夔，又怎么能攻入宓城？碑文上所谓的'以佛理化之'，不过是好听的说法，我想这个'化之'就是消灭的意思。难不成八思巴还真是神人，能教化凶兽？"

"当时我看到碑文，就对这句话感到不解，可是碑文上就是这么说的。如果消灭了隗夔，就直接说灭了隗夔好了，所以我想这里面定有蹊跷！"

2

唐风说到这儿时，向后靠在了一棵巨大的树干上。突然，一个黑色的东西落在了他的肩上，是一只蜘蛛，唐风赶忙将蜘蛛弹落。马卡罗夫却从地上拾起了蜘蛛："这又是一种我们从未见过的蜘蛛，从这小昆虫可以证明叶莲娜的担心不无道理，这片绿洲中不但保留了远古时代的植物，还有远古时代的动物。"

唐风点点头："对，从碑文上看，元朝的人也从未见过隗夔，这说明在那个时候隗夔也是稀罕的动物，那么隗夔很可能就是远古时代留存在这里的动物。这个蜘蛛恐怕就是远古时代留下来的昆虫，既然昆虫能够在这里存活到今天，那么其他更大型的动物……"

唐风没有继续说下去，但所有人都明白了他的意思。这个平静而美丽的绿洲，将会有什么等着他们呢？

众人钻进了密林深处，脚下的地衣越来越厚，还有许多落叶和倒地的巨大枯木，密林之中，根本没有道路可以通行。

唐风每走一步都异常小心，不停地环视四周，生怕哪个可怕的凶兽突然从密林中冲出。唐风的注意力集中在上面，却放松了脚下。前方横躺着一根两米多长的枯木，这枯木不知已经倒下了多少年，树干上长满了青苔。唐风抬腿迈过了枯木，可是当他的左腿刚刚落下，突然觉得脚下一软，不知踩到了什么东西，身体顿时失去了平衡，整个人向下坠去！

梁媛在唐风身后惊叫起来。众人大惊，唐风怎么突然不见了？大家赶忙跑到枯木边，却见枯木的另一侧，厚厚的地衣被唐风一脚踏空，下面惊现出一道深不可测的地缝！

“唐风——”梁媛惊恐地喊道，震得密林里嗡嗡作响。

“我……我在这里！”

枯木下面传来唐风微弱的声音。众人这才看清，唐风用右手死死抓住了一截伸出来的枯树干，此刻，他整个身体都悬在地缝中。

韩江和叶莲娜一左一右，一起使劲，总算把唐风给拉了上来。唐风重重地倒在厚厚的地衣上，大口喘着粗气。

马卡罗夫疑惑地趴在地缝旁，向下探望。地缝不宽，但下面寒气逼人，深不可测，似有一些白色的东西隐隐闪出。马卡罗夫脑中又想到了那些骨骸，嘴里不禁喃喃自语：“这里怎么会有这样一道地缝？奇怪！”

“是很奇怪！地缝一般只会出现在喀斯特地形中，而这里根本就不是喀斯特地形！”叶莲娜也向地缝下面望去。

“现在不是研究地缝的时候，你们看到下面那些白色的东西了吗？”韩江看到了那些白色的东西，“那恐怕又是骨头，人的骨头！唐风这小子命大，否则他现在已经和那些白骨做伴了！”

“我还命大？我已经够倒霉的了！”唐风似乎缓过来了，坐在地上回忆着刚才那惊险的一幕，“这绿洲恐怕几百年没人涉足了，地上全是厚厚的地衣、落叶和枯木，谁能想到会一脚踩空。”

“这正是我最担心的地方！”韩江忽然说，“这片绿洲自忽必烈大军之后便再无人涉足。这里的地衣如此之厚，我们根本无法看清地衣下面的危险，继续往前走，还不知会有多少这样的地缝。”

“就像进入了雷区……”马卡罗夫闭上眼睛，仿佛又置身于战火纷飞的阿富汗。

“是的，我们前面就是一个雷区，所以大家要格外小心！我走在前面探路，你们都跟在我后面，一字排列，不要走我没走过的地方！”韩江用命令的口吻说。

3

大家按照韩江的命令，一字排开。韩江在前，唐风和梁媛紧随其后，马卡罗夫和叶莲娜殿后，五个人继续向密林深处进发。

韩江用一根长长的树枝探路，又接连探出了五个地缝。不过这五个地缝深浅不一，有的地缝并没有那么深。马卡罗夫忽然想到了什么：“或许这些地缝是大地震留下来的！”

“也只有这么解释了！”韩江嘟囔道。

五个人在密林中走了一个小时，但只前进了一两千米。一路上，各种奇花异草，还有他们从未见过的树木植被层出不穷，可是他们却没有看见什么大型动物，只有一些昆虫、飞蝶之类的小型动物出没。唐风既感到好奇，又感到紧张。就在他诧异之时，走在前面的韩江忽然停下了脚步。唐风凑了上去，韩江冲他努了努嘴，唐风发现就在他们前方，一条全身布满花纹的巨蟒正盘踞在枯木上。

巨蟒似乎也发现了目标，慢慢地向唐风他们移动过来。韩江和唐风缓步向后退。突然，唐风的后背被轻轻拍了一下，他回身望去，梁媛正瞪着一双惊恐的眼睛看着他。梁媛颤抖地用右手指了指他们的头顶，唐风不敢抬头，只好翻着白眼朝头顶看去——又有一条巨蟒从布满青苔的树干上缓缓向他移来。唐风后脊背发凉，起了一身鸡皮疙瘩。

众人蹑手蹑脚地想要后退，但是他们很快就发现自己被包围了——被四条巨蟒和成千上万条大小不一的蛇给包围了。五个人靠在了一起，就连梁媛也拔出了防身的手枪，一场大战已经在所难免。

好在他们进入野狼谷前弹药带得充足，没等巨蟒和蛇群靠近，韩江就率先扣动扳机。“来吧！你们这些该死的家伙！”压抑已久的韩江边向蛇群射击，边恶狠狠地叫骂。

唐风、叶莲娜和马卡罗夫也开始向蛇群射击。按照韩江的指挥，五个人组成一个突击队形向前突击，韩江和叶莲娜在前用微型冲锋枪突击，唐风、梁媛和马卡罗夫则背靠着韩江、叶莲娜，警戒三个不同的方向，用手枪对付所有向他们发起进攻的蛇！

韩江和叶莲娜一路狂扫，前面的蛇群血肉横飞，挡在他们前面的两条巨蟒也不得不避其锋芒。就在这时，一条头呈三角形的长蛇突然从韩江头顶的树枝上冲下来。唐风仰头叫道：“小心！头顶！”

韩江并不抬头，只将冲锋枪举起，扣动扳机，那条蛇顿时皮开肉绽，应声坠落。

“这种蛇是毒蛇，要是被它咬上一口……”唐风不敢再说下去。韩江闻言也是一阵后怕，但是他根本来不及多想，一弹匣的子弹已经打完。就在韩江和叶莲娜换弹匣的间隙，那些蛇又涌了上来，而且越来越多，密密麻麻，几乎覆盖了整个林间。

4

面对越聚越多的蛇群，韩江和叶莲娜头皮一阵发麻。这么壮观的蛇阵他们从未见过，两人对视一眼，别无他策，只得继续硬着头皮射击。

“必须想点儿别的办法了！我们的子弹迟早会打完的！”唐风大声说。

“你有什么办法？”韩江几乎是从牙缝里挤出来一句话。

“我还没想好，你们呢？”唐风转向马卡罗夫和梁媛。

梁媛绝望地摇摇头，马卡罗夫则沉吟不语。就在这时，马卡罗夫头顶的枯树干上有一条蛇滑落下来。唐风刚要举枪射击，不想马卡罗夫反应神速，举枪“砰砰”两声，那条蛇被斩为三截，落在唐风脚下。“好枪法！”唐风不禁赞道。

“这是小意思！”马卡罗夫终于开口，“这样打下去确实不是办法。我想起来了，以前我在克格勃学校时，曾经对野外遭遇蛇做过研究，对付它们最好的办法是火光和气味！”

“火光？我们现在缺乏燃火材料啊！而且很容易把整个林子烧起来！”唐风忧心忡忡地说。

“靠，小命都快没了，你还关心环保！”韩江骂道。

“火光并不是最好的办法，除了怕把整个林子烧起来，还容易暴露自身，而且效果也不一定好！”马卡罗夫又说。

“那你说该怎么办？”唐风又问。

“最好是靠气味来避蛇！克格勃曾经拿多种蛇做过研究，有几种气味是大多数蛇无法接受的……”

马卡罗夫还要说，韩江打断了他的话：“老马，你说的这些都是废话，我们现在哪来你说的那几种气味？”

“是啊！我也知道这种办法并不现实！”马卡罗夫回答。

梁媛却突然叫了起来：“我的香水也许能管用！”

“香水？”马卡罗夫一惊。

唐风斥道：“别胡闹了，香水管什么用？香水要是管用，怎么蛇还往你身上窜，你不是天天涂香水吗？”

“是啊，香水能管用吗？”叶莲娜疑惑地嗅了嗅自己身上的香水味。

“不，我说的不是我平时用的香水，而是这瓶！”梁媛说着从背包里掏出来满满一瓶包装精美的香水，“不要小看这瓶香水，这是我爹地从巴黎带回来的，据说价值三万多……”

“三万多？就这么一小瓶！”唐风惊呼。

“我说的是三万多美金！”梁媛补充说。

“还美金？”唐风更加吃惊。

“所以我也一直没舍得用。”

“还有你舍不得用的东西？不过再贵也没用了，咱们的小命快交待在这里了。你还是赶紧用吧，不要浪费了这么贵的香水！”唐风没好气地说。

“瞧你那仇富的样子！这瓶香水是爹地听说我要参加你们的探险时送给我的，据说它不但香入心脾，而且还能在野外驱蚊避虫，就是不知道它对蛇管不管用。”

“还驱蚊避虫？合着你爹地花三万多美金买了一瓶高级花露水啊！”唐风不禁苦中作乐，笑了起来。

“好了，唐风，还是用梁媛的香水试试吧！”说着，马卡罗夫接过梁媛的高级香水，刚一打开瓶盖，一股异香便扑鼻而来。马卡罗夫迅速将香水涂抹在自己双臂和身上，香水散发出来的奇异香味引起了众人惊诧。

“这是什么香味？我从未闻过。”叶莲娜问。

“是的，我也闻所未闻！”马卡罗夫也有些奇怪。

唐风为了试验一下香水的避蛇功效，赶忙从地上拾起一根树枝，将一些香水涂抹在树枝上。唐风一边抹，一边问梁媛：“看着心疼吗？”

梁媛忽闪着大眼睛，竟然点了点头：“心疼，三万多啊！”

“不用心疼，等完事了，找韩江报销去！”

“靠，亏你想得出来！我现在都自身难保了，你还指望我给你报销香水！要不，你找叶莲娜他们报吧，伊留金那边好走账！”韩江倒还有闲心考虑找哪儿报销。

“行了，你们别贫了！还不知道这香水管不管用呢！”梁媛嚷道。

“我看行！”马卡罗夫倒是已经有了几分把握。

5

唐风朝着不远处的蛇群抛出了涂满香水的树枝，树枝落在蛇群中，蛇群立刻四散奔逃，并没有再靠近那根树枝。

“试验成功！这种香水确实可以避蛇！”唐风大声宣告，同时把香水递给梁媛。五个人先后涂抹了香水，韩江还将香水涂在树枝上，用树枝向前探路。这招果然管用，前方的蛇群纷纷避让，韩江很快走到了一根形状奇特的枯木前。

韩江又停下了脚步，因为前方有一条巨蟒趴在树干上，一动不动。此时，香水发出的异香已经在林间散播开来，传之数里，经久不散，蛇群纷纷避让，可是这条巨蟒却无动于衷，似乎对香水的味道并不在意。

韩江用树枝试探了几次，都不管用，最后他干脆将涂满香水的树枝抛向枯木上的巨蟒。巨蟒的身子微微动了一下，可是任凭香水发出的异香在枯木四周散播开来，巨蟒并没有挪窝。

“没用的，这条巨蟒似乎受了伤。”叶莲娜忽然说。

众人仔细观瞧。果然，这条巨蟒的肚子上有一个伤口，此时正往外面冒着血。在枯木四周，血腥味很快盖过了香水的味道。

“难道这就是曾经和我们在往生海中搏斗的那条巨蟒？”韩江仔细回忆着那可怕的搏斗。

“还不仅仅是受伤，你发现没有，这条巨蟒的肚子……”叶莲娜提示说。

“肚子？”韩江疑惑地观察对面那条巨蟒的肚子。

唐风首先看出了端倪：“这条巨蟒的肚子里面有东西，它恐怕刚刚吞噬了什么难以消化的东西，再加上身上有伤，所以尽管它不适应香水的味道，却无法移动。”

“可它挡住了我们的去路，怎么办呢？”梁媛问。

“这就怪不得我了！你们跟在我后面。”

韩江端着冲锋枪向那条巨蟒走过去。韩江刚一迈步，那条巨蟒就冲韩江昂起头，摆出了一副进攻的姿态。韩江再一迈腿，巨蟒便向韩江发起了进攻。韩江怒吼一声：“去死吧！”然后扣动了扳机。

“哒哒哒哒哒——”微型冲锋枪射出的子弹全都命中巨蟒，巨蟒的身体向后退缩。韩江以为巨蟒这下死定了，于是大胆地向巨蟒逼近。可万万没有料到，那巨蟒在后退了一段后，竟然冒着枪林弹雨冲了上来，韩江惊得赶忙后退。可为时已晚，韩江只觉眼前一黑，一股刺鼻的腥臭味将自己包围。等他反应过来的时候，手上的冲锋枪已经掉落在地，那条巨蟒正趴在他身上。

唐风和叶莲娜赶忙冲上来，可是他们面对已经和韩江纠缠在一起的巨蟒，无计可施。唐风不敢贸然开枪，他看看叶莲娜，叶莲娜也没有把握。这时，马卡罗夫在后面大声喊：“韩江，用匕首！”

韩江猛地清醒过来，那刺鼻的腥臭味和满身的黏液让他头晕脑涨，他一面与巨蟒搏斗，尽量使自己不被巨蟒缠绕，一面拔出匕首，猛地朝巨蟒柔软的腹部刺去。血水夹杂着黑色的黏液从巨蟒体内流出，韩江顾不上这些，不停地向巨蟒腹部猛刺。巨蟒发出一阵低沉的哀号，从韩江身上翻了下去。韩江像疯了一样，反过来骑在巨蟒身上，还在不断地猛刺巨蟒。

“韩，它已经死了！”叶莲娜冲韩江叫道，可是韩江仍然疯狂地将匕首反复插入巨蟒体内。

就在叶莲娜不知所措的时候，唐风突然叫道：“你们看，那是什么？”众人定睛观瞧，只见已经被韩江刺得皮开肉绽的巨蟒腹部露出了一个黑色的东西。

韩江还趴在巨蟒身上，猛刺巨蟒。叶莲娜只好扑上去，将发了狂的韩江拖下来。韩江手里的匕首最后一下在巨蟒腹部划出了一条长长的口子，那个黑色的东西露了出来。

“人，是个人！”梁媛惊叫起来。

6

众人无不震惊，只见那人的头部已经血肉模糊，只有身上的黑衣还没有被巨蟒的胃酸溶解。马卡罗夫凑前观察了一下：“是将军的人。看来这家伙已经在巨蟒腹中待了有一阵了，头部的皮肤都已经开始腐烂了。”

“将军的人？难道将军的人也进入了绿洲？”唐风惊道。

马卡罗夫沉思片刻，摇摇头：“不，我估计这些蛇就是刚才在坛城中袭击我们和黑衣人的那群蛇。”

“也就是说巨蟒腹中的黑衣人应该是在坛城被吞下的，然后这些蛇又尾随我们来到了这里！”唐风说。

马卡罗夫点点头：“我想应该是这样。我们身上的气味在这里是特殊的。唐风，如果像你所说，这些蛇是八思巴当年放在这里的，那么它们几百年来都是这里的守护者，又怎么能允许我们进入这里呢？”

“这里真的几百年来无人涉足吗？我不敢相信。”叶莲娜说。

“有人，不要忘了米沙、马昌国，还有那个神秘的女科考队员。”马卡罗夫说。

“对，老马你这一说，我想起来了，也明白了，马昌国为什么临死的时候还惊恐地大喊‘死亡绿洲’。他和他的人到过这里，也就一定遭遇了我们遭遇的一切——无处不在的地缝、成千上万的蛇和巨蟒，说不定还有什么我们尚未见过的猛兽！”唐风又想起了史蒂芬临死前说的那些话。

“嗯，地缝下的那些白骨可能就是马昌国的人，或者是几百年来其他的涉足者！”马卡罗夫想了想，又说，“马昌国的人应该在这里损失殆尽，他只身一人侥幸逃出了绿洲，也逃出了野狼谷，并且再不敢停留，便匆匆开始了他的逃亡之路。我想他当时的心理已经处于崩溃的状态，所以选择了放弃。他在这里丧失了找到宓城的信心，虽然他知道他已经离宓城很近了。”

“看来这个绿洲着实可怕，以至于让马昌国这样的亡命之徒也在这里信心崩溃。”唐风忽然又想到了什么，“那么，米沙和那个神秘的女科考队员呢？”

“这……”马卡罗夫有些迟疑，“我想他们或许是几百年来唯一踏足过宓城的人了，只是……只是我也不知道米沙究竟走到了哪里。”

“那扇无与伦比的大门！”唐风想起了米沙写给梁云杰的那封信，“我想那应该就是宓城的大门，他一定进入了宓城。至于说那个女科考队员，或是还有其他什么人找到过宓城，这就不得而知了。”

“唐风，你不觉得奇怪吗？装备精良的马昌国没能找到宓城，米沙却能找到宓城！”马卡罗夫眉头紧锁。

“好了，你们这些家伙，也不关心一下我！”唐风身旁传来韩江的声音，这还是唐风第一次听到硬汉韩江需要别人关心，看来刚才韩江被巨蟒惊吓得不轻。

“你需要我们怎么关心你呢？”唐风一脸关切地看着满身污物的韩江。

“水，我需要洗澡！”韩江痛苦地喊道。

“你就忍忍吧，这里哪来的水？”

“那你们也忍受这恶臭吧！”

唐风眼珠转了转，“别威胁我们，有香水在，你臭不到我们！要不给你用这三万多一瓶的香水涂涂，保管你浑身香喷喷的。”

“快给我喷喷，我快受不了了！妈的，我还从未遇到过这么臭的蛇！”

唐风只好先给韩江喷了点儿香水。大家有香水护体，总算又得以继续前进。

7

五个人又艰难地前行了几百米，地上满是枯木和荆棘，根本没有道路。唐风紧张地注视着四周，蛇群似乎彻底退却了，这里的密林又变得寂静无声，甚至连小昆虫也看不到了。那个凶兽会不会突然出现呢?

想到这儿，唐风身子猛地一颤，但是传说中的隗夔并没有出现。让他感到不解的是，自从他们进入密林，原本在外面还隐约可见的宓城，此刻完全看不见了。

“这片林子不大，按理我们应该差不多走出密林了！”梁媛也看出了端倪。

“恐怕我们又在密林里转起圈来了吧！”马卡罗夫猜测说。

“不管转不转圈，能转出去就行！”韩江的话音刚落，便停下了脚步。这会儿韩江变得异常小心，似乎还没从刚才的惊吓中缓过来。叶莲娜比他胆大一些，又往前迈了一步。

韩江突然喊道：“叶莲娜，等等，你看那是什么？”

“我看到了！”叶莲娜似乎早有心理准备。

唐风跟上去，发现在前面不远处的一片枯木和荆棘中，隐隐约约露出了一块石头模样的东西。唐风和韩江走到近前的时候，叶莲娜已经抹去了石块上覆盖的厚厚地衣和苔藓。让叶莲娜吃惊的是这块石头的体积超出了她的想象，刚刚露出来的只是冰山一角。唐风只看了一眼，便觉出了这块石头不同寻常之处：“这石头表面很平整，很明显经过了人工打磨，很可能又是一块碑。”

众人眼前一亮，赶忙帮着叶莲娜七手八脚地将石块上的苔藓清除干净。果然，显露在众人眼前的是一块平整的巨石，很明显这也是一块碑，一块被推倒的碑！

叶莲娜仔细观察了这块碑，疑惑不已地转向唐风：“唐风，这块碑上好像没有什么文字啊！”

唐风蹲下去仔细观察，碑上确实没有文字，但是他坚信自己的判断，这就是一块古碑，绝不会错！唐风站起身，退后两步，朝四周望去。突然，他发现石碑右侧的地上微微凸起了一块，像是一个小山包，但是又很不自然，山包上没有生长树木，只有厚厚的地衣和苔藓覆盖。唐风马上意识到了那下面的玄机，他拔出匕首，迅速拨开那个小山包上的地衣和苔藓。很快，下面也露出了一块石头——一块形制规整的石头。

“你们看，这是一个石质的基座，当初应该是碑座。瞧！碑座下边一圈还雕刻着花纹呢！”唐风俯下身，用手拨去碑座下的泥土，他的眼睛一亮，“龙！是龙纹，团龙纹！这是帝王的标志。”

“怯薛军碑是忽必烈大军立的，上面光秃秃的，什么花纹都没有，这里居然冒出一块刻有龙纹的碑？”韩江晃着脑袋，大惑不解。

唐风十分肯定地说：“没错，这龙纹是典型的西夏风格，这应该是一块西夏时期的石碑！”

“西夏的石碑？那上面为什么没有文字？”众人不解。

唐风站起身，自顾自地比画了一下，才解释说：“如果我没看错的话，这块被推倒的碑原来就是立在这个碑座上的。碑座现在处于碑的右侧，从这个方位看，石碑的正面应该被压在了下面，你们看到的只是碑的背面，当然不会有文字喽！”

8

大家这才恍然大悟。唐风又用匕首拨去了石碑侧面的泥土，又有精美的花纹显露出来，依然是五彩祥云龙纹。唐风毫不犹豫地说：“我的判断没错，这就是一块西夏的石碑，而且雕刻精美。显然这块碑对宓城、对西夏有着特殊的意义，否则不会在这里费时费力地雕凿这么一块精美的石碑。”

“是啊，怯薛军碑上都没有雕刻花纹，而且除了有碑文的那一面，其他地方都很粗糙！”韩江应声说。

“这块碑虽然没有怯薛军碑那么大，但是雕刻得如此精美，所以我说它对于宓城和西夏有着重要意义。当然它对我们也有大用，要想看到碑文，大家就一起把碑翻过来吧！”唐风有些激动地看着大家。

“把碑翻过来？”韩江有些迟疑，“就靠我们几个？”

“还有我呢！”梁媛自告奋勇。

“没忘了你！在这鬼地方，我再也不把你当大小姐了，你也得当一个兵来用了！”韩江戏谑道。

“本来就是！”梁媛颇不服气。

于是五个人站在石碑一侧，一起用力开始翻石碑，费了九牛二虎之力才将石碑微微抬起。“看不出来，这石碑不大，竟然这么沉！”唐风龇牙咧嘴地从嘴里蹦出这么一句后，不得不和大家一起又把石碑放了下来。五个人面面相觑，只顾喘气。忽然，梁媛叫了起来，“你们真是笨死了！这里有这么多树干，不知道用树干做撬棒啊！”

韩江一听，没好气地说：“大小姐，你以为我不知道用啊，我哪知道这块石头这么沉！”

于是大家找来五根树干用作撬棒，先将石碑微微抬起，再将撬棒放下，一起用力，石碑总算是起来了。但就在石碑悬在半空中时，梁媛“啊”地惊叫了一声，然后她手中的撬棒就被折断了！

“顶住！”关键时刻，马卡罗夫大吼了一声，唐风、韩江和叶莲娜也一起用力，总算没让悬在半空中的石碑再落下去。梁媛缓过神来，赶忙上前，用双手再加一把力，五个人总算把沉重的石碑翻了过去。

9

躺倒多年的石碑重见天日，掀起了巨大的烟尘。烟尘中，唐风大声问梁媛：“你刚才叫什么，把我们都吓了一跳，我差点儿撒手！”

“因为……因为我看到石碑下又有白骨！”梁媛依旧惊魂未定。

“白骨？石碑下的白骨？”众人大惊。

待烟尘散去，大家仔细观瞧，果然在刚刚被抬起的石碑的下面，潮湿的土壤中夹杂着一堆杂乱的骨骸。

“这……这下面怎么也会出现白骨？”唐风吃惊地望着眼前这一幕。

“看来这几个倒霉鬼是被石碑给砸死的！”韩江很自然地想到了这一层。

“被石碑砸死的？”马卡罗夫没有急于判断，而是又蹲下来仔细辨认，虽然这些骨骸已经有些凌乱，但还是可以看出这些白骨是属于四个人的，“四具骨架，如果这些人是被石碑砸死的，那这个命中率也太高了吧！”

叶莲娜马上听出了马卡罗夫话里的意思：“您是说，有人故意推倒石碑砸死了这四个人！”

马卡罗夫点点头：“否则绝不可能四个人同时被意外倒下的石碑砸中！”

“或许他们不是被石碑砸死的呢？”唐风提出了另一种可能。

马卡罗夫摆摆手：“不，他们就是被石碑砸死的。我查看过了，四具骨架，肋骨多处断裂，其他骨头也都有断裂。可想而知，他们都是受重物压迫，被压断了骨头，又被压破了内脏导致死亡的。”

“好奇怪的谋杀现场！”梁媛不禁叹道。

“更奇怪的东西在这里！”韩江忽然从四具骨架中的泥土里拾起一支锈迹斑斑的手枪，“美制柯尔特 M1917 式左轮手枪。”

“看来这些家伙并不是古代人！”唐风肯定道。

“从骨骼上初步看，他们确实不是古代人，都是男性，死亡时的年龄应该在二十岁到三十岁之间，蒙古人。”叶莲娜很专业地判断说。

“从周围土壤和遗物分析，他们死亡的年代应该在几十年前。”马卡罗夫说着，从土壤里又拾起一串已经完全生锈的拉链，“这应该是皮夹克上的拉链！”

唐风马上明白了一切：“那也就是说，这几个家伙很有可能是马昌国的手下了。”

“就不会是走散的科考队员吗？”梁媛问。

“这……”唐风犹豫起来，他看看韩江，韩江又看看马卡罗夫，马卡罗夫摇了摇头，“不大可能是科考队员。据我所知，科考队当时并不使用这种枪。另外，从这四个人的各方面情况看，都不大可能是科考队的人。”

“马昌国的人？”唐风陷入了沉思，许久，他才接着说，“那么，这就又带来了一个问题，石碑是怎么倒的？或者说石碑是被谁故意推倒的？”

“根据我们之前已经掌握的情况，最大的可能性是米沙，或者是那个神秘的女科考队员，也可能是其他走散的科考队员，因为只有他们走到了这里！”韩江推测着。

“真不敢想象，米沙他们和马昌国一起走进了绿洲，在种种可怕的遭遇后，他们还进行了一场殊死的搏斗！”梁媛感叹。

“从结果上看，似乎马昌国输了！”叶莲娜说。

“我在想一个问题，在大白泉边，那个神秘的女科考队员是怎么离开那里的？”唐风忽然提到了大白泉边的发现，“按照我们当初的推断，很可能是马昌国救走了那个女科考队员。”

“他们或许达成了某种妥协，也可能是受马昌国胁迫，当然还有一种可能……”韩江没有继续说下去。

“科考队里有内奸！”马卡罗夫脱口而出。

“你怀疑那个女科考队员？”

“不！我说不好。不管怎样，他们后来进入了绿洲，并发生了矛盾，马昌国一方似乎失败了！”马卡罗夫用总结的口吻说道。

“还是让我来看看这块碑吧！”唐风说着，走到了石碑上，用匕首拨去粘连在石碑正面的泥土，一行行隽秀的西夏文字显露在他的眼前……

10

唐风缓缓地念出了碑文的题目：“敕建宓城碑……”接下来，便是石碑的正文。

朕于幼时落难于民间，遍游天下，行此绝远蛮荒之地，于瀚海之中见山谷，又于谷中见大泽。大泽飘忽不定，大时无边无际，小时藏于无形，阴晴不定，气象万千。更有一绿洲于大泽之中，水涨亦不没绿洲，殊为可观。珍禽异兽，奇花异草密布绿洲，恍如隔世。当此之时，朕便觉此地不同凡响，他日定有大用。

日后，朕崛起于贺兰，数败宋辽，威震朔漠，党项大业，如日中天。然今立国不过数载，国人多已骄奢，朕恐日久必生祸乱，居安思危，不可无有远虑。

于一日，朕狩猎于北地，观北地山川形貌，谓众臣曰：“我国东有契丹，南有大宋、吐蕃，西有回鹘，此皆劲敌。然东、南、西面皆有重镇据守，三面不足虑也！唯有北地，无有重镇，若强敌经此来袭，我腹背受敌，朕心实不安也！”没藏讹庞道：“北面无有强敌，又有瀚海大漠阻隔，可为屏障！”朕曰：“我观北地，虽有瀚海大漠阻隔，然大漠之北，冉冉有王气。朕幼时曾云游北地，深知漠北之人骁勇善战，恐百年之后，为我党项心腹大患！”群臣无言以对。

又一日，朕匹马失途，误入谷中，顿有似曾相识之感，又涉流沙，渡大泽。少顷，大雾困之，电闪雷鸣，阴风怒号，大泽水涨，朕只身困于绿洲之中，然冥冥中长生天护佑，水大亦不能没绿洲。绿洲之中，珍禽异兽，奇花异草自不必言。然凶险不异于之前，更有一凶兽，名曰“隗夔”，实难应付。至夜，朕困倦不敢睡，忽见一世外隐士于雾中来，谓朕曰：“此地绝险异常，易守难攻，可为我家又一地斤泽。”

天明雾散，不见隐士，朕跪谢于地。忽觉隐士似我祖，又觉似先帝，朕再拜于地。起时，大泽水退，朕出绿洲，谓群臣曰：“朕将于此地筑城，并派骁勇善战之士守之。”于是，三年乃有宓城。又于次年建黑城，两城分守北地东西，宓城为重，黑城辅之，朕心稍安，遂作此碑以记之。

白高大夏国皇帝 嵬名元昊御笔

唐风读完整篇碑文，震惊不已：“这篇碑文竟然是元昊亲笔写的！这可能是迄今为止发现的唯一一篇元昊的亲笔文章！”

“又冒出来一篇碑文，这碑文上说的都是啥？”韩江似乎还没听明白。

“简而言之，元昊写这篇文章就是阐述了他建宓城的起因，基本上和我们之前的推测差不多，所以这篇碑文就叫‘敕建宓城碑’。”唐风又看了看碑文，接着说，“不过这篇碑文里还透露了一些重要信息。在第一段，元昊提到他幼年落难在民间时的一段经历，说他曾在幼年时来到过这里。他对野狼谷和往生海的描述和我们的遭遇完全相吻合，这说明早在西夏立国之前，野狼谷中就是这个样子。在第一段的结尾，元昊说他当时就预感到此地将来能派上大用场。”

“这有些吹牛了，那时他只是一个小孩，就知道这里能派上大用场？”梁媛嘟囔。

“先别管他吹不吹牛了，接着看第二段和第三段。元昊简要地说了他领导党项人建立西夏的历史，紧接着话锋一转，提到西夏立国后，骄奢之风日盛，他感到很忧虑。恰在此时，元昊到北地去狩猎。北地是哪里？我想元昊在这里是泛指西夏北部的边疆地区。在观察了北部边疆的山川形胜之后，元昊和大臣之间有段对话，这段正可解释元昊建宓城的直接原因。他说西夏东、南、西三面都是强敌，但这三面都有重镇据守，所以他认为并不足虑。而北方边疆没有重镇把守，所以元昊认为这里最为危险，如果有强敌从这里进攻，西夏将腹背受敌，这使他很不安。但是大臣们却并不以为然，没藏讹庞说北方没有强敌，又有戈壁沙漠阻挡，可以作为西夏的北部屏障。元昊通过两点反驳了没藏讹庞，一点是他看北方冉冉有王气，这点有点儿虚；第二点，元昊说他幼年曾云游北方，见到当地人骁勇善战，于是他担心百年之后，这些骁勇善战的部落将成为西夏的心腹大患！”

马卡罗夫打断唐风，“这里元昊说的漠北之人指的就是蒙古人吧？”

唐风点点头：“是的，当时漠北处于四分五裂之中，非常落后，各个部落常常自相残杀，还根本谈不上对西夏构成威胁。但是元昊已经预感到契丹、宋朝、吐蕃、回鹘这些劲敌并不可怕，将来真正会成为西夏大患的是这些漠北之人。果然，后来的历史证实了元昊的担心。”

“这也吹得太玄了吧！百余年前，元昊就能预料到蒙古人会崛起，灭了西夏？”韩江晃着脑袋，不敢相信。

“或许这么说有些夸张，但元昊不愧为一代雄主，对未来局势还是有比较准确的判断的。他和契丹、宋朝、吐蕃、回鹘都交过手，几乎无一败绩，所以他知道这些强敌并不是他的对手，将来也不会是。而那些生活在漠北草原上的部落，虽然现在还很弱小，却不可不防，这是元昊修建宓城更直接的原因。

11

“于是在第四段，元昊写了一个更离奇的故事。有一天他再次只身误入野狼谷，遭遇了一系列可怕的事情后，元昊来到了这片绿洲。他惊奇地发现不管往生海的水如何上涨，就是不会淹没绿洲，元昊以为这是长生天的护佑。他在绿洲中看到了各种珍禽异兽、奇花异草。显然，元昊当年看到的绿洲要比我们今天看到的更加繁盛，珍禽异兽和奇花异草更多。最重要的信息来自于下面这句——更有一凶兽，名曰‘隗夔’，实难应付。这说明在元昊还没有建宓城之时，隗夔这种凶兽就生活在这片绿洲上了，那么这就产生了一个矛盾。”唐风说到这儿，用奇怪的眼神打量着每一个人。

梁媛很快明白了唐风所说的矛盾：“党项人要建城，就必须驯服隗夔，否则他们是建不成宓城的！”

“是的，根据怯薛军碑上的记载，还有我们在千户镇的发现看，党项人后来驯服了隗夔这种凶兽，这样他们才顺利地建起了宓城。至于他们用了什么方法，就不得而知了。”唐风实在想不出来党项人是用什么方法驯服隗夔的，“另外，这块碑的历史早于怯薛军碑，所以我估计刘秉忠在怯薛军碑上对于这种凶兽的称呼应该也来自于这块碑。”

“这很有可能，八思巴和刘秉忠肯定也看到了这块碑。我一开始甚至怀疑这块碑是被忽必烈的大军推倒的。”梁媛说。

“我一开始也认为碑是被怯薛军推倒的，这也是王朝更替中经常发生的事。但是后来的发现让我推翻了这种假设，怯薛军并没有推倒这块碑。从碑座看，这块碑从始至终都立在这里，从没有被移动过。在几十年前，出于某种目的，这块碑被人推倒了。”唐风推断出了这块碑的历史后，又指着石碑说，“扯远了。再看碑文上的记载，元昊对隗夔这种凶兽也很害怕。夜幕降临后，他不敢睡觉，生怕隗夔突然袭击他。这时，可能林子里起了雾，有一个世外高人从雾中走出，对元昊说，‘此地绝险异常，易守难攻，可为我家又一地斤泽。’这句话和我们之前的推断完全吻合。元昊建宓城除了防守北部边疆外，还有另一层意思，就是在党项民族遭受亡国大难的时候，宓城仍然能像当年的地斤泽一样，让党项人东山再起！”

“可惜这里的党项人虽然在西夏亡国后坚持了几十年，仍然未能东山再起！”马卡罗夫喃喃地说。

“还有很重要的一个字，你们注意到没有，就是这句话中的那个‘我’字。这个高人的话透出他和元昊似乎是一家人，所以最后第一段，当天明之后，元昊回想起来，认为那个高人很像自己的祖父继迁，又觉得像自己的父亲德明。”

“这都是古代帝王骗人的把戏，常常把一些重大的决策假托是祖先或神灵指点。”韩江不以为然。

“我不排除这篇碑文有这个成分在里面，但不可否认的一点是，古人非常相信这些。当元昊走出绿洲之后，对群臣说起这些事，并说要建宓城之时，便再无人反对！”唐风继续解释。

梁媛忽然想到了什么：“那也就是说，宓城从一开始不但战略地位重要，而且还带着一些神性！”

“我想党项人就是这么认为的！”唐风点点头，“三年之后，宓城便初步建成。碑文的最后特别提到了另一座大名鼎鼎的古城——黑城，并说‘两城分守北地东西，宓城为重，黑城辅之’。这句话标明当时元昊不仅仅建了宓城，还建造了另一座城市，就是我们早就知道的黑城。这两座城在北部边疆一东一西，互为犄角。看来当时元昊为了防备北方的敌人，建立了一整套的防御体系，而并不仅仅是一座城。但是，最后这句话让我有些不解了——‘宓城为重，黑城辅之’。元昊的意思显然是以宓城为主，黑城是辅助宓城而存在的。可我们知道，黑城一直是西夏在北面的军事重镇黑水军司的所在地，而宓城在历史上却隐秘难寻，真是让人费解。”

“别想那么多了，这块碑对我而言，就透露出两个信息。第一，马上天要黑了，我们不能在这里久留，否则遇上魄夔……”韩江话说了一半，环视众人，没再说下去。

“第二个信息呢？”唐风反问。

“第二，这块碑立在这里，并且近千年来从未被移动过，那么我想宓城已经离我们很近了！”

唐风听了韩江的话，猛地一拍自己的脑袋：“我看了半天，竟然没想到这点！是的，这块碑的出现，说明这里离宓城应该非常接近了！”

众人不约而同地朝前方望去，高大的树木遮蔽了他们的视线。除了这些高大的树木，他们什么都没看见，但是每个人心里都清楚，他们已经非常非常接近宓城了。

第十四章 无与伦比的大门

1

韩江抬头看了看天，高大的树木遮蔽了日光，使密林中暗淡无光。韩江在心中盘算了一番，说："我估摸着离天黑只有一个小时了，你们看今晚我们是就在此宿营，还是继续往前走？"

"谁敢在这里过夜，不说那还未出现的凶兽魄夔，光是那些巨蟒毒蛇再来攻击我们，就够我们受的了！"大家的回答出奇得一致。

韩江叉着腰，将视线又转向了前方："可是如果我们在天黑前没能走出这片林子，那后果你们考虑过吗？"

大家全都沉默下来。韩江又说："就算我们在天黑前走出了林子，也找到了宓城，可是你们知道那里又有什么可怕的东西在等着我们？"

"无与伦比的大门？！"唐风自我解嘲般笑笑。

"反正我不敢在这里过夜！"梁媛嘟囔了一句。

"你们可要考虑好！"韩江提醒大家。

唐风和梁媛坚决表示要往前走，叶莲娜和马卡罗夫犹豫了一会儿，也同意往前走。韩江只好点点头："那我们就继续往前走，我也不想和这几个被石碑压死的家伙一起过夜！"

于是，五个人继续向前走去。让他们大感意外的是，绕过几棵高大的水杉之后，前方豁然开朗，满是地衣和苔藓的地面不见了，一座高大雄伟的城池突兀地矗立在众人面前。

所有人都吃惊地看着眼前这一幕，高大的夯土城墙看上去完好无缺，千年来它就这样一直矗立在这里？唐风踮起脚，想看一眼城内的景象，但是高大的城墙挡住了他的视线，他只能看到一座大型建筑的屋顶。

“这里似乎是宓城的一角！”韩江观察了一番后，判断说。

唐风用指南针确定了一下方向：“我们从北面来，如果指南针没有失灵的话，我们现在看到的这段城墙应该是宓城的东北角。”

“东北角？”韩江狐疑着往北面城墙的尽头看去，然后又望向南面城墙的尽头，心中更加疑惑了，“北面和南面的城墙竟然看不到头！宓城的城墙有多长？”

“也许是天快黑了，等明天走一遍你不就知道了！”唐风说。

梁媛却说：“耶律楚材的卷子上说得很明白，千户镇只及宓城的十之一二，说明宓城应该是千户镇的六到九倍。”

“我觉得千户镇就够可以的了，这宓城真的会有那么大？”唐风有些怀疑耶律楚材记载的真实性。

韩江张望城墙一番，又看出了一些名堂：“唐风，你发现没有，北面的城墙上并没有出现城楼，而东面的城墙上则伫立着一座高大的城楼。”

听韩江这一说，大家也都注意到了，“是啊，按理说这么大的城，应该每面城墙都开有城门，甚至不止一座！但是……但是从这里看过去，确实看不出北面有城门的痕迹，不过也许是北面的城楼在战火中坍塌了。”

韩江指了指东面城墙上的城楼：“天快黑了，我们先进城吧！”

于是，五个人向东面城墙上的那个城楼走去。路上韩江又有了新的发现：“城墙根下有一道宽大的壕沟，难不成这宓城还有护城河？”

唐风也注意到了，“不错，宓城原来一定有宽大的壕沟，至于是不是护城河——这鬼地方难道能引来水？”

大家继续往东面的城墙下走去。在沉静的夕阳下，五个人终于走到了宓城的城楼下，一座无与伦比的大门就这样静静地矗立在众人面前。

2

唐风使劲揉了揉自己的眼睛，不敢相信这一切都是真的，一座真正的黄金大门出现在他们眼前！唐风虽然曾在心中无数次地想过米沙笔下那座无与伦比的大门是什么样子，可是当他真正伫立在这座黄金大门前时，却还是无法将眼前的景象与自己头脑中想象的模样联系到一起，一切都是那么突兀，那么不可思议，恍若隔世！

“这难道真的是一座黄金大门吗？”叶莲娜嘴里喃喃自语，不敢相信。

“按常理黄金比较软，并不适合做坚固的城门……”马卡罗夫也难以置信。

“走过去看看就知道了！”唐风说着就迈步向黄金大门走去，却被韩江一把拉住，“你也不小心一点儿，看看地上有没有新的脚印。”

韩江的话提醒了已经被黄金大门冲昏头脑的众人。唐风赶忙查看地上，除了他们杂乱的脚印，再没有看见任何人或生物的脚印，一切都是那么安静，似乎没有任何生命在这里存在过，“看来我们是半个世纪来第一批走进这里的人。”

唐风检查完便慢慢走进了城门洞，一点点靠近那座无与伦比的黄金大门。突然，唐风脚下踩到了一个硬邦邦的东西，他赶忙低头查看，又是一截人骨，人的胫骨，“这里怎么又出现了尸骨？”

“难道是那个女科考队员？”韩江马上想到了神秘的女科考队员。

众人的注意力暂时由黄金大门转移到了门前的白骨上。叶莲娜蹲下身，粗粗辨认一番，迅速做出了初步判断：“门前的骨架基本保存完好，是两具古代男性的尸骨，年龄一个在二十岁左右，另一个在三十岁至四十岁之间，蒙古人，所以这两具尸骨不大可能属于那个神秘的女科考队员。”

“不是女科考队员，难道是马昌国的人？”唐风疑惑地问。

“很显然，这两具男性尸骨不可能是马昌国的人，因为他们死亡的年代距今至少有六百年了。你们看这个！”马卡罗夫从骨架身旁的沙土中拾起一小块瓷片，“唐风，看看这是什么？”

唐风心头一颤，凭他的文物修养，只需一眼，便可马上看出一件东西的大致年代，哪怕只是一块瓷片。唐风看到那块瓷片的时候两眼放光，惊道：“这块瓷片真让我吃惊，这……这是宋代五大名窑中哥窑的瓷器！”

“哥窑？价值连城的哥窑瓷器怎么会出现在这里？”韩江也听说过哥窑的大名。

“是啊！这很奇怪。不过……”唐风扒开骨架旁的沙土，越来越多的瓷片显露出来，“这应该是一件哥窑八棱小盘。多么精美的哥窑开片，可惜碎了！”

“难道这是一个墓葬？哥窑瓷器是他们的陪葬？”叶莲娜不解地问。

唐风马上否定了叶莲娜的想法：“不，这不可能，没有人会把墓葬建在城门口，而且我们也没看见墓葬的痕迹。”

“唐风，你再来看看这个。”马卡罗夫又从另一具尸骨下面发现了一柄腰刀。

“典型的蒙古刀，和我们在千户镇见到的一模一样。”唐风很快判断出了腰刀的属性。

“看来这是两个蒙古人，很可能是当年忽必烈大军的士兵，战死在了城门口。”韩江推测说。

“我刚才也是这么猜测的，可转念一想，八思巴连党项人的尸骨都收集起来修筑了坛城，又怎么会将蒙古军士的尸骨丢弃在荒野呢？再说这附近并未发现其他战死军士的尸骨，怎么偏偏就这两具？还有，这个哥窑小盘又该如何解释？”唐风用一连串的疑问反驳了韩江的推测。

“还是看看这无与伦比的黄金大门吧！”唐风身旁传来梁媛的声音，梁媛像是被什么有魔力的东西吸引，已经向那扇黄金大门缓缓走去。

3

天已经黑了下来，韩江用在林子里找来的木头点起两支火把，五个人的身影在火光的映射下显得极为细长，摇曳在黄金大门上。此刻，这座黄金大门显得神秘而高贵，诡异而震撼，使人向往，又使人心生畏惧。

唐风来到了黄金大门的近前，情不自禁地伸出双手。当他的指尖碰触到大门时，像有一股电流从唐风全身流过，麻麻的、怪怪的。大门确实是用黄金制成的，但是又和他曾经见过的黄金有所不同，很坚硬："这……这就是黄金打造的大门，看不出里面还包裹着什么。"

韩江也用双手在黄金大门上慢慢摩挲，光滑而冰冷："这就是米沙见到的无与伦比的大门……"

只有马卡罗夫在震惊之余还保持着一份冷静："这座黄金大门似乎还加入了某种特殊成分，否则不可能如此坚固。"

"特殊成分？"众人不解。

"我想是某种合金之类吧！"马卡罗夫推测说。

"合金？"唐风双手用力，想要推开这扇大门，可是大门却没有任何动静，"先别管什么合金了，推开这扇大门再说。"

每个人的眼前都浮现出了米沙描述的推开这座无与伦比的大门后的情景，各不相同，却都足以震撼人心。梁媛和马卡罗夫举着火把，唐风、韩江、叶莲娜三个人在黄金大门前一字排开，三人一起使劲想要推开大门，但大门依旧纹丝不动。

唐风感到奇怪，米沙明明在给梁云杰的信中写到"推开了那座无与伦比的大门"，可这会儿这座大门却怎么也推不开，难道有人在门后做了手脚？唐风脑中一片空白，他再度用力想要推开黄金大门，但他用尽了全力，也没能把黄金大门推开一丝缝隙。就在这时，叶莲娜大声说："韩江、唐风，别推了，你们看门缝里是什么？"

唐风这才注意到，在黄金大门的门缝中生出了一些黄褐色的物质，这显然不是黄金。唐风从上到下查看，发现门缝中满是这些黄褐色物质。叶莲娜又叫："还有门轴里面！"

唐风赶忙走到一侧的门轴前查看，果然，在门轴内这种黄褐色物质更多。唐风疑惑地伸手摸了摸这种黄褐色物质，又拔出匕首从门轴上割下了一块，拿在手中观瞧："像是某种金属……"

唐风觉得这种黄褐色物质似曾相识，却怎么也记不清曾经在哪里见过。倒是韩江认出了这种东西："这个东西我们在千户镇也曾经见过。"

韩江一句话点醒了唐风："对，我们在千户镇的城门上见过，这是铁水凝固之后的样子！难道……难道这座黄金大门被铁水给封死了？"

“怪不得我们怎么推也推不动！”韩江仰起头，惊诧地望着这座门缝和门轴等处已经完全被铁水封死的黄金大门。

“不，这是怎么回事？黄金大门怎么会被铁水封死呢？”唐风不肯相信这个事实。

马卡罗夫拍拍唐风：“我想这是城里党项人最后的选择！”

“党项人最后的选择？你的意思，这是党项人在城破之前自己干的？”唐风的眼前顿时浮现出了一幕悲壮的场景——宓城经过长年的围困早已弹尽粮绝，以往还可以通过蒙古大军防守得并不严密的小道，从外界得到一些必需品，可是这次怯薛军堵住了所有进入野狼谷的通路，并已兵临城下。宓城中的党项首领做出了一个艰难的决定，他命人用两大炉铁水浇筑在精美的黄金大门上，并召集族人发誓与宓城共存亡。

唐风极力使自己的大脑保持冷静，他思虑再三，突然说：“可米沙在信中说他推开了这座无与伦比的大门啊！”

“唐风，你再把米沙写给梁的信给我看看。”马卡罗夫说。

4

唐风将梁云杰的信递给马卡罗夫。马卡罗夫看完也皱起了眉头：“我想这里有两种可能。一种是宓城还另有别的大门，可我不敢想象宓城还会有几座这样的黄金大门；另一种可能……从米沙的前后语言看，他当时似乎受到了剧烈的惊吓和刺激，造成了短暂的失忆，所以他在信中并没有讲明推开黄金大门之后的情形，而且之前的经历也语焉不详。我怀疑米沙在信中只是泛指，泛指他进入了宓城，或者干脆就是他的幻觉。”

“幻觉？我宁可相信宓城还有别的无与伦比的大门。”唐风不愿意相信马卡罗夫的猜测。

“即便有别的大门，难道就不会被铁水封住了吗？”马卡罗夫提醒唐风。

“是啊，如果在宓城城破之前，党项人决定与宓城共存亡，那么肯定会把所有大门都用铁水封堵。”梁媛遗憾地说。

“那么就是米沙的幻觉了？”唐风嘴里喃喃自语，像是陷入了沉思。

“唐风，你忘了吗？怯薛军碑上是怎么说的？”韩江突然提醒唐风。

唐风一惊，怯薛军碑上是怎么说的：“‘帝师简精壮之军士十余人，觅暗门而入，宓城遂破！’暗门？！忽必烈大军是从宓城的暗门而入的！”

“暗门？显然不会是我们眼前的这座大门！那么这个‘暗门’会在哪里呢？”韩江反问。

“这个‘暗门’说明了两点。第一，不管宓城有几座城门，忽必烈大军都没有攻破。为什么没有攻破呢？我想我们面前的这座黄金大门已经说明了一切，党项人在最后时刻誓与宓城共存亡，于是用铁水浇筑了大门，他们出不来，怯薛军也攻不进去，所以最后忽必烈大军从暗门攻进了宓城。第二，宓城除了我们眼前的这座大门，至少还有一座暗门。”

“还间接说明了一点，宓城的城墙和城门都应该是完好的！你看这夯土城墙是多么坚固！”说着，韩江用匕首猛戳了几下城门旁的夯土城墙，那么锋利的军用匕首戳上去，夯土城墙上只留下了几个白色的小点。当韩江戳到第五下的时候，他的军用匕首干脆被弹了回来。

众人目睹此情此景，大为惊奇。唐风不禁感叹道：“看来党项人真是在这座宓城上下了大工夫，城墙和城门都如此高大坚固，怪不得当年的忽必烈大军得从暗门攻入宓城！”

“照你们这么说，那米沙在信中说的就真的是幻觉了？”梁媛喃喃自语。

“这就只有去问米沙了！”唐风说着，忽然觉得大门下的沙土中闪出一丝奇异的光泽。他蹲下来，小心翼翼地拂去上面的尘土，一些细小的金色碎屑慢慢露了出来。随着黄沙慢慢被拂去，露出的金色碎屑越来越多。其他人也注意到了这些夹杂在黄沙中的金色碎屑，都上前帮着唐风拂去地上的沙土。当最后满满一地闪耀着光芒的金色碎屑出现在众人面前的时候，在场的所有人都震惊了。

5

过了许久，韩江才喃喃地从嘴里蹦出一句话：“这是什么？”

“金粉！”唐风丢下两个字，就夺过梁媛手中的火把，走到黄金大门近前。借着火把的光亮，他仔细查看了黄金大门，大门并不是他想象得那么平整，一道道刀劈斧砍的痕迹深深地刻在了这座古老的大门上。

唐风看了一会儿，回过头说：“我知道那两具尸骨是怎么回事了。老马说得没错，这座大门之所以异常坚固，除了黄金，党项人一定还在其中加入了其他物质，使它成为一种合金，坚固异常！党项人建这样一座黄金大门不仅仅是为了美观，更是为了实用。本已坚固的大门，又用铁水封堵了门缝门轴，使它完全成了一块铜墙铁壁，所以当忽必烈大军兵临城下的时候，根本没法从这里攻入城内。我们可以想象，当那些怯薛军军士第一次看到这样一座黄金大门的时候，是何等兴奋和狂热！如果不是八思巴的约束，恐怕没等攻入宓城，那些军士就会迫不及待地上来切割大门上的黄金了。我还可以想象，等到大军从暗门偷袭得手，攻下宓城的时候，长期被惊恐和血腥杀戮压抑的大军完全失去了理智，八思巴和刘秉忠再也无法约束他们，怯薛军们一定在宓城中疯狂抢掠。我甚至大胆推测，那天夜里宓城升起的大火是八思巴放的，既是为断了党项人的念想，也是因为八思巴已经感到他失去了对大军的控制，所以……”

“所以八思巴和刘秉忠就秘密派人四下纵火，既绝了党项人的念想，也绝了怯薛军的贪欲！”马卡罗夫接过唐风的话说。

“不错！我想事实就是这样，眼前我们看到的景象就可以说明这一切。当城中火起，八思巴命大军撤出城外时，依然有怯薛军将士对宓城的财富恋恋不舍。我可以想象，那天夜里成千上万的怯薛军拥挤到这个城门里，他们企图拆下这座黄金大门，打碎再将黄金运走。可是当他们发现这一切都是徒劳时，疯狂的怯薛军将士便用刀、剑、斧子、匕首……在黄金大门上又砍又劈又刮，尽一切可能从大门上刮下一点儿金粉、金皮，无论八思巴和刘秉忠如何下令撤退，都已经无法阻止这些疯狂的将士。”唐风的眼前似乎浮现出了那天夜里的场景，“有的将士手里拿着从城中抢来的哥窑盘子、钧窑瓶子、玛瑙项链、和田玉的坠子……但还是不停地用刀从黄金大门上刮着金粉。终于，八思巴忍无可忍，拔刀砍死了几个不听号令的将士，这才约束住了疯狂的怯薛军。”

大家听着唐风的话，不住地点头。果然不出唐风所料，韩江和叶莲娜又在城门洞里发现了几柄腰刀和匕首，还有一些散落的珠子，一切发现都印证了唐风的推测。

众人一直忙活到深夜，韩江看看四周的环境，撇了撇嘴，“看来这里就是咱们今晚的宿营地了。”

“这地方我看挺好，满地金粉，背靠黄金大门，又在这城门洞里面，遮风避雨，就这里吧！”梁媛看上去对这个地方挺满意。

唐风却没有心情休息，不知是为新的发现而振奋，还是为明天未知的世界而不安。他在城门楼里来回踱着步，一会儿盯着黄金大门，似乎想穿透这座厚重的大门看到里面的世界，一会儿又走出城门洞往四周的密林看，似乎在忧心那凶险的隗夔不知什么时候会突然闯出来。

第十五章 死亡之城

1

说来奇怪，唐风以为经历了那么多可怕的事，今夜又该噩梦连连了，但是当他第二天早上醒来的时候，却发现自己沉沉地睡了一夜，没有噩梦，也没有遭遇任何危险。这恐怕是唐风进入沙漠以来，睡得最香的一个晚上了。

唯一让唐风有些不爽的是，不知何时又起了雾。雾气并没有前天那场浓雾大，但也足够笼罩整个绿洲和宓城了。

宓城似乎不愿意让人轻易地见到它的真容。昨天唐风他们来到城下的时候已是黄昏，光线昏暗，不得见宓城全貌，今早白雾又给宓城蒙上了一层神秘的面纱，让人唏嘘不已。

五个人起来后，商量一番，决计先围绕宓城的城墙走一圈，寻找那个所谓的“暗门”。于是众人收拾好行装，开始上路。唐风走出了城门洞，正有一束阳光刺破白雾，照在他的身上和城墙上。唐风停下脚步，回头望去，思路不禁豁然开朗：“你们发现没有，这座城门是朝向东方的。”

“这能说明什么？”韩江不解。

“东方是朝着太阳的方向。昨天我们过来时，没有在北面城墙上发现城门，你们说宓城会有几座城门？”唐风反问众人。

梁媛率先说：“按理说这么大的城池至少东南西北四面都应该有城门，但……但是北面没有发现城门，东面却有。中国古代建筑是讲究对称的，而且都是面南背北，所以我推测应该在东南西三面各有一座城门。”

“三座城门？”韩江略作沉思，“梁媛说得有道理。一般来说中国古代的城市南门最重要，宓城一定会有南门；古代建筑又讲究对称，所以西边也应该有一座城门，这样就是三座城门。”

唐风听了，笑而不语，沿着高大的城墙向南走去。梁媛赶忙跟上唐风，追问道：“你问了我们，你倒是说啊？”

“我们马上去看看不就清楚了！”

韩江也追上来：“是啊，你说宓城究竟有几个城门？”

“你们觉得党项人能有那么多黄金用来筑造城门吗？”唐风继续反问。

“你的意思……宓城就东面这一座城门？”韩江惊道。

唐风并不直接回答韩江，而是又提到了耶律楚材的卷子：“你们难道忘了，耶律楚材说千户镇是模仿宓城而建的。”

韩江一愣，没明白唐风的意思：“可千户镇的城门是在南面的！”

倒是梁媛明白了唐风的意思：“唐风的意思是，宓城也像千户镇一样，只有一座城门！”

唐风终于点了点头。韩江费解地问：“可千户镇的城门开在南面，宓城怎么会把城门开在东面？虽然耶律楚材说模仿了宓城，但也没必要什么都模仿宓城吧？千户镇小，所以一个城门就够了，而宓城如此高大雄伟，怎么可能就一座城门？”

“耶律楚材是没必要什么都模仿宓城，但是不要忘了我说过，千户镇的城门设置在军事上是有特殊作用的——”

梁媛打断唐风：“所以你认为宓城的城门设置也是出于军事防守的需要，有其特殊的作用，而千户镇正是模仿了宓城这一点，因此，两者的城门设置应该是一样的，宓城也只有一座城门。”

几个人说话间，唐风已经率先走到了宓城外墙的东南角。唐风停下脚步，回头望了望，随着气温的升高，雾气渐渐散去，宓城的城楼伫立在晨曦中，庄严肃穆。唐风看出了一些端倪：“你们注意到没有，我们刚才从城门走到这里，也就是宓城东南角的距离，明显要比昨晚我们从东北角走到城楼的距离长，这说明什么？”

“确实要长，这说明宓城的城门并不在东面城墙的正中。”梁媛道。

“还说明宓城的设计确实和千户镇很相像。千户镇的南门也并不在南面的中间，而是偏向右边。宓城也是这样，城门也明显偏向右侧。”韩江觉出了一些味道。

唐风点点头：“不错，正是这样。我在千户镇就说过，南门城门不是正对着正南面的大街是出于军事防御的需要，我想千户镇这点正是借鉴了宓城的设计。”

2

虽然唐风分析得头头是道，但韩江还是不能完全相信，这么大一座城池只有东面那一座城门。众人绕过宓城的东南角，顺着城墙和壕沟开始向西前进。唐风不时向南面的密林望去，茂密的树林挡住了他的视线。他想，从南线进入宓城的通道也许就隐藏在这片密林中。

当他们走到南面城墙中间位置的时候，唐风的推断得到了应验——南面的城墙上没有发现城门。韩江和梁媛诧异地面面相觑，唐风自信地笑了："这下你们该相信我说的了吧！"

"这样看来，西面城墙也不会有城门了！"梁媛喃喃地说。

这时，一直跟在后面的马卡罗夫却说："你们不要光盯着找城门，关键是要找到那个暗门！"

唐风点点头："老马说得很对。现在看来我的推断得到了印证，宓城只有东面一个城门。当党项人在最后时刻用铁水封堵了城门后，忽必烈的大军是不可能从那个城门攻入宓城的，所以他们从暗门偷袭得手。几百年后的今天，我们依然无法从那个城门进入宓城，又缺乏攀登城墙的装备，所以我们也只有找到那个暗门，从暗门进入宓城了。"

"就像几百年前的八思巴和刘秉忠那样？"

"是的，除此之外，我们还能有什么办法呢？我想如果米沙和那个神秘的女科考队员真的进入了宓城，那么他们也应该是从暗门进入的。"唐风大胆推测说。

"可是这个暗门会在什么地方呢？总不会是在这么厚实的城墙上开个洞吧？"梁媛不解地盯着面前坚固而高大的夯土城墙。

"我现在还想不出来，但我想我们一定能在城墙上面发现蛛丝马迹！"唐风说着，又继续向西走去。当他们走到宓城西南角时，炙热的阳光已经驱散了雾气。

唐风无意中抬头望去，忽然发现雾气散去后，一座山隐约出现在眼前。唐风惊愕地喊起来："你们看，那是怎么回事？"

唐风微微抬起右手，指着西侧城墙内。众人顺着唐风手指的方向看去，果然，在西面城墙内巍峨屹立着一座山。因为城墙阻隔，大家还无法窥见这座山的全貌，但山顶在阳光的照射下，不知为何闪着熠熠金光。唐风使劲揉了揉眼睛，确信自己并没有眼花，这确确实实是一座山，可在山顶并没看见什么建筑，只有一些他不认识的树木，郁郁葱葱。

"宓城里怎么会有一座山？"叶莲娜大惑不解。

"或许这座山有什么特殊的意义吧！"马卡罗夫猜测说。

大家都把目光移到了唐风身上，唐风还在盯着城墙内的山出神。韩江拍了一下他的肩膀，他才缓过神来，喃喃地说："我也不知道城里为什么会出现一座山。不过……不过我想最大的可能性是一座园林，就像故宫后面的景山。因为宓城是元昊亲自下旨所建，在整个西夏，它都具有离都的性质，所以我想城内出现皇家宫殿和园林都是有可能的。"

"皇家园林？相对于宓城的规模，这座山也太大了吧？难道修建宓城就是为了供元昊玩乐所用？”韩江不解地问。

“我们只有进去看了才能知道！”唐风不觉加快了脚下的步伐，同时眼睛不离城墙，仔细寻觅着那座传说中的暗门。

宓城的西侧城墙正如唐风推测的那样，也没有城门。五个人又转到了宓城的西北角，唐风提醒大家：“当年忽必烈的大军应该是从北面来的，所以我们要格外仔细，看看北面城墙周围有什么遗迹。”

唐风的提醒果然有用，没走几步，韩江就在地上发现了密集的箭镞。唐风拾起几个箭镞，在手中仔细观察了一番：“这里出现了两种箭镞，一种是蒙古的，一种是党项人的，说明当年在北面的城墙下曾经发生过激战。再仔细观察这两种箭镞，可以明显看出蒙古人的箭镞制作精良，用料考究，而党项人的箭镞则要简陋得多，用料也很差，我想这可能与宓城的党项人长期受到围困，无法得到优质的金属材料有关。”

经过唐风这一解说，众人眼前似乎浮现出当年城下激战的惨烈画面——面对潮水般涌来的怯薛军，已经弹尽粮绝的党项人只有依靠他们祖先留下的坚固城墙作最后的垂死抵抗。

3

在北侧的城墙下，唐风发现了许多箭镞和损坏的兵器，也有一些零星的瓷片和玉器碎片。但是，当他们重新走到了宓城的东北角，依然没有发现那个传说中的暗门。

暗门会在哪里呢？唐风失望地望着宓城的城墙，千辛万苦寻觅的宓城此时就在眼前，却无法进入。唐风不禁心烦意乱，瘫坐在了地上。气温越来越高，唐风满头大汗，气喘吁吁地看看韩江。韩江也在看他：“小子，你现在怎么想的？”

“千辛万苦找到了宓城，竟然进不去，我觉得窝囊！”

“我没问你这个！我是让你再好好想想，那个暗门会在哪里！”

“暗门？”唐风把视线重新移向面前的城墙，陷入了沉思。

韩江却还在说着自己的分析：“我想那个暗门不会太小，否则忽必烈的大军如何能进入宓城！”

韩江的话让唐风微微震了一下，他猛地抬头，忽然发现就在离宓城东北角不远的地方，北侧的城墙上出现了一片黑色。唐风猛地站起来，疾走几步，来到那片黑色的城墙前。众人不解其意，也跟了过来。

唐风死死盯着那片黑色的城墙，嘴里喃喃自语：“这不是城墙本来的颜色，这是一层黑灰。不，准确地说，这是火药爆炸后留下的痕迹！”

中间隔着宽阔的壕沟，唐风没法到城墙下证明自己的判断，但是韩江给出了他想要的答案：“没错，是火药爆炸后留下的痕迹。”

唐风猛地转过身，盯着众人："蒙古人已经学会了用火药去攻城，你们再想想，怯薛军为什么在这里引爆火药？"

当唐风的目光落在梁媛身上时，梁媛犹犹豫豫地说："你……你的意思是这里就是暗门的位置？可没看见城墙上有暗门啊？"

"错！暗门并不在城墙上，而在城墙下！"唐风坚定地说。

众人一惊。唐风接着解释："我们一开始就发现了宓城城墙外有一圈壕沟，这壕沟是干什么的？显然它当年是有水的。我们想当然地以为这里是沙漠深处，不应该有护城河，但我想当年这圈壕沟就是护城河！当然这里的气候多变，我估计这里当初有河流通到往生海，但却是季节性的河流，也就是时有时无。有时护城河会干涸，它就是一道壕沟；可有的时候水量很大，这道壕沟不仅仅是护城河，也承担着城里排水的任务……"

唐风说到这儿，韩江已经明白了他的意思："所以在城墙下一定修筑了水门，供排水所用。"

"不错！这点在元上都和元中都遗址中都有发现。这类建在草原和戈壁中的城市看似干燥少雨，不需要排水设施，但遇到水大之时，也必须有水门用来排水。所以所谓的'暗门'，我推测就是宓城的'水门'！"唐风进一步解说。

"那么水门在哪里呢？"叶莲娜问。

"就在这里，就在这段壕沟里！当年怯薛军一定是在这里用炸药炸开水门后，攻进了宓城。只不过经年累月，岁月变迁，这下面的水门因长年不来水，已经被沙土掩埋了！"

唐风拿出他携带的简易工兵铲，跳下了宽大的壕沟。

4

不出唐风所料，没挖几下，一道券门的券顶便显露出来，巨大的青石已经被炸药炸得遍体鳞伤，但券门依然屹立在城墙下。韩江也加入了挖掘，五分钟后，几根直径足有十厘米的生铁栅栏从沙土中露了出来。唐风惊异于这些铁栅栏直径之大，更让他吃惊的是，这么粗的铁栅栏无一例外，均被炸断了！

"可以想象，当年党项人过分自信于这个水门的铁栅栏了，百密一疏，让八思巴抓住了破绽，否则怯薛军不一定能突袭成功！"唐风长叹一声。

"当年怯薛军所用的炸药量一定非常惊人，以至于一次就将这些粗铁栅栏全炸断了，甚至把这么坚固的石砌券门都炸裂了。"韩江惋惜道。

两人又往下挖了一阵，水门的全貌渐渐显露出来。整个水门都位于城墙之下，一头连接着围绕城墙的壕沟，一头通向城内。水门高达两米五，宽也达到了两米，完全可供三个人并排进出。水门全部由坚固的青石垒砌而成，根据水门中残留的痕迹可以看出，水门原本有八根粗铁栅栏隔离，但已全部被炸断。

在挖掘的过程中，唐风惊奇地发现水门下的沙土中夹杂着大量的玉器、瓷器、金银器残片，甚至还有珍珠、宝石之类的物件。唐风唏嘘："怯薛军一定疯狂地抢掠了宓城的财富。当那天夜里城内火起之时，他们争先恐后想从水门出来，于是许多玉器、瓷器、珠宝被打碎，被遗弃在这里。"

"反过来，这也说明即便到了最后时刻，宓城内的珍宝依然很多，甚至让人震惊！"韩江说。

"可惜这些东西救不了宓城，也改变不了党项人的命运！"

唐风感叹完，急不可待地想走入水门，看看水门那头的情形。没等韩江提示他小心，唐风已经走到了水门的那一头。这里像是一个葫芦形的池塘，水门正位于葫芦底下的位置，葫芦嘴处有一个狭窄的出口。唐风环视了一圈池塘，没在池塘内发现什么，倒在水门这一头发现了许多碎石，很明显这些石头是经过人工打磨的。唐风想了想，似乎明白了这些石头的用处："看来党项人对水门也是有所防范的，他们用这些石块封堵了水门，可是没有想到蒙古人竟然使用了那么多的火药，把这些石块都直接炸飞了！"

"还有一点，在宓城的最后时刻，壕沟内，包括水门和这个池塘内都是没有水的。如果有水，怯薛军就很难使用火药了！"韩江推测说。

唐风点点头："不错，不但宓城的最后时刻没有了水，我估计壕沟内的水恐怕也早就干涸了。宓城党项人最后失败的一个重要原因，我认为是环境恶化导致往生海水位下降，范围缩小，因此壕沟内以及城内的河道、池塘都没有了水。"

"往生海水位下降？范围缩小？"梁媛不解地看着唐风，"我们见到的往生海那么广阔，怎么说往生海水位下降，范围缩小呢？"

"因为几百年前的往生海比我们今天见到的还要大，甚至往生海周边并不仅仅只有这一片绿洲，很可能有多片绿洲。但是在西夏中期，这里环境急剧恶化，往生海水位降低，其他绿洲全部消失，壕沟和城内的水源也干涸了……"

梁媛听到这儿，打断唐风的话："那城内的人用哪里的水呢？"

唐风略一沉思，"我想他们在城里应该打了很深的井。因为往生海的水源无法直接到达城内，所以宓城周围的壕沟也失去了护城河的作用。"

唐风说话的时候，已经走到了葫芦形水塘的葫芦嘴位置，这里果然有一条水道向前延伸出去。唐风不知道这条水道通往哪里，他急于一窥宓城内的全貌，于是从这里爬了上去。但是让唐风失望的是，他上来后看到的仅仅是一条巷子——一条很普通的巷子。

5

唐风观察了一番眼前的巷子，两侧是弯弯曲曲的灰墙，一直从水门旁的城墙根处向城内延伸，似乎看不到边际。巷子只有水门这里较宽阔，越往前走，这条巷子越窄、越曲折，唐风根本看不到巷子的尽头。此情此景让唐风很自然地想起了千户镇城门后那些错综复杂的民居和蜿蜒曲折的小巷。

“果然和千户镇如出一辙……”唐风嘴里喃喃自语。

“而且会比千户镇更复杂！”韩江补充了一句。

唐风看看叶莲娜和马卡罗夫，他俩没有经历过千户镇，唐风提醒他们做好心理准备，紧紧跟着自己，五个人千万不能走散。

一行人开始向这条巷子里走。随着道路的延伸，巷子果然越来越窄，到后来竟然只容一个人通行。但这还不是最糟糕的，最糟糕的是这条巷子很快走到了尽头，一堵雕花影壁挡在了众人面前。唐风使劲推了推这面影壁，纹丝不动。他又详细检查了影壁和周围的墙壁，很结实，没有发现暗门或是什么机关。

唐风无奈地摇摇头：“该死，果然比千户镇里面还要复杂。”

“现在怎么办？”梁媛问。

“向后退！”

众人向后退去。唐风依稀记得刚才在巷子周围出现过几个门，当退到第一扇门时，唐风停下了脚步，他不知道这条道路是否正确，但还是推开了这扇门。当他的手触到冷冷的门时，这才意识到这不是一扇木门，而是用铜做的，唐风心里咯噔一下。铜制的门窗一般都被用在最高等级的建筑上，可面前这……唐风又看了看这扇门，实在看不出这个建筑有什么不同凡响之处，只是很一般的居民建筑的门，竟然使用了铜。

唐风胡思乱想的时候，脚已经迈进了这间屋子。黑洞洞的屋子不大，屋子的另一头又是一扇门，那也是一扇铜制的大门，唐风生怕打开那扇门后看到的还是一模一样的屋子。好在当唐风打开这扇门后，看到的并不是一模一样的屋子，而是另一条巷子。唐风轻轻出了一口气，但是马上又紧张起来，因为他发现这条巷子与前面那条巷子几乎一模一样，蜿蜒曲折。唐风站在巷子中，两面都看不到尽头。

“我们该往哪里走？”韩江也失去了方向，现在全靠唐风了。

唐风没有急于做出选择，他站在这曲折的巷子中，抬头看看头顶的一片天空。他在回忆、反思，然后一步步做出判断：“元昊当年建造宓城真是煞费苦心，他像是未卜先知，似乎已经预料到了宓城最危险的地方恰恰就是水门，所以除了尽量把水门建造得坚固外，还将水门里面的这片区域规划为一片平民居住区。”

“平民居住区？你的意思这一片当初都是普通百姓住的？”叶莲娜不太明白唐风

的意思。

唐风点点头："是的，这里是平民居住区。不过，当年这里有没有真的住过平民，我不得而知。总之，元昊在水门里面建造了这一片错综复杂的巷子和民居，用来迷惑闯入者，特别是从水门进来偷袭的人。"

"就像千户镇城门后面那一片平民区一样，耶律楚材果然是模仿宓城建造的千户镇。"韩江回忆着他们在千户镇的惊险经历。

"不错，但我想宓城的规模要超过千户镇数倍，也比千户镇要复杂得多，所以我们千万要小心！"

唐风选择向南走，因为他相信他们是从北面的水门进来的，那么想走出这片平民区应该往南走。可是他们在这条巷子里没走出百米，就又遭遇了一堵影壁墙。同样，这面影壁墙上也没有机关。

众人只得再次向后退。他们又在巷子边发现了一扇门，同样是铜制的。推开这扇门，里面是一个和之前一模一样的屋子。屋子里空落落的，没有任何家具陈设，甚至看不出曾经被使用过的痕迹。推开这间屋子另一头的门，这次出现的不是一模一样的巷子，而是一个天井——四四方方的天井。天井的另一头没有门，倒是天井的南面有一个月亮门。推开那扇破败的木门，后面又是一个四四方方的天井。

唐风的感觉愈发不好，他感觉自己再次掉进了如坛城般复杂的迷宫，怎么走也走不出去。

6

推开天井内另一扇门，门后面是一个狭长的院子，院子两边是二层小楼。快速穿过这个院子，外面又是一条一模一样的巷子。唐风也不仔细观察，完全凭着感觉走，拐过一道弯，还是一模一样的巷子。不过，走着走着，众人觉得这个巷子宽了起来。

唐风没有料到这条路竟然如此复杂，一路上，他们拐过了好几道弯，在里面绕了快半小时还没有走出这条巷子。唐风时不时推开巷子旁的大门，查看大门后的世界，全是房间，却没看到任何有人居住过的痕迹。他不禁心中犯疑：难道当年这些房子就这样一直空着，从来没有人入住，只是为了用来迷惑非法闯入的不速之客？

这条巷子虽然曲折，但一直没有到头。在大家对路线表示怀疑的时候，唐风心里却燃起了希望，这条巷子一定跟前两条不同，它的尽头一定会有不一样的情景！

果然，在拐过最后一道弯后，巷子的尽头出现了——并不是一堵墙或是一面照壁，而是一条大道，一条宽百米的大道，不，或者应该称呼这儿为广场。

五个人瞪大眼睛，吃惊地走出了巷子，环视周围。壮丽的建筑遗迹分布在周围，尤其是西边那座小山下，高台环绕，殿宇巍峨。只是这些建筑多已坍塌，辉煌不再，只能从残留下来的高大台基和遗迹，想象当年这里曾经的辉煌壮丽。不过，在广场西端的高台正中，有一座高耸巨大、气势恢弘的宫殿式建筑，虽然破败，却仍然巍然屹立在那儿，让人无限遐想。

在那座高大的宫殿之后，就是众人在城外看到的山丘。当正午的阳光照射在山丘顶端时，耀眼的金光再次让唐风无法直视山顶。唐风不知道那山顶上究竟是什么，但是他隐隐感觉到那里会有令他震惊的发现。

五个人都被面前的景象所震惊，谁也没说话。当他们来到这个巨型广场中央时，不约而同地全都停下了脚步，惊诧地环视四周，恍如隔世！

唐风回头，看到在这个巨型长方形广场的另一头就是东面的城墙，只是在东面的城墙下一左一右有两组不算大的建筑，似乎还保存完好。而那扇辉煌的黄金城门正如他们在城外发现的那样，没有出现在正对广场的中轴线上，而是隐藏在了刚才他们好不容易走出来的平民区内。

“果然不似人间！谁也想不到在瀚海深处能有这样一座宏伟的古城，可惜大部分建筑都毁于战火，否则我都无法想象展现在我们眼前的将是何等壮丽的一番景象。”韩江兴奋地说。

“这……天啊！我都激动得说不出话来了！”梁媛更是兴奋得语无伦次。

“这要比科兹洛夫当年发现的黑水城大得多，怪不得当年科考队……”马卡罗夫也被眼前的景象震撼。

“这里看上去似乎并没有人来过。”叶莲娜震惊之余仍然保持着警惕。

“当然，我们是七百年来第一批找到这里并进入宓城的人，除非……除非米沙当年真的进入了宓城。”唐风说。

“不，我不是说这个。”叶莲娜话锋一转，“我是说这里静得可怕。既然当年曾有一支党项人在此生存，还发生过激战，可为什么没有发现尸骸？这个广场这么干净，包括我们刚才走过的那些居民区，除了一层灰土外，没有任何人居住和使用过的痕迹。”

叶莲娜的话把众人的思绪从最初的震撼中拉了回来。梁媛也说：“是啊，这么大的宓城，怎么看不到当年死去的尸骸？那些居民区确实像是从未有人生活过！”

唐风在广场上慢悠悠地转着。这巨大的广场除了地表的浮土外，是那么的干净，没有尸骸，没有残留的兵器，甚至根本看不出有过激战的痕迹。

唐风盯着广场地表的浮土，极力使自己冷静下来。他想了想，说：“宓城肯定有许多秘密在等着我们揭开。我们现在走到了广场的西头，我想这里应该是整个宓城的正中心。”

大家再次环视周围，果然，他们现在所在的位置距几个城角的距离似乎都差不多。唐风接着又说：“从宓城的大体布局上来看，它不同于一般建筑面南背北，它是坐西朝东，向着太阳的方向，所以它的全部建筑都围绕着这个东西向的长方形广场展开。而以我们现在站立的位置为界，宓城的西边看上去尽是高大的建筑，应该是当年的宫殿区和寺庙区，而东面的建筑明显没有西面的高大。根据所居住的人群不同，东面又被划分成了不同的功能区。你们看，我们现在左手边和右手边的两片建筑虽然没有宫殿区高大壮丽，但明显要比我们之前乱钻的那片平民区高大豪华得多。再从位置上看，这两片区域更靠近宫殿区。所以我推测这两片区域应该是贵族的居住区，或是行政机构所在地，而最靠近城门的那两片低矮的区域则是平民区，也可能包含商业区和手工业区。”

7

“看来宓城一开始就规划严密，完全是现代城市规划的雏形啊！”韩江感叹。

“那广场东头靠近城墙的那两组建筑呢？”梁媛指着东面城墙下两组保存完好的建筑问。

“那两组建筑虽然规模不是很大，但从建筑等级上看明显高于平民区，又与旁边那两大片低矮的建筑区域有巷道隔离，所以我想这可能是两组有特殊用途的官式建筑。”唐风停了一下，又说，“你们注意到没有？整个宓城越往西被破坏得越严重，特别是宫殿区。而越往东建筑保存越完好，特别是平民区几乎没有遭到什么破坏。”

“这说明当年的激战主要发生在宫殿区周围！”韩江说。

“会不会有这样一种可能，在宓城的最后时刻，宓城的人口大量减少，平民区已经没有什么人居住了，所以当怯薛军攻进城来的时候，在那里也没有发生什么战斗！”叶莲娜忽然提出了一个大胆的猜想。

唐风点了点头：“我也怀疑是这样的。但是现在下结论还为时过早，我们毕竟只查看了宓城的一小部分。我想宓城一定还蕴藏着许多不为人知的秘密，在等着我们去发现。”

“可宓城这么大，我们就这么点儿人，该怎么做呢？”梁媛问唐风。

唐风头上不停地冒着汗，他看看头顶毒辣的太阳，又环视整个宓城：“没什么好办法，就跟我们在千户镇一样，一点儿一点儿地查看吧！”

“就凭我们五个人，要花多长时间才能详细挖掘完整个宓城？”韩江摇着头，面带难色。

唐风拍拍韩江的肩膀：“谁说要挖掘整个宓城了？我们不可能像考古队那样细致地挖掘，我们所能做的是先粗略地了解一下宓城，也许我们很快就能有所收获。到太阳落山前，我们应该还有六七个小时时间。好在……好在有八思巴设的迷魂阵替我们把将军那帮人困在骷髅坛城里，所以我们还有时间。”

“你就这么自信，万一那些黑衣人转出了坛城呢？”韩江反问。

“不可能，除非他们能明白坛城的玄机。要是他们已经转出了坛城，现在他们也该到了。不过，你看他们并没有出现！”

唐风说完这句话的时候，发现所有人都紧张起来，韩江甚至掏出了枪，眼睛死死地盯着平民区的那个出口。

空气仿佛凝固了，巨大的宓城静得可怕。韩江盯着那个巷口看了半分钟，才缓缓把枪放下。唐风说：“你也太紧张了吧！本来就够紧张的了，你还制造紧张气氛。”

“我总觉得将军不会善罢甘休，他们一定会找到这里！”韩江说。

“就算他们能找到这里，我估计他们的人也折损大半了。到时候，我们可以依托有利地形将他们消灭。”唐风这会儿似乎颇有把握。

马卡罗夫却忽然说：“说到将军，我又想到了那个戴斗篷的人，那个人就是将军吗？他在自己人当中也要戴斗篷？他是什么人？”

“除了将军，他还能是谁？”叶莲娜不解地反问。

马卡罗夫失神地摇摇头：“不，我不知道。我只是……只是感到奇怪。”

马卡罗夫的话让他们陷入了沉默。少顷，梁媛打破了沉默：“那我们现在先从哪里开始呢？”

唐风指了指北面那片比较高大的建筑，“我想我们应该先把宓城东面的建筑勘察一遍，从广场北边这片区域开始。”

“就是你所说的贵族居住区？”韩江看看北边的两大片区域，一片是刚才让他们迷失的平民区，另一片就是看上去要奢华一些的贵族区。这里也会让他们迷失吗？不等韩江多想，唐风已经率先朝那片未知的建筑走去。

8

走进高大的灰色墙壁中间，一条宽敞笔直的南北向道路展现在唐风面前，这条道路除了地表的浮土，依然很干净。

唐风好奇地打量着这条街道两边的建筑，高大的门楼下是一扇厚重的包铜大门。轻轻一推，大门便敞开了。门内是一面照壁，绕过照壁，展现在眼前的是个宽敞的庭院，厚厚的黄沙覆盖在庭院的台阶上。唐风迈上台阶，一直向里面走去。里面是一个宽敞的客厅，客厅内的桌椅东倒西歪，显然这里遭到了洗劫。再往后走，唐风忽然有了一种“侯门深似海”的感觉。当来到最后一座庭院的时候，他长久地伫立在那儿，看着已经被洗劫一空的大宅，回想起它昔日的繁华，不禁感叹：“这里的主人或许是位西夏将军，他已经战死在沙场……”

“唐风，你注意到没有，这里被抢掠一空，却没有看见一具尸体。原来住在这里的人呢？”韩江疑惑地问唐风。

“也许在宓城的最后时刻，妇孺老幼全都战死在了沙场上。”唐风说完，便匆匆退出了这间大宅。他知道他们没有时间一一查看这些大宅，还有很多地方等着他们去发现。唐风很快走到了街道的尽头，这里一直延伸到北面城墙下。他没再进入那些大宅，而是很快退出了这片贵族居住区。

来到了平民居住区外，唐风不敢再贸然进入平民区，平民区内复杂的街巷让他觉得头疼。他们绕着平民区外面，很快来到了东侧城墙下那两组保存完好的建筑前。北边的那组建筑保存得非常完好，甚至连建筑上的牌匾都在。唐风认出了牌匾上的西夏文：“这组建筑是文庙。看来宓城内五脏俱全，完全按照都城的规模建造，连祭祀孔子的文庙都有。”

“还进去看吗？”梁媛问唐风。

唐风看看文庙紧闭的大门，摇了摇头：“我们还有更重要的地方要去。”

说着，唐风向文庙北面的城门走去，就是那座黄金大门。黄金大门没有设置瓮城，千斤闸就在城门内侧。唐风来到黄金城门内侧，果然如他昨天预料的那样，这里满地都是黄褐色的铁渣滓，千斤顶也被放下了，所以他看不到黄金大门的背面。

“为什么没有上城的楼梯？”韩江踅摸了半天，也没有找到上城的阶梯，只在城门后面发现了两大片土堆。

唐风冲土堆努了努嘴：“这就是登城楼的阶梯，我估计是被怯薛军拆毁了——八思巴来不及拆毁宓城坚固的城墙，就用炸药炸掉了唯一可以登上城墙的阶梯。”

“八思巴在撤离宓城时，看来就已经做好了摧毁宓城的准备！”韩江想了想，又疑惑地问，“按理城门附近应该是当年战斗最激烈的地方，可在这里却也看不到一具尸体。”

“是很奇怪！这……这里真是一座死亡之城！”唐风转过身，看着黄金大门后的街道。这是一条看似笔直的街道，街道不长，在街道的尽头有一扇大门，看上去比周围民居的门要大一些。众人很快走到了这扇大门前，门上的牌匾是“太学”两个字。“这倒符合当时城市的规划，文庙旁边是太学，只是这太学正对着黄金大门，太有意思了。”

“历史上不是说过嘛！元昊重视教育，在全国所有城市都建立了学校，这座太学不正与历史记载相符吗？”梁媛说。

“是的，这是与记载相符。不过，用太学正对城门，这是什么意思？难道元昊希望用文化的力量去感化入侵的敌人？”唐风无奈地摇了摇头。

唐风没有进入太学，他在附近转了转。太学周边的一些民居终于出现有人生活过的迹象，只是也都被抢掠一空了。而太学大门两侧各有一条道路，通向蜿蜒曲折的平民区内部。

9

有了以前的经验，唐风没敢贸然进入那片如迷宫般复杂的平民区。大家很快离开了平民区，来到广场南边那片建筑前。在文庙对面还矗立着一组差不多大小的建筑，这座建筑的大门似乎遭到了一些破坏，上面的匾额没有了，大门洞开。唐风小心翼翼地走进了这组建筑，里面的布局也像是一座庙。“这是什么建筑？”梁媛好奇地问。

“管他呢，像是一座庙，也许是城隍庙之类的吧！”唐风胡乱猜测，此时他没有心情在这儿久留，他知道宓城真正的秘密并不在这些地方。他退出了这里，走进一个被两圈围墙围合在一起的长方形场地，这里没有建筑，当初也不像是有建筑的样子。

“这又是什么地方，好像什么也没有？”韩江诧异地盯着四周。

“这像是一个市场。”唐风判断说。

“市场？可这里一点儿也没有热闹交易的迹象！”

“废话，都这么多年了，你还指望这里熙熙攘攘，热闹非凡？”

“那也不应该这么干净啊！”

“或许这里也并没有发挥多少作用。你们想，元昊建立宓城主要出于军事用途，这里交通不便，商业肯定不会繁华，所以虽然建了市场，但很难发挥作用！”

唐风说着从市场另一头的门走进了另一片区域。这里不像是居民区，很像是一些手工业作坊，但是大部分作坊都空空如也，只有几间作坊像是曾经有人劳作过的样子。唐风在一间作坊的地上拾起了一根很粗的铁条：“这应该是一个打铁的铺子，说不定水门里的铁栅栏就是这里制造的。”

“看来宓城的手工业当年也并不发达，就这么几间作坊！”马卡罗夫也认出了这些作坊。

“不，我想宓城一开始的时候手工业是很发达的，否则不可能建造起这么辉煌的城市。比如冶炼业，如果宓城的冶炼业不发达，又怎么能打造出那么坚固壮丽的黄金城门？”唐风略作思考，明白了这一切，“我们今天看到的这些只能说明一点，到最后时刻来临的时候，宓城的手工业已经凋敝，本来不算发达的商业几乎完全消失了，城内的物资粮食估计全部改成了配给制，城内的平民阶层大为减少，所以才造成了我们今天所看到的一切。”

众人无言以对，默默点头，大家的脑海中不约而同地浮现出宓城最后时刻的惨烈画面。

从手工业区往西走，穿过几条街道，他们又置身在一片高宅大院中。梁媛好奇地问：“这一片又是贵族区？”

唐风观察了一阵，摇摇头：“这一片的高宅大院很像贵族居住区，但仔细看看，这里的建筑又不同于贵族们的私宅。这些建筑颇有规制，而又各有不同，显然分工明确。另一方面，这片建筑大都被烧毁，其被破坏程度不亚于西面的宫殿区，所以我想这片建筑当时应该是一片官家建筑。”

“官府？”

“嗯，负责管理宓城事务的官府。”

唐风的话音刚落，叶莲娜忽然指着前面一座高台上的门楼道：“那里有一座没有被摧毁的建筑！”

唐风循声望去，那座门楼的位置应该很靠近外面的广场了：“我猜这组建筑的等级应该很高。因为按照建筑规制，越靠近宫殿，建筑等级也就越高，而那座门楼距离外面的广场和宫殿最近，所以我想那里很可能是管理宓城的官府所在。”

众人登上高台，四下观望，门楼后竟也是一片废墟，只有这座门楼孤零零地伫立在废墟中。唐风抬头看看，这间门楼的等级很高，但是上面原来悬挂的牌匾已经不知去向。唐风摇着头朝后退，谁料竟被地上的什么东西绊了一下，韩江扶住唐风。唐风这才发现地上躺着一块已经腐朽的牌匾，牌匾上写着四个字——大元帅府。

“果然如我所料，这组建筑就是管理宓城的官府，从名字就可以看出来。‘大元帅府’说明宓城的管理机构是军事组织，不是一般的官府，所以在怯薛军攻入宓城后，这一片区域遭到了严重破坏。”唐风推断说。

韩江点点头：“这也符合你之前的推断，宓城主要是为军事目的服务的。”

众人走出这片官署区，又回到了广场上。唐风看看时间，太阳已经往西去了。看看后面曾经辉煌无比的宫殿，唐风心里一阵焦急，他想赶紧去那里查看一番，可是时间已经不允许他这么做了。大家合计了一番，梁媛主张去贵族居住区那间空荡荡的豪宅中度过今晚，但韩江担心那片深宅大院不定闹出什么幺蛾子来，所以主张今晚就在广场上扎营，有什么危险都能第一时间察觉，叶莲娜和马卡罗夫同意韩江的主张。最后，唐风和梁媛也只好同意在这荒芜的广场上宿营。

第十六章 东方金字塔

1

这是紧张而又平静的一夜，当黑幕降临的时候，五个人置身在这空旷的死城中央，巨大的恐惧迅速将每一个人包围。韩江再一次安排唐风、叶莲娜和自己轮流值夜，可是整整一夜，谁都没有真正睡着。

唐风几乎是睁着眼睛迎来了黎明。天亮后，气温急剧升高，唐风感觉此时的地表温度至少在 40℃以上，甚至可能已经接近 50℃。大家携带的饮用水虽然充足，但也只够三天了。也就是说他们必须在三天内结束在宓城的一切，并撤出野狼谷，否则就要面临断水的危险。

也许是为了节省体力，也许是为了不惊动那些仍然飘荡在宓城中的魂灵，大家全都默默无语。整理好行装后，也不用唐风指点，五个人不约而同地向广场西头的宫殿区走去。

登上巨大的阶梯，唐风默默数着，一共三十二级台阶。当他第一个登上第三十二级台阶时，展现在他面前的是无以复加的震撼。四根巨大的圆形立柱倒伏在他的面前，立柱的直径足有两米，高近二十米，基座是两个传统的党项力士背靠着背、奋力撑起立柱的场景。党项力士雕刻得极为精美，身体上的肌肉线条清晰可见，可谓栩栩如生。

韩江他们也被这场景所震撼："真是可惜了！雕刻这么精美的立柱可不多见！"

"是啊！从倒塌的样子看，立柱已经碎裂成数截，应该是被人故意推倒的，我想可能是毁于宓城最后的战火。"

"这也是华表吧？"梁媛问。

"是的，这也是华表，和我们见过的南阙、北阙是同一性质，表明这后面的建筑是皇家级别的。你们看后面。"

唐风指着后面，大家看见在立柱后面是一堆堆已经坍塌的废墟："这些大大小小的废墟就是当年的宫殿，如果能够在这里进行详细的考古挖掘，一定能够出土很多遗物。"

"唐风，我这两天一直在想一个问题，你说在宓城的最后时刻，城内的人已经弹尽粮绝，吃不饱肚子了，这里还会有传说中的宝藏吗？"马卡罗夫忽然问了这样一个问题。

唐风笑了笑："老马，你放心，饿肚子不代表这里贫穷。因为在最后时刻，宓城被忽必烈大军团团围住，就算你有堆积如山的宝藏也换不来粮食，这点可以从我们在黄金城门和水门里发现的零散珠宝证明。另外，怯薛军碑上也说宓城的富庶和奢华让将士们难以控制，连八思巴也无法约束。"

"唐风，就算你说得有道理，但是宓城的宝藏经过怯薛军的抢掠，还会剩下多少呢？"马卡罗夫又问。

唐风听到这话，心里咯噔了一下，但是他很快说道："我想关于宝藏有两种解释——一种是指宓城的富庶，怯薛军打入宓城能看到的宝藏；另一种是指当年元昊在宓城预藏起来的宝藏，这些宝藏显然是攻入宓城的怯薛军也很难找到的。我想宓城的宝藏应该是指第二种。"

"也就是说除了当年怯薛军能看到的外，还有元昊预先藏在某处的宝藏？！"梁媛问道。

"是的，而且这批宝藏的价值一定非常惊人，远远超出当年攻入城中的那些怯薛军所看到的。当然，除了这批宝藏，宓城本身就是一座宝藏，它的历史价值和艺术价值或许根本无法计算。"唐风进一步解释。

"那么，元昊会把那批宝藏埋在哪里呢？"韩江问。

"一定是个非常重要而又十分隐蔽的地方，我想也许就在我们脚下。"

"在我们脚下？" 唐风的话让众人都是一惊。

"昨天我们已经知道了宓城大致的分布，宓城的东部是平民区、商业区、手工业区、贵族居住区和行政区，而宫殿等大型建筑都在宓城西半边，显然这里是宓城最重要的地区，所以我想宝藏也一定会埋藏在西边的某个地方。"唐风说这话时，眼睛一直盯着昨天看到的那座没有坍塌的大殿。此时唐风才看清，这座大殿位于三层须弥座高台之上，他们已经登上三十二级台阶，而这座大殿下还有三层须弥座，因此显得比宓城宫殿区内所有倒塌的建筑都要高大宏伟。当然，让唐风震撼的还不仅仅于此。与周围那些已经坍塌的宫殿建筑相比，这座大殿显得更加神秘。唐风想，是什么力量支撑着大殿在这里屹立千年而不倒呢？

2

唐风一边仔细思考着，一边已经越过了那些倒伏的立柱，在那四根立柱后面不远处就是一堆坍塌的建筑废墟。唐风在这片废墟前看了看，迅速做出了判断："这里正好位于宫殿区的中轴线上，又是宫殿区最靠前的一座建筑，所以我推测这里原来应该是一座大门，整个宫殿区的大门。"

唐风很快印证了自己的判断，因为他在这个废墟的两侧发现了另外的微微高出地面的废墟堆，这些废墟堆应该就是过去宫殿的围墙。他们继续向前走，离第一个废墟堆大概二十米的地方，同样在中轴线的位置又出现一个废墟堆。唐风原本以为这里应该是一座宫殿的遗址，但是他在这个废墟堆上观察了一阵，便推翻了之前的判断："这还是一座大门，形制和前面那个差不多，周围同样有一圈围墙。"

大家继续前进，走了二十余米，中轴线上又出现了一个废墟堆。唐风很快判断出来，这仍然是一个大门遗址。一连在中轴线上出现了三座大门，这让众人疑惑不解。

"这是什么意思？怎么又冒出一座门和一圈围墙？"韩江不解地问。

"这比较奇怪，中国古代建筑一般在重要的建筑前面都有一个门，并有围墙环绕。围墙越多，门越多，说明这里面的建筑越重要。三座大门，三重围墙，如果算上宓城本身的城墙，等于是四座大门，四重城墙，这是何等气势！可想而知，这里面建筑等级之高，它应该是整个宓城最为重要的建筑了！"

"就是那座没有坍塌的大殿吧？"

唐风没有回答韩江的话，因为他很快就会自己得到答案。唐风率先走进了最后一道门，前面豁然开朗，是一个巨大的方形广场。唐风这才看清，那座大殿面阔竟达十三间，进深还看不清，但从高大的屋脊上看，进深也不会小于七间。面阔十三间，进深七间，这是唐风见到过的体量最大的大殿了！

第三道门和大殿之间约有六十米长，唐风走到大殿前，登上三层须弥座，忽然觉得这座大殿有些奇怪。哪儿奇怪，唐风一时还摸不着头脑，但是当他的手触摸到大殿廊檐下的柱子时，马上明白了这座大殿的特殊之处。

唐风后退两步，瞪大眼睛，吃惊地看着面前的柱子和整座大殿，"这……这竟然是铜的！"

"铜的？什么是铜的？"韩江不明白唐风的意思。

"我是说这个柱子，不，是……是整个大殿，竟是……是铜的！"唐风说话的声音都开始颤抖起来。

"铜殿？这么大的铜殿闻所未闻！"众人无不惊愕。

唐风忽然想起了什么，仰面看去，只见在大殿廊檐上方悬挂着一幅巨大的匾额。匾额不是常见的长方形，而是正方形，不用问，这也是铜制的。唐风缓缓地读出了牌匾上的四个西夏文大字："不——朽——之——殿——果然是一座不朽之殿！"

"不朽之殿，我明白了！"梁媛忽然说，"正因为这座大殿是铜制的，所以才幸免于难，一直屹立千年，不朽之殿名副其实啊！"

"它逃过了那次大火。你们看这儿！"叶莲娜在不朽之殿廊檐下的那排柱子上发现了被火烧过的黑色痕迹，"这里也曾经被火烧过。"

唐风也注意到了不朽之殿周围有被火烧过的痕迹："这就是那场大火留下的痕迹，从宓城的现状看，那场火一定很大，不过……"

唐风似乎想到了什么，梁媛催问："不过什么？"

"我在想如果火足够大，燃烧的时间足够长，即便是再坚固的铜墙铁壁也会被熔毁的。但是我们看到这座不朽之殿只是在廊檐部分留下了火烧的痕迹，里面的建筑保存得十分完好，根本没有火烧的痕迹，这说明了什么？"

"说明铜殿坚固？"梁媛不解地望着唐风。

"不，我说过了，铜殿再坚固也是可以被大火熔毁的！"

"宫殿区基本全被烧毁了，说明那场火一定很大。那么铜殿没有被烧毁，就只有一种解释——燃烧的时间并不长，所以铜殿只留下了一些火烧的痕迹，而没有被大火整个熔毁。"马卡罗夫明白过来。

"一定是这样，那场大火虽然火势很凶猛，但是并没有燃烧多久，当大火烧到不朽之殿时，正好就熄灭了。"唐风推断说。

"哪有这么巧的事，大火正好烧到铜殿就熄灭了？"韩江不信。

"但事实就是这么巧！"唐风想了想，又接着说，"出现这种情况有两种可能，一种是铜殿在建造之初就用了一些特殊手段，使火烧不到大殿，另一种情况就是来自外部的条件扑灭了大火。"

"外部的条件？你是说有人扑灭了大火？"梁媛问。

"不排除这种可能，不过更大的可能是下了一场大雨。"唐风道。

"下了一场大雨？沙漠里？我宁可相信是有人扑灭了大火。"梁媛仰着头看了看此时炽烈的阳光。

"人？党项人要么战死或自杀了，要么趁乱逃了出去，宓城内哪还会有人？"唐风摇着头说。

就在唐风说话的时候，叶莲娜已经好奇地去推不朽之殿的大门了。

3

叶莲娜使劲去推不朽之殿的大门，可是大门却没有被推动。韩江上前去帮助叶莲娜，然而两人合力也没能推开不朽之殿的大门。

马卡罗夫也想上去帮忙，却被唐风喊住：“等等，先别推！”唐风走到不朽之殿的大门前，忽然觉得自己变得很渺小，他伸出双手试了试，大门纹丝不动。他转而想通过门缝往里面看看，可是大门紧闭，根本看不见门缝。唐风又转到旁边的窗户前，想从窗户看进去，可是他的眼前只有一片漆黑。拿出电筒来照，仍然看不见任何东西，里面只有黑暗。

唐风心里狐疑：“算了，我们先去其他地方，回来再来开不朽之殿的门。”

于是，大家从廊檐下绕到了铜殿后面。后面有很多坍塌的宫殿遗址，连绵不绝，一直延伸到那座山上。唐风正在犹豫是从这些废墟中穿过去，还是从旁边绕过去，忽然被那座山上闪过的金光刺了一下眼睛。唐风本能地闭上了眼睛，等他再睁开眼睛时，金光不见了。山还是那座山，但是唐风心底里的疑云越来越重。这座山外表极其普通，但却突兀地出现在宓城中，又不断泛起金光。山上的树木并不算高大，长得也不规整，唐风盯着山上那些歪七扭八的树，总觉得这座小山一定有什么名堂。

不但唐风看到了金光，其他人也都看见了，大家都想登上那座小山，去看看那里究竟有什么东西。于是唐风选择绕过那些宫殿的废墟，从宫殿旁边的小道绕到那座小山上。

但是唐风估计错了道路，宫殿旁的那条道路并没有把他们带上小山，而是下了宫殿区的高台，一路延伸到了宫殿区南边的区域。

“这是哪里？”梁媛看着面前不断出现的断垣残壁，紧张地问。

“在宫殿区和后面的小山两侧还各有一片我们没有来过的区域，现在我们所在的地方是宫殿区南侧。这里看上去损坏严重，不过我想这里原来的建筑等级一定很高，否则不会出现在宫殿区旁边。”唐风推断说。

“看上去这里像是一座寺庙！”马卡罗夫在一堆瓦砾中发现了一尊只剩半边脸的佛像。

唐风捧起佛像，仔细辨认：“不错，是西夏的风格。”

“这里还有！”梁媛也在瓦砾堆底下发现了佛像。

唐风扒开瓦砾堆，一堆完整的精美佛像出现在众人面前。“这里果然是一座寺庙！”唐风激动起来。他又在附近的瓦砾堆下发现了更多的佛像，马卡罗夫还在一尊已经断裂的佛像中发现了几卷经书。

唐风摊开这些已有近千年历史的经书，兴奋地说：“光是这几卷经书就已经非常丰富了，有西夏文的，也有梵文的，还有汉字的。你们不是问我宓城的财富吗？这些佛像、经书都是宓城的财富，这……这简直就是一座历史文化的宝库！”

“我忽然有了当年科兹洛夫发现黑水城的感觉。”马卡罗夫忽然喃喃道。

“是啊，当年科兹洛夫在黑水城发现了上万件西夏文献和佛像，就已经震惊世界。而宓城比黑水城更重要，即便不提元昊当年预藏的宝藏，光是宓城这些留存的文献和文物，就可能已经超过科兹洛夫在黑水城的发现了！”唐风越说越激动。

“那……那这么说我们已经出名了！”韩江有一种幸福来得太过突然的感觉。

“你可以这么理解，不过现在还不是我们高兴的时候！”唐风说着，向不远处的另一处废墟走去。这是一座明显高于周围的废墟堆，唐风很快就在这里发现了佛像和散落的文献。不过，更让他感兴趣的是站在这座废墟上可以看到周围的一切。

4

唐风站在那座高大的废墟堆上，环视四周。北面是巍峨高大的宫殿和那座小山，东面是昨天已经查看过的官署遗址，南面一直到城墙应该都是这个寺庙的范围——不过现在都成了一片废墟，倒是这西面……唐风惊喜地发现，在西面靠城墙的地方居然还有一排建筑没有被烧毁，保存得很完好。

唐风跳下废墟堆，对众人说：“这片区域比宫殿区还要大一倍，可想而知当年这座寺庙是何等雄伟！靠西面城墙还有一片保存完好的建筑，我们先过去看看。”

五个人在堆积如山的废墟堆里鱼贯而行，一刻钟后，他们才艰难地走到那片建筑前。这里看上去像是一组独立的建筑，建筑和寺庙之间被一个池塘阻隔。池塘里的水早已干涸，所以唐风他们很轻易地跳下池塘，又从池塘另一边爬了上来。这时，韩江察觉出了一些奇怪的地方：“唐风，你发现没有，这个狭长的池塘几乎阻隔了这组建筑和寺庙之间的往来。现在是没有水了，当初这里有水的时候，城墙下的这组建筑是封闭的，不能和外界来往，除非池塘上有桥。”

“我也发现了，这组建筑确实很奇特。有没有桥现在已经看不出来了，不过我想当初这样设计建造一定是有特定用意的。”唐风说。

“更神奇的是，这里是全城除了小山外唯一有树的地方，而且看上去这些树应该很有年头了，比小山上的树要高大得多！”梁媛指着面前两株高大的银杏树说。

这片建筑完全掩映在绿树中，在这座死亡之城内显得那么幽静安详。五个人缓步走到了这组建筑的大门前。因为地形的关系，这组建筑呈狭长的一路多进形制，但是这并不能剥夺这组建筑的不凡气势。

不算大的三开间大门，但西夏风格的大出檐仍然让大门显得很有气势。门板有些腐朽，不过依然屹立在大门内。

唐风轻轻推了推大门，大门吱呀一声，开了！五个人怀着复杂的心情走进了大门。大门后面又是一扇紧闭的二门，大门和二门中间围合成了一个院子。院子里种着一些树，但让唐风感兴趣的却是院子中的几块巨石。经验丰富的唐风很快就判断出这几块巨石的作用：“井，这里有两口井。”

唐风扑到巨石近前。这几块巨石是井周围的栏板，往井下望时，唐风一阵眼晕，井下面竟然深不见底！

“好奇怪的井……深不见底！”梁媛惊道。

韩江却说：“这也不奇怪，我们从水门进来的时候，唐风就说过城外的壕沟和水门内的池塘估计早就干涸了，那么城里面的人饮水就只有靠一个方法解决——打井，而且必须是深井，很深很深的井。”

“于是，就有了这两口深井！”唐风点点头。

唐风走到二门前，二门也被推开了。二门后是一个院子，院子里面出现了一座面阔五间的大殿，大殿上没有悬挂匾额。唐风看看韩江，谁也不知道这里面会是什么：“这可能是除不朽之殿外，宓城里保留下来的最大的殿宇了。”

唐风还在犹豫，韩江已经推开了这间大殿的门。大殿的门没有锁，唐风迈步跟着韩江走了进去。瞬间，他感觉自己置身于西天极乐世界中了。整间大殿除他们立足的地方，几乎全部被佛像占据了，从最中间的主佛到两侧的菩萨、罗汉，层层叠叠，足足有几百个各式各样的佛像。

唐风目睹这一切，不禁感叹，“真是一座佛教艺术的宝库。”

“行了，别感叹了！看来这里也是一座庙。”韩江催促唐风快点儿往后去。唐风还想多看两眼，但已经被韩江拉着穿过这些佛像，绕到了殿后。后面又是一座门，门板已经没了，敞开着。唐风来到这座门前，看见一条长长的甬道一直延伸到后面院落里，甬道两边整齐地种植着一种不认识的树木，让唐风更为称奇的是这种树木上竟然还盛开着艳丽的花朵。

五个人左顾右盼，好奇地顺着甬道往里走，像是一头扎进了一个光怪陆离的童话世界。直到甬道的尽头，又出现了三间殿堂，呈品字形分布在群花之中。

唐风去推开这几间殿堂的门的时候，那种奇怪的感觉再度向他袭来，而且越来越强烈。可是他推开房门后，里面空无一人。不过这里除了佛像，还有一些简单的陈设，一切都像是主人刚刚离开的样子，但是地面和佛像上厚厚的灰土告诉唐风，这里面不可能有人。

大家面面相觑，不知道在这组奇怪的建筑里还会发现什么。忽然，梁媛在一张桌子下面的灰土中发现了什么。她拾起一个东西，惊喜地喊道：“你们看，这里有一把梳子！”

唐风接过梳子。这是一把铜制的梳子，上面有精美的缠枝纹。唐风放下梳子，再次环视这间屋子：“这里像是一位女子的屋子。”

“哦！我明白了。”梁媛若有所思地点点头。

“你明白什么了？”

“这里有女人用的东西，又有佛堂，说明这里原来是一座尼姑庵！”梁媛说出自己的推测。

“尼姑庵？！”众人惊诧。

“是啊！所以外面才有一条狭长的池塘，将它与旁边宏伟的寺院分割开。”梁媛的推断似乎挺有道理，唐风也不得不点头称是。

5

唐风又在这院子里站了一会儿，才略带不舍地离去。院子后面是一道月亮门，月亮门后是一处长满杂草的庭院。

“像是一个花园！”梁媛说。

唐风没说什么，他绕过狭长形的花园，来到了最后一道门前。门上有一把生了锈的锁，上面还有厚厚的铁链缠绕。唐风看看韩江：“看来这里过去也是不让人进入的禁区！”

韩江不管那么多，拔出手枪，对着生锈的大锁就是两枪，厚厚的锁链应声落下，生锈的大锁也被打断了。韩江打开门后，一条长长的阶梯出现在众人面前。

韩江率先登上了长长的阶梯。大约三十级台阶后，他们来到了一个高大的平台之上，平台内侧就是那座小山的山体。

“我们已经登上了小山。”唐风盯着眼前的山体，忽然觉得这座小山的泥土有些奇怪，可是他又说不出有什么问题。

“看！这里有一座喇嘛塔！”叶莲娜在靠近山体的一堆灌木丛中发现了一座已经倾倒的喇嘛塔。

唐风走过去查看了一番：“这座喇嘛塔如果立起来，有两米多高。”

“这地方怎么会有一座喇嘛塔？”梁媛不解地问。

唐风盯着喇嘛塔看了好一会儿，嘴里忽然喃喃地说：“我推测这里绝不止这一座喇嘛塔。”

“什么意思？”韩江盯着唐风。

但是唐风并不回答韩江的问题，继续自言自语：“这山有问题。”

“山有什么问题？”其他几人全都盯着唐风。

“你们先不要问我，其他几人顺着这个平台的边缘往前走，看前面是不是还有这样的喇嘛塔！”唐风指点其他几人。

众人不明白唐风的意思，只好按照唐风所说继续往前。果然，每走出一段就能在茂密的灌木丛中发现喇嘛塔，有的倾倒在地，有的依然屹立在原地。唐风若有所思地看着这些喇嘛塔，终于在第九个喇嘛塔前停下了脚步。这里正好是平台的转弯处，站在这里，可以看到东面宏伟的宫殿。大家都在看着唐风，期望唐风给出答案。

唐风笑了笑，“你们难道没发现什么规律吗？”

“规律？规律就是每隔一段就会发现这样一座喇嘛塔。”韩江道。

“是的，这仅仅是众多已经显现的规律之一。”

“还有什么？我怎么什么都没看见。”韩江又看了看不远处的喇嘛塔，无奈地说。

“我估算了一下，每两座喇嘛塔之间的距离都在三十米左右，也就是说，这座小山一侧的边长大约是二百七十米。根据我之前的观察，这座小山基本上呈一个正方形，那么我推测它的周长在一千零八十米左右。”唐风估算出了这座小山的周长。

“这座山有这么大？”梁媛惊奇，不过她还是不解，“这个长度又能说明什么？”

“长度除了说明这座山的周长并不能说明什么，不过我接下来要告诉你们的足以让你们震惊！”说着，唐风抓起了一把山上的泥土，“你们注意看这泥土的颜色。”

“颜色？”众人不解。

韩江说：“这不就是红土吗？”

“对，这是红颜色的泥土。你难道不觉得奇怪吗？这里怎么会有红颜色的泥土？”唐风反问。

韩江想了想，这才反应过来：“是啊，红色的泥土一般出现在南方……”

没等韩江说完，唐风又转到小山的南边，从那儿拿了一块泥土：“你们再看这泥土的颜色！”

“这……这泥土怎么是青色的？”叶莲娜看出了端倪。

“这确实奇怪，青色的泥土一般出于潮湿的地区，比如南方的一些稻田里。”韩江补充说。

“问题正在于此。你们再看这座山，是不是过于规整了？”唐风站在平台的东南角，突然指着面前的山体问道。

6

大家都注意到，在唐风面前的山体上似乎有一道明显的山脊。“这是怎么回事？而且在这条山脊两边，泥土的颜色发生了变化。”梁媛惊奇地盯着眼前这一幕。

“你们再看这座山上的植物和树木，跟刚才我们在那座庭院内看见的树木有什么不同？”唐风又问。

梁媛回头看看山下郁郁葱葱的一片，又看看山上的植被，“山上的植被虽然看上去很茂密，但似乎都很矮小，长不大似的，而且主要以灌木丛和低矮植物为主。难道这些植物先天营养不良？”

“不错！这些植物就是营养不良！让我来告诉你们这是怎么回事吧！刚才你们所发现的一切奇怪现象只能有一个答案，那就是——这座山是一座人工建造的山！”唐风胸有成竹地说出了他的推断，众人无不惊愕。

唐风扔掉手中的泥土，对大家解释："我为什么说这是一座人工建造的山？首先，这座山的位置很奇特，特别突兀，这就是我在城墙外面第一次看见这座小山时的强烈感受；其次，山的造型很奇特，或者说很规整，底部呈比较标准的正方形，然后层层向内收缩，直至山顶——一个极为标准的圆锥体，这个造型让我想到了……想到了同样呈锥体的金字塔。"

7

"金字塔？！"众人更加惊愕。

"是的，不要忘了贺兰山下的西夏王陵。西夏王陵的陵塔虽然不够标准，却被称为'东方金字塔'，这说明党项人是热衷于建造这种圆锥形建筑的。"

"你的意思这座山也是一座陵墓？"韩江惊道。

"不，我现在还不能确定，而且这个形制与西夏王陵还是有些差别的，但也不能排除这种可能。我只能说我们发现了一座比西夏王陵还要大的，而且大得多的东方金字塔！"唐风坚定地说。

"东方金字塔？！可是埃及和玛雅的金字塔都是用巨石垒砌而成的啊？"梁媛问唐风。

"这就要说到下面两点了。前面两点是从大处去看这座山，若从细微处看，也能看出这是一座人工修筑的山——喇嘛塔的出现和刻意的布置安排，就说明这座山在建造的时候是有计划的。我刚才让你们找喇嘛塔，在这一侧一共找到了九座，这说明围绕这座山应该有三十六座喇嘛塔。而且我敢肯定，山上的喇嘛塔不止这三十六座，很可能在半山腰和接近山顶的位置还有喇嘛塔，而且很可能各有三十六座，也就是说，总共有一百零八座喇嘛塔。这种建筑样式也是党项人的独创，今天在宁夏青铜峡就有一座建于西夏时期的一百零八塔，虽然两者在塔的布置上并不完全相同，但一百零八的数字很可能是有某种寓意的。"

"可是喇嘛塔的出现也不能说明这座山完全是人工建造的啊？毕竟凭空建造出这样一座山来，工作量是难以计算的！"叶莲娜还是不能理解。

"是的，并不能依据喇嘛塔的出现便认定这是一座人工建造的山，但是不同颜色泥土的出现则让我百分之百肯定了，这是一座由党项人建造的人工山。在中国传统文化里，一直有五色土代表国家社稷的传统，青色泥土代表东方，红色泥土代表南方，白色泥土代表西方，黑色泥土代表北方，黄色泥土代表中央。帝王用五色泥土代表国家社稷，显示皇帝富有四方，所以五色土的出现一定有特殊的含义。一个地方不会同时出现五种颜色的泥土，而恰恰在这座山上出现了五色土，并且我们已经看到红色泥土正好位于山的南方，青色泥土位于山的东方。我想那几种颜色的泥土也一定是按照这样的位置分布的，这就说明了一切。这座小山很可能在宓城建造之初就已经被建成，它对于元昊和西夏有着特殊的意义——一方面用五色土代表国家社稷；另一方面，笃信佛教的党项人又在山上建造佛塔，来祈求皇朝永固，国祚永昌。”

听了唐风的一大通解释，梁媛似懂非懂地点点头，又摇了摇头：“这五色土是儒家的思想，佛教又是从印度传来的，怎么同时出现了这座小山上？”

“这恰恰体现了曾经落后弱小的党项民族兼容并蓄，博采众长，既从宋朝吸收儒家精华，又从西域、吐蕃吸收佛教思想，这才有了党项人后来的强大。”唐风唏嘘。

“你讲了这么一大通，我只关心一个问题——既然这是一座人工建造的山，那么当年党项人费力建造这样一座人工山，目的何在？我记得你一开始说这是宓城的皇家园林，现在看起来，这个推断不能成立啊！”韩江还没忘唐风昨天的猜测。

“昨天的推断也只是我的猜测，现在看来当然不能成立。元昊绝不会费工费时建造这样一座小山，只为了自己享乐。而且这上面的五色土是人工夯土，质地紧密，所以造成山上的植被生长缓慢，营养不良，不可能种植高大的树木，更不适于建造皇家园林！”唐风想了想，又说，“至于党项人当年为何建造这样一座东方金字塔，我虽然不知道原因，但我想一定有其特殊的作用。”

“那就继续往山上走，说不定还能发现什么。”马卡罗夫提议道。

唐风点点头，于是大家绕到山的南面。在山南面的正中位置，一条掩映在杂草和灌木丛中的阶梯显露出来。

8

小山上的发现无一不印证了唐风的判断。顺着小山东面正中的阶梯向上，很快在接近半山腰的位置又发现了喇嘛塔，同样不止一座，一如下面那层的排列顺序，环绕在小山四周。不过，唐风却在这排喇嘛塔上发现了一些不一样的东西。他用手摸了摸塔身，手上竟然沾了一些银白色的东西。

“这是什么？”梁媛在一旁问。

“像是白银！”

“白银？我们在下面那层喇嘛塔上没有发现白银啊！”韩江惊道。

唐风没有回答韩江，继续加快脚步，向山顶攀登。阶梯越来越陡峭，唐风回头往后望去，只觉一阵眩晕，幸亏韩江一把拉住他。到最后接近山顶的时候，大家已经是手脚并用了。就在这时，一道耀眼的金光突然出现在唐风眼前，唐风忙抬头望去，只见在自己头顶的树丛杂草中又出现了一排喇嘛塔——这是唐风已经预料到的，但是喇嘛塔身上泛出的金光，则是唐风没有料到的。

围绕着山顶果然又出现了一排喇嘛塔。唐风直起身子，走到陡峭的山顶平台边缘，拨开杂草和灌木丛，一座座金光熠熠的喇嘛塔惊现在他的面前。他颤抖着伸出手，在喇嘛塔上轻轻抹了一下，手上竟沾满了金粉。

“是黄金！”叶莲娜惊叫起来。

“不仅仅是这塔上，你们看这泥土里。”韩江用匕首割去地上的杂草，地表的泥土里满是金色。

“这……这太不可思议了！”梁媛感到十分震惊。

“是的，太不可思议了！怪不得我在山下几次被山顶的金光刺到双眼，原来整个山顶铺满了金箔，还有围绕山顶的三十六座喇嘛塔上，也都被涂满了金泥。第二层的喇嘛塔上涂了银泥，最下面一层则用五色土。虽然近千年过去，很多金箔脱落了，但我们仍然可以想见当初这座东方金字塔是何等奢华和壮观！”

唐风情不自禁地回身望去，整座宓城和周围的绿洲，以至于远处的往生海和沙漠都尽收眼底，不觉心旷神怡：“刚才你们问我党项人费时费力建造这座东方金字塔是为了什么，我想目的是多方面的，至少有一个目的可以明确——这是一座很好的瞭望塔，周围的景物尽可收入眼底。”

“但这绝不会是主要目的，如果为了瞭望，大可不必搞得这么奢华和宏伟。”韩江回说。

“我当然知道这不是主要目的。你们看那边，南边……”唐风突然指着宓城南面，“正如我们之前推断的那样，整个宓城被往生海的水面包围，这就像是一道天然的护城河。我们从北线进入宓城，南线也应该有一条路。你们看南面的往生海水面上也有一条长堤，只是……只是那条长堤中间断了很大一截。”

大家往南面望去，浩瀚的水面上果然有一道长堤直通向绿洲，但是长堤中间却有一段断了。

“这显然是人为的，只能是八思巴和刘秉忠下令挖断的。”韩江说。

唐风点点头：“所以南面的长堤没有骷髅坛城。怯薛军挖断了南面的长堤，却保留了北面的长堤，在长堤上建造了骷髅坛城。”

大家的目光又转向了北面的长堤上，那儿正有一团雾气笼罩在骷髅坛城上空，唐风有些担忧地说：“那里看来又起了场大雾！”

“不用担心，我们能走出去的！”韩江安慰唐风。

“不，我现在还没有心思考虑走出去。我在想将军！”

“将军？他们或许还被困在骷髅坛城中呢！你不是说他们破解不出坛城的玄机，就走不出坛城吗？”

“但将军手下藏龙卧虎，谁知道呢？”唐风的话给所有人心头都罩上了一层阴影，大家默默无语地在山顶伫立了一会儿，便开始向山下走去。

第十七章 不朽之殿

1

唐风带领大家从东面的阶梯下去。五个人全都手脚并用，小心翼翼地向金字塔的第一层平台走去，这几百级台阶足足耗费了他们半个多小时。下到第一层平台，唐风往东望去，宫殿区的高台就在前面，但是宫殿区的高台与金字塔的第一层平台虽然高度相仿，可两者之间并没有栈道或桥梁相连接。

唐风感到奇怪。不过，他很快在平台的边缘发现了一些断裂的梁木痕迹：“这里当年应该有一座木桥连通金字塔和宫殿区，可惜现在早已腐朽无存了。”

“我们现在该往哪里去？”梁媛问。

“整个宓城我们只有两个地方没去了，一个是打不开大门的不朽之殿，另一个是宫殿区和金字塔北面的那片区域，我们现在就先去那里查看一番。”

唐风说着已经走在前面，带领大家绕到了金字塔北面。刚一绕到金字塔北面，所有人都感受到了一股肃杀之气。没有阳光照射的这片区域看起来有些阴森。唐风站在金字塔上往下望，下面是一排排低矮的房屋，有的已经坍塌，有的还保存完好，与宫殿和寺庙、金字塔这些辉煌的建筑相去甚远，甚至还不如平民区的建筑。按照唐风的推测，宓城西边的建筑应该都是皇家级别的高等级建筑，怎么会在这里出现一片如此平常，甚至有些寒酸的建筑？

大家面面相觑，不知道这是怎样的一片区域。韩江指了指这片区域的中央部位：“从上面看下去，那里似乎没有房屋，是一个很大的广场。”

“难道又是一个市场？”梁媛问。

“不可能，市场不可能出现在这里，这里都应该是皇家级别的建筑。”唐风仍然坚持自己的观点。

“可是这里哪有点儿皇家建筑的范儿？”韩江摇着头，不解地看着下面那些低矮的平房。

“那个广场中央原来似乎有座很大的建筑，可惜已经坍塌了……”

这时，马卡罗夫忽然打断了唐风的话：“你们想过没有，宓城里面什么建筑都有，但却缺少了一样很重要的建筑。”

“哦？什么建筑？”唐风好奇地盯着马卡罗夫。

“军营！唐风，你曾经说过，宓城的军事用途远远大于其他用途，可到目前为止，我们一直没有发现军营。”

“所以您认为下面这片区域是原来的军营？”叶莲娜问道。

“是的，除此之外还能是什么？还能有什么建筑处于这么重要的位置？”

听了马卡罗夫的分析，唐风猛地一拍脑门：“老马说得对！这下面一定是军营，所以处于宫殿区的北侧，位置很重要，可以近距离保护宫殿。那些低矮的房屋就是军营，而中央那片广场就是训练兵马的校场，校场中间原来有座大型建筑，很可能是统帅军队的指挥机构。”

唐风判断这里也应该像金字塔南面一样，有一条通往下面的阶梯。果然，当他们走到金字塔接近城墙根的地方，一条阶梯出现在他们眼前。可是眼前的景象却让他不寒而栗，只见不长的阶梯上竟全是白花花的尸骨，堆积如山！

2

面对阶梯上堆积如山的白骨，唐风倒吸一口凉气，后背感到阵阵寒意。他看看韩江，又看看马卡罗夫。韩江也被这景象给震住了，倒是马卡罗夫经验丰富，他拾起一根树枝，走到阶梯前，用树枝拨弄了几下堆积在阶梯上的白骨。许久，正在拨弄尸骨的马卡罗夫忽然喊道：“唐风，你来看看，这些尸骨旁有些东西！”

唐风战战兢兢地走到第一排尸骨旁，马卡罗夫递给他一个东西，“这些尸骨从骨头上看都已经有几百年的历史了，几乎全是男性，全部扑倒在这条阶梯上，层层叠叠。我在这些尸骨旁发现了大批箭镞，还有一些其他东西。你先看看这个。”

唐风接过那个附着泥土的东西，掂了掂，又看了看：“这是个铜牌，从样式和腐朽程度判断，应该是西夏时期的东西，上面好像有字……”唐风使劲蹭掉铜牌上的铜锈，隐约看见在铜牌上有几个西夏文字，“提——点——北——军——兵——马——都——司。”

“看来这是个腰牌！”韩江马上明白了这个铜牌的功用。

“嗯，这应该是一个西夏军官的腰牌。”唐风正说着，马卡罗夫又递给他一柄锈迹斑斑的钢刀。唐风接过刀仔细观瞧，当他看到钢刀的刀刃时，突然眼前一亮，“这是一把西夏时期的钢刀。你们看，这钢刀的刃口已经磨损成这样了，足以说明当年激战是何等惨烈！”

梁媛探着脑袋也想看看这些尸骨。“这……这些尸骨都是西夏的吗？”梁媛紧张地问。

“从现场看，尸骨旁的箭镞应该是蒙古式的，而尸骨旁的钢刀等兵器是西夏式的。再从这些尸骨叠压的情况分析，阶梯上的尸骨应该都是党项人，他们在这里遭受了怯薛军的进攻，怯薛军很可能是用弓箭将这些党项人全部射死在这里。”唐风推断说。

“现在我们该怎么下去呢？”叶莲娜提出了一个现实的问题。

“踩着这些尸骨下去，只能这样了。”韩江回答说。

于是，大家小心翼翼地在堆积如山的尸骨间穿行，用了二十多分钟才走到了阶梯下面，可是这里依然有很多白骨。唐风在几具白骨旁边发现了长矛的矛头：“这些矛头的样式是蒙古式的，说明当年怯薛军杀死这些党项人时，除了使用弓箭，还使用了长矛！”

“从骨架的现状看，所有尸骨全部是仰面躺倒，这说明他们在最后一刻仍然是面对着敌人的弓箭和长矛。”韩江判断说。

“是啊，这是一个何其英勇的民族，所有人都战斗到了最后一刻，没有一个人背对着敌人！在敌众我寡、弹尽粮绝的情况下，他们依然面对着敌人，直至倒下！”唐风不禁唏嘘。

“唐风，你之前不是疑惑为什么宓城周围，包括宓城里面一直没有发现尸骨吗？这些尸骨不就解开了你之前的疑问吗？”马卡罗夫问唐风。

“是的，这是我们第一次在宓城里面发现尸骨……”唐风话说了一半，突然停了下来，面露困惑之色。他看看前面那一排排整齐的土坯平房，又猛地回过身，盯着眼前那些堆积如山的尸骨出神。

“唐风，你怎么了？”大家关切地询问唐风。

唐风摆了摆手，想了一会儿才开口说：“不，这里面有问题！你们难道不觉得奇怪吗？为什么我们在宓城内外，包括城内其他各个区域都没有发现党项人的尸骨，却在这里发现了这么多？”

唐风这一问，把众人都给问住了：“是啊！这……这是怎么回事？”

“你们看，再往前，也就是那些土坯平房附近，并没有多少尸骨，而尸骨集中出现在这里，并一直向阶梯上延伸，直至金字塔的第一层平台上，这说明了什么？”不等大家回答，唐风又接着说，“还有，所有尸骨基本上都是男性，并且在尸骨附近都发现了属于他们的武器，可以断定这些人都是宓城党项人最后的勇士，而这些党项最后的勇士无一例外面朝着敌人的弓箭和长矛英勇战死。他们为什么不跑？或者……哪怕是把队形散开？他们为什么这么密集地倒在通往金字塔的阶梯上？”

“他们在坚守什么？”叶莲娜首先想到了这一层。

“对，只能有一种解释，他们在守卫着什么重要的东西，以至于他们赴汤蹈火，不惜自己的生命！那么，他们拼死守卫的东西会是什么呢？”唐风的眼中放出了激动的光芒。

3

一阵沉默之后，马卡罗夫缓缓说：“我想……我想他们拼死守卫的东西应该就在金字塔上，或者就是这座金字塔！”

“老马，我也是这么想的，除了金字塔，我想不出还有什么重要的东西值得这样献出生命。你看他们倒伏在地的场景，那是一种必死的决心——哪怕是死，也要用尸体堵住敌人登上金字塔的路！”

“可是……可是金字塔上有什么？难道他们牺牲生命就是为了保护金字塔顶的那些金箔？”

“我想不会是为了那些金箔，这座金字塔应该还有我们现在不知道的秘密！”唐风说出了自己的大胆推测。

“金字塔的秘密？！”众人大惊。

“是的，或许这座金字塔就是宓城的核心，宓城的秘密就藏在这座金字塔里面！”唐风的思路似乎一下子清晰起来，“党项人费时费力建造如此宏伟的金字塔，又极尽奢华，不仅仅是为了炫耀和享乐，必然有特定的目的。那么多的党项勇士为了保卫它而献身，进一步证实了我的推断。”

“那么我们怎么才能知道金字塔的秘密呢？”梁媛问。

“现在整个宓城只有不朽之殿我们没有进去，也许破解这一切秘密的钥匙就在不朽之殿内！”唐风斩钉截铁地说。

韩江抬头看看已经西去的太阳：“时间不多了，那咱们就抓紧时间吧！”

五个人离开阶梯，快步穿行于一排排低矮的土坯房子间。所有房间都只剩墙了，屋门全都不知去向，里面也都空无一物，许多屋子还有被大火烧过的痕迹。唐风他们只在房子附近发现了零星的尸骨，再没有见到像阶梯那里堆积如山的尸骨。

“看来军营里曾经发生过战斗，但是最后所有党项人都退到了阶梯附近，作最后的殊死抵抗。”唐风推断说。

说话间，众人已经走出了军营，来到军营中央的校场上。偌大的校场空无一人，不过，校场正中的那座建筑遗址很快引起了唐风的兴趣。

唐风来到那座已经坍塌的建筑附近，久久地伫立在废墟前。“发什么呆？这只是一片废墟了！”韩江催促他。

“不，这个建筑有些意思！”

“哦？你看出了什么？”韩江不解。

“如果我没看错，这座建筑原来是一座圆形的官式建筑。它位于军营的中央，规模也很大，所以我想这里一定很重要。”

“这个我们早知道了，它有可能是军队的指挥部！”

“指挥部？我刚才想了想，我们昨天已经在行政区里发现了大元帅府，那里应该是整个宓城的管理和统帅机关，这里有可能是提点北军兵马都司所在。但是这个建筑的样式让我很好奇，圆形建筑在古代很少见，一般只有特殊用途的建筑才会被建造成圆形。”

“那你觉得这座圆形建筑是做什么的？”梁媛问。

“这里……”唐风绕着这堆废墟走着，突然他停下脚步，“我想这里面会告诉我答案。”

众人循声看去，只见在一大堆废墟下面，隐约露出了一个洞口。

4

面对突然出现的洞口，大家既好奇又紧张。按理说，这里不该出现洞口，但是洞口此时就出现在这堆废墟下，这下面会有什么呢？唐风看看韩江，韩江看看叶莲娜，叶莲娜笑道：“你们两个怕了？那我就下去看看，也许只是一个地窖！”

“但愿只是地窖！但我是不会允许女人在我前面下去的。”韩江说着，拔出匕首，率先钻进了洞口。

洞口里面是几级台阶，很快就通到了下面，叶莲娜、唐风、梁媛和马卡罗夫也跟了下来。下面没有坍塌，竟是一个完好的圆形地下室。叶莲娜不禁笑道：“呵呵，怎么样，我就说这里只是一个地窖，不过是一个比较大的地窖罢了！”

“地窖？不！”唐风摇了摇头，走到一侧墙边，在黑暗的阴影里面露出了一个通道。唐风走进地道，打开电筒，一道栅栏门显露了出来，“你们看，这里还是一个地窖吗？”

“地牢？！”叶莲娜面对那个栅栏门，惊道。

往里面走，一道道栅栏门出现在地道两侧。“这就是一处地牢，宓城也需要监狱。”韩江同意叶莲娜的猜测。

“这是一座监狱，不过并不是一座简单的监狱。”唐风走到一扇栅栏门前，停住了脚步。

唐风的声音从地道深处传来回音，韩江不解地问唐风：“怎么，你在这里又发现了什么？”

“你们难道没发现这些栅栏门的栏杆有多粗吗？”唐风提醒韩江和叶莲娜。

韩江和叶莲娜这才发现，这些栅栏门明显都比较宽，由生铁铸成的栅栏竟然都有碗口粗！“这……这是……”恐怖的画面迅速在韩江和叶莲娜的脑中涌出。

“这是关那些怪兽的房子！”马卡罗夫说出了恐怖的结论。

“是的，只有隗夔才需要这么粗的铁栅栏！”唐风肯定了马卡罗夫的结论。

黑暗的地道内陷入了一片死寂，唐风瞪大了眼睛，将电筒照向地道深处，照向幽深的地道前方。那里会有什么可怕的东西吗？难道还有存活的隗夔？唐风的心脏狂跳起来……

但是在唐风的电筒照射下，前面二十余米处只有一面墙壁。唐风小心翼翼地向那面墙壁走去，生怕因此惊动了沉睡在这里的怪兽。不过，地道在墙壁前分成了两支，两条幽深的地道向不同的方向延伸，两边依然是一模一样的牢房。

走着走着，叶莲娜发出了疑问：“奇怪，既然这里是用来关押隗夔的地方，为什么我们什么都没发现？”

“你想发现什么？复活的怪兽？”韩江问。

“不，我是说那些怪兽的尸骨之类的东西。”

“是啊，很奇怪，这里并没有发现隗夔的尸骨，这让我想起了八思巴的碑文……”唐风喃喃地说。

“碑文？你想到了什么？”韩江问唐风。

唐风没说话，他手中的电筒已经照射到了地道的尽头，那似乎是个很大的空间，黑洞洞的。韩江和叶莲娜也看出了端倪，三个人都拔出枪，蹑手蹑脚地走到了地道的尽头。在电筒的照射下，唐风发现这里又是一个巨大的圆形大厅，比他们一开始看到的那个大数倍。大厅的另一边还有一个洞口，而在圆形大厅的下面竟然是一个巨大的坑。当唐风的电筒移向坑里时，触目惊心的一幕不禁使他失声叫了出来：“啊——这下面全是白骨，隗夔的骨骸！”

韩江和叶莲娜也失声惊叫，因为他们看到的景象太过震撼，无数的白骨层层叠在一起，根本无法看清下面的厚度！

5

震惊之余，唐风用电筒再次向大坑的坑壁照去，黑黑的坑壁明显有被大火炙烤的痕迹，再看隗夔的骨架也多呈灰黑色，骨架周围还有许多粉末。唐风脑中再次闪过怯薛军碑上的那句话，“隗夔百余，凶残之物，帝师以佛理化之……”突然，唐风灵光一闪，“我明白怯薛军碑上的那句话了——当怯薛军攻入宓城时，城里面仍然有百余隗夔，八思巴用佛理化之。我之前一直不理解这句话，这个‘化之’其实是一语双关，既吹嘘了八思巴的神通广大，又是真正意义上的‘化之’。”

“你的意思八思巴最后使用火烧了这些隗夔？”梁媛问唐风。

唐风点点头：“火烧也可以叫‘化之’。不过这样又带来了一个新的问题，八思巴是先制服了这些隗夔，然后聚在这里火烧，还是用计将隗夔吸引到这大坑中，再用火攻？”

“仓促之间，怯薛军不可能挖出这样一个大坑，我想很可能这里原来就有这样一个大坑。对，可能这里本来就是党项人埋葬隗夔尸体的地方，八思巴只是利用了这里，烧死了剩下的隗夔！”梁媛推断说。

“看来这里一直就是隗夔的坟墓！”唐风一指对面那个洞口，“那个洞口可能就是地道的另一个出口。”

梁媛长出一口气：“至少我们现在不用再因隗夔担忧了，它们不可能再存在了！”

“可我总有一种不好的感觉！”唐风望着脚下那些堆积如山的隗夔骨骸，那种不好的感觉愈发强烈了。

“行了，那只是你的幻觉。我们在底下耽误太多时间了，上面可能快要天黑了！”韩江催促道。于是大家从原路返回，半个小时后终于回到了地面。

当唐风再次重新打量这座废墟时，对这里又有了新的认识：“看来提点北军兵马都司不仅仅统帅人马，还管着隗夔这个利器。只是我感到好奇，这些隗夔为什么在宓城的最后时刻没发挥作用，那么容易就被八思巴烧死在了地下。”

“这或许是永远解不开的谜了！”韩江拍了拍唐风的肩膀，便向另一片军营走去。这片军营几乎完全被烧毁了，地面尽是被大火烧过的痕迹，在这里唯一的收获就是又发现了两口井，这两口井同样很深，深不见底!

走出军营，太阳已经西去，一行人回到了昨天宿营的广场上。昨天夜里大家几乎都是一夜未眠，今天又忙碌了一天，早已精疲力竭。匆匆吃了一些东西后，韩江一如昨晚，安排唐风、叶莲娜和自己值夜。

唐风抬头看看高台之上的不朽之殿，巍峨的殿宇在黑幕中显得阴森肃穆。那无法推开的大门后面究竟隐藏着什么秘密？这或许是宓城最后的秘密了。

6

凌晨时分，唐风迷迷糊糊地睁开眼睛。他发现在高台之上的不朽之殿内有些异样，一个亮光一闪而过，是灯光，还是……唐风猛地一震，清醒过来。大殿内难道有人？唐风快步登上了宫殿前的台阶。等他登上高台之后，发现大殿内一片黑暗，并没有任何光亮。唐风久久地伫立在高台上，失神地望着肃穆阴森的不朽之殿。

不朽之殿？这铜铸的大殿屹立千年，真的可以不朽？那些人、那些逝去的历史也能不朽吗？唐风胡乱想着，眼睛死死地盯着前方的不朽之殿。他又抬起了腿，跃过那一座座已经化成废墟的殿宇，向着辉煌的不朽之殿走去……

突然，光彩夺目的灯火瞬间映亮了不朽之殿，唐风猛地惊醒过来，吃惊地发现自己此时已经站在了大殿的铜制包金大门前。他不禁打了个冷颤，本能地向后退去。可是那闪烁在大殿中的灯火像是有着某种魔力，不断地向着唐风的大脑发出某种指令，唐风停下了后退的脚步，着了魔似的向大殿走来。

唐风在不朽之殿的门口高高地举起了双手，使劲去推那巨大而厚重的包金铜门。没有吱呀作响，也没有纹丝不动，那看似厚重的门竟然轻轻地被推开了……灯火璀璨的大殿内，巨大的红色柱子镶嵌着金色的花纹，地面全是变化多样的花斑石，整个大殿显得庄严肃穆。

大殿内被重重帷幕阻隔，他看不见一个人，也看不见任何东西。唐风目瞪口呆地在重重帷幕间穿行，大殿内除了这璀璨的灯火，竟看不出有人的迹象。大殿内是那样的安静，除了自己发出的轻微脚步，唐风察觉不到任何的声响。忽然，一阵狂风从殿外吹来，结实厚重的殿门竟然被震得砰砰作响。狂风将巨大的帷幕掀起，随着风的退去，巨大的帷幕又缓缓落下。就在远处的一面帷幕落下的瞬间，唐风分明看见了帷幕下闪出的黑色袍子。那是谁？

唐风急切地掀起面前的帷幕向那闪出的黑色袍子追去。他不停地掀起重重帷幕，越走越快，当他来到看见黑色袍子的帷幕后时，发现帷幕后面什么都没有，空空如也！

唐风漫无目的地继续在重重帷幕中寻找着刚才一闪而过的黑影。又是一阵狂风，巨大的帷幕再次被狂风掀起，唐风又看见了那黑色的袍子，就在离自己四重帷幕的地方。唐风掀起帷幕，疾走几步，第四重帷幕被掀起，后面依然空空如也！唐风无力地在帷幕间穿行，他发现自己似乎迷失在了重重帷幕之间。宏大的宫殿此刻成了令人眩晕的迷宫，唐风想要走出去，却根本找不到不朽之殿的大门。

唐风停下脚步，静下心来仔细倾听，他想通过细微的声响判断出大门的位置，或者是那个黑色袍子的位置。可是四周一片死寂，没有一丝声响……唐风静静地伫立在一面帷幕前，突然一声巨响传来，是那包金铜门——不朽之殿的大门被风吹上了！唐风心中正在疑惑，一阵不大的风从帷幕下吹来，他的眼睛无意中往帷幕下一瞥，而后猛地瞪大了，因为……因为他在面前的帷幕下又看见了那黑色袍子。此刻，他和那黑色的袍子只隔着面前的一层帷幕。

唐风的心脏在狂跳，似乎马上就要蹦出自己的身体，窒息的感觉让他的双手无所适从。他慢慢抬起头，直直地盯着眼前的帷幕。他，或者她就在这帷幕后面吗？唐风再也忍受不了这种恐惧窒息的感觉了，他猛地扯去了面前的帷幕，让他震惊的是，帷幕后面竟然还是什么都没有。难道是自己眼花了？还是这……这一切都是自己的幻觉？

唐风胡思乱想着转过了身。身后，一张冰冷而恐怖的面具和他的脸贴得那样近，空洞洞的眼眶内没有任何东西，只有黑暗！唐风张大了嘴巴，想要呼喊，可是没有任何声音从他的体内发出！唐风忽然有了一种濒死的感觉，刹那间，他感觉自己的身体已经不再属于自己。唐风孤助无力，只觉天旋地转，便要瘫倒在地，幸亏他的背后是一根巨大的立柱，支撑住了他沉重的身体。唐风靠在红柱上，身体缓缓地下坠，直至瘫倒在地上。

7

一阵冷风吹拂在唐风的脸上，他慢慢地睁开眼睛，面前站立着那个戴面具的女子。女子的面具上似乎透着一种奇怪的表情，让唐风琢磨不透。唐风支撑着身体，想要站立起来，可是他努力了两次，最后又倒了下去。

这时，那个戴面具的女子开口了："怎么样，来到了宓城，你还好吗？"

"你为什么不欢迎我来到宓城呢？"唐风问。

"不，我早就对你说过，这里不是你该来的地方，你的到来，将会给这里带来最后的灭顶之灾！"戴面具的女子缓缓地说。

"最后的灭顶之灾？这里已经是一片废墟了，我还能给宓城带来什么灭顶之灾？"唐风感觉又好气又好笑。

"看来你不肯相信。我来告诉你一切，宓城是在那场战火中成了废墟，但是只要不朽之殿还在，那么宓城的历史就还没有终结，党项人的血脉就不会断绝！"女子说这话时的声音掷地有声，竟是那么威严。

"不朽之殿！它真有那么神奇？"

"你看大火都无法将它吞灭，屹立千年而不朽，难道你还怀疑吗？"

"那么，为什么我的到来会给这里带来灭顶之灾？请你告诉我，不朽之殿里面究竟还隐藏着什么秘密？我又该如何去做？"

"天机不可泄露！我不能教你怎么去做，因为你和你那些朋友，以及你的敌人，你们所有人的命运已经不可逆转，你们只能等待长生天最后的裁决。而宓城和不朽之殿也将因为你们的闯入而遭受灭顶之灾！"女子的声音越来越沉重。

"不可逆转？不，我不相信！我们是为了保护宓城而来，是为了对付那些对宓城有邪恶用心的人而来，宓城为什么会因为我们遭受灭顶之灾？"唐风不解地望着女子的面具。

戴面具的女子并不回答唐风的问题，而是把话锋一转，"我之前给你的那块玉璜还在吗？"

"在！"唐风从背包中掏出了那块玉璜。

戴面具的女子盯着唐风手中的玉璜，陷入了沉默。僵持了一段时间后，戴面具的女子突然说：“对不起，年轻人，我现在想收回这块玉璜，希望你不要怪我！”

“为……为什么？”唐风又惊又怕，他不明白戴面具的女子是什么意思。

“因为我现在后悔了！”戴面具的女子说完，再次抬起她那可怕的右手，微微探身，向唐风伸过来……

“不！不要拿走它！”唐风嘴里不住地胡乱嚷嚷，直到浑身一抽搐，惊醒过来。原来又是一场噩梦。

8

唐风抹了抹头上的细汗，看看时间，拂晓时分，天有些发白，但还没亮，身旁是老马。昨天大家都太累了，老马此时仍然在呼呼大睡。韩江……他应该在帐篷外面值守。

唐风坐在帐篷里，回想着刚才那个噩梦，突然，他想到了玉璜。戴面具的女子，不，应该是没藏皇后，她为什么此时要收回赐给自己的玉璜呢？看来这块玉璜并不是一块玉器那么简单！想到这儿，唐风赶忙在自己的背包中翻找那块玉璜，可是他翻遍了背包，却没有发现那块玉璜！

唐风暗道不好，上次见到这块玉璜还是在往生海边，这两天早把玉璜忘了，难道是丢在了半路？往生海、骷髅坛城、死亡绿洲，还是在宓城中的某个角落里？糟糕，真是倒霉！难道玉璜真的是被没藏皇后给收回去了？这也太不可思议了！唐风脑中忽然又想到了噩梦中没藏皇后说的话：“你的到来，将会给这里带来最后的灭顶之灾！”为什么？我们为什么会给宓城带来灭顶之灾？

唐风百思不得其解，但是当他把这个奇怪的噩梦在脑中回忆了两遍后，一个强烈的念头在他脑中形成——天亮后，一定要打开不朽之殿的大门，进去看看，里面究竟有什么！

唐风躺在帐篷里还想入睡，却怎么也睡不着了，索性出去透透气，顺便可以和韩江聊一聊。可等唐风钻出帐篷找到韩江时，却被气得半死，只见韩江天作穹庐地作席，四仰八叉地就这么躺倒在帐篷旁的广场上呼呼大睡！

唐风狠狠地踢了韩江两脚，韩江才从好梦中惊醒。“行啊，以前只有我会在值夜的时候睡着，怎么，你这老特工居然也会犯这么低级的失误？”

韩江使劲晃了晃脑袋，觉得头昏沉沉的。听见唐风这么说，他才反应过来，自己竟然在值守的时候睡着了，还睡得这么死！韩江揉着脑袋，觉得不可思议，嘴里嘟囔着：“真是奇怪，就算我睡着了，也不应该睡得这么死啊？可能是因为前天几乎一夜未眠，昨天又累着了……”

“行了，别给自己找理由了！低级失误，就是低级失误！”

“我不找理由，我在想我是怎么进入梦乡的。靠！还真想不起来了！”韩江越想脑袋越疼。

唐风还想数落韩江，却忽然想起了什么。他走到梁媛和叶莲娜的帐篷，刚想叫梁媛，忽然发现她俩的帐篷露出了一条缝。唐风狐疑地轻声呼喊梁媛的名字，可是叫了几声后，探出头来的却是叶莲娜：“糟了！我好像错过值夜的时间了！韩，你为什么不来叫我！”叶莲娜惊慌地从帐篷里跳了出来。

唐风这才反应过来，本来这个时间该是叶莲娜值夜的。

“我……我刚才不知怎地，竟然睡着了！”韩江不好意思地说。

“睡着了？我也睡得很死！以往我是可以醒的！”叶莲娜也觉得奇怪。

“叶莲娜，梁媛呢？”唐风焦急地问。

“梁媛？她……她这会儿不在帐篷里？”叶莲娜似乎还没完全清醒过来。

“什么？梁媛不在？！”唐风一惊。韩江马上意识到问题的严重，两人扑到梁媛和叶莲娜的帐篷前往里望去，梁媛果然不在帐篷里！

9

“糟了，梁媛出事了！”唐风心里猛地一坠，一种不祥的预感迅速占据了他的大脑。唐风返回来，又问叶莲娜，“你没发觉梁媛不见了吗？”

“我……可能是昨天太累了，一夜睡得都很死，根本没有察觉梁媛……”叶莲娜说到这儿，眼珠转了转，“梁媛一定是自己离开帐篷的，如果是有他人胁迫梁媛，我一定会察觉的，而且帐篷里也不像有外人来过的迹象。”

韩江里里外外又检查了一遍帐篷，梁媛的背包、物品都还在。他轻轻出了一口气，拍拍唐风的肩膀：“不要太紧张了，也许梁媛到哪里方便去了。”

“这么长时间？”唐风失魂落魄地坐在帐篷门口，不知为何他又想起了自己那个奇怪的噩梦，“不，我不知道为什么……可能是因为那个噩梦，我的感觉很不好……很不好……”唐风嘴里不断地说着，像是说给韩江和叶莲娜听，又像是自言自语。

“噩梦？你又做什么噩梦了？”韩江好奇地问。

唐风忽然想起了什么：“对了！玉璜，我的那个玉璜不见了！”

“这么巧？你仔细找过了？”韩江不敢相信。

“找过了，全都翻遍了，玉璜不见了，梁媛失踪了……”唐风无助地自言自语，“这两天我被找到宓城的兴奋冲昏了头脑，忽略了……忽略了危险的降临。”

他们几人的动静吵醒了一直沉睡的马卡罗夫。马卡罗夫钻出帐篷，听说梁媛失踪了，眉头马上皱紧了：“其实我一直觉得在宓城会出事，一定会出事的，果然……几百年来，没有人能找到宓城，就算找到宓城的人，后来也都……”

马卡罗夫没有把话说完，但大家都明白了他的意思，四个人伫立在广场上默默无语。马卡罗夫抬头看看已经跳出地平线的太阳："马上天就要亮了，在这里继续等下去也没用，不如赶紧去找梁媛。"

"可宓城有那么多房间，我们去哪里找呢？"叶莲娜问。

"整个宓城我们只有一个地方还没有去了……"

马卡罗夫话没说完，大家便异口同声地说道："不朽之殿！"

"对！"马卡罗夫点点头，"我们本来也是要去的，不如现在就出发！"

几人没有收拾帐篷，只携带了必要的装备便在晨曦中登上了宫殿区的高台。可是高台上的一幕，让他们惊得连连后退。

第十八章 昊王的神主

1

当唐风他们登上高台时，迎接他们的是几十匹狼。

几十匹饥饿的狼伫立在不朽之殿前的高台上，它们漂亮的皮毛并不能隐藏凶残的本性。唐风盯着眼前这些饿狼，忽然觉得有些眼熟，似乎曾经在哪里见过。唐风的思绪迅速翻飞。

"对，狼洼！这群狼就是我们在狼洼遇见的那群！"唐风压低声音对韩江说。

"我也看出来了，怎么这群狼此时会出现在这里？"韩江小声问。

唐风刚要开口，叶莲娜忽然惊叫起来："你们看，看大殿屋顶上！"

唐风和韩江一惊，抬头望去，只见在不朽之殿那金碧辉煌的屋脊上正屹立着三只雄鹰。"好威武的雄鹰！"唐风看着那健硕的雄鹰，不禁感叹。

"我看到的只有鹰眼中露出的凶光！"韩江喃喃地说。

就在雄鹰出现的时候，一阵细微而又奇怪的声音传来，随即面前的狼群开始向前，向他们缓步走来。唐风、韩江、叶莲娜和马卡罗夫本能地向后退去。狼群每前进一步，他们就往后退一步。

"现在我们该怎么办？"叶莲娜焦急地问，可是没有人回答她。

眼见众人就要退到高台的边缘了，韩江一脚蹬在身后的台阶上，险些摔倒。待韩江刚刚立稳，马卡罗夫便用命令的口吻说："不要犹豫了，用枪来解决问题吧！"

用枪？这是现在唯一的选择了！唐风、韩江和叶莲娜这才反应过来，匆忙掏出各自的枪。唐风和马卡罗夫紧握手枪走在两侧，韩江和叶莲娜则手持在死亡绿洲中用来对付巨蟒的微型冲锋枪冲在前面。

就在众人掏出枪来的时候，狼群前面的两匹狼猛地向他们发起了进攻。几乎同时，韩江和叶莲娜扣动了扳机，冲锋枪射出密集的子弹，将迎面而来的两匹狼打倒在地。两匹狼抽搐了几下，发出一阵哀鸣后，便不再动弹。

狼群被震住了，为首的几匹狼似乎犹豫起来。可是那个微弱的声音再度传来，狼群顿时躁动了。在为首几匹狼的率领下，狼群再次向唐风他们发起攻击。

四个人一起射击，冲在前面的狼纷纷倒下，但是狼群像着了魔一样，仍然疯狂地向四人扑来。一匹狼流着血，穿过枪林弹雨，猛地扑向韩江，将他扑倒在地，韩江和那匹饿狼扭打成一团。

“快！救韩江！”叶莲娜用冲锋枪堵住了韩江留下的缺口，大声命令唐风。唐风调转枪口，紧张地瞄准和韩江纠缠在一起的狼。他双手剧烈地颤抖，生怕打到韩江。

“不要管我，开枪！”就在韩江大声喊出这句话后，唐风也终于扣动了扳机。“砰砰”两枪，那匹狼倒在了血泊中，韩江及时得救。

来不及喘息，韩江蹭地跳起来，拾起冲锋枪，对着那匹狼补了一枪，然后便重新加入战斗。顷刻之间，高台之上子弹横飞，鲜血浸染，一匹匹狼倒在他们面前。但是狼群仍然没有退缩的意思，不顾一切地向他们发起冲锋。

直到那个微弱而诡异的声响再度传来，狼群终于停止了进攻，并向后退去。唐风终于长出了一口气。马卡罗夫喘着粗气说：“这……这些狼是受人控制的！”

“我知道，我在狼洼的时候就听到了那个声响，狼群都是受那个声响指挥的！如果我没猜错，那个声响很可能是鸣镝发出的！”唐风回想起他在狼洼听到的那个声响。

韩江也肯定到：“不错，我们在狼洼时就是被这群狼包围的！但是很奇怪，当时这群饿狼没有对我们发起进攻，在听到那个声响后就撤退了！”

“这些狼是受什么人控制的？将军？”叶莲娜问。

“不知道……”韩江说到这儿，忽然想到了什么，“梁媛！那个声音似乎是从狼群后面的大殿中传来的。”

“你什么意思？你是怀疑梁媛？”唐风听出韩江话里有话。

“不，我不知道，如果不是梁媛，那么在这宓城中就必然还有其他人！”韩江斩钉截铁地说。

“要知道，我们在狼洼遭遇狼群的时候，梁媛是跟我们在一辆车上的！”唐风提醒韩江。

“别争了，先进到大殿里去看个究竟！”叶莲娜说着持枪向不朽之殿冲去。

当唐风四人穿过狼群的尸体来到不朽之殿时，忽然惊奇地发现，刚才还立在不朽之殿上的三只雄鹰这会儿不见了。唐风停下脚步，仰头望着天空，嘴里喃喃地说：“那个古老的图腾又出现了。”

2

是的，那个古老的图腾不仅出现在岩壁上，还真真实实地出现在了不朽之殿。唐风浑身一颤。就在这时，韩江和叶莲娜已经推开了不朽之殿的殿门。四个人全都呆住了，昨天不管如何推都纹丝不动的厚重殿门，此刻竟然这么轻易地被推开了？尽管满腹狐疑，但是顾不上那么多了，他们已经迈过高高的包金门槛，走进了大殿。

与唐风梦中的场景一模一样，一样的花斑石地面，一样的镶嵌金色花纹的红柱，不朽之殿中还挂满了已经破旧腐朽的帷幕，在殿门被推开的气流带动下微微拂动……可最让唐风感到奇怪的是，大殿里光线昏暗，靠墙和窗户的位置竟然又砌了一堵墙。

“这……这是什么意思？怎么又冒出一堵墙？”韩江也很吃惊。

“怪不得我们昨天往大殿里面看时，什么也看不见，原来被这堵墙挡住了！”唐风想起了昨天看到的一幕。

“砌墙的目的无非是两种，一是不想让人看到里面的东西，二是用这堵墙圈禁某些人。我……我估计砌这堵墙的目的很可能是前者。”马卡罗夫分析说。

“前者？这大殿中有什么秘密不想让人知道？”被马卡罗夫这么一分析，唐风立即来了兴趣。他向殿门后面瞥了一眼，殿门后面出现了两个巨大的石块，这是梦中没有见到的。唐风走到石块近前，仔细观察后，说：“昨天我们推不开大门，我估计就是因为这两块巨石。”

“嗯，地面还有拖动石块的痕迹。梁媛……”韩江欲言又止，沉吟片刻，才接着说，“梁媛肯定是没有气力挪动这两块巨石的，所以……所以昨夜大殿里肯定有人来过了！”

“也就是说，宓城里还有其他人？”叶莲娜警觉地向周围望去，可是大殿内光线昏暗，又被这些层层叠叠的腐朽帷幕阻隔，根本无法看清殿内的情形。

韩江、叶莲娜和马卡罗夫三人分散开来，小心翼翼地搜寻着帷幕下的蛛丝马迹。唐风却站在原地一动不动，死死地盯着眼前的帷幕。突然，他伸出双手，猛地撕扯掉了自己面前的巨大帷幕，然后继续撕扯。他扯下了大殿中的重重帷幕，像是要扯去挡在他面前的重重迷雾。

韩江和叶莲娜、马卡罗夫吃惊地看着唐风的举动，后来干脆也加入了唐风的行列。四个人一起扯掉大殿中的重重帷幕，巨大的帷幕扬起了殿内厚厚的尘土。当唐风撕扯下一块巨大的帷幕时，他敏感地发现帷幕后有什么东西……待尘土散尽，他们发现在大殿中央偏后的位置出现了一个宽大的祭台，祭台上安放着两个巨大的牌位。

走近祭台，这才发现两个牌位一大一小。大的牌位足有一米多高，用紫檀木制成，上用金泥书写着几个西夏文大字，翻译过来是——白高大夏国景宗皇帝嵬名元昊之灵。小的那个牌位也足有半米高，同样为紫檀木制成，也用金泥书写着几个西夏文大字——白高大夏国皇后没藏氏之灵。

当唐风轻声读出两个牌位上的文字时，韩江、叶莲娜和马卡罗夫都惊呆了。

“这……这里怎么会供奉着元昊的神主？”韩江完全懵了。

一阵可怕的沉默后，唐风喃喃自语：“或许……或许元昊就被埋葬在这里！”

“什么？元昊不是被葬在西夏王陵里吗？怎么会在这里？”韩江难以置信地问。

“我不知道这是为什么。这难道就是宓城的秘密？以至于要把大殿用层层帷幕和围墙遮挡？”唐风慢慢地靠近元昊的神主，一步一步。他的心跳在加快，他不知道这是为什么，那不过是个用木头做的牌位，可是此刻他无法抑制内心的紧张、激动和兴奋……突然，唐风眼前一亮，他在昊王牌位下的缝隙中隐约看到了一样熟悉而又陌生的东西。

3

唐风小心翼翼地走到祭台旁，发现在元昊的牌位下面有一个缝隙，仔细观察，在那缝隙中有一件东西，隐隐闪着绿光。唐风将手探入那个缝隙，慢慢地摸索。当唐风的手触到那件东西时，身子微微震了一下，一种熟悉的奇妙感觉传遍了全身。唐风感觉手上触到的是一件冰冷温润的东西，像是一件玉器，他的脑中迅速闪过了一个念头——难道是丢失的玉璜？

玉璜？在梦中丢失的玉璜？当唐风从昊王的神主下面拿出那件玉璜时，他吃惊地瞪大了双眼！和自己丢失的那件一模一样，他甚至可以肯定，这就是自己在胡杨林里发现的那件玉璜！可是这件玉璜怎么会出现在这里？难道自己之前所经历的一切，仅仅是一个幻觉？不，这不可能，玉璜一直陪伴自己走过了这么远的路，怎么会是幻觉！如果之前经历的一切不是幻觉，那么这件玉璜又为何会出现在这里？

唐风感到脑子有些乱，他握着玉璜环视左右，空空如也的祭台上只有两座巨大的牌位，其他什么都没有——没有香炉，也没有祭品。唐风后退几步，他要重新打量这座巨大而又神秘的铜殿。

新一天的太阳已经缓缓跃出了地平线，但不朽之殿内依然被黑暗笼罩，殿内依旧挂满了厚厚的帷幕，铜殿周围的门窗都被那圈围墙遮挡。众人随着唐风退到了靠门的围墙边，韩江憋不住了，问唐风：“你发现了什么？”

“是啊，那件玉璜怎么会出现在元昊的神主下面？”马卡罗夫也问。

“这里真的是元昊的陵墓吗？”叶莲娜追问。

“嘘！”唐风对三人做了一个噤声的手势，压低声音说，“我现在无法回答你们的问题，眼下当务之急是找到梁媛，并弄清楚这座不朽之殿的秘密！”

三人默然。唐风打开电筒，在灰色的墙壁上照了照，迅速做出了判断：“围绕大殿的墙壁没有地基，是直接建造在大殿地砖上的。很明显这圈围墙是后来建造的，墙体很薄，显然不是为了增加大殿的厚度，以防止外力入侵。那么，这面墙的作用就像老马之前说的，要么是为了不让外人窥见大殿内的秘密，要么是为了圈禁什么人。但是有什么人是需要被圈禁在这里的呢？监狱、地牢，或是别的什么房间都可以，所以显然这里也并不是为了圈禁什么人。那么这圈围墙的作用就只有一个了——不想让外人窥见大殿内的秘密。如果我推测得不错，这个秘密很可能就是整个宓城的秘密。”

“可是这个秘密究竟是什么呢？这墙又是什么人建造的？”韩江迫不及待地问。

“这就需要我们仔细地把这座奇怪的大殿查看一遍！”唐风说着继续沿着围墙向大殿的北侧走去。一边是高高的围墙，另一边是厚厚的帷幕，唐风穿行其间，每一步都异常小心。他用电筒朝围墙顶端照去，只见高大的围墙一直砌到了殿顶的梁柱和藻井上。唐风注意到了大殿顶部的藻井，一个个正方形的藻井在黑暗的大殿中泛出一丝金光——是用金泥精心绘制的莲花。虽然经过了近千年的岁月侵袭，藻井上已经被厚厚的灰土覆盖，但仍然难掩当年的金碧辉煌。四个人吃惊地张大嘴巴，仰头看着这金碧辉煌的藻井。

转过一道弯，唐风走到了北面的墙壁下。这里的屋顶上的藻井保存得更为完好，大片大片金色的莲花在电筒的照射下熠熠生辉。

唐风不禁赞叹：“真是巧夺天工的建筑……”可他话没说完却突然定住了，嘴巴半张着，没了声音。

4

唐风整个人突然怔住了。韩江见唐风的眼睛直直地盯着大殿顶部的藻井出神，也顺着他的眼神望去。瞬间，韩江也像是被人点穴了一样，整个人都定住了。与此同时，叶莲娜和马卡罗夫在电筒的照射下，看见在一块块金色的莲花纹藻井中突然出现了一个奇怪的藻井，因为这个藻井里绘制的不是金色的莲花，而是……而是一个流血的图腾！

厚厚的灰尘遮住了藻井上的大半图案，但是四个人都对这个可怕的图案太熟悉了。唐风缓缓移动手中的电筒，金泥勾勒出了一匹完整的狼，而在狼的身上立着一只展翅欲飞的雄鹰。更令他们震惊的是，那匹狼的身上不知用什么涂料绘出了大片的血迹，似乎图腾中的那匹狼已经伤痕累累。

“流血的图腾……”唐风嘴里喃喃地说出了这么一句话。如果不注意，或者没见过这个古老的图腾，谁也不会在意这样一个与众不同的藻井，可是现在这个刻画着流血图腾的藻井就这样真真切切地出现在他们眼前。韩江、叶莲娜和马卡罗夫面面相觑，只有唐风还仰着头，怔怔地盯着头顶藻井中的流血图腾出神，嘴里不住地喃喃自语："流血的图腾，流血的图腾……"突然，他停了下来，然后激动地说，"这个藻井绝不简单！"

"哦？！你发现了什么？"韩江用期盼的眼神注视着唐风。可唐风却并没有回答韩江的问题，而是向前疾走了两步，不停地用电筒朝大殿顶部的藻井照去，全是一模一样的金色莲花。唐风一把扯去身旁的帷幕，冒着被卷起的灰土，走到帷幕这头，殿顶依然是金色莲花的藻井。

"我们只发现了一个绘有流血图腾的藻井，这就是最大的发现！"唐风斩钉截铁地说。

"是的，我也是这么想的。可是这个奇怪藻井的出现究竟代表了什么呢？"韩江疑惑地问。

"这……"唐风迟疑下来，再次把目光聚焦在那个特殊的藻井上。金泥绘制的线条蜿蜒回旋，熟练地在藻井上勾勒出了雄鹰和狼的形象，栩栩如生，几乎是一笔勾成，绝无半点儿拖泥带水。唐风的眼睛久久地注视着藻井中的图案，喃喃地说，"从这金泥的颜色和藻井边缘覆盖的灰尘看，这个藻井应该是与其他藻井一同绘制的。其他藻井的图案都是金莲花，唯独这个藻井的图案是流血的图腾，很显然，这个藻井在绘制之时就被建造不朽之殿的人寄托了特殊的寓意。"

"关键就是这个特殊的寓意是什么？"韩江也盯着那个流血的图腾。

唐风的眼睛死死盯着那个藻井中的图腾，从狼脚的线条开始一直延伸到狼头，又到鹰头，直至最后，他的目光停在鹰的眼睛处。唐风觉得图案中鹰的眼睛有些异样，他想到了在贺兰山中看见的同样的图案："难道这只鹰的眼睛也有问题？"

唐风的话让众人都把目光放在了鹰的眼睛上。许久，马卡罗夫喃喃地说："我看……我看不仅仅是鹰的眼睛有问题，狼的眼睛也有问题！"

"哦？老马，你看出来什么了？"韩江转而盯着马卡罗夫。

"我觉得狼的眼睛和鹰的眼睛似乎……似乎正在盯着同一个地方……"马卡罗夫犹豫地说。

"对！老马，你说得太对了！"唐风总算是缓过神来，"我看了很久，单看鹰的眼睛或狼的眼睛都没问题，画得很好。但是将两者合在一起看，就会觉得有些别扭，因为狼和鹰的方位并不相同，而两者的眼睛却似乎都在盯着同一个地方！"

"是的！就是因为两者眼睛盯在一个方向，才造成此图案很别扭。"叶莲娜说。

"更奇怪的是，我开始以为，狼的眼睛和鹰的眼睛既然同时盯着一个地方，那么这应该是大殿内最重要的地方，所以我一开始以为，他们眼睛盯着的应该是大殿中央祭台上的昊王牌位，但事实却不是这样。你们再仔细看看，这两双眼睛所看的方向和大致位置。"

唐风似乎已经看出了名堂，韩江则率先说出了其中的奥秘："鹰的眼睛似乎盯着祭台后的某个地方，狼的眼睛很扭曲地也盯着那里！不过，我们现在看不清祭台后面的情形。”

唐风点点头，“我想那里一定有什么名堂！”

说完，唐风就朝祭台走去。但他们已经深入重重帷幕内，唐风便没有顺原路返回铜殿大门后再往祭台去，而是沿着面前这条被帷幕隔出来的巷道一路往前，期望能从这里直通祭台后面。

5

唐风快步穿行于暗红色的帷幕间，拐过一道弯，当他以为自己离祭台已经很近的时候，却被一面厚厚的帷幕挡住了去路。妈的，这里面竟然也玩迷宫！唐风暗暗咒骂，索性再次探出手去扯那帷幕，可是看似破旧的帷幕这次却没能被扯动！唐风心里焦急，他随手撕掉了旁边的一块帷幕，又返回头想要去撕自己面前的那块帷幕。可是他扯了一下，帷幕只是晃动一下，没被扯动。

唐风整个人都陷入了一种莫名的亢奋中，他使出浑身力气，准备再做一次努力，但是却被韩江喊住了：“等等，让我来！”

唐风像是一辆失控的汽车，在关键时刻被人拦了下来。韩江强有力的手臂抓住了他，唐风使劲挣脱，却是徒劳。唐风终于安静下来，怔怔地伫立在那面巨大的暗红色帷幕前。

韩江和叶莲娜走到了这面帷幕的两侧，马卡罗夫在唐风身边，轻轻拍了拍唐风的肩膀。所有人似乎都做好了准备，韩江和叶莲娜对视一眼，然后一起使劲。这次，帷幕被他们扯动了，整面从上往下垂落下来，厚厚的灰尘随之而起。韩江和叶莲娜赶忙向后退，可是唐风和马卡罗夫却仍然怔怔地站在帷幕前，因为他们已经看到了帷幕后令人恐惧的一幕！

巨大的帷幕从高处垂下，众人看见在帷幕后面竟是成堆的骷髅。有几具保存完整的骷髅冲在最前面，他们的模样很奇特——按理说这几具骷髅应该散落一地，可是他们却仍然保持着某种奇怪的姿势，一个个争先恐后地往前奔跑着，像是后面有什么可怕的东西在追他们！

“这……”韩江和叶莲娜待灰尘散去，往前走了两步，目睹这一幕后惊得目瞪口呆。许久，韩江才从口中挤出一句话，“这些骷髅也太奇怪了吧！”

唐风像是恢复了平静，掸了掸身上的尘土，缓缓地说：“前面的几具骨架之所以没散，是因为他们身下还压着一些人骨架，准确地说应该是他们的同伴！”

唐风上前一步，伸手扯掉了还没完全落下来的一截帷幕，下面果然压着累累白骨。“所有人的姿势其实都是朝前的，层层挤压。你们看这些人的手臂，死死地拽着帷幕，所以我们刚才费了很大的劲儿才把帷幕拽下来。这让我想到了千户镇马厩里的一幕！”

唐风的话让韩江像遭了电击一样，猛地一震：“听你这么一说，我也想起来了。当时千户镇马厩的门后也是这样奇怪而恐怖的一幕，所有的干尸层层叠压，像是被什么可怕的东西追击，所以大家不顾一切地朝大门奔去，可他们还没打开大门，便都死于非命！”

“是的，当时我们曾经通过那些干尸可怕的伤口判断他们都是被一种猛兽所伤，我们现在知道这种猛兽就是怯薛军碑上提到的‘魄夔’，难道这里也曾经出现了魄夔？”唐风忧心忡忡地说。

“这些骨骸很明显和我们在金字塔下发现的骨骸不一样。首先需要判断他们是党项人，还是蒙古人！”马卡罗夫冷静地分析。

“这个……可不好办！他们已经化作白骨，不像干尸那么好判断了！”韩江说。

“不用干尸，我们还是能判断出来的！”说着，唐风壮着胆子走近这些白骨。在这些骨骸间，唐风很快发现了几柄锈迹斑斑的腰刀。他将弯刀递给韩江，说：“这是典型的蒙古式腰刀，看来这些被挤压的尸体是怯薛军。”

“那么怯薛军当年也进入了这座殿内……”韩江沉吟了一会儿，“从叠压的骨骸上看，至少有百十来号人进入了铜殿。难道这百十来号人失踪了，八思巴和刘秉忠不进殿内寻找？怯薛军碑中也没有提到？”

“八思巴与刘秉忠是何等聪明之人，百十来号人失踪了，他们肯定是知晓的，但是……但是可能由于某种可怕的原因，八思巴并没有命人进入这座大殿来寻找！”唐风猜测说。

“可怕的原因？”韩江眼露惊恐，环视黑暗的大殿，“你说得有道理，这些帷幕很可能就是党项人布置下的迷魂阵。怯薛军占领了整个宓城，但是并没有占领这座大殿。混乱之时，有一队怯薛军冲入了大殿，但是有来无回，死于非命！八思巴也许还派过其他人进来，但都没能真正占有这座大殿！”

唐风点点头：“如果怯薛军占领了大殿，我想殿中就不会是我们今天看到的景象了。但问题恰恰就出现在这里，是什么可怕的东西，让不可一世的怯薛军都裹足不前了呢？”

唐风的话让大家全都紧张地向四下张望，重重帷幕阻隔，谁也不知道这座大殿里还隐藏着多少秘密。也许那些可怕的怪兽此刻就潜伏在暗处，随时可能冲破帷幕……

6

唐风绕过这些堆积在一块儿的骨骸，指了指前方不远处的一面帷幕，压低声音说："你们看，这些尸骨遭遇的危险显然来自于他们后方，而刚才那个藻井上狼眼和鹰眼所注视的方向也是这个方向，大殿后面一定隐藏着什么……"

听唐风这么说，韩江本能地拔出了枪。叶莲娜和马卡罗夫也掏出了枪。四个人蹑手蹑脚地掀起面前的帷幕，后面什么都没有，还是暗红色的帷幕。但是这让大家更为警觉，韩江和唐风蹑手蹑脚地走到这面帷幕前，一左一右，屏息凝神；叶莲娜和马卡罗夫则手握着枪，直挺挺地面对着帷幕。唐风忽然看见帷幕下面轻轻地动了一下，他用手示意了韩江。韩江和叶莲娜、马卡罗夫也注意到了帷幕的变化，有可能是风。正当唐风胡思乱想时，韩江已经用力扯下了面前的帷幕。没等灰土散尽，韩江和叶莲娜就举着枪冲了过去，帷幕后面一片黑暗，什么都没有。唐风有些迟疑地站在帷幕前，忽然听到帷幕后面传来韩江的声音："梁媛，你醒醒，你怎么躺在这里？"

当听到梁媛名字的时候，唐风猛地反应过来，跳过帷幕，疾步走到韩江身边，果见梁媛正直挺挺地躺在地上。唐风一把抱住梁媛，呼唤着梁媛的名字。韩江却说："唐风，你冷静一下，梁媛受了伤。"

"什么伤？"唐风并没在梁媛身上看到什么明显的伤口。

韩江指了指梁媛后颈处："这里有被钝器重击的痕迹。"

唐风看到梁媛的后颈处果然有些淤血。他怜惜地轻轻呼唤，过了好一会儿，梁媛才缓缓地睁开了眼睛，"我……我这是在哪里？"

"媛媛，你终于醒了，把我吓死了！"唐风关切地说。

"我们现在在不朽之殿里面，刚才我们发现你一个人躺在这里。"韩江说。

"不朽之殿？"梁媛失神地四下望去。

"是的，我一觉醒来，发现你不在了，我们都以为你遭遇了什么不测，所以就冲进不朽之殿来找你了。在这里我们有了很重要的发现，也找到了你！"唐风说。

"很……很重要的发现？你们发现了什么？"梁媛强忍疼痛，支撑着坐了起来。

"我们发现这座大殿里竟然供奉着昊王的牌位！"唐风回答。

"我……我好像想起来了。凌晨时分，我被一阵奇怪的响动弄醒了，便出来想去方便，看见韩江躺在帐篷外面睡着了。于是，我……我一个人走到了大殿旁边的台基下，后面的事我就记不清了……"梁媛吃力地回忆着。

"你再好好想想，还发生了什么？"韩江启发道。

梁媛又想了想，最后还是摇了摇头："不记得了，后来……后来我醒过来就已经在这里了！"

韩江听完梁媛的话，陷入了沉思。他回头向大殿北面那个奇怪的藻井望去，这里已经看不见那个绘有图腾的藻井。但是韩江凭借记忆，清晰地判断出图腾中雄鹰和狼的眼睛所注视的位置，就是梁媛所躺的位置，而这里也正好位于当年那些疯狂奔逃的怯薛军的正后方——正是他们刚才要寻找的位置。

韩江又仔细打量了一番梁媛，梁媛脸色苍白，像是受到了巨大的惊吓。韩江将视线移向这个被重重帷幕围合在一起的正方形空间，他注意到梁媛躺倒在一面墙下：“这里怎么会出现一堵墙？”韩江打量着这堵有些粗糙的墙。

唐风扶着梁媛站起来，也注意到了这堵墙，他迅速回想了一下不朽之殿的结构，推断说：“这面墙应该就是祭台后面的那堵墙。”

“那就是说我们已经绕到了祭台后面？”

“是的，我们现在就在祭台后面。”

“这样看来，图腾上雄鹰和狼注视的地方就是这里，而那些死去的怯薛军也正是被这里出现的可怕东西所追赶。”韩江盯着唐风说。

唐风明白韩江的意思，他向四面望去，除了东面的这堵墙，南面、北面、西面全被重重帷幕阻隔，“这里应该就是那个神秘的所在，可是这里看不出任何异常啊！”

“你有没有想过，我们在这里发现了梁媛，难道也是一种巧合？”韩江忽然把话题转向了梁媛。

“你什么意思？”唐风不解。

“梁媛是被人打昏的。毫无疑问，宓城里还有其他人，他们或许是将军的人，或许是其他人，也可能根本就不是人！”韩江一脸神秘地说。

“不是人？你这话什么意思？”叶莲娜和马卡罗夫疑惑地看向韩江。

“你们说，打伤梁媛和控制狼群的人会是谁呢？将军的人？不像，按照唐风的说法，将军的人应该还被困在骷髅坛城里呢！”

“所以你认为是……是党项人的魂灵！”唐风惊恐地看着韩江。

“我不知道，我只是在想宓城中除了我们还会有什么人。”韩江边说边往西边的帷幕走去，“秘密也许就在这重帷幕之后。”

唐风敏锐地捕捉到了一些玄机。他扶着梁媛，跟在韩江身后走到了西面帷幕的正中，叶莲娜和马卡罗夫则分立在帷幕两侧。韩江打开了手枪的保险，右手持枪，探出左手，猛地一把扯去了面前的帷幕。

7

帷幕后面是一条五六米宽的通道，光线昏暗，看不清通道尽头。韩江打开电筒，发现这条通道并不长，尽头又是一堵墙。但让他震撼的是，这堵墙前面的通道上散布着密密麻麻的骨骸。

众人全都瞪大了眼，梁媛更是吓得钻进了唐风的怀里。唐风安慰着梁媛，脚下却像是着了魔似的，跟着韩江机械地向前走去。叶莲娜和马卡罗夫也是一样，四个人都像是被巨大的魔力所吸引，一步一步，不断地向前走去。只有梁媛感到了巨大的恐惧，不敢向前。

走在前面的韩江停了下来，他回过头，平静地说："或许这里就隐藏着宓城全部的秘密。"

"我也是这么想的。我们脚下的这些骨骸有蒙古人，也有党项人，他们一定在这里发生过激战。所有党项人的尸骨全都如金字塔下的尸骨一样，正面面对敌人倒下，他们背后一定就是他们拼死保护的东西。"唐风观察了周围的尸骨后说。

"可是这里除了这些尸骨，什么也看不到。"叶莲娜不解地说。

"还有墙壁！"马卡罗夫已经注意到了四周的墙壁。

"是的，还有墙壁！这里的墙壁很奇怪！"唐风走到右侧的墙壁前，整个通道里没有门窗，从地面到殿顶全部被黑色的大青石所包裹，"这些黑色的石头，既不同于大殿原有的地面，也不同于后来砌筑的墙壁，质地坚硬紧密。这里显然是修筑大殿时就已经设计好的。可是为什么会出现这样的墙壁呢？"

唐风用手在一块块青石上敲击，并没有发现什么异常。于是他停下来，又一次仔细观察通道内密密麻麻的白骨。在通道的尽头，左侧墙角前的尸骨最为密集，而这些尸骨无一例外都是面向外面，仰面躺倒的，"这里被党项勇士重重护卫，一定是有什么玄机！"

唐风不想惊动那些已经逝去的灵魂，他蹲下来小心翼翼地一块一块移动这里的骨骸。韩江、叶莲娜和马卡罗夫没有说话，也都蹲下来帮忙把这里的骨骸清理干净。只有梁媛一脸惊恐地站在原地，看见唐风他们已经将尸骨清理了大半，梁媛终于说："唐风，我很害怕！我们还是先撤出去吧！"

唐风放下手中的骨头，回头望着梁媛。梁媛眼中带泪，一副楚楚可怜的样子，惹人心疼。唐风走到梁媛近前，扶着梁媛的肩膀，"媛媛，你刚才是受到了惊吓。不用怕，我们那么多大风大浪都闯过来了，还怕这最后一关？"

"可……可我还是感到害怕！我们先撤出去，明天再来，好吗？"梁媛几乎是在央求唐风。

唐风有些心软，但是他转念一想，又说道："媛媛，你不想为你爷爷报仇吗？你不想知道宓城的秘密吗？你不是一直都想弄清楚这一切都是怎么回事吗？眼看我们就要揭开这一切的秘密了，你甘心就这么退缩？而且，我们带的给养也不够了，没有时间了！"

梁媛嘴张了张，还想说什么，就在这时，唐风身后传来韩江兴奋的声音："这里果然有机关！"

唐风转身望去，韩江他们已经把通道尽头左侧墙角的尸骨清理干净了。一共是三十七具完整的尸骨，整整三十七个党项勇士，他们用自己的血肉之躯在保卫着一个怎样的秘密？

韩江用枪把使劲敲击这里的每一块青石，并没有听到空洞的声音。倒是在韩江胡乱地敲击一阵后，有一块大青石突然凹陷了下去，紧接着从遥远的地下传来一声低沉的巨响。这声音像是从地心深处传来，又像是穿过千年沧桑，透过历史的重重迷雾传来。但是随即一切归为平静，整个通道内，整座大殿都安静了下来。

五个人吃惊地注视着这一切，时间在这一刻仿佛凝固了，大家面面相觑，手足无措，都在等待着。等待着什么？命运的安排？历史的宿命？还是奇迹的出现？终于，奇迹出现了，在漫长的等待后，墙上十二块大青石竟然动了起来！众人向后退去，不知道这里将要发生什么，是天崩地裂，还是沧海桑田？

当那十二块大青石停下来后，唐风听到从地下深处又传来一阵持续时间很长的响动，与此同时，大殿开始晃动起来。众人更为惊恐，可是没有人向外退去，大家扶住身旁的青石墙壁，回头望去——大殿内那一圈没有地基、并不牢靠的墙壁如多米诺骨牌一样，一段段，一层层地坍塌下去……

第十九章 走出阴影的将军

1

随着那一圈墙壁的坍塌，久违的阳光从不朽之殿的门窗照射进这尘封已久的大殿。伴随着一阵狂风，不朽之殿所有的大门都被狂风吹开。落满灰土的重重帷幕全被大风吹起，有的干脆被狂风裹挟而去，卷到了大殿外面。唐风终于看清楚了不朽之殿的全貌……狂风带走了历史的尘埃，不朽之殿重见天日，顿时金碧辉煌，光彩夺目，不似人间!

就在众人为之震撼时，他们脚下的地面发生了变化，一股巨大的力量从地下深处传来，像是要掀翻整座大殿。韩江第一个反应过来，大声喊道：“往后退，大家快往后退！”

唐风忙拉住梁媛，扶着墙壁向后退去。当他的脚刚刚退到大殿的花斑石地面上，原本堆满密密麻麻尸骨的宽大通道整个陷了下去，灰土、碎石卷起了巨大的尘埃。唐风紧紧地抱住梁媛。待尘埃散尽，原本的那条通道不见了，一条宽大的阶梯出现在众人面前，并一直向下延伸。阶梯似乎没有尽头，直通黑暗的地下。

五个人面对着一直通往黑暗世界的阶梯，震惊、恐惧、徘徊、犹豫充斥内心。下面会有什么？凶猛的怪兽，还是无尽的宝藏？他们不知道，但他们每一个人都清楚地知道，这下面就是宓城最后的秘密。

唐风仔细观察着宽大的阶梯，足有五六米宽，与原先上面的通道的宽度基本一致。阶梯的两边就是刚才通道两侧的大青石，只是他没有想到这些大青石一直向阶梯下面延伸，看不到尽头。

刚刚崩落的碎石和那些党项勇士的骨骸散落在宽大的阶梯上。唐风想，这么宽大的阶梯，与他们以往见到的那些小洞口截然不同，这也许就是昊王的皇家气派！这里就该是最后的时刻。

大家对视一眼，唐风看看梁媛。梁媛的态度似乎变了，刚才还惊恐万分的梁媛第一个抬腿迈步，向阶梯下走去。紧接着马卡罗夫和叶莲娜也向下走去。唐风刚要迈步跟着下去，却被韩江一把抓住。唐风诧异地回头看看韩江，韩江压低了声音道："你不觉得梁媛有些奇怪吗？"

唐风听韩江这么一问，身子微微一颤："没……我没觉得有什么不对啊！你发现了什么？"

"梁媛好像很惧怕什么！"

唐风笑笑："这有什么奇怪的，她一个女孩子来到这么可怕的地方，当然会感到害怕！"

"总之，我的直觉告诉我，梁媛在失踪的这段时间里，一定不像她说得那么简单，在她身上一定发生了什么！"韩江小声嘀咕。

"她难道不是受伤晕了过去？她身上的淤血伤痕……"

韩江打断唐风的话，"对了，你难道没有发现吗？梁媛一直挂在胸前的那条项链不见了！"

"项链？"唐风回想了一下，现在是盛夏，大家衣服穿得少，以前梁媛不管走到哪儿都戴着那条有她母亲照片的项链，昨天还在梁媛脖子上戴着的那条项链，刚才确实没有看到。不过唐风觉得韩江小题大做了，他摆了摆手，"你想多了，也许那条项链在她失踪的这段时间里弄丢了。"

韩江还想说什么，唐风已经向阶梯下走去。韩江摇摇头，只好跟着向阶梯下走去。当清晨的曙光透过千年历史迷雾，直射进不朽之殿，照在元昊那巨大的神主上时，唐风、韩江、梁媛、叶莲娜和马卡罗夫却消失在了黑暗的阶梯下。

2

五个人很快便被黑暗吞噬，五支电筒犹如五只微弱的萤火虫，被无边无际的黑暗包围。进入宓城前，韩江特地在密林中砍了一截松木，用作火把。此时韩江点燃带来的这只火把，总算是照亮了他们所处的空间 —— 一间正方形的地下宫殿。

地下宫殿的另一侧——也就是西侧有一道券门，券门内是一条不算长的甬道。唐风拉着梁媛走在了前面。穿过甬道，震撼人心的一幕出现在他们面前。这是一个巨大的天然空间，四周都是没有经过仔细打磨的岩石，而在西面未经打磨的岩石上，赫然出现了一座金光熠熠的大门。唐风不禁吃惊地喃喃："又是一座黄金大门！"

"这后面一定藏着重要的东西，否则不会装一座黄金大门！"韩江兴奋起来，似乎胜利已经唾手可得。

唐风向前走了两步，突然听到了流水声。他定睛一看，原来在通往西面黄金大门的甬道上，还伫立着一座汉白玉石桥。

唐风走上石桥，仔细听桥下的流水声，他暗暗称奇，这下面竟然会有水！他探出身子往桥下张望，桥下黑漆漆的，看不到水流。唐风用电筒朝下面照去，一直照到了裸露的红色岩石，依然没有看见水。

韩江已经走过了汉白玉石桥，径直向黄金大门走去。唐风也无心查看这座不该出现在这里的石桥，跟着韩江走近了这扇黄金大门。

大家谁也没有说话，并排站在黄金大门前。唐风伸出手触摸黄金大门，冰冷的大门散发出耀眼的光芒。唐风觉得这座大门与宓城东面的那座大门似有不同，表面是那么的平滑："这座大门千年来从未被人开启，甚至没有人来到过这里。你们看，大门表面如此光滑平整……"

唐风话刚说了一半，手指触碰到了门环之间的一个凹槽。他吃惊地向后退了一步，定睛一看，只见素面的黄金大门上有两个玉质的门环，与金色的大门配在一起，可谓巧夺天工！而在这两个玉门环之间的黄金大门上，则出现了一个凹槽，这个凹槽正好位于门缝中间，很是奇怪！

韩江也注意到了这个凹槽："这里怎么凹下去了一块？看样子是制作大门时有意做成这样的。"

唐风点点头，但他也没弄明白这是怎么回事。他又退后半步，仔细打量这座黄金大门，其他地方没发现什么异常。唐风走上前推了推大门，推不动。大门严丝合缝，连一丁点儿门缝也没有。唐风狐疑地伸出手，在平滑的大门上来回摩挲。当他的手指滑入那个凹槽时，唐风眼前一亮，忙掏出失而复得的玉璜："你们看，这个凹槽粗看起来是长方形，细看却发现并不是长方形，而是带有弧度的长方形，很像一个玉璜的形状！"

"你……你是说玉璜就是开启这扇大门的钥匙？"马卡罗夫惊道。

"是的，形状、尺寸、大小都合适！而且，这块玉璜与旁边两个玉质的门环用料几乎完全一致，都是上好的和田羊脂白玉，甚至……甚至我怀疑这块玉璜和两个门环来自于同一块玉石！"唐风又想起了一直困扰他的那个噩梦。

"世上竟有这么巧的事？那也就是说，当年制作这扇大门时，在同一块玉石中雕凿了玉环和玉璜！"韩江也惊得目瞪口呆。

"我想应该就是这样！"在众人惊异的目光注视下，唐风用颤抖的双手将那块玉璜缓缓地放进了黄金大门的凹槽之中。

幽深的地下宫殿里死一般沉寂，大家全都屏气凝神，注视着已经插入玉璜的黄金大门。时间一分一秒地过去了，黄金大门没有任何变化。唐风不免有些焦急。他看看韩江，韩江冲他点了点头。唐风伸出两个大拇指使劲向下摁去，凹槽竟然进一步陷了下去。紧接着，凹槽起了变化，竟自动转了一百八十度，带着玉璜旋转过来，原来开口冲下的玉璜变成了开口冲上。

唐风赶忙将双手抽了回来，往后退去。众人在离大门一米远的地方站定，静静地等待着，等待着大门后面的世界。可是又过去了五分钟，黄金大门纹丝不动，没有任何动静，大家不禁警觉起来。唐风向前走了一步，想要伸手去推大门，梁媛却在身后喊道："小心！"

唐风回头看看梁媛："没事的，你们都退后，我来！"

说着，唐风义无反顾地伸出双手，使劲去推黄金大门。一种从未有过的奇妙感觉传遍了全身，他使出了很大的气力，却并没有感觉到什么阻力。唐风只觉眼前金光一现，面前的黄金大门就静静地开了。

3

唐风怔怔地站在已经洞开的黄金大门前，不知该进还是该退。他用电筒朝里面照去，里面是一个巨大的黑暗空间。在匆匆而过的光亮中，唐风并没有发现激动人心的宝藏，只有更深的黑暗。

"看来玉璜就是打开地下宫殿的钥匙。"韩江说着，举着火把走进了黄金大门之后的世界。他们面前是一条和前面差不多宽的甬道，甬道不长，两边似乎有几个房间。甬道的另一头连接着一个巨大的黑暗空间，这时还无法看清那个黑暗空间的情形。

韩江举着火把照亮了甬道，众人这才看清，在甬道两侧的石壁上有四个洞口，黑漆漆的，看不见里面。

"这种布局很像是大型陵墓的耳室或者侧室。"唐风迅速做出了判断。

"那这里面应该有随葬品喽？"韩江问道。

"你进去看看就知道了！"说着，唐风打着手电已经走进了第一间石屋，韩江也跟了进来。让众人失望的是，这间石屋内并没有任何随葬品，只有墙角堆放的一些黑色物质。唐风疑惑地走过去，蹲下来捡起一些黑色物质放在手中观察，"这好像是已经碳化的粟米。"

"嗯，是粟米。难道这屋子里放的是供元昊在另一个世界享用的食物？"韩江猜测说。

"那他也应该在这里放一些好东西吧！"唐风扔掉手中已经碳化的粟米，走出这间石屋。在第二间石屋内，他们同样没有发现宝藏，只有少量已经生锈的兵器。

"呵呵，我现在都懂考古了，这样的设置一边是粮仓，一边是武库，符合传统。"韩江对自己的判断颇有几分自信。

"希望你是对的！"唐风在第三间和第四间石屋中发现的依然是碳化的粮食和生锈的兵器，似乎一切都在印证着韩江的推断。

走出甬道，他们进入了一个巨大的空间。当韩江用火把将这个黑暗的空间照亮时，大家才看清这是一个接近正方形的巨大石殿，整间大殿全用坚硬的花岗岩堆砌而成，巍峨雄伟，蔚为壮观。

可就在唐风为这地下宫殿的恢宏壮丽惊叹不已的时候，梁媛忽然惊叫起来：“你们快看！看……看地上，那是什么？”

唐风把电筒照向地面，令他终身难忘的一幕出现了！先是一幅完整的骨架出现在他眼前，随着电筒的移动，又是一具，紧接着，还是一具完整的骨架。唐风的电筒缓缓地移动着，他的嘴不断地张大，瞳孔也在惊恐地急速放大。让他惊恐的并不仅仅是这些骨骸，而是他发现这些骨骸无一例外都是完整的，并排列有序地躺在地面上！

韩江也吃惊不小。他向前走去，用火把照亮整间石殿。石殿的景象让每个人都毛骨悚然，数百具骨骸就这样整齐地排列在冰冷的地上。唐风感到身上的每一个毛孔都张开了，地下阴冷的湿气迅速钻进了他的身体，让他战栗不安。他的心里明明感到恐惧，但脚下的步伐却无法控制。唐风拖着沉重的步伐走过一列列排放整齐的骨架，从第一排一直到最后一排最后一个，整整八百四十具骨架，每一具都完好无损。

“难道这是为元昊殉葬的人吗？”这个已经在唐风心中反复想过的问题，终于被他喊了出来。

唐风的喊声在幽深的地下宫殿内传来巨大的回音。殉葬？大家面面相觑，都被从唐风口中喊出的“殉葬”二字震撼了。许久，马卡罗夫才凭借自己丰富的刑侦经验判断说：“从这些死者的骨骸上看，不像是被杀死的，或是被毒死的。”

“这并不能排除殉葬的可能性！”唐风说。

“是的，我知道这并不能排除殉葬的可能。不过我和叶莲娜仔细看了几十具骨架，基本都是妇女、孩子，还有一些属于老年人，殉葬这一说法似乎说不过去！”马卡罗夫解释说。

“是啊，只有奴隶社会才会大量使用活人殉葬，西夏当时已经不流行殉葬了，这是个历史常识！”梁媛也不同意唐风的说法。

“那就很有可能是集体自杀！”韩江突然说。

“集体自杀？”众人惊愕。

“你们难道忘了，我们在宓城中一直没有找到党项人的尸骨。后来在金字塔和大殿里面找到了一些，但那些都属于青壮年男性的尸骨。那么，宓城中的妇女、儿童去了哪里？”

韩江的话点醒了众人，唐风恍然大悟道：“是啊！我当时没有细想，以为妇女、儿童逃了出去！”

“这样看来，最合理的解释就是，经过几十年的持续战乱和封锁，宓城人口大量减少，特别是青壮年男性人口急剧减少。所以当忽必烈大军来攻时，宓城中的人口估计只剩下两三千人。几战下来，虽然党项人依然作战勇敢，与忽必烈大军互有胜负，但宓城再也无法支撑。就在忽必烈大军攻入宓城的危急时刻，宓城的八百多名妇女、儿童和老人，躲进了这座昊王为他们营造的地下宫殿。而宓城最后几百名勇士则为了保护他们的妻儿，也为了保守宓城最后的秘密，全部战死沙场。”

韩江的话让众人再次想到了宓城最后的时刻，党项的勇士已经做好了玉石俱焚的准备，但是为了使妻儿不受欺辱，便让妻儿老小进入地下宫殿，然后封闭了地下宫殿的大门。这是怎样的一场生离死别？怎样的视死如归？唐风眼前浮现出了党项人最后的悲壮时刻。

“不，你这个推断有个致命的错误！”梁媛忽然说。

“哦？什么错误？”韩江盯着梁媛问。

“按照你的推测，他们必然会为这些进入地下宫殿的妇女、儿童留一个出口，否则就是让他们的妻儿老小死在地下宫殿内，这与殉葬又有什么两样？”梁媛反问。

“这……”梁媛的话让大家警觉起来，“可我们一路走来没看到有别的道路啊！”

4

唐风说这话的时候，正好站在最后一排尸骨前，他的眼睛盯着面前一具具完整的骨骸。突然，他在最后一具骨骸前停下了脚步，直直地望着这具骨骸出神。韩江他们发现唐风有些异样，跟了过来。韩江看了一下面前的这具骨骸：“这似乎是个女人的骨骸！”

“死时年龄应该在四十岁到六十岁之间。”叶莲娜接着说。

“一个党项女人……”梁媛喃喃地说。

马卡罗夫则蹲下身子，仔细观察着这具尸骨。良久，他摇了摇头，“不，这不是一具党项女人的尸骨。”

“哦？您看出了什么？”叶莲娜关切地问。

“叶莲娜，你再仔细看看！”马卡罗夫没有抬头，仍然蹲在那具尸骨旁边，似乎很专注地盯着眼前的尸骨。

“仔细看看？”叶莲娜狐疑着蹲下来，突然，叶莲娜的眼睛猛地瞪大了，“这……这怎么可能？”

“叶莲娜，你看出了什么？”韩江迫切地问。

叶莲娜在这具尸骨上比划了一阵，惊道：“这具尸骨很明显并不是亚洲蒙古人种，而是高加索人种！”

“也就是说，这女人是一个生活在宓城的欧洲人，或是西亚一带的人？”韩江胡乱猜测说。

“不，更准确地说，这具尸骨的年代没有那么早，只有……只有半个世纪！”叶莲娜的声音有些颤抖。

“半个世纪？”韩江的脑中猛地闪过了那个若隐若现的女科考队员。

“如果我没猜错的话，这个女人应该就是当年科考队中唯一的女队员！”马卡罗夫终于站起身，却像是陷入了遥远的回忆。

一阵短暂的沉默后，韩江摇着头说：“不！这不可能！她是怎么进入地下宫殿的？不朽之殿内的通道从来没有被开启过，我们是七百年来第一批进入这里的人！”

“不！我们不是！已经有人在我们之前进入了这里！”唐风忽然开口说。

“但是……但是她也没有开启黄金大门的玉璜啊！玉璜在我们手里！”韩江越说越激动。

“你又错了，她有玉璜！”唐风的话让众人更加惊诧，大家全都将目光聚集到了唐风身上。唐风神情肃穆，他用手指了指这具尸骨的腹部，“你们不觉得这具尸骨有些别扭吗？”

“是有些别扭！看她的姿势临死前虽然是平躺着，但是两只手却好像有意识地藏在了身下！”韩江说到这儿，忽然瞪大眼睛，惊道，“难道……难道这女人临死前是被人反绑着的？”

“翻过来看看不就知道了？”唐风看上去很镇定。

韩江看看唐风，不明白他什么意思。但巨大的好奇心促使他，即便唐风不说，他也是要翻过来看看的。韩江小心翼翼地将尸骨的肋骨、盆骨移去，当他把尸骨左侧盆骨移去时，一块散发着动人光泽的白玉玉璜显露在众人面前。

韩江吃惊地看看这件玉璜，又看看唐风：“这……这怎么会有一件跟你那件一模一样的玉璜？”

“是啊！真的一模一样！”梁媛也很吃惊。

“答案也许就在那一边。”唐风指了指尸骨右侧的盆骨。韩江颤巍巍地移去右侧的盆骨，一个精美的玉盒出现在众人面前。韩江刚要去取那玉盒，却被唐风叫住，“等等！等等！”

韩江停下来，看着唐风。唐风再一次打量尸骨全貌：“从玉璜和玉盒出现的位置看，这个女人在临死的时候死死地抓着这两件东西，看不出有被绳子绑过的痕迹。”

韩江和叶莲娜也仔细辨别了一下，确实看不出有绳子的痕迹：“也许是因为年代久远，绳子早就腐朽了吧！”

唐风摇着头：“如果她被绳子反绑，那可就复杂了。你看这里躺着的除了她，不是还有党项人的尸骨吗？”

5

韩江、叶莲娜和马卡罗夫分头又查看了一遍地下宫殿中的尸骨，没有再发现现代人的骨骸，全部都是七百年前的骨骸，也都是属于党项人的骨骸。唐风接着说："所以我认为这个女科考队员在临死的时候，并没有人限制她的自由，她可以自由地在这里活动。至于她双手奇怪的姿势，可能只是她个人的癖好，也许代表某种符号，或是某种神秘的宗教，也许什么都不是！"

"玉盒里面是什么？"梁媛忽然问。

韩江这才想起那个玉盒。唐风从韩江手中接过玉盒，玉盒不大，同样是使用高品质的和田羊脂白玉制成，素面，很是淡雅。打开玉盒，里面放着一张卷在一起的古代卷子。唐风轻轻取出卷子，又缓缓地展开，只见这不长的卷子上只有寥寥数语："是用西夏文写的，翻译过来是这样——见此卷者必为千年之后有幸有德之人，北起一层第六塔下有一生门，可通幽冥，冥河出可见汉白玉石桥，前有金门，持此二玉璜中任一可入，切忌冥河水位。没藏亲笔。"

"这……这卷子是什么意思？"韩江似懂非懂地看着唐风。

唐风又看了一遍卷子，越看眉头越是纠结："这段话也许就可以解释梁媛之前的疑问了。首先让我感兴趣的是写这个卷子的人，卷子的结尾有落款'没藏亲笔'。'没藏'这个党项姓氏我们已经很熟悉了，可是这个没藏究竟是谁呢？卷子的内容事关西夏的机密，能写下这张卷子的人绝非普通人。所以这个'没藏'一定是姓没藏的高级贵族，而且熟知宓城的隐秘构造，甚至就是参与设计监造宓城的人！那么，就只有元昊的宠臣没藏讹庞和没藏皇后了。再从这卷子上的文字看，字迹清秀，不像男人的字，而更像是位端庄贤淑女子的字，所以我推测这张卷子是没藏皇后亲笔写的。"

"可是没藏皇后为什么要写下这张卷子，将机密之事说出来呢？"韩江疑惑道。

"这就要从卷子的内容说起了。第一句'见此卷者必为千年之后有幸有德之人'，看似无用，其实就是回答了你刚才的问题，没藏皇后之所以写下这个卷子，藏于玉盒之中，就是为了让千年之后有幸有德之人看到。从玉盒所用的玉质来看，几乎与两块玉璜的玉质一模一样。我想当初这两块玉璜很可能是与玉盒，还有黄金大门上的玉环同时雕凿的，甚至是出于同一块玉料。而玉盒当年不仅仅是为了存放这个卷子，它更大的作用是用来放这两块玉璜的。所以，没藏皇后的卷子其实是给拿到玉璜的人的一个提示。"

"可她为什么要作这个提示呢？难道她希望有外人找到宓城？"梁媛问。

"不，她当然不希望外人找到宓城，所以当初建造宓城时，才选在这么绝险之地，修建了如此复杂的宓城。但是元昊的本意并非让宓城完全孤悬世外，不被人所知。他藏下宝藏，就是为了让后人找到这些宝藏。但是这样就带来了一个矛盾，一方面不想让人轻易地找到宓城，发现宓城的宝藏；另一方面又要让党项后人找到这里，拿出这些宝藏……”

“所以元昊和没藏皇后留下了玉璜和这张卷子，作为提示。”梁媛似乎明白了。

“不仅仅是玉璜和这张卷子，包括玉插屏，以及许多的遗物、遗迹都是在为最聪明、最勇敢的后人找到宓城的宝藏指示方向，比如不朽之殿藻井上的那个奇怪图腾。凡此种种，不在少数。”

“看来我们就是千年之后的有幸有德之人！”韩江笑了笑，“没藏皇后竟然在千年前就预料到了要等待千年，才有人能来到这里！”

“你先别得意得太早，我们还没找到宝藏呢。就算我们找到了宝藏，将军也会找来的！我感觉他们似乎离我们并不远，很近，很近！”唐风颇为担心地说。

6

唐风的话让大家不约而同地朝身后的黄金大门望去，门外并没有人影。唐风又缓缓地说：“卷子下面一句话让我更震惊，‘北起一层第六塔下有一生门，可通幽冥，冥河出可见汉白玉石桥，’从这句话不难看出，‘幽冥’指的是汉白玉桥下的暗河，‘北起一层第六塔’这个指的应该就是金字塔第一层平台靠北面的第六座喇嘛塔！”

唐风说到这儿，仔细回想他们走过的那些喇嘛塔。第一层北面的第六座喇嘛塔？唐风头脑中没有特别的印象，当时自己匆匆而过，根本没有仔细检查每一座喇嘛塔。不过，想到这里，唐风的思路豁然开朗起来：“金字塔北面第一层第六座喇嘛塔，这不就是那些党项勇士拼死保卫的秘密吗？”

“是啊！那些党项勇士的尸骨密集地出现在通往金字塔第一层平台的阶梯上，就是为了保卫这个重大的秘密！”马卡罗夫也想明白了。

唐风点点头：“对！在宓城的最后时刻，数百名党项勇士为了保卫宓城最重要的秘密，用自己的血肉之躯堵死了通往生门和不朽之殿的这两处通道。”

“所以我们有理由相信，当年忽必烈的大军并没有发现宓城最重要的秘密！”韩江说。

“是的，就差一点点，有一队怯薛军已经进入了不朽之殿，这是长生天的保佑啊！”唐风说到这儿，莫名地兴奋起来。

“可是……可是这个女科考队员又是如何进入地下宫殿的？”韩江问。

“她一定是先找到了这个玉盒，从生门进入，然后用玉盒中的玉璜打开了金门，来到这里！”唐风回答说。

“这就又带来了三个问题。”叶莲娜忽然说，“一是这个女科考队员既然是按照没藏皇后的提示进入这里的，却为什么没能出去，最终长眠在这里？二是这个女科考队员是如何在科考队遇难的情况下，独自进入这里的？难道只有她一个人吗？三是另一件玉璜，也就是唐风在胡杨林里找到的那件玉璜是原来藏在玉盒中的另一件吗？如果是，它又是怎么跑到胡杨林里的？”

唐风听着这些问题，眉头紧锁，过了好一会儿才缓缓说：“第一个问题我想答案或许就在卷子上，‘切忌冥河水位’。”

“切忌冥河水位？这是什么意思？”众人不解。

“这句话让我想到了往生海，我怀疑这条地下河是和往生海相通的。往生海的特性大家都已经清楚了。生门的一头在金字塔上，另一头可能就在汉白玉桥下的崖壁上。我刚才站在桥上往下望，看不见冥河，只能听到水声，这说明现在是水位低的时候。一旦冥河水位暴涨，我估计就会把那个出口给淹没，所以没藏皇后在卷子里说‘切忌冥河水位’！这样人就无法使用这个生门，通往地下宫殿的主要通道还是我们在不朽之殿里找到的通道。生门只是在应急情况下使用的，如果正好赶上水位暴涨，生门也就变成了‘死门’！”

“如此说来，卷子上的提示，既是善意的提示，又隐藏着杀机？”梁媛说。

“宓城的秘密只属于能读懂它的人，这位女科考队员没能领会卷子上真正的含义，便贸然进入地下宫殿，最终被暴涨的水位堵住了回去的路。”唐风说。

“好残酷的现实！她最后竟然选择了和这些党项人一样的姿势，直挺挺地和这八百多具骷髅一起躺在幽深的地下宫殿内，迎接死神的降临！我可以想象在生命将要结束的时刻，她是何等的绝望。”梁媛似乎很为这个女科考队员惋惜。

“那么，这些党项人呢？他们逃入了地下，不朽之殿上面被封死，他们难道也是因为水位暴涨，弹尽粮绝而死在了这里？”马卡罗夫忽然问。

“这……”马卡罗夫的话让大家想到了一件可怕的事，韩江惊恐地说，“这些人会不会最后自相残杀，甚至发生了人吃人的事呢？”

唐风摇了摇头：“不，我们看到粮仓里还有剩余的粮食，虽然不多，但他们还不至于会自相残杀。至于说到逃进地下宫殿的党项人有没有再走出这里，我想应该是有的，嵬名大叔就是明证。嵬名大叔曾对我说过，他们的祖先是逃出宓城的党项人后裔！再者，即便遇上水位暴涨，但也有退去的时候。我想在水位退去时，一定有勇敢的党项人从生门走了出去。”

“既然有人走了出去，为什么这些人没有出去呢？”马卡罗夫问。

“或许他们的亲人都死在了战争中，他们没有勇气再去重建自己的家园，所以选择在这里结束自己的生命。而走出去的勇敢者也由于种种原因——也许是因为他们人数太少，力量太小，也许是因为环境恶化，总之，他们并没有重建被严重破坏的宓城，而是选择了走出宓城，走出野狼谷，回归他们民族最原始的状态，重新放牧为生。但是他们又为了恪守祖先的秘密，没有选择水草丰美的地方，而一直留在了这片大漠里，还编造出许多或真或假的传说故事，增加宓城的神秘和可怕。这些可怕的传说故事代代相传，以至于让外人不敢涉足。”唐风的眼前似乎展现出了一幅宓城被严重破坏后的历史画卷。

7

韩江再一次仰视这恢弘的地下宫殿，深深地被这绝妙的设计折服：“由这个生门看来，宓城的一切建筑都经过精心设计，完美无缺。他们建造这座地下宫殿时，就考虑到了地下暗河的存在，并掌握了地下暗河的特性，将地下宫殿建在地下暗河水位最高的地方，这样就算地下暗河水位暴涨，淹没生门，也不会淹到地下宫殿。”

“是的，古人的智慧常常超出我们的想象！”唐风顿了顿，又说，“至于叶莲娜说到的另外两个问题，恐怕我们现在就很难解释清楚了。第二个问题，这个女科考队员是如何在科考队遇难后来到这里的？这个问题当我看到这具尸骨的时候就开始想了，但是理不出什么头绪。我们所知道的关于这个女科考队员的一切，就是通过在胡杨林里发现的遗迹和她遗失在大白泉旁的笔记本知道的。在大白泉边，科考队已经水尽粮绝，这个女科考队员却在日记本上写下绝笔后，奇迹般地离开了大白泉，并一直找到宓城，还进入了地下宫殿。单凭她自己的力量显然是不够的，一定还有其他人！我一直怀疑是马昌国在大白泉边带走了她。”

“可是，马昌国应该没有进入宓城啊！”叶莲娜怀疑说。

唐风点点头：“嗯，我也认为马昌国只走到了死亡绿洲，并没有进入宓城。不过，这并不与我的推断矛盾。大白泉里的毒是马昌国放的，而他手下都是一帮土匪，乌合之众，他需要有专业知识的学者来帮助他找到宓城。”

“所以马昌国在大白泉边带走了女科考队员，那么后来呢？”叶莲娜问。

“后来……后来我们就不得而知了。但是考虑到死亡绿洲的多变和可怕让马昌国受了巨大的刺激，致死难忘，我估计在绿洲中，他们发生了变故。这样想之后，我马上又联想到了——”

“那块被推倒的石碑！”叶莲娜明白了唐风的意思。

“是的，现在也许我们可以将这一系列的发现连在一起了。他们一行人很可能在密林中宿营，晚上，这个女科考队员将石碑推倒，砸死了马昌国幸存的几个手下。后来又不知遭遇了什么，马昌国跑了，女科考队员则找到了宓城。但是很显然，这里面有个问题——那么厚重的石碑，凭一个女子的力气是很难推倒的，一定还有什么人在帮助她！”唐风一步步推断下来，忽然，他想到了什么，“对了，米沙！米沙应该也来过宓城。”

“但是米沙并没有死在宓城里！”

“米沙是如何逃出宓城的？女科考队员是如何死在这里的？这之后他们所遭遇的一切恐怕只能是永远的谜了！”唐风摇着头感叹。

“那么，玉璜呢？唐风，你发现的玉璜和女科考队员手中的玉璜是一对吗？”叶莲娜又问。

“应该是一对，因为卷子上说了‘前有金门，持此二玉璜中任一可入’。玉盒中应该有两块玉璜，问题在于女科考队员发现玉盒的时候，里面是一块玉璜，还是两块玉璜？”

“可其中一块玉璜为什么会出现在胡杨林中？”

“这……这就更奇怪了。自从见到那个戴面具的女子后，我就一直在做一个梦，一个可怕的梦。梦里那个戴面具的女子就是没藏皇后，是她在梦中给了我玉璜，然后我就在胡杨林里发现了这块玉璜！”唐风极力回忆着梦境中的一切。

“玉璜又怎么会失而复得呢？”韩江问。

“我也想不明白的，不过……”唐风迟疑了一下，“不过我们过去并不知道玉璜是开启地下宫殿大门的钥匙。现在回想起来，玉璜失而复得，恐怕是有人想夺取这把钥匙。从不朽之殿内的迹象来看，已经有人来到了这里，他们很可能就在这附近！”

唐风的话让所有人都紧张起来，大家面面相觑，韩江甚至掏出了枪。但是他们朝金门望去，并没有人进来。

众人又仔细查看了一遍这间恢弘的地下宫殿，唐风在角落里发现了燃尽的灰烬，这说明曾有人在这里生火。当唐风走到地下宫殿西面石壁前时，他发现在石壁上又出现了一个黑黑的洞口，洞内像是一条甬道。

地下宫殿的秘密还在不断延伸，唐风从韩江手中拿过火把，第一个走进了这条漆黑的甬道。甬道内比外面的门洞要宽阔，全部用打磨平整的巨型花岗岩垒砌而成。当唐风手中的火把照到甬道尽头的时候，他整个人都惊呆了——前方出现了一扇石门，准确地说，应该是一座完全用玉石制成的大门！

韩江、梁媛、叶莲娜和马卡罗夫也都被这扇玉门深深震撼，唐风喃喃地说：“居然是用和田玉制成的大门！”

像是被巨大的魔力吸引，唐风走到玉门前，双手抚摸在这冰冷光滑的玉门上，不经意间，玉门竟然开了……

众人无不惊诧，韩江仔细看了看：“这玉门上似乎根本就没有锁！”

“因为它是玉门，根本就不需要锁，玉是易碎的。这扇门并不是用来阻挡企图靠近它的人的，只是为了显示这里面的恢弘和威仪！”唐风喃喃地说着，已经走进了玉门后的世界。

玉门后的黑暗空间实在是太大了，火把只能照亮门口的一小块。韩江在旁边的石壁上发现了放置蜡烛的凹槽，于是他掏出携带的蜡烛，点亮了一个个凹槽。随着他们往前走去，韩江点燃越来越多的蜡烛，直至他们停下脚步，上百支蜡烛照亮了整个宫殿。众人这才看清这是一间巨大的长方形地下宫殿，比他们看到的前一个宫殿更加辉煌。宫殿是由上百根巨型石柱支撑起来的高大建筑，每根石柱上都闪着耀眼的金光。在宫殿的尽头，正对着玉门的位置是一个半圆形的广场。广场的尽头是一座高台，高台之上安放着由白玉制成的宝座。宝座的棱角包着金，黄金和玉石发出的光芒交相辉映，在火光照射下熠熠生辉！

8

五个人全都被这壮观的地下宫殿震撼了。唐风半张着嘴，仰头望去，每一根圆柱顶端，还有石壁上都雕凿着精美的佛像，贴金彩绘，使他忽然有了一种置身西天极乐世界的感觉。

足足过了十分钟，唐风才从最初的震撼中走出来。他忽然发现在大殿的两侧，也就是他们从玉门走到高台下半圆形广场的通道两边，竟然是两个面积颇大的水池。唐风好奇地回身，走到东侧的水池边，还没有往下看去，一股巨大的寒气就直逼他的面门，唐风退了回来。韩江他们围拢过来，也都被这巨大的寒气给逼退。“这……这水池怎么这么大寒气？”韩江不解地问。

“是啊，就算是在地下，也不该有这么大的寒气！”叶莲娜说。

马卡罗夫也拧紧了眉头：“可是水面并没有结冰啊！”

唐风鼓足勇气，再一次趴到了水池边，巨大的寒气让他浑身颤抖起来。他探出脖子向下望，幽深的水下漆黑一片，似乎深不见底！

令人难以忍受的寒气不断从下面袭来，唐风浑身剧烈发抖。他还想往水下看，却被韩江和梁媛给拽了回来。“你不要命啦！”梁媛心疼地嗔怪道。

“没事！”唐风嘴上说没事，可是面色惨白，四肢无力，瘫坐在地上。过了好一会儿，他才在韩江和梁媛的搀扶下站了起来。

众人向宫殿尽头的高台走去，可是他们找遍了高台上下，除了那个白玉宝座，什么也没有发现。马卡罗夫不禁疑惑起来：“难道这就是我们千辛万苦找到的宝藏？这就是宓城的终极秘密？这就是无数人不惜生命去寻找的东西？”

来到了地下宫殿的尽头，却并没有发现所谓的宝藏。马卡罗夫想到了他被杀害的儿子，一直支撑他走下去的信念在这一瞬间崩塌了，他难以接受这个现实，叶莲娜只好不住地安慰他。

梁媛和韩江也难以接受，但是唐风还保持着冷静的头脑。他恢复得差不多了，一个人向半圆形广场的四周走去，边走边说：“你们不用怀疑，宓城的宝藏一定就在这里，只是元昊他不愿意让我们轻易找到！”

“哦？你就这么有把握？”韩江问。

“你们忘了不朽之殿中供奉的牌位了吗？”唐风的声音在巨大的地下宫殿中传来阵阵回音。

“牌位？”韩江马上明白了唐风的意思，“你的意思这里就是元昊和没藏皇后的陵墓？”

“是的，千百年来，人们都认为元昊被葬在了贺兰山下的西夏王陵中，但其实没有一个人能准确说出哪一座才是元昊的陵墓，我想这里才是元昊的陵墓所在！”唐风很有信心。

“可是没藏皇后的尸骨不是被谅祚封在了佛像中，并且在黑城被发现了吗？”梁媛忽然问。

“那么佛像中的头骨和骨架为什么不是一个人的呢？”唐风接着说，“我想最终的秘密就在这里。”

唐风说完这句话，已经走到了半圆形大厅的南侧。他用火把照亮了面前的石壁，仔细地查看着，时不时地还用手敲一敲石壁，但是每一块石壁似乎都严丝合缝……直到唐风发现其中一块石壁上出现了两块长方形的凹槽。唐风心里一惊，再看下去，旁边的那块石壁上也出现了两块长方形凹槽。唐风并不急于做出判断，他一直查看完整面石壁，只有中间那两块石壁上出现了四个长方形凹槽。

面对石壁上的凹槽，唐风心里起疑。他向后退了两步，再去看面前的石壁。

他久久地伫立在石壁前。似乎是嫌火把发出的火光还不够亮，他又掏出电筒照向石壁。随着电筒强光的照射，唐风一点一点看清了——原来在整面石壁的中间，各有四块巨石组成的两组石壁是与整面石壁有缝隙的，而刚才发现各有两个长方形凹槽的石壁正好分列在两组石壁上。唐风惊喜地叫道：“这里有一扇大门！”

众人围拢过来，在唐风的指点下，大家都看出了石壁上门的痕迹。“元昊果然是不想让我们轻易地找到宝藏所在。前面看到了金门、玉门，当我们都在期待这里还会出现更不可思议的大门时，却给我们来了扇普普通通的石门。要不仔细看，很多人可能以为这里就是地下宫殿的尽头了。”韩江激动地说。

叶莲娜用双手推了推面前的石壁，石门纹丝不动：“可是我们该怎么打开这扇石门呢？”

唐风的眼睛死死地盯着石门上的那几个长方形凹槽，突然大叫：“我知道了，你们看那四个长方形凹槽！凹槽的大小和形状像不像玉插屏？”

“什么？玉插屏？”众人大惊。

大家全都看出来了，就是玉插屏的形状，可是短暂的喜悦过后，却是巨大的失望：“四块玉插屏丢了啊！我们怎么才能打开这扇石门呢？”

韩江的话音刚落，众人身后忽然传来一个声音：“让我来为你们打开它吧！”

9

那个声音是生硬的中文。众人大骇，回头望去，只见一群黑衣人冲进了玉门。在众多黑衣人的簇拥下，一个身着黑衣，体型瘦高的老者健步向众人走了过来。他的身后站着斯捷奇金，但是没有看见披斗篷的人。或许在骷髅坛城中披斗篷的人就是这个老者，他应该就是将军吧！唐风脑子里胡乱想着，本能地掏出了枪，韩江和叶莲娜也掏出了枪。可是马卡罗夫却异乎寻常地镇定，他没有掏枪，而是向前走了两步，“尤里，果然是你！”

唐风听到马卡罗夫苍老的声音后，马上明白了面前这个老者的真实身份，他就是布尔坚科。

“伊万，我的老朋友，咱们有多少年没见过面了？”布尔坚科走到了马卡罗夫面前，在与他十米远的地方站定。

“你……你把我害得好苦！”马卡罗夫的声音不大，却饱含着愤怒。

“不，伊万，维克多的事只是一场意外，并不是我的本意。你现在如果想加入到我这边来，也不算晚！”布尔坚科一如过去那样自信。

“其实……其实我早该想到‘将军’就是你！”

“哦！我知道怀特把我们的事都说了出来，那家伙从来就不是个干特工的材料！”布尔坚科轻蔑地提到了怀特。

“不，怀特是对我们说了许多，不过他还没有说出你就死了，我是从二十一号地堡开始怀疑你的。我真是太傻了，也许就像你说怀特一样，我也不是个干特工的材料。我在前进基地待了那么多年，竟然没有发现二十一号地堡，也没有发现你的阴谋。”马卡罗夫越说越激动。

布尔坚科笑了起来：“伊万，你不用太自责了，你当初没有发现那是你的幸运。如果当初你发现了我的秘密，恐怕你就不会活到今天了！”

“哼，也许吧！回想起来，当初你其实是露出了许多蛛丝马迹的，比如那个刺青，还有你带我去野狼谷中。不过，虽然我在二十一号地堡就开始怀疑你了，但我一直无法说服自己的一点就是，当初是我亲自给你收的尸，你怎么会没有死呢？难道那架直升飞机上不是十八个人？”

“呵呵，伊万，直升飞机上是十八个人，我也在那架直升机上，但是我准备了一个死人——一个已经被烧焦的死人！”事情虽然已经过去多年，但布尔坚科回忆起来，似乎仍然很得意。

“什么？被烧焦的死人？”马卡罗夫的声音颤抖起来。

“是的，一个被我弄来的和我体型差不多的死刑犯。我在二十一号地堡内把他烧成了和空难尸体差不多的样子，一直存放在二十一号地堡内！”

布尔坚科的话让唐风心里一震，他回想起了在二十一号地堡停尸房内看到的那些黑色粉末。当初，这个微小的细节并没有引起他的重视，这会儿他才明白，那些黑色粉末竟是布尔坚科偷天换日的证据！

布尔坚科似乎很愿意回忆起那件事："我一直在二十一号基地内秘密训练我的学员，但是有一天，从莫斯科传来的可靠消息告诉我，有人举报了我，上面似乎觉察了我的计划。所以我不得不果断抉择，采用偷天换日的办法，金蝉脱壳！我事先准备好了那具尸体，然后当直升机飞到二十一号地堡出口上方的小山时，威逼飞行员降低高度，冒着极大的风险跳下了直升机。我在直升机上做了手脚，当我落地之后，直升机随即坠毁。我迅速进入地堡，用那具已经被烧焦的尸体替换了我。我则躲在地堡内，一直等到你们离去！"

"原来是这样！可是……可是你为什么要做这一切？难道仅仅是为了夺得宓城的宝藏吗？"马卡罗夫质问道。

"哼，宝藏？宝藏我想得到，但我做这一切不仅仅是为了得到宝藏，我做这一切都是为了我的母亲！"

母亲？！众人震惊地看着布尔坚科，整个地下宫殿都陷入了可怕的沉默。

第二十章 1964 年的阴谋

1

一阵可怕的沉默后，布尔坚科掏出了两张已经发黄的黑白照片，在众人面前晃了晃，然后对叶莲娜说："叶莲娜小姐，我想你一定已经见过这两张照片了吧？"

叶莲娜一眼便认出了这两张照片："是的，我在布雷宁家里见到过。当时我就猜到了照片上的人是年轻时的布雷宁，但没想到你也会在这上面！"

"不错，我就在这张照片上面。这是我们在克格勃学校时的照片，所以我和布雷宁都有！"布尔坚科指了指照片上那个正在奋力掷出雪球的年轻人，接着说，"所不同的是，这么多年来，我一直把这两张照片藏在最深处，记忆的最深处；而布雷宁却要把它放在家里，他以为没人会注意这些照片。但是他不知道我会注意的，你，你们迟早也会注意到的！"

"所以你就把布雷宁烧死在了家中！"叶莲娜恨恨地盯着布尔坚科。

"我这是帮他解脱！"

"解脱？"

"是的，解脱！你不明白他为什么会把这两张老照片一直放在家里，因为这是让他刻骨铭心的人和事！"

"你是说你……你是让布雷宁刻骨铭心的人！"叶莲娜忽然想起来，在布雷宁的家里，这两张照片是与他亲人的照片放在一起的。

"我和布雷宁是同学，也是班里最优秀的两个，本来我们都该有远大的前程，但是因为我的出现，改变了他的一生。"

"可是……可是布雷宁后来做到了将军，应该是你们当中最成功的一个。"

"不，叶莲娜，你没明白我的意思。伊万、唐风、韩江，还有这位小姑娘，让我来从头告诉你们这一切吧！一切都要从 1964 年元旦后的那个寒冷的冬季说起……"

布尔坚科用大衣把自己的身体裹得紧紧的，但是凛冽的寒风还是不住地灌进他清瘦的身体。他一个人走在列宁格勒的涅瓦大街上，脑海中不停地回想着他这几年在克格勃不得志的艰难岁月。当初他从克格勃学校毕业时，以为一个光明的前程已经铺就在自己面前，但是对于他这个从西伯利亚来的穷小子来说，在总部没背景、没靠山，也没有得以施展自己才华的机会，一个人身处异乡，甚至连一个亲人也不在身旁！

布尔坚科胡思乱想着，走到了一个街角。只顾埋头走路的布尔坚科没注意到街角那头转出来的人，一头撞在了那人身上。那人身高马大，竟将布尔坚科撞到了身旁的墙上，墙上有一个铁钉，刮坏了布尔坚科身上的大衣，这是母亲留给自己的大衣。布尔坚科见状，勃然大怒，他的手在口袋中已经紧紧握住了枪。

但是，布尔坚科想到了自己的任务，又把心中的怒火慢慢给浇灭了。他双目喷火，瞪着那人，并没有动作。那人被比自己矮的布尔坚科吓住了，最后竟在布尔坚科的气势压迫下，灰溜溜地走了。

布尔坚科依旧怔怔地伫立在寒风中。不知怎的，母亲美丽慈祥的面容在布尔坚科脑中闪过，自己已经有五年没有看见母亲了，更准确地说是已经与母亲失去联系有五年了。这五年里，母亲音讯全无。布尔坚科欲哭无泪，他不知道母亲去了哪里，但他想母亲一定是遭遇了什么不测！

布尔坚科曾想方设法地联系母亲，但竟然没有一个人知道母亲的下落，报了警也没有用。这种难以忍受的孤立和愤怒，使他又回想起了三十年代的大清洗，不过，现在他自己就是克格勃的人……想到这儿，布尔坚科又提起了一丝精神。他相信在这个国家，如果要想找到已经失踪五年的母亲，没有比克格勃更管用的部门了！

2

天空中飘起了雪花，不知不觉中，布尔坚科已经走到了涅瓦大街的尽头，眼前豁然开阔，一座金碧辉煌的宫殿出现在他的眼前。冬宫！对于他这个自小在西伯利亚长大的孩子来说，辉煌的冬宫过去一直停留在图片上和自己虚幻的记忆中。在孩童时代，他就不止一次地憧憬过冬宫辉煌的殿宇和无尽的艺术珍品。不过今天，当这座辉煌的宫殿真实地出现在他的面前时，他却提不起兴趣，因为他来到这里是为了完成自己的任务。

对于这个任务，布尔坚科只有一个模糊的概念：上面对一个叫米沙的人很不放心。不，应该是对一个叫鲍里斯的人很不放心，米沙是他过去的名字。最近这个家伙似乎有些奇怪而特殊的举动，所以虽然已经有两位同事负责监视并保护这个米沙，但上面还是决定派他来进一步加强监视和保护米沙的力量，并查明一些奇怪的事情。

布尔坚科来到冬宫辉煌的大门前，他吸了一口凉气，走进门廊，却没有进去。他决定先在这儿观察一番。西伯利亚的寒风给予了布尔坚科超强的耐寒能力，广场上的人们行色匆匆，急于奔进屋里或是车上，寻找一个可供栖息的温暖环境，只有布尔坚科一个人孤零零地伫立在冬宫的门廊下。

他不想把事情搞砸，这就是布尔坚科此时的想法，因为这个任务对他来说是一次难得的机会，也许他可以就此留在列宁格勒或是莫斯科，他再也不想回到那严寒的西伯利亚了。上面正是看上他是个新面孔，所以将他派来执行这项任务。

他那如鹰隼般犀利的眼神注视着过往的每一个人。他对米沙的了解仅仅是档案中的记载和几张照片，但是这些对于他来说已经足够了。布尔坚科喜欢接受一切新挑战，他在来之前已经盯着米沙的照片看了很久，似乎预感到自己将会在这个素不相识的人身上发现什么。

布尔坚科在寒风中伫立了整整一个小时，没有看见米沙的身影，但他知道米沙此刻就在冬宫里。又过了一会儿，布尔坚科看见一辆伏尔加小轿车缓缓驶进了冬宫前的广场。伏尔加停下，却不见有人下来。布尔坚科已经知道伏尔加里面就是他那两个同事——伊萨科夫和斯捷奇金。

这是两个有勇无谋，还缺乏责任心的家伙。布尔坚科虽然还不认识他们，却已经从上面对他们的介绍中判断出了这两个家伙的德行。他们早就该在冬宫外监视米沙的，却到这会儿才出现，布尔坚科开始明白，为什么上面对保护米沙的任务不放心，又把自己给派来了！

布尔坚科并不想去和这两个家伙打招呼，他习惯了独来独往。他想进一步了解米沙，必须单独监视米沙几天。风雪越来越大，布尔坚科瞅瞅伏尔加车内的伊萨科夫和斯捷奇金。就这两个笨蛋，如果米沙足够聪明的话，他们应该早就被发现了。想到这儿，布尔坚科离开了冬宫大门。他围着冬宫转了一圈，发现冬宫侧面还有一个门，像是供工作人员出入的偏门。布尔坚科看看表，米沙该下班了。

果然，十分钟后，一个比自己还要瘦削的男人从偏门走了出来。直觉告诉布尔坚科，这个人就是米沙，他压了压自己的皮帽子跟了上去。

米沙时不时回头，布尔坚科知道他在朝冬宫大门那边望，他一定早就察觉了斯捷奇金和伊萨科夫。布尔坚科又在心中默默地骂了一遍那两个愚蠢的家伙。

布尔坚科跟着米沙走过两条大街，他很自信地知道自己没有被米沙发现。但是这个神秘的米沙究竟要去哪里？他所走的方向与他家的位置正好相反。

终于，米沙在一个杂货店门口停住脚步。他走了进去。布尔坚科知道这家杂货店里面不大，他有些犹豫，要不要跟进去。就在这时，米沙已经扛着一个麻袋走了出来，正和布尔坚科面对面，相向而行。布尔坚科只得低着头，与米沙擦身而过……

3

待米沙走远，布尔坚科才缓缓回过神来，他没有急于去追已经走远的米沙。他看了看杂货店的招牌，又望着已经在风雪中走远的米沙。这家伙果然有些反常，短短两分钟时间，他就像变戏法似的从这间杂货店里扛出了一个麻袋。那个麻袋里面装的是什么？

布尔坚科决定进杂货店看个究竟。他走进不大的杂货店，里面只有一个满脸络腮胡子的大汉。布尔坚科在杂货店里转了一圈，这里主要出售的是一些五金杂货和器械工具。布尔坚科没看出什么，便一脸严肃地走到大汉面前，声音不大但不容置疑地问：“喂，公民，刚才出去的那个人在你这里买了什么？”

那个大汉翻着眼睛看看布尔坚科，十分不屑地说：“这和你有关系吗？”

“有，当然有关系！”布尔坚科把自己的证件放到了柜台上，并轻轻地往前推到大汉面前。

大汉见到那证件，神色大变，看看布尔坚科，又看看那证件，不知如何是好。布尔坚科似乎并不急于问这大汉问题，而是示意他打开证件。大汉双手有些颤抖地打开证件，嘴里喃喃低语：“布尔坚科上尉……”随即大声惊呼，“上尉同志，我真的没做什么违法的事啊！那……那个人我并不认识啊……”

“回答我的问题！”布尔坚科收起自己的证件。

“那……那个人我也没看出来有什么问题，他……他就是在我这里买了一些工具……”大汉磕磕巴巴地回答。

“工具？哦，什么工具？”

“就是铲子、锤子等很一般的工具！”

“就是这些吗？”

“就是这些，我怎么敢骗您呢！”

“那么，他说了什么？或是有什么反常举动呢？”

大汉想了想，摇了摇头，“他没说什么。如果……如果说他有什么反常举动，那……那就是他什么都没说，他一直保持沉默。我向他推荐我的货物，他也不搭理，我还以为他是哑巴呢，但是最后他还是说了一句话。”

“哦？什么话？”

“他最后对我说了句‘一共多少钱’。”大汉一五一十地说。

布尔坚科一听这话顿觉失望，但是那大汉又说：“对了，还有一个情况。这人之前就来过这里，而且不止一次，但是每次都是看看就走了。”

看来米沙在进行什么图谋！该死的斯捷奇金和伊萨科夫，这些情况在他们上交的报告中只字未提！布尔坚科忽然觉得这项任务变得重要起来，而自己的前途也会因此发生改变。

布尔坚科从杂货店出来，米沙早已不知去向。来到米沙住处时，天已经黑了，米沙的房间内却没有一丝灯光。布尔坚科伸手敲了敲门，没有人开门，也没有声响。布尔坚科拿出一把外形奇特的钥匙，很快便打开了米沙的房门。屋内没有人，看来米沙没有回家。布尔坚科用电筒照射了一圈，简单而整齐的陈设。他轻手轻脚地走到窗台边，掀起窗帘往外看了看，街上看不到几个行人。米沙会去哪儿呢？

布尔坚科在米沙的房间内静静地待了一会儿，他在思考一切的可能性，这是他从小就养成的习惯，也许……也许这个习惯是从母亲那儿继承下来的，布尔坚科又想到了母亲。思考完毕，他决定还是不要在此久留，于是清理干净自己留下的痕迹，迅速退出了米沙的房间。

4

回到街上，布尔坚科在一个巷子的拐角处再次发现了斯捷奇金和伊萨科夫的那辆伏尔加。这两个不负责任的家伙，跟丢了米沙还浑然不觉，像没事人似的又来到米沙家的楼下。等等！布尔坚科忽然发现那辆伏尔加里没人，这两个家伙也不见了踪影！

布尔坚科警觉起来，他的右手习惯性地握住了大衣口袋中的枪，加快脚步走到了车旁。车四周并没什么异样，只有雪地上的两行脚印向巷子里延伸……布尔坚科顺着脚印走了两步，发现在巷子深处有一家偏僻的小酒馆，没有醒目的招牌，也没有像样的门脸，不过里面似乎很热闹。那两行脚印在小酒馆门前戛然而止了，看来那两个家伙跑到这儿溜号来了。

布尔坚科也推门走进了小酒馆。果然，斯捷奇金和伊萨科夫两个家伙悠闲自得地喝着伏特加，还时不时地和身旁一群壮汉聊着什么。布尔坚科并没有急于去找那两个家伙，他要了一瓶啤酒，独自坐在角落里，默默注视着斯捷奇金和伊萨科夫。他已经从内部资料中详细了解了这两个家伙，斯捷奇金枪法极好，伊萨科夫人高马大，擅长摔跤搏击，但是这两个家伙却都有一个毛病——志大才疏、有勇无谋。如果让这两个家伙凑到一起执行任务，多半要倒霉，但是如果让一个聪明人来领导他们，结果或许会完全不同！

一个比伊萨科夫还要高大的壮汉忽然提高了嗓子，打断了布尔坚科的思绪："我有一次打猎，曾经一枪打死一头野猪！"

除了斯捷奇金和伊萨科夫，那群人纷纷应声附和。布尔坚科看出来了，这个壮汉是这伙人的头儿。这时，就见斯捷奇金很不服气地把酒瓶往桌上一扔，叫嚣："你一枪打死一头野猪算什么？我告诉你，我曾经一枪打死过两只狼！"

"一枪打死两只狼？""你吹吧！""喝高了吧！"那群人摇着头，喷着酒气，一脸轻蔑地指着斯捷奇金嘲笑。

布尔坚科知道斯捷奇金并没有吹牛，伊萨科夫也知道。伊萨科夫见这帮人如此轻蔑他们，立马急了，腾地站了起来，逼近对面那个壮汉："我告诉你，我的朋友没有吹牛！"

"怎么？你亲眼看见的？"

拙嘴笨腮的伊萨科夫顿时语塞，因为他并没有亲眼看见。那帮人笑得更厉害了。

斯捷奇金感到自己受到了莫大的侮辱，他站起来与那伙人争执。

"有本事你现在试试！"不知是谁在争执中喊了这么一嗓子。

被酒精冲昏了头脑的斯捷奇金这就要去摸腰间的手枪。布尔坚科暗道不好！他忙冲上前，走到斯捷奇金背后，一把摁住了斯捷奇金的手。斯捷奇金诧异地回头看看布尔坚科，使劲挣扎了一下，却没能挣脱布尔坚科。他刚想喊，却见伊萨科夫已经和那伙人扭打在一起，正有两人向他扑来。

"不要乱动，小心走火！"布尔坚科淡淡地说了一句，便没收了斯捷奇金的手枪。让斯捷奇金更感诧异的是，自己竟这么轻而易举地被身后这个看上去瘦削单薄的男人给缴了械。但不及斯捷奇金多想，那帮人已经向他扑了过来。布尔坚科巧妙地躲过那帮人，向后退去，一直退回到了自己的位置。

布尔坚科平静地喝完了瓶中的啤酒。他并不想去管这场闲事，或许是想让斯捷奇金和伊萨科夫受点儿教训，或许是……布尔坚科不知道为什么产生了一个奇怪的想法。他转头再去看斯捷奇金和伊萨科夫，虽然身手不错，都很能打，但架不住对方人多，两人明显已经招架不住。布尔坚科摸摸口袋中自己的枪和斯捷奇金的枪，有些犹豫。恰在此时警察来了。

5

见警察来了，小酒馆里的人四散奔逃，连酒馆老板也躲了起来，只剩下被人打得鼻青脸肿，已无招架之力的斯捷奇金和伊萨科夫，还有在混乱中从吧台上拿了瓶好酒畅饮的布尔坚科。

警察将斯捷奇金和伊萨科夫带上了警车，随后，一个警长走到了布尔坚科面前。警长盯着布尔坚科看了一会儿，才缓缓说："酒这么好喝，打起来了也不跑？"

"我为什么要跑？我喝我的酒，又没招惹谁！"布尔坚科十分镇定。

"你说得不错。这样吧，你跟我走一趟。"

"去哪里？警察局？"

布尔坚科没再说什么，跟着警察来到了警察局。警察对布尔坚科还算客气，没有搜他的身，而是把他领到了一个单间里。布尔坚科环视四周，四面雪白的墙壁，门窗上并没有铁栅栏。这是哪里？审讯室？呵呵，用克格勃的眼光看，这里也太不专业了！

布尔坚科在椅子上坐了一会儿，那个警长走了进来，没等他开口，布尔坚科抢先问：“你们为什么没有搜我的身？”

“搜你？为什么呢？你并没有参与斗殴啊！”警长有些诧异。

“这么说你们搜了那两个家伙？”布尔坚科又问。

“是的，当然搜了他俩。”

“有什么发现？”布尔坚科完全反客为主了。

“有，从那个壮汉身上搜出了一支手枪。”

“没了？就这些？”

“还有一些钱，就这些。”

“他们说什么了？”

“没说什么，两个家伙已经烂醉如泥！”

布尔坚科暗暗骂道，这两个家伙除了枪，连证件什么的都没带。

那个警长突然回过味来：“怎么变成了你问我？”

布尔坚科笑笑：“警长同志，那我有什么能为你效劳的呢？”

“你的姓名、身份、籍贯……”

没等警长说完，布尔坚科掏出自己的证件放在桌子上，然后一本正经地回答：“尤里·巴甫洛维奇·布尔坚科，克格勃上尉。”

警长一听，脸色就变了，犹豫片刻，还是拿起布尔坚科的证件看了看，然后把证件还给布尔坚科：“这么说您今晚是在执行任务？”

布尔坚科点点头：“是的，很重要的任务。”

“那么，那两个喝醉的家伙是您的同事，还是您的目标？”

如果承认斯捷奇金和伊萨科夫是自己的同事，脸上无光，于是，布尔坚科严肃地说：“事关机密，我不便透露。”

“那两个家伙应该如何处置呢？”警长问。

布尔坚科本想让警长马上放人，然后由自己来教训一下那两个家伙，但是话到嘴边，布尔坚科忽然改了主意。他也不知自己为何会改主意，总之，他想让这两个家伙多尝些苦头。于是，布尔坚科用命令的口吻对警长说：“你找一个最坚固的房间，把这两个醉鬼给我关起来。不管他们说什么或者做什么，都不要理他们，也不要给他们吃的。”

“不给他们吃的？”警长有些诧异，“那关他们几天？我这里可不是监狱！”

“到时候我会通知你的。”布尔坚科丢下这么一句话，站起身，在警长的陪同下，大摇大摆地走出了警察局。

6

一连三天，布尔坚科每天早上都能看见米沙准时来冬宫上班，然后晚上下班。可是每次跟踪米沙，都会被他领着在列宁格勒复杂的大街小巷中转晕，直至他消失在风雪中。难道米沙已经发现了自己？布尔坚科有点儿不寒而栗，他自认为自己的跟踪技术是一流的，一般人很难发现。这个知识分子模样的米沙难道受过专业训练，竟能发现有人跟踪并成功甩掉对手？

而更让布尔坚科紧张的是，米沙每次甩掉自己后，晚上都没有回家。他会去哪儿呢？难道他在这个城市还有另一个不为人知的栖身之所？第三天晚上，布尔坚科又跟丢了米沙。他在米沙的住所外转了一会儿，忽然想起斯捷奇金和伊萨科夫那两个家伙还被关在警察局。于是，布尔坚科买了些面包以及红肠，来到警察局，正遇上上次那位警长。警长一见他，像是见到了大救星似的："上尉同志，您赶紧把那两个家伙带走吧！"

"怎么？发生了什么？"

"我遵照您的吩咐，不给他们吃的，也不听他们说什么。第一天他们还很老实，可是第二天他们就受不了了，大骂我们，还说等出去后要把我们警察局给封了。更糟糕的是这两个家伙施展一切手段，企图越狱逃走。您看这会儿，他们正在闹呢！"

布尔坚科听见警察局里面发出一声巨响。"这是那个壮汉正在砸门呢！门都快被他们砸坏了！"警长惊恐地说。

"好吧，给你添麻烦了，下面的事就交给我吧！"说着，布尔坚科一个人走到了关押斯捷奇金和伊萨科夫的地下室门前。他让其他警察都退下去，只留自己一个人。伊萨科夫一下一下地用自己的肩膀撞击着坚固的房门，房门已经被他撞得千疮百孔，眼见就要被撞翻了。布尔坚科手里拿着钥匙，也不去开门，他倒要看看这两个家伙在饿了三天后，还有多大力气。

三分钟后，伊萨科夫居然把大门撞开了。当他正准备往前冲时，发现布尔坚科挡在自己面前。伊萨科夫怔住了，他被布尔坚科的气势给逼了回去。布尔坚科往前走了一步，几乎和伊萨科夫面贴面了。虽然布尔坚科没有伊萨科夫高，但伊萨科夫不敢直视布尔坚科的眼睛，竟往后退去。布尔坚科前进一步，伊萨科夫就顺从地后退一步，直至又退回到狭小的地下室内。

布尔坚科将已经破损的屋门关好，就听伊萨科夫身后传来一个声音："你退什么，快冲出去啊！"

布尔坚科皱起眉头，冲伊萨科夫轻轻挥了挥手。伊萨科夫让到了一边，他的身后正是斯捷奇金。布尔坚科的目光威严不可侵犯，直视着斯捷奇金的眼睛。斯捷奇金张了张嘴，还想喊什么，却又咽了回去。布尔坚科逼视着斯捷奇金，斯捷奇金也开始步步后退，直退到墙角才止住脚步。斯捷奇金无法忍受布尔坚科的目光，终于歇斯底里地冲布尔坚科喊道："你……你是什么人？"

布尔坚科止住脚步，转过身，看看伊萨科夫，又看看斯捷奇金，掷地有声地说："我是你们的同事尤里·巴甫洛维奇·布尔坚科上尉。"

"什么？我们的事已经让上面知道了？"伊萨科夫惊恐地说。

"完了，我们完了，我们彻底完了！"斯捷奇金绝望地叫嚷。

"你们是要倒霉了！执行任务期间酗酒斗殴、玩忽职守，跟丢了目标，还丢了枪，现在竟然被关进了警察局里，丢尽我们克格勃的脸面！就算你们撞开了这扇门能逃出去，又怎么样？你们能逃得过克格勃的监狱吗？你们两个愚蠢的家伙，等着上军事法庭吧！"

布尔坚科的每句话都直刺斯捷奇金和伊萨科夫已经脆弱不堪的内心，两人绝望地瘫坐在地上。沉默了一阵，斯捷奇金忽然又歇斯底里地吼叫："那个该死的米沙，这几天他肯定消失了！完了，他要是干出什么不好的事来，我们就彻底玩完了！"

"哦？听你的口气，你们发现了什么？"布尔坚科问。

"我……我……"斯捷奇金似乎很犹豫，"最近一段时间，我们有……有好几次都跟丢了米沙。"

"几次？"

"三次……或者是四次。以前从没有跟丢过，就是最近一段时间。"

"为什么不写在报告里？"布尔坚科质问。

"这种事哪敢写在报告里！"斯捷奇金吞吞吐吐地说。

"玩忽职守！那你们还不老老实实待着，还敢跑到酒馆里酗酒斗殴！"

"前几次我们跟丢了米沙，他都会在天快亮的时候回到家里。所以那天我们跟丢了米沙，就打算去他家附近的小酒馆喝点儿酒，然后回车上睡一觉，等天亮就能看到他了。"伊萨科夫老老实实地说。

"你们想得倒好！你们怎么不想想他失踪的这段时间是去干什么了？如果真出了什么事，你们的罪过可就大了！"布尔坚科依旧一脸严肃。

"你……你是上面派来抓我们的吗？"斯捷奇金似乎听出了一些不一样的味道，壮着胆子问布尔坚科。

"难道上面没有通知你们，会来一位新同事吗？"布尔坚科此时不再隐瞒自己的任务。

斯捷奇金和伊萨科夫这才想起来，好像是有这么回事。两人像是看到了新的希望，殷勤地对布尔坚科说："那……那您不会把这事捅到上面吧？"

"那就要看你们的表现了！"

"我们一定听您的，您说怎么办就怎么办！"

布尔坚科听到这句话，脸上总算露出了一丝笑容："好吧，我就暂且把这事压下来，但是你们可要听我的，我叫你们干什么，你们就要干什么！听清楚了吗？"

斯捷奇金和伊萨科夫连连点头，满口应承下来。

7

布尔坚科将斯捷奇金和伊萨科夫救出了警察局，并把斯捷奇金的枪还给了他。然而让他们意外的是，第二天清晨，无论是在米沙的家还是在冬宫，三个人都没有见到米沙的踪迹。这是之前从未遇到过的情况。

布尔坚科坐在车里，眉头紧锁，他有一种不好的预感，总觉得有什么事要发生。三个人在焦躁不安的情绪中度过了难熬的一天，直到第二天天亮，他们也没能发现米沙的踪迹。布尔坚科决定不再等待，他走进冬宫，装作米沙的朋友向博物馆的工作人员打听米沙的踪迹。然而他得到的回答是："米沙昨天就没来上班，也没有请假，今天也没看到他。"

布尔坚科失望地又回到车上。等到晚上，斯捷奇金和伊萨科夫去吃饭的时候，布尔坚科还一个人坐在车里思考着整件事的来龙去脉。他忽然想到了警察局，如果米沙发生了什么意外，或是这片发生了什么异常的事件，警察局应该是最了解情况的。不等斯捷奇金和伊萨科夫回来，布尔坚科径直将车开到了警察局门口，接待他的还是那位警长："您怎么又来了？我们的门刚刚修好！"

"警长同志，这次不会给你添麻烦的，你也不用担心你们的大门。"布尔坚科掏出米沙的照片递给警长，"最近见过这个人吗？"

警长盯着照片仔细辨认了一会儿，忽然眼前一亮，惊道："我们昨天刚刚抓了一个家伙，很像照片上这个人，不过……"

"不过什么？"

"不过这家伙被送来时浑身脏兮兮的，问他什么也不说。"

"你们是怎么抓到他的？"

"不是我们，是排水管道的工人，他们在下水管道里面发现了一个带着铲子、锤子等工具的人，鬼鬼祟祟的，所以就把这人送到了警察局。"

"是这样……"布尔坚科马上想到了那天米沙在杂货店买的工具。

警长把布尔坚科领到了曾经关押斯捷奇金和伊萨科夫的地下室，布尔坚科吃了一惊，"怎么，他也被关在了这里？"

"是的。今天早上刚把他转移过来。"

布尔坚科叫警长把钥匙给自己，说要单独和这个人谈谈。警长离开后，布尔坚科才打开房门。里面一如前天看到的那样，除了一张椅子别无他物。几天不见，米沙长出了络腮胡子，身上的大衣显得破败而肮脏，还散发着一股下水道的气味。让布尔坚科奇怪的是，米沙没有坐在那张椅子上，而是席地坐在阴冷的地上。

真是个怪人！布尔坚科关上房门，走到米沙近前。米沙翻着白眼，盯着布尔坚科看了一会儿，又把头垂了下去。

布尔坚科想坐到椅子上，但他犹豫了一会儿，也像米沙那样席地坐了下来。他刚想开口，却听米沙先开口说话了："你是被派来监视我的人吧？"

布尔坚科一怔，随即答道："不，我是来保护你的人。"

"都是一个意思。"

"不……"

布尔坚科想分辩，米沙却喃喃自语："这次这么快就换人了？"

布尔坚科心里一惊，看来米沙对一切都了如指掌："你知道有特工在保护你？"

"当然。去年来的两个家伙很有意思，一个爱喝酒，一个爱打架，不知道你爱什么？"米沙抬头看了布尔坚科一眼。

这究竟是谁在监视谁？米沙竟然对斯捷奇金和伊萨科夫了如指掌！布尔坚科不得不对米沙另眼相看。自小母亲就培养了他一个习惯，敬重所有有本事的人，哪怕他是你的敌人！所以仅短短数语，布尔坚科已经不敢小视面前的这个人。

"我……"布尔坚科尴尬地笑笑，"我这个人没什么特别的爱好，如果硬要说一个就是看书。"

"这是个不错的爱好。我看出来了，你和那两个家伙不一样。"米沙顿了一下，问布尔坚科，"那你都喜欢看什么书？"

布尔坚科觉得这场谈话很奇怪，怎么变成了米沙问自己？他克制住自己，答道："我母亲给我留下了许多书，大都是一些关于历史和考古方面的，还有一些人类学方面的书。我从小受母亲的影响，对这些书也都很感兴趣，大都读过。"

布尔坚科虽然看不清米沙的脸，但他感到他说这些话时米沙的心里一定有了变化。来之前布尔坚科已经从档案中了解到米沙是一位历史学家，或许上面派自己来保护米沙，也是看中了自己在这方面的学识。

果然，米沙缓缓地抬起头，怔怔地看着布尔坚科，良久才说："你一定知道我的职业吧。"

布尔坚科点点头："你是一位历史学家。"

"历史学家？哼，我还差得很远！比起我的老师来，我还只是一个学生。"

"你很谦虚。"

"我不是谦虚，你该知道学无止境！"

"是的，我的母亲也这么教育过我。"布尔坚科的脑海中又浮现了母亲的笑容。

"你的母亲？"米沙停下来，又开始仔细端详布尔坚科。忽然，米沙昏暗的双眼闪过一丝亮光，“我……我忽然觉得你的长相很像一个人，你的母亲是谁？”

布尔坚科听米沙提到自己的母亲，心里猛地一颤，他忽然明白了，自己一开始的直觉是正确的，眼前这个米沙一定知道些什么，而且这一切都是与自己有关的！想到这儿，布尔坚科报出了母亲的名字：“我的母亲叫西蒙诺娃，娜斯佳·谢尔盖耶夫娜·西蒙诺娃，西蒙诺夫是我外公的姓氏。我父亲因为政治原因，很早的时候就抛弃了母亲，所以母亲就保留了娘家的姓氏。”

“什么？你……你是娜斯佳的儿子？！”米沙惊得从冰冷的地上站了起来。

布尔坚科也是大惊失色：“你认识我的母亲？”

“是的，我认识你的母亲。娜斯佳老师，她是我的老师，她曾在列宁格勒大学东方学系教过我们课，但是不知什么原因，她只教了我们一个学期便离开了。后来再见到她时，已经是……”米沙话说了一半便止住了，因为他知道如果继续说下去就犯了忌讳，下面的内容是他最隐秘的秘密。

8

布尔坚科激动起来，他终于遇到了一个认识母亲的人：“是的，我的母亲曾经在列宁格勒大学教过书！我从小和母亲在遥远的西伯利亚相依为命，从我记事的时候起，她就在当地的一所大学教书。我还清楚地记得，当她说能来列宁格勒大学教书时的情形，她是那么兴奋，那么憧憬，似乎生活一下子充满了阳光！我当时要去当兵，虽然我不能随母亲来列宁格勒，也不清楚母亲为什么会那么高兴，但我还是为她感到高兴。”

“因为列宁格勒大学曾是她的母校，这里承载了她太多的希望。”米沙缓缓说。

“好像母亲跟我提过，她是20世纪30年代在列宁格勒上的大学。但是每当我问她大学的生活时，她就不愿意再继续说下去了。”

“因为后来你母亲的生活发生了变故。”

“变故？发生了什么？”

“你知道20世纪30年代的大清洗运动吧？”

“当然知道。”

“那你听说过伊凤阁这个人吗？”

布尔坚科想了想，他不记得自己曾在哪里看到过这个名字。米沙继续说：“伊凤阁是我国著名的东方学家，他也是你母亲的导师。”

“这和大清洗运动有什么关系？”

“伊凤阁在20世纪30年代末期神秘地失踪了，有人认为他已经死于那场大清洗运动！”

“所以我的母亲后来也受到了影响？”布尔坚科马上明白了米沙的意思。

“是这样，你母亲后来被迫中断了她的研究，被发配到了寒冷的西伯利亚。”

“怪不得母亲不愿对我多提起在这里的生活。可是，母亲为什么会受到牵连？仅仅因为她是伊凤阁的学生吗？”

米沙沉吟下来，许久他才摇了摇头：“不，不仅仅如此，还有你母亲的家世，还有……请原谅，我不能对你继续说下去，因为那是一个秘密，一个巨大的秘密。”

“巨大的秘密？”布尔坚科对米沙口中的秘密产生了浓厚的兴趣。

但是无论布尔坚科如何询问，米沙就是不肯说出这个巨大秘密的冰山一角。布尔坚科只好转移话题，又问到他的母亲：“那么你知道我母亲在列宁格勒大学教书之后的情况吗？”

“她又回到了原来的那所大学继续教书，你不知道吗？”

“这个情况我知道。就在母亲去列宁格勒大学教书的那年，我去当兵了，后来回去探亲时见过母亲两次，再后来我就失去了母亲的音讯。我回家看过，家里面除了落满灰尘，一切都很正常，只是少了一个包和几件母亲的衣服。母亲不像是被人劫走的，也不像是遭遇了什么不测。我去当地警察局了解过，那段时间并没有恶性案件发生，只有……只有我母亲失踪了。我还去母亲工作的学校询问过，可学校的老师并不知道母亲的下落。于是我又去问校长，校长似乎知道一些情况。他说曾经有几个克格勃的人来学校找母亲谈过话，说是要借调母亲去帮助他们执行一项任务，具体的情况他们没有对校长提起，只给校长出具了一份借调的文件，随后母亲就失踪了。”

“你见到了那份文件？”

“嗯，但是文件上只有寥寥数语，什么都没说。只是……只是有一点让我感到奇怪，文件下面有两个签名，一个是大学校长的签名，在他上面的那个签名竟然是谢列平的。”

“谢列平？！克格勃主席？！”米沙想到了他与谢列平见面时的场景。

“是的，谢列平是克格勃主席，母亲只是一个不怎么样的三流大学的老师，什么重要任务竟会让克格勃主席亲自下令调走母亲呢？更奇怪的就是，调走之后母亲就音讯全无，已经整整五年了。”

“所以你加入了克格勃？”米沙忽然问布尔坚科。

“是的，我想在这个国家，没有比克格勃更神通广大的组织了，所以当克格勃正好来部队挑人的时候，我选择了加入其中。”

米沙点点头，他似乎已经了解了布尔坚科的全部经历，最后笑道：“看来今天我们能相见，也是缘分使然，你还没告诉我你的姓名呢？”

布尔坚科忽然觉得自己也在米沙面前成了透明人，而他要监视的目标米沙却还是个谜一样的人。布尔坚科尽量使自己保持冷静：“我叫尤里·巴甫洛维奇·布尔坚科，克格勃上尉。”

“布尔坚科上尉，我的名字你已经知道了，我们这就算认识了。”

“可是你还没回答我的问题。从你的话语中我可以听出，你一定还知道什么，请你告诉我这一切究竟是怎么回事。”布尔坚科诚恳地问米沙。

但米沙这次却以沉默作为回答。一阵尴尬的沉默后，布尔坚科只好换了个话题：“你不愿说，我想一定是有难言之隐，今天我不逼你。那么我们就来聊聊你最近的古怪举动，你是不是已经知道我在暗中跟踪你？”

“不，我并不知道是你，但我知道有克格勃的特工在跟着我。”米沙又开口了。

“所以你练就了一套甩掉特工的办法？”

“这也不是一开始就会的，也都是拜你们所赐！”

布尔坚科点点头：“斯捷奇金和伊萨科夫那两个蠢货倒把你锻炼成了一个特工。”

“我想你比那两个家伙要强得多，是吧？”

布尔坚科笑笑：“也许吧，但我并不想为难你。我再来问你，你买了这么多工具，钻到下水管道里是为了什么？”

米沙又是一阵沉默。布尔坚科极有耐心地等待着，三分钟后，他半开玩笑地说：“你可不要告诉我，你扛着锄头钻进下水管道，是因为在冬宫里待烦了，以疏通下水管道为乐！”

米沙还是保持沉默。就这样，时间一分一秒地逝去，布尔坚科在这间没有暖气的地下室里已经被冻得瑟瑟发抖了，可是米沙依旧坐在地上，稳如磐石。

9

布尔坚科看看手表，已经快十点了，他可不想一直这样和米沙在这冰冷的地下室里耗下去， 他准备做最后的尝试。可这次他刚要张嘴，米沙却开口了：“尤里，你刚才问的问题，和你之前问的两个问题，不是我不告诉你，而是因为它们都涉及一个巨大的秘密。”

“还是那个巨大的秘密？”

“是的，不论是伊凤阁的神秘失踪，你母亲遭受牵连；还是后来你母亲被克格勃调走，进而杳无音讯；以及我这次扛着工具钻进下水管道——这一切都与那个巨大的秘密有关。但是，现在我还不能把这个秘密告诉你，因为这关系到许多人的前途命运，甚至是生命。”

布尔坚科点点头：“我有些明白了，怪不得总部要求我们对你进行二十四小时的监视保护，就是因为这个巨大的秘密，而你是少有的几个知情人之一！”

“不是之一，我想……我应该是唯一，至少在我们国家是这样！”米沙平静地说着。但是布尔坚科可以看出，米沙说这些话时，内心却并不平静。

“好吧，我先不问了。怎么样，你想在这冰冷的地下室里待下去吗？”布尔坚科问米沙。

“当然不想，你有办法让我出去？”

“这不是问题。你在这里稍等一会儿，今晚我会让你回家睡觉的。”布尔坚科走出地下室，找到警长，和警长商量后，便回来带走了米沙。

直到布尔坚科把米沙送回了家，才看见斯捷奇金和伊萨科夫两个家伙正焦躁不安地站在米沙家楼下。

“你是怎么找到他的？”斯捷奇金迫不及待地问。

“多用用这儿。”布尔坚科指了指斯捷奇金的脑袋。

“那我们今晚还用在这里蹲着吗？”伊萨科夫关切地问。

布尔坚科摆了摆手：“今晚不用了。你们两个蠢货，都被米沙发现了，在这里盯着还有什么意义，回去睡觉吧！”

斯捷奇金和伊萨科夫回去后倒头就睡，而布尔坚科今晚注定要失眠了，他想到了母亲，想到了米沙对他说的话，还想到了许多……

第二十一章 献给母亲

1

布尔坚科说到这儿，有一个黑衣人捧着精致的盒子走到了他面前，盒子里盛放的是一副完整的骨架。唐风一眼便认出来，这就是那个女科考队员的骨架。

“这么说来，你的母亲就是那个失踪的女科考队员？”叶莲娜问。

“是的，她是一位优秀的女性，不仅仅是在她的专业方面……”布尔坚科似乎颇为伤感，他接过盒子，轻轻地摩挲着母亲的头骨。

“可是这并不能成为你作恶的理由！”马卡罗夫厉声说。

“伊万，你根本不能理解我的痛苦，我的命运！”布尔坚科的话语十分强硬。

“你的命运？”

“是的，我的命运！我一直认为自己命中注定要去做这些事，这是我们家族的宿命！”布尔坚科将那个盛有自己母亲遗骨的盒子合上，交给手下。

“宿命？！”这个词让唐风和韩江马上想到了胡杨林中那棵死而不朽的枯树干，树干上深深地用俄文刻着这个词。

“我们在胡杨林里看到了你母亲刻下的这个词！”唐风忽然用俄语说。

“哦！那应该是母亲发现了外公留下的东西后，发出的感慨吧！”布尔坚科倒不隐晦。

“外公？”唐风马上又联想到了树干上的那幅草图。他看了看韩江，想到了从贺兰山回来跟韩江整理思路时，提到的那个帮助科兹洛夫发现黑水城的神秘人 X，“这么说来，你的外公就是当年在敦煌得到第一块玉插屏，后来又帮助科兹洛夫发现黑水城，并找到第二块玉插屏的神秘人物？”

布尔坚科听了唐风的话有些吃惊，但随即恢复了镇定，用赞许的眼光看着唐风：“唐风，你果然是个极聪明的人！你说得一点儿都不错，这都是我们家族的宿命！”

布尔坚科似乎很陶醉，想继续说下去，但是马卡罗夫打断了他："尤里，你是怎么知道这些的？包括瀚海宓城和科考队的事，我想这些都是米沙告诉你的吧？"

布尔坚科皱了皱眉，大声说："不错，这一切都是米沙告诉我的！母亲从来不愿意跟我提及我的外公，也不愿提及她在彼得堡的岁月，更没有机会告诉我科考队的事和宓城的秘密。我之所以能知道这一切，知道我们家族的光辉历史，这都要拜米沙所赐。"于是，布尔坚科又继续回忆起他和米沙的交往……

2

就这样，接下来的三个月里，布尔坚科、斯捷奇金和伊萨科夫三个人与米沙相安无事。斯捷奇金和伊萨科夫已经完全被布尔坚科掌控，两人现在基本上唯布尔坚科马首是瞻。按照布尔坚科的安排，斯捷奇金和伊萨科夫只负责外围监控，不允许与米沙有直接接触，但是他自己总是独自去接近米沙。

米沙似乎也很愿意与这位故人之子接触，他并不在乎布尔坚科的身份，几乎每天都会与布尔坚科聊起很多往事。到后来，米沙发现布尔坚科在语言学和历史学上颇有天赋，或许这是遗传了他母亲吧。于是，他就教会了布尔坚科汉语和许多古老的东方语言，还有许多历史学知识。而布尔坚科也几乎倾囊相赠，教给了米沙许多特工的专业手段，比如屏蔽信号、反跟踪等。三个月下来，两个人俨然成了很好的朋友。但是米沙在与布尔坚科的交往中，始终不肯说出那个巨大的秘密。

随着时间的推移，布尔坚科的心里越发焦急，他与米沙的交往始终带着一个明确的目的，就是要弄清那个巨大的秘密。他不愿去逼米沙，因为他相信自己有远超常人的耐心。布尔坚科尽量忍耐着、等待着，等待着有一天米沙自己对他说出这个巨大的秘密。他在克格勃学校时成绩很优秀，并且得分最高的一门课是心理学，他相信米沙总有一天会主动对他吐露实情。

可是转眼三个月过去了，米沙仍然没有半点儿要透露实情的意思。这天晚上，布尔坚科回到自己的住处，坐在床边久久地发呆出神。他在想母亲，想整件事的来龙去脉。突然，一阵有节奏的敲门声传来。布尔坚科一惊，这是什么人？他刚来到这座城市，没有什么人知道自己的住处。

布尔坚科警觉地掏出枪，快速地收拾了一下屋内，然后站在门后，轻声问："谁？"门外的敲门声停止了，等了一会儿不见有人应答。布尔坚科以为是有人敲错门了，刚收起枪准备回床上躺着，谁料那个有节奏的敲门声又响了。布尔坚科又问了一遍"谁"，仍然没有回音。布尔坚科举着枪，不耐烦地打开了门，刚想发作，却发现门外站着的人竟是米沙。

"你……你怎么找到了我的住处？"布尔坚科并没有告诉过米沙他的住处。

“是你教了我跟踪！”

米沙的回答让布尔坚科心里一惊，虽然他已经对米沙很了解，但总觉得米沙身上依然有许多谜团，或许这一切都是因为米沙所说的那个巨大的秘密。

布尔坚科把米沙让进了屋。他从小养成了谨慎小心的习惯，所以他在关门的时候仍然不忘看看后面是否有人跟着。在确认没有人跟踪后，布尔坚科才将房门关上：“喝点儿什么？不过，我这里只有绿茶了。”

“绿茶？你竟然喝绿茶？我们这里很少能搞到绿茶啊！”米沙对布尔坚科的习惯感到很吃惊。

“我在学中文，所以……”

“你这么刻苦地学习中文是为了什么？”米沙坐下来，用逼人的目光盯着布尔坚科。

“那你学习中文又是为了什么？”布尔坚科反问。

“那是我的专业，而你……”

“我难道就不能发展一下自己的兴趣爱好？再说，做我们这个工作，多懂一门外语，就多一项技能！”布尔坚科的话语似乎滴水不漏。

米沙听了布尔坚科的话，脸上露出一丝难以琢磨的笑容，他盯着布尔坚科看了很久：“你难道仅仅是兴趣吗？不，你是为了你的母亲！”

布尔坚科一愣，米沙继续说：“我想你这三个月也没有闲着，你一定从克格勃的档案中查到了些东西。”

3

布尔坚科没想到米沙竟然看穿了他的心思，他瘫坐在沙发里，只得承认：“不错，我托在总部工作的朋友从克格勃的档案中查到了一些关于母亲的蛛丝马迹，不过大都是些保密级别比较低的文件，且语焉不详，我只知道我母亲后来去了中国，其他的事就不知道了！”

“所以你想从我这里了解到你母亲的情况，你还想去中国？”

布尔坚科怔住了，他不知道该怎么回答米沙，也不知道米沙今夜突然来访是什么目的。一阵尴尬的沉默后，米沙又说：“好吧，我承认我被你的执着打动了。你是娜斯佳老师的儿子，作为当事人，我想你应该是个例外，你应该了解事情的经过，虽然我知道这是克格勃所不能允许的。”

听到这里，布尔坚科心里猛地一颤，他此刻根本没有做好接受这个巨大秘密的心理准备。一切来得都太突然了，但是他不能拒绝这一切，因为他必须听从本心的召唤。

但是紧接着，米沙话锋一转，说：“但是在我说出那个巨大的秘密前，你必须答应我一件事。”

布尔坚科还没从米沙刚才的话语中反应过来，又听见米沙这么说，完全愣住了。过了许久布尔坚科才问道：“什么事？”

“你必须答应我，在听完我今夜所讲述的一切故事后，将它深深地埋在心底，不要对任何人再讲起，更不要到中国去，最好是能将它遗忘！”米沙用十分诚恳的目光注视着布尔坚科。

布尔坚科不明白米沙为什么会对自己提出这样的要求，他好奇地问：“把它忘记？那么，你呢？你忘记了吗？”

米沙痛苦地摇了摇头：“我想把这一切都忘记，可是没有，我做不到，也许……也许岁月能让我们忘记这一切。”

“岁月也会让许多事刻骨铭心！”布尔坚科来了这一句。

米沙张了张嘴还想说什么，布尔坚科却打断他，继续说：“好的，我答应你，我不会对旁人说起，也不会去中国，尽可能将一切都忘记。只要你告诉我事情的真相，我什么都可以答应你。”

米沙愣了一下，他盯着布尔坚科，像是下了很大的决心，这才缓缓说：“我要对你说的一切，都与一个古老的东方王朝有关……”

4

米沙详细地对布尔坚科讲述了关于西夏的历史和宓城的传说，将他所知道的一切几乎毫无保留地告诉了布尔坚科，一直说到科考队在胡杨林遭遇黑尘暴：“黑尘暴之后，我们就都走散了，我独自一人漫无目的地在沙漠里乱撞。就在我以为我将被困死在沙漠中时，我遇到了你的母亲娜斯佳，她当时正和马昌国在一起。”

“她和土匪在一起？”

“娜斯佳老师似乎受到了马昌国的胁迫。她对我说科考队的人要么被马昌国下毒毒死了，要么活活渴死了。马昌国想让她帮忙找到瀚海宓城，所以给了她水和食物，你母亲也同意与马昌国合作。”

“我母亲会同意与土匪合作？”布尔坚科有些惊诧。

“尤里，你不用惊讶。你没有经历过那种生与死的考验，所以不会明白你母亲的选择。马昌国抓住了我，他认识我，知道我是研究历史的学者。之前他就偷偷来营地找过我，希望我能与他合作，我当时拒绝了他。这次他又来利诱我，我仍然不愿和他合作，我已经做好了最坏的打算……”米沙突然痛苦万分地抓住自己的头发，两眼直翻，喉咙里还发出奇怪的声响，然后竟一头昏倒在布尔坚科的床上！布尔坚科被这突如其来的一幕吓坏了，他忙用在克格勃学来的那点儿医学知识对米沙进行抢救。一刻钟后，米沙终于重新睁开了双眼。

“你这是……”布尔坚科惊诧地看着米沙。

米沙揉着太阳穴，缓缓地从床上坐起来，喃喃地说：“这都是那次事件留下的后遗症。我现在不但会经常发病，还会经常性失忆，将过去的一些事，特别是在科考队的事忘掉。”

“忘掉？！”

“我本想就这样一点点忘却过去那些可怕的事情，但是命运让我遇到了你。我不忍心让你永远不知道自己母亲的下落，所以转变了想法，想在我完全失忆前告诉你一切。下面我要说的是连克格勃都不知道的事，恐怕这世界上只有我知道了。”

“那么后来呢？你同意与马昌国合作了吗？”

“就在马昌国用枪顶着我的太阳穴，准备结束我的生命时，你母亲苦苦哀求他，又说动了我，于是，我最终同意与马昌国合作。”

“哦！是这样。看来母亲还想活着走出沙漠！”

“是的，我可以感觉的到，她那会儿的求生欲望特别强烈，这可能都是因为你。不仅如此，她似乎……似乎比马昌国更渴望找到那座失落的古城。”

“为什么？我母亲并不是一个贪财的人啊！”

“开始我也不能理解，不能理解她那种甚至有些病态的偏执，与我之前认识的娜斯佳老师判若两人。你母亲似乎把找到那座古城看作她生命中最重要的一件事，她仿佛有一种强烈的使命感，似乎那座消失在沙漠中的古城，就该是由她去发现的！”

“为什么会这样？这也与我记忆中的母亲大不一样。”

“后来是你母亲告诉了我她的过去，我才理解了她所做的一切！”

“母亲的过去？”布尔坚科大感好奇。

“是的，你的母亲过去没有跟你提过吗？”

布尔坚科极力回忆着，最后无奈地摇摇头：“母亲似乎很不愿意回忆她的过去。”

“她没有对你说起过你的外公吗？”

“外公？”布尔坚科摇了摇头，“我问过我母亲，她说我外公是一个好人，一个知识很渊博的人，一个身份高贵，值得尊敬的人。”

米沙的脸上露出复杂的表情，他点了点头：“不错，你外公曾经的确是一个好人，一个知识很渊博的人，一个身份高贵，值得尊敬的人。但是这一切都在 1909 年科兹洛夫发现黑水城后发生了变化。”

“我……我外公和科兹洛夫发现黑水古城有什么关系？”布尔坚科一头雾水。

“让我来慢慢告诉你。当我们和马昌国继续向宓城行进时，马昌国的手下一个个因为可怕的遭遇死去。上帝保佑，我和娜斯佳一直很幸运。当我们一行人来到死亡绿洲时，只剩下七个人——我、娜斯佳、马昌国，还有他的四个手下。让我感到吃惊的是，马昌国似乎认识你母亲。”

“啊？他和母亲见过面？”布尔坚科感到无比震惊。

5

米沙摇了摇头，继续说：“没有，他们在此之前从来没有见过面。我当时也很奇怪，但那天晚上，当我们在可怕的密林里休息时，马昌国对娜斯佳提到了你的外公。”

“这么说，马昌国认识我的外公？”

“是的。当时我好奇地向你母亲询问，于是，娜斯佳就对我说了你们家族的历史，真是一段传奇的历史。你的外公老西蒙诺夫男爵在沙俄时代本是贵族出身，年轻时在彼得堡接受了很好的教育。他聪明好学，博览群书，曾经是一位很有前途的学者。可是后来西蒙诺夫家家道衰落，而你外公虽然知识渊博，却不善经营。他也想重整家族的产业，但越做越糟，欠下了一屁股债，到后来被债主们告上法庭。法庭判你外公在三个月内还清欠债，否则将被流放到西伯利亚。”

“我外公显然是没有还上欠债，否则我也不会在寒冷的西伯利亚长大了。”布尔坚科言语中带着一丝怨念。

“于是，西蒙诺夫男爵被流放到了遥远的西伯利亚。在那里，他遇到了一个善良的姑娘，就是你的外婆，后来就有了你的母亲娜斯佳，一家三口过着艰苦的日子。但是你的外公不甘心就这样在西伯利亚终老一生，他高贵的血统使他无法忍受流放犯的生活。他痛恨钱，正是因为钱使他流落至此，可他又开始疯狂地追逐财富，因为他知道只有钱能改变西蒙诺夫家族的命运！当时他听人说中国西北的阿尔泰山一带出产黄金，于是你外公在你母亲刚刚出生后不久，就独自一人去中国淘金。”

“淘金？又怎么跟那座古城发生了联系？”

“淘金哪是容易的事。后来西蒙诺夫男爵不仅没有淘到金，还流落到了敦煌一带，在那里他无意之中得到了一块玉插屏。学识渊博的西蒙诺夫男爵自学成才，从玉插屏上得知了宝藏的存在，他开始梦想着得到宓城所有的宝藏。可是他势单力孤，难以完成这样的梦想。恰在此时，科兹洛夫的科考队来了。”

“外公去找科兹洛夫了？”

米沙点点头：“科兹洛夫第一次挖掘完黑水城，就已经出发去往中国的四川地区了。西蒙诺夫男爵在青海堵到了科兹洛夫，并说动科兹洛夫重返黑水城。在黑水城他们又找到了一件玉插屏。本来事情到这里，西蒙诺夫男爵完全可以跟着科兹洛夫荣归故里，谁想到科兹洛夫却将玉插屏带回了彼得堡，并对外宣称是自己发现了黑水城，只字不提你外公的功劳，这样你外公也就不可能得到赦免，更不可能荣归故里了！西蒙诺夫男爵恨死了科兹洛夫，可是没有办法，他只得继续在中国流浪。失去了一块玉插屏，但是他手中还有一块。就在他流浪的这段时间里，革命爆发了。西蒙诺夫男爵这时也有机会回到彼得堡，可是他不甘心就这样回去。更何况他是贵族出身，对新政权充满疑惧，因此他决心继续留在中国，寻找那座消失的古城。

“没多久，蒙古也爆发了革命。黑喇嘛带领一群亡命之徒逃到了中国境内，与中国境内的土匪合流，建立了一支组织严密的队伍。西蒙诺夫男爵在流浪途中被黑喇嘛发现，并被裹挟而去。黑喇嘛抢走了你外公身上的玉插屏，但是他不知道玉插屏的价值。就在黑喇嘛准备杀西蒙诺夫男爵时，黑喇嘛的一个手下救了你外公，这个人叫马远，就是马昌国的父亲！”

“马昌国的父亲？”布尔坚科感到很震惊。

“所以你该明白，为什么马昌国虽然没见过你母亲，却知道她，并选中她与他合作——因为他知道娜斯佳是西蒙诺夫男爵的女儿。”

“后来，在蒙古特工突袭马鬃山，抄了黑喇嘛的老巢后，黑喇嘛、马远，还有西蒙诺夫男爵一起奔进了贺兰山中。在那里，你外公将玉插屏的秘密告诉了马远。于是，马远联合对黑喇嘛不满的人，当然也包括你外公，一起杀了黑喇嘛，控制了这支队伍。只不过这支队伍已经今非昔比，没有多少人马了。之后，马远与你外公，还有其他两人盟誓，一定要找到那座消失的西夏古城。”

“又一个家族被卷了进来，可怕的宿命！”听到这儿，布尔坚科不禁长叹道。

6

米沙重重地叹了口气，继续说：“是的，可怕的宿命！马远后来在一次寻找玉插屏的行动中死去，马昌国却幸运地躲过一劫。他继承了他父亲的志向，发誓要找到瀚海宓城，这才有了后来给科考队下毒的事。而随着时间的推移，你外公越来越想念你外婆和你母亲——她们是他在这个世界上仅有的亲人了，于是，西蒙诺夫男爵不停地给你外婆和你母亲写信。那个时候，你的外婆因为贫寒交加，再加上思念丈夫，早就离开了人世。你的母亲娜斯佳在收到了西蒙诺夫男爵的信后，才知道原来自己的父亲还活着，两人就这样一直保持着书信往来。正是在这些书信中，西蒙诺夫男爵断断续续地告诉了娜斯佳，他这些年的经历，并说出了那个惊天秘密。正是对父亲的思念和对失落古城的向往，促使娜斯佳报考了列宁格勒大学东方学系。”

布尔坚科听到这儿，点了点头：“原来是这样。那么，后来我外公怎样了呢？”

“后来……后来不知是你母亲这边出了问题，还是你外公那边出了事，他俩的通信断了。娜斯佳之所以强烈地渴望去中国找到那座失落的古城，也正是希望能找到父亲的下落，因为她相信西蒙诺夫男爵一定不会善罢甘休的。”布尔坚科张了张嘴想说什么，米沙却冲他摆了摆手，“至于你母亲这边究竟出了什么问题，这就是你那天要问我的问题。”

“大清洗？她受到了老师伊凤阁的牵连？”

米沙点点头：“当时，除了在中国有一伙人正在寻找那座消失的西夏古城，在我们这边也有一些人对那座西夏古城产生了兴趣，这个人就是我国著名的东方学家伊凤阁。他在科兹洛夫带回来的浩如烟海的西夏文献中找到了关于那座古城的蛛丝马迹，并看到了科兹洛夫带回来的那块玉插屏。当伊凤阁知晓了这个秘密后，万分震惊。更让他震惊的是，他又在一份被忽视的西夏文献中发现了关于一种叫‘魄夔’怪兽的记载，并对此深信不疑。”

“魄夔？怪兽？”布尔坚科一脸震惊。

“娜斯佳在父亲的来信中也证实了这种怪兽曾经存在，于是对伊凤阁的学说深信不疑。但是伊凤阁的发现却遭到了许多学者的反对，并且他的发现还得罪了当时在生物学界一手遮天的李森科。你应该听说过李森科吧？”

布尔坚科想了想：“似乎听说过这个人，好像是个生物学家，曾经很受斯大林的信任，后来好像倒了霉。”

“对！就是他！正是因为李森科的迫害，使伊凤阁死在了那场大清洗运动中，而你的母亲则被遣送回了西伯利亚。后面的事你应该都知道了。”

“母亲一直在老家默默无闻，和我相依为命，直到科考队的出现。”

“嗯，当我和孟列夫，还有阿里克院士提议建立联合科考队去中国考察时，阿里克院士想起了你的母亲，于是向克格勃主席谢列平推荐了你母亲。”

“莫斯科来的一纸调令重新燃起了我母亲心中的理想。为了找到我的外公，也为了找到那座消失的古城，母亲毫不犹豫地加入了科考队。”

“是的，你母亲一直将这当作是自己毕生追求的梦想，所以当我听到这些后，才真正理解了你母亲身上的那种使命感——这不仅仅是为了她自己，也是为了她的父亲和家族。”

听说到这儿，布尔坚科忽然产生了一种奇怪的念头，这个念头迅速占据了他的大脑——这是一种他从未有过，但曾经在她母亲身上燃烧的强烈使命感。

就在布尔坚科胡思乱想的时候，米沙又说：“尤里，你刚才还漏了一条。科考不仅仅是为了找到失落的古城，也是为了证明伊凤阁的发现是否正确，到底有没有那种怪兽的存在，哪怕只能找到一些骨头也是好的。”

“你真的相信这种怪兽存在吗？”

“这……”米沙迟疑了一会儿，“说真的，我一开始根本不相信，但是阿里克院士告诉我们，不这么说克格勃不会完全支持这个计划。”

“所以你们就用这点打动了克格勃？”

“嗯，克格勃向来对这些稀奇古怪的事感兴趣，而我们作为学者，更关心的是古城的历史价值和学术价值。”

“我明白了，你们只是对谢列平说了个故事，打动了他！”

“本来是这样！我们一路科考都没有发现怪兽的蛛丝马迹，但是……”米沙一副欲言又止的样子。

布尔坚科盯着米沙，米沙像是在回忆一件极其可怕的事，“但是我们和马昌国在一个奇怪的海子边发现了一具可怕的尸骨，那具尸骨无法与我们已知的任何生物联系在一起，我和娜斯佳都想到了那个传说中的怪兽！”

“还真有怪兽存在？那么后来呢？你们找到宓城了吗？”布尔坚科关切地问。

“我和你母亲找到了宓城，但是马昌国却没有。”

“哦？你们摆脱了马昌国？”

“是的，就在那天晚上，我们的宿营地旁有一座石碑。凌晨时分，娜斯佳叫醒了我，并解开了我身上的绳子——这恐怕是马昌国最大的失误，他相信了你母亲，没有用绳子绑住她。再加上那天所有人又惊又怕，又困又累，值夜的家伙也睡着了。于是，我和你母亲推翻了石碑，正好压死了马昌国的四个手下。我和你母亲撒腿就跑，摆脱了马昌国。”

“你们找到了宓城？”

“是……”米沙忽然又有些眩晕，连连作呕。布尔坚科递给他一杯水，米沙喝了两口，才缓过劲儿来，“宓城，我从未见过那么壮观的古城！你知道吗？那里的城门竟然是用黄金做的……”

“那你们在宓城中发现了什么？”布尔坚科对这座消失的古城越来越有兴趣。

“我……我不知为什么，一回忆起宓城里的事，脑子就疼痛难忍，头脑一片空白……”米沙一副痛苦的表情，“我只记得……记得我们在一个安静的院子里，那里像是一座尼姑庵。在那里面我们找到了一个漂亮的玉盒，玉盒里有两块玉璜，还有一张手卷，上面写明了生门的位置——那是通往地下宫殿的入口。娜斯佳对此深信不疑，我却心存疑虑不愿意贸然下去，毕竟我们对这座古城的了解太少了。我们俩因此发生了争论，最后……最后娜斯佳将其中一块玉璜给了我，自己拿着另一块，一个人从生门下去了……”

布尔坚科面色沉重，以他的聪明已经猜到了最后的结局：“母亲就再也没从生门上来？”

“是的，她下去几个小时后，大地颤抖起来，整座古城都摇晃了一下。我不知道发生了什么，就奔出了宓城。在城外我苦等了一天一夜，精疲力竭，我也不知我是如何逃出那座古城的……”

7

布尔坚科说到这儿，众人已经完全明白了布尔坚科的身世。

“这样看来，米沙后来一定是跑到了胡杨林里，他把玉璜遗失在了那里，后来被唐风捡到了！”马卡罗夫说。

“我也曾问过米沙，但他说后面的事都记不清了，也记不得玉璜丢在哪里了！”

“从米沙的叙述中看，玉盒是在那处保存完好的庭院内被发现的，难道那里就是没藏皇后在宓城的住所？”叶莲娜喃喃地说。

“我想是这样，没藏氏在当上皇后前曾在尼姑庵出家，她一生笃信佛教。宓城中的宫殿是为了供奉元昊的神主而建，也就是说并不是给活人住的。那么在元昊死后，没藏皇后来到宓城时，很可能就居住在那处像是尼姑庵的庭院中。”唐风推测说。

然而，布尔坚科笑了起来，“你们现在推测这些还有什么用，死到临头了！”布尔坚科的话音刚落，众黑衣人都举起了枪。

唐风、韩江和叶莲娜也不甘示弱，只有马卡罗夫挥了挥手，“我们几个人不是他们的对手，打也无用。只是我还有几个疑问……”

“伊万，我很高兴回答你的问题，毕竟我亏欠你的。在你临死前，我可以满足你的好奇心！”布尔坚科颇为自信。

“后来，你就和斯捷奇金、伊萨科夫，还有布雷宁建立了一个组织。尤里，我说得对吗？”

“既对也不对！”布尔坚科微笑着回答，“为什么这么说呢？因为一开始我并没准备带上斯捷奇金和伊萨科夫，就连布雷宁我也没有想好，他们毕竟都是局外人。只有我，我的身上流着我母亲的血液！那种米沙所说的使命感——强烈的使命感始终在我体内燃烧，直到今天，它还在我体内燃烧，让我欲罢不能！”

“不要找冠冕堂皇的理由了！使命感？哼，你今天的所作所为，难道都是为了你的母亲？”叶莲娜轻蔑地说。

听了叶莲娜的话，布尔坚科突然歇斯底里地叫了起来：“对！就是为了我的母亲！算了吧，跟你们讲这些你们是不能理解的！我还是来告诉伊万一切吧！我本来想拉拢的人当然是米沙，他是唯一曾经到过宓城的人，又是熟知内情的学者，可是这个顽固不化的家伙很快就发现了我的企图。后面的几个月，他对我的态度逐渐冷淡下去，问他关于我母亲和科考队的事，他也都语焉不详，说是记不起来了。我慢慢对他失去了信心，也不再期望从他嘴里得到有价值的信息。就在这个时候，他跑到克格勃主席谢列平那里告发了我，建议上面把我调走。幸亏在总部的布雷宁听到了风声，给我通风报信，我才做了充足的准备，应付了谢列平的召见。但我最终还是在当年年底接到了调令。”

“可后来接替你的居然是布雷宁。”马卡罗夫皱着眉头说。

布尔坚科得意地笑了：“是的，米沙怎么也没想到，总部居然会派布雷宁来接替我的位置。就在我要离开时，我找他进行了一次谈话，这是一次不愉快的谈话……”

8

布尔坚科刚刚知道接替自己的人竟然是老同学布雷宁。布雷宁是他遇到的所有人当中最令他佩服的一个，学识、功夫、枪法都不在他之下。但唯一让他有些吃不准的是布雷宁的头脑，毕竟有头脑的人是不会那么容易让对方看透的。

布尔坚科得知这个消息后，一扫这些天的忧惧愤懑，突然有了一些底气。他想到了米沙这个顽固不化的家伙，他决定再去找一次米沙，做最后一次努力。

布尔坚科知道米沙的办公室和住处都被克格勃安装了窃听器，于是他利用自己的身份，将米沙接到了自己的住处。

布尔坚科面带笑容，依旧保持着极大的耐心：“米沙，您比我年长几岁，我一直对您很敬重。我知道是您向谢列平揭发了我，现在您的目的已经达到了，上面要调走我了。”

“不，尤里，我是去找过谢列平，但是我并没有把你跟我聊的那些事都说出来。如果我都说出来，恐怕现在你已经不会这样站在我的面前跟我说话了。”

米沙看上去很镇定，布尔坚科却被米沙这两句话说得心惊肉跳。他很清楚克格勃的厉害，也很清楚米沙和他说的那些话都是足以让他倒霉一辈子的。看来米沙确实没有都对谢列平说出来。布尔坚科强装笑脸，“我很明白您对我手下留情了……”

“不，不是对你手下留情，是为了娜斯佳老师。”

“好吧，我感谢您告诉了我一切。”

“我现在感到后悔。”

“我不管您现在是怎么想的，我希望您能满足我最后一个请求。将你知道的通往宓城的道路画出来，”布尔坚科越说越露骨，“只要你满足我的这点儿小要求，我以后绝不会再来麻烦你！”

米沙猛地抬起头，盯着布尔坚科，眼神由愤怒逐渐变成了失望。许久，他才缓缓地说：“怎么，你想找到宓城的宝藏？”

“不，我希望将来有机会能找到我的母亲。”

“算了吧，只怪我当初没有看出你的野心。至于你要的图，我可以明确地告诉你，我已经记不清了。”

“记不清了？”布尔坚科冷笑了两声，从抽屉中拿出了一封信，“那么，这封信是怎么回事呢？你好像很愿意告诉你那位中国朋友去宓城的路线图？”

米沙看到那封信，又惊又气："你……这封信……"米沙认出来这是他写给梁云杰的那封信。米沙在发现布尔坚科居心不良后，想着如何能补救，他想向克格勃主席全盘说出他和布尔坚科的谈话内容，可是他又不忍心置布尔坚科于死地，另一方面他也不完全信任克格勃。最后他想到了梁云杰，他相信梁云杰的人品。或许……或许让另一个人知道真相，才能阻止布尔坚科的野心。于是，他给梁云杰写了一封信。只是他不确定这封信是否能寄到梁云杰手中，又不知道梁云杰的近况，所以他只在信中透露了一小部分事实的真相。没想到这封信还是被布尔坚科截获了。米沙一阵懊恼，但也庆幸自己当初写信时留了个心眼，才没有让布尔坚科得到去宓城的详细路线图。

就在这一瞬间，绝望、愤怒、孤独、无助的感觉一起向米沙袭来。米沙也就是在这一瞬间下了人生最重大的一个决心——今后不再对任何人说起那座消失古城的事，更别说要什么图了。他也要把自己前段时间写下的一些回忆文字全部销毁。不过，现在该怎么摆脱布尔坚科的纠缠呢？

米沙想了想，说："尤里，你没看这封信的内容吗？我在信中已经很明白地说了，我想不起来在遭遇黑尘暴之后的事了。自从上次对你说了那么多后，我的病情越来越严重了，特别是失忆症。"

布尔坚科盯着米沙，他在判断米沙的一举一动。他不相信米沙完全丧失了记忆，特别是有选择性地丧失了记忆，但是米沙又确实在信中对梁云杰说他忘记了很多事。这到底是怎么回事？

布尔坚科将信将疑地看着米沙，忽然发现自己似乎拿这个米沙没有办法了。他既不甘心让米沙就这样从世界上消失，又不敢逼米沙太甚，自己手中已经无牌可打了。算了，自己知道的已经够多了，下面更重要的是如何去实现自己的理想，他需要一个完美的大胆的计划。布尔坚科深知，联合科考队集合两国的精英，尚全军覆没，自己一个人是无论如何也不可能找到那座古城的，必须找一些帮手。除了米沙，他第一个想到了布雷宁，紧接着又想到了斯捷奇金和伊萨科夫——虽然这两个家伙有勇无谋，但也能派上用场。可是……可是光有这几个人还远远不够，布尔坚科需要一支队伍，一支忠诚于他的强大的队伍。

9

马卡罗夫听明白了："这就是1964年的阴谋！米沙拒绝了你，于是你与布雷宁、斯捷奇金、伊萨科夫，还有后来那个策反你背叛国家的怀特，你们组成了这个组织的核心力量。"

"不，怀特一开始并不是，他是在基地暴动之后才真正加入我们组织的！"

"哦，那我倒要跟你说说前进基地的事了。你曾经跟我提过你犯了严重的错误，被降级使用，指的就是二十一号地堡吧？”

“是的，但那是我故意犯的一个错误。我从一开始就希望让二十一号地堡报废，然后成为我的秘密训练基地。”布尔坚科脸上露出了狡黠的微笑，“伊万，你可能还不知道吧，一开始，在你没去前进基地之前，前进基地就已经存在了，只是规模很小。前进基地最初的选址就是我确定的。”

“是你？你一开始就参加了前进基地的事？”

“嗯，只是我因为二十一号地堡的事被调走了。后来我接到命令，和你一起去前进基地。到了那里我才发现，原来前进基地的位置与我当初规划的位置一模一样。”

“你一定很高兴吧？但我还是不明白，二十一号地堡为什么会报废了？”

“二十一号地堡被报废的原因，一是选址太靠近边界，偏离了原定位置，缺乏战略纵深，附近又没有可靠水源；二是建在沙尘暴频繁的地区，出口经常会被沙尘掩埋，不利于地堡使用和部队调动；另外，还有一些内部具体的构造没按原定图纸施工。因此，二十一号地堡被放弃了。本来我该上军事法庭的，但是布雷宁他们帮了我的忙，使我免于坐牢，只是降级使用！”

众人终于明白了二十一号地堡废弃的原因。叶莲娜接着说：“所以你就利用招收学员作幌子，在学员中秘密发展你的势力，并在地堡中训练他们？”

“叶莲娜小姐，请允许我纠正你刚才的话，不是我在学员中秘密发展势力，是全部的学员都是我的人。所有！全部！”布尔坚科提高了嗓子，地下宫殿传来阵阵回音。

“所有？全部？”马卡罗夫感到很震惊，但他马上明白了一切，“所以当那十几个被淘汰的学员要被送走的时候，你制造了那起空难？”

“呵呵，是这样，伊万，你要明白如何才能让那些学员死心塌地地为你效力。他们都是死过一回的人，只要你给他们希望，哪怕只是一丝希望，他们就会对你言听计从。可是那十四个学员被淘汰了，他们的希望破灭了，所以难保他们被送回监狱后不会乱说。”

“因此你必须除掉他们。不过差点儿搭上你的性命，这又是为何？”

“本来这些学员并不一定非要我去押送，我之所以选择制造那起空难，并让自己金蝉脱壳，不是因为这些被淘汰的学员，而是因为……因为我从总部那边得到了一条很不好的消息。”说到这里，布尔坚科似乎显得很愤怒。

马卡罗夫不知道是什么消息让布尔坚科策划出诈死之计，也不知道为什么在事隔多年之后，布尔坚科依然如此愤怒：“又是布雷宁给你传来的消息？那时我实在看不出你是如何和他们联络的。”

“很简单。我不会用基地的电台与布雷宁他们联络，我只利用离开基地的时间。但是那次出乎我的意料，布雷宁突然秘密潜入了二十一号地堡。当我见到他时，他焦急地对我说，总部收到了一份检举材料，将我在地堡秘密训练学员，图谋不轨的事和盘托出，总部正在开会讨论如何应对这件事。伊万，你知道吗？当我从布雷宁口中听到这个消息的时候，是多么震惊、惊恐、愤怒……我精心准备了这么多年的计划，难道就要付之东流？我自己也会身陷囹圄！这是我无论如何不能接受的！我不会坐以待毙，我必须反击！我首先想到了你，我认为是你向总部揭发了我，可是我静下心来仔细想了想，却又否定了你！”

“我？要是我就好了，你就逃不掉了！可惜当时我的心思根本不在前进基地上，所以也没发现你的阴谋。我真是太傻了！”马卡罗夫晃着脑袋，一脸懊恼。

“我跟布雷宁合计了很长时间，仍然理不出头绪来。最后布雷宁说不要再猜是谁揭发的了，赶紧想对策吧！于是，我和他一起想出了这个金蝉脱壳之计！”

“后来基地暴动也是你金蝉脱壳之计的一部分吧？！”叶莲娜问。

“不错，我和布雷宁定下的计策就是我先金蝉脱壳，逃到美国。等我在美国站稳脚跟，利用怀特的力量作为接应，然后由布雷宁、斯捷奇金、伊萨科夫等人作为内应，策动那些学员暴动，到时候怀特会派船去接应他们。可是偏偏出了个谢德林，这家伙像疯了一样穷追不舍，使我精心训练的几十名学员几乎损失殆尽。”布尔坚科一阵叹息。

“你就是那个‘马丁’吧？”马卡罗夫想起了怀特曾经交代过的马丁。

“马丁，对，这是我在美国中情局的化名。怀特很不走运，上岸接应学员的时候被谢德林抓住了。幸亏布雷宁从中周旋，总部派了斯捷奇金来接走怀特，在路上斯捷奇金演了一场苦肉计。”说着，布尔坚科看了看身旁的斯捷奇金。

斯捷奇金脸上露出一丝狞笑：“我放跑了怀特，不过我也为此付出了代价。我被隔离审查了一个多月，差点儿没挺住。幸亏伊萨科夫给我通风报信，帮我渡过了难关。”

10

马卡罗夫点点头：“现在我什么都明白了，一切都在你们的掌握中。怀特去越南与斯捷奇金接头时，你给怀特的磁带和胶卷就是整个行动的计划吧？”

“是的，这么重要的东西邮寄是不保险的，只能由可靠的人带出去。正巧那会儿布雷宁和斯捷奇金要到越南去执行任务，所以我就托他们带给怀特。”布尔坚科和盘托出了他当年的金蝉脱壳之计。

“二十一号地堡中的小屋，是你的秘密栖身之所吧？”马卡罗夫想起了那个小屋。

“我想你们已经去过那间小屋，你们看见床下的那几幅画了吗？”

“看到了！”马卡罗夫忽然想起那几幅画中有一幅女性的肖像画，“那幅肖像画的就是你的母亲吧？”

“那几幅画并不是我画的，而是我母亲留下的。本来我是想带走的，但因为我离开时事出匆忙，没能带走这些画。那幅肖像就是我母亲的自画像。”

“那么，你去了美国之后呢？”马卡罗夫又问。

“我当上了将军，直到退休！”

“看来你混得很好。”

“不，并不好！因为我无法舍弃宓城的一切，我已经为它付出了那么多！”

“所以你又在美国重新组织人马？”

“我和怀特在南太平洋的一个无人小岛上建立了秘密基地，并招募了人马，可是我一直没有合适的机会进入中国。再后来，伊萨科夫死了，斯捷奇金被抓，布雷宁一直混得不错，似乎对我的计划不感兴趣了。我一直在寻找玉插屏，并收集所有关于宓城的信息。当我的人马训练成熟的时候，机会也终于来了。”

“你得到了冬宫里的那块玉插屏？”

“是的。一系列的计划开始了。我通过拍卖会引出老奸巨猾的马昌国，然后得到了他手中的玉插屏。我本来还想通过他了解更多关于瀚海宓城的信息，比如通往宓城的道路等，可是这家伙已经不行了。我只好把史蒂芬揽入麾下，但是史蒂芬这家伙后来并不听话。后面的事你们都知道了，斯捷奇金杀了史蒂芬……”布尔坚科无奈地耸了耸肩。

随着阴谋被层层揭开，马卡罗夫越来越愤怒：“好吧，说完了你的计划，该来说说我的维克多了！你要为此付出代价！”

布尔坚科冷笑了两声，“伊万，只要你站到我边来，我把这里财富的四分之一分给你，足以弥补你失去儿子的悲伤。”

“闭嘴！钱能弥补我的痛苦吗？再说这里的财富也不该由你来支配！”马卡罗夫义正词严地说。

“不由我来支配，那该由谁来支配？已经有那么多的人为此失去了生命，我想由我来支配这些财富才是最公平的。”

“你不是口口声声说你做这一切都是为了你的母亲吗？”马卡罗夫继续质问。

“为了我的母亲，也为了这些宝藏。就是这些东西害得无数人家破人亡，今天我若不取走这些宝藏，还会有更多的人为此争夺不止，丢掉性命！所以由我，这个最有实力的人来控制并合理分配它，才是这批宝藏最好的归宿！”

布尔坚科越说越激动，他的声音在巨大的地下宫殿内回荡。就在布尔坚科陶醉其中的时候，梁媛忽然冲他喊：“你以为你的阴谋就能得逞吗？没有玉插屏谁也打不开这扇大门！”

谁料，布尔坚科听闻此言，笑得更厉害了。就在这狂妄的笑声中，一个身穿斗篷的人走进了玉门，黑衣人纷纷给他让路，毕恭毕敬地退到两边。那人手捧着一个精致的箱子，一瘸一拐地慢慢走了过来。

第二十二章 无头皇后

1

那人走到了布尔坚科身旁。唐风的眼皮猛地跳动了一下，他想看清楚来人的脸，可是那人的整张脸都被斗篷遮住，难窥其真容！就在这时，韩江突然厉声质问："你就是我们中的内鬼吧？"

那人发出了几声奇怪的笑声，笑毕，突然摘掉了戴在头上的斗篷。唐风、梁媛和韩江无不震惊："啊——怎么是你？罗教授！"唐风尤为震惊。

但是随即，唐风点了点头，"我刚才还在纳闷，你们这些人是怎么通过骷髅坛城的？原来是你这个师傅领进来的。"

"呵呵，唐风，你是我见过的资质最高的学生，竟然先于我闯过了骷髅坛城！"

"教授，难道你也是为了宝藏而来吗？"唐风问道。

"唐风，你太小看我了，我已是垂垂老朽之人，要这些身外之物干吗？将军有一种使命感，我也有一种使命感。唐风，你应该理解，作为一个学者最大的理想是什么？我渴望在学术上取得巨大的突破，这个突破就是宓城。一旦发现宓城，我的名字将会和历史上那些著名的探险家和考古学家们一起，永载史册！"罗教授激动起来。

"我明白了……"唐风若有所思地点点头。

"不，唐风，你不明白。当将军找到我时，我有两种选择，与你们合作，或与将军合作。将军许诺我，一旦发现宓城后，会将这个发现者的荣誉给我。更重要的是，将军他们比老 K 更接近谜底。所以我思前想后，决定加入将军他们。"

"但是你又加入了我们！"唐风十分愤怒。

"有时候脚踏两只船也不是坏事！更何况这也得到了将军的许可，因为这样可以为将军提供许多必要的情报。"

"也就是说不论谁先找到了宓城，你都能取得这个荣誉，当然将军那边的条件更有诱惑力。”唐风这会儿反倒平静了下来。

“不错，就是这样。”

“教授……你的腿……”梁媛比谁都要震惊。

“媛媛，说到我的腿，其实并不是非要坐轮椅不可。但是我的腿确实受了伤，很严重的伤，就是在那次科考中……”

“你也参加了科考队？”梁媛惊道。

“不，我没有，但是……”

马卡罗夫忽然觉得眼前这个老者有一丝眼熟，他极力回忆着，他想到了科考队，想到了在科考队的每一个细节，“你……你就是那天晚上与马昌国一起到科考队营地来策反米沙的人？”

“呵呵，是的，我就是那个人。让我从头对你们讲起吧！你们一定还记得在七色锦海，大喇嘛对你们说起在20世纪40年代末曾经有四个人进入了七色锦海——两个年长的，两个年轻的。那两个年长的人后来死在了溶洞里，而两个年轻的则侥幸逃脱。你们已经知道那两个年轻人当中有一个是马昌国，我今天可以告诉你，另一个年轻人就是我！”

罗教授此言一出，众人无不震惊：“竟然是你！”

罗教授接着说：“那两个年长的死者，一个你们也已经知道，是马昌国的父亲马远，另一个则是我的叔叔，他也参加了当年在贺兰山石台上的盟誓。”

“可是20世纪50年代你已经完成学业，留在大学教书，怎么又会跟马昌国混在一起？”唐风质问罗教授。

“哎——”罗教授轻轻叹了口气，“那是马昌国来找我的。因为我和马氏父子有过这么一段交情，而他们是保密局的特务，所以我当时很害怕，一直怕马昌国再找到我。我知道他还在大陆，也知道他潜伏下来不是为了什么政治目的，而是为了寻找失落的西夏古城。我也曾在心中千万遍地告诫自己，那件事到此为止，就算马昌国找到我，我也决不能跟他走！可是当马昌国真的找到我时，我还是没能控制住自己。我那时候才发现，自己内心是多么渴望发现那座传说中的古城。”

“所以你就答应了马昌国？”

“对。马昌国的手下都是武夫，所以他急缺像我这样的专业人士。我与马昌国一直尾随科考队。我知道科考队中的米沙，因为我曾经跟米沙就专业问题有过书信往来，但是米沙并不知道我的真实身份。那天晚上，我领着马昌国找到了米沙，想拉拢米沙过来，却遭到了米沙的严词拒绝。后来想想，这一步走得太草率了！当我们遭到米沙的拒绝后，马昌国又惊又怕，怕被科考队发现。我们知道科考队是有武装的，我们这点儿人恐怕不是科考队的对手。”

“因此你们派人又偷偷潜入科考队营地，放了科考队的水？”

“那都是马昌国放的，然后他又命人在附近唯一的水源大白泉里投了毒。后来我们遭遇了可怕的黑尘暴，我整个人都被吹到了半空中。我的腿就是在那时候摔坏的，我也就此和马昌国失去了联系。”

“怪不得马昌国后来只得去找娜斯佳，原来你和他走散了。”叶莲娜说。

“之后马昌国再没有找过我。随着时间的推移，我成家立业，名声、地位也越来越高，我本以为可以把宓城忘却，可是当将军找到我时，我……我那种被压抑已久的欲望竟一下子被勾了起来。我曾思考了四天三夜，一次次在心里否定我的欲望，可是这种强烈的欲望又一次次被激起。到第四天夜里时，我完全想清楚了，自己这辈子是不可能放下宓城的。于是我答应了将军，为他效力。”罗教授说到这儿时，声音低沉下来。

短暂的沉默后，韩江厉声说：“其实现在回想起来，我早该发现你有问题的。我们在阿尼玛卿雪山本该走地势平坦的一号冰川，可是被你们传来的照片误导了。我后来曾经怀疑并询问过赵永，赵永把责任揽了下来，说是他工作失误造成的，我就没有再深究。现在想来，其实那是你在故意误导我们。”

“不错，我在卫星照片上做了手脚。你回来后，我也很担心，害怕你追查这件事，可惜你错过了！”

“还有对我的陷害！虽然是我和赵永定下的苦肉计，但是你也没少出力，玉插屏就是你那时候盗走的吧？”

罗教授点点头：“我并没想陷害你，我只想取走玉插屏。当赵永在会上宣布对你隔离审查时，我就觉得奇怪。我想到了这是一出苦肉计，一来为了钓出内鬼，二来即便钓不出内鬼，也可以把你的行动转到暗处，让内鬼无法察觉。但是我又不想放弃这个机会，于是在不暴露自己的情况下，尽可能地坐实了你的嫌疑。”

“哼，那么，赵永是你杀死的吗？”韩江怒视罗教授。

“赵永？不，我不会杀人！”罗教授转而看向布尔坚科，布尔坚科耸耸肩，“我不知道，也许是我手下人干的，谁知道呢？”

“那个戴着面具装神弄鬼的人也是你吧！”韩江觉得罗教授身上这身装束很可疑。

罗教授又摇了摇头：“韩江，我不知道你说的是什么。我就是我，我的目的其实很单纯，我不想杀人，不到万不得已我也不会害人。”

“好个‘万不得已’！你以为这样你就能永载史册吗？痴心妄想！”韩江怒道。

“为什么不会呢？我马上就会让你们看到，我是怎么发现宓城最后的秘密的！”说罢，罗教授旁若无人地分开众人，一瘸一拐走向那扇厚重的石门。

“‘白’字号，‘高’字号，‘大’字号，‘夏’字号。”罗教授嘴里念念有词，将玉插屏按照顺序一块块放入了石门上的凹槽中。当最后一块“夏”字号玉插屏被放入凹槽后，一阵沉闷的响动，惊得众人不约而同地向后退了半步，只有罗教授纹丝不动，立在巨大的石门前。时间在这一刻完全凝固了，半圆形大厅内，所有人都屏气凝神，盯着那扇石门。

“嘎啦”一声巨响，石门微微动了一下，但是并没有自动打开。罗教授回头冲布尔坚科点了点头，布尔坚科一挥手，四个壮实的黑衣人走到石门前，使劲推动石门，沉重的石门被缓缓推开了……

2

当石门被打开时，在场所有人都被深深地震撼了，没有扬起的尘土，没有崩塌的碎石，里面只有震撼人心的金光，满眼的珠光宝气。石门之内堆满了各式各样的金银器、珠宝饰品，还有名贵的瓷器、玉器、雕刻精美的石刻、佛像，更有堆积如山的金币、银锭……

所有人都被这景象镇住了，足足五分钟，没有人前进一步。直到罗教授步履蹒跚，艰难地向前挪动脚步走进了那辉煌的地下宫殿，布尔坚科才反应过来，忙疾走几步，几乎和罗教授并排走进了最后的地宫。

罗教授突然像是疯了一般扑向面前的宝藏，他忘记了他的腿脚不便，最后一个趔趄，摔倒在无尽的宝藏中。但是他满不在乎地爬了起来，看看这个玉器，又瞅瞅那件佛像，完全为这些珍宝和艺术珍品所陶醉。

布尔坚科还保持着一些理智，他看见在堆积如山的宝藏中有一座汉白玉的棺床，上面摆放着一大一小两具金棺。他回头招了招手，呼唤几个黑衣人过来，但是那几个黑衣人却犹豫不前。“怎么，你们害怕这里面有机关？”布尔坚科厉声斥道。

“让我们来吧！”唐风和韩江也走进了石门。

布尔坚科看看面前的金棺，有些犹豫，但他又看看唐风和韩江，便点了点头。于是，唐风和韩江走到了那具大一些的金棺旁。两人互相对视了一眼，一左一右一起用力，打开了棺盖。唐风只觉眼前金光一闪，被刺得睁不开眼睛。

待眼睛稍稍适应了这夺人耳目的光芒，这才发现，在满满一棺的绝世珍宝中，竟不见骨骸。“难道元昊的遗骨并不在这里？”韩江惊道。

“不，”唐风将手伸进棺内，从里面抓出一小把白色的粉末，大声说道，“这就是昊王的骨骸，它已经化作了齑粉！”

唐风轻轻展开手指，白色的齑粉从他指尖滑过。这难道就是不朽的英雄？唐风不禁唏嘘感叹。韩江又走到了旁边那具小一些的金棺旁，唐风也走过来，两人将这具金棺打开。里面的场景让两人都有些诧异，棺内并没有元昊棺内的绝世珍宝，只有几件很普通的玉器，棺内的骨骸也没有化作齑粉。当然，更让两人震撼的是，棺内这副完整的骨架偏偏缺了头骨！

无头的骨架？无头的皇后！唐风感到头脑有些晕，他想起了佛像中的骨架。如果那具骨架是没藏皇后，那么金棺中这具无头的骨架又是谁呢？如果金棺中的无头骨架属于没藏皇后，那么她的头颅又怎么会被安到了另一具女尸上？

此时，布尔坚科、斯捷奇金、马卡罗夫、叶莲娜和梁媛也都围拢过来，所有人都为之震惊，谁也不知道这一切是怎么回事。梁媛不禁失声问："究竟谁才是真正的没藏皇后？"

"媛媛，我来告诉你这一切吧！"众人身后，响起了一个熟悉的声音。

3

众人无不大惊失色，就连布尔坚科和斯捷奇金也都惊得回身望去。那个声音是从石门外传来的，紧接着外面就响起了枪声。

布尔坚科暗道不好，他大声对斯捷奇金和罗教授说："该死！那个家伙竟然也来这里了！"

"哪个家伙？"斯捷奇金先是一愣，但他好像马上明白了什么，猛地掏出枪，冲了出去。

布尔坚科回头看看还陶醉在珠光宝器中的罗教授，无奈地摇摇头，疾走几步，押着唐风他们走出了石门。

石门外的半圆形大厅里，枪声已经停了下来，地上留下了三具黑衣人的尸体，而在他们对面只伫立着一个人。那个人面对着枪口，竟然毫无惧色。

"果然是你！"布尔坚科的言语中带着无比的愤怒。

"久违了，上校同志！"那人声音低沉浑厚，却震得大厅内嗡嗡作响。

"爹地！"梁媛首先叫出了声。唐风和韩江吃惊地看着对面那人，竟然是梁涌泉。可是让唐风和韩江奇怪的是，梁媛似乎对梁涌泉的出现并不感到惊讶。

"梁涌泉，你怎么会出现在这里？"韩江有一种被戏弄的感觉，他曾详细调查过梁涌泉，没有发现任何问题。

"韩队长，我们又见面了！"梁涌泉顿了顿，"不过这里都是故人相见，我看我也就不用藏着掖着了。我的本名并不叫梁涌泉，你们可以叫我李国文。"

"李国文？！"马卡罗夫跳了起来，他不顾黑衣人的阻拦，疾走几步，来到了李国文面前，"你……你是李国文？"

"怎么？不认识我了？马卡罗夫少校，你当年可是我的老领导啊！"

"你……你跟原来长得怎么……"马卡罗夫怎么也无法把眼前这个男人的长相和李国文的相貌联系在一起。

"少校同志，我的相貌的确发生了一些变化，至于这是怎么回事，你应该问问你的老搭档布尔坚科上校。”李国文平静地说。

马卡罗夫转向布尔坚科。没等马卡罗夫开口，布尔坚科就先开口了：“伊万，你还记得那个 A711209 吗？”

“A711209？”马卡罗夫的眼前猛地浮现出那张没有完全腐烂的血肉模糊的面孔。

“A711209 才是真正的梁涌泉！”

“啊——”马卡罗夫惊得瞪大了眼睛。

“你不用这样惊讶，我从一开始就知道梁云杰的事，并知道梁涌泉就是他的儿子。但是那个年轻人并不愿为我效力，所以我杀了他，并割下了他的面皮，以备日后所用。”

“面皮？”马卡罗夫的眼前再次浮现出那张令他作呕的脸。

“后来，这张面皮果然发挥了作用。我得知梁云杰到了香港，想利用他进入中国，于是就给李国文做了易容手术，将他变成梁涌泉的样子，派到香港，潜伏在梁云杰身边。梁云杰误以为李国文是他失散多年的儿子。我同时给了李国文一笔钱，作为他在香港的活动经费。可是后来这个计划出了变故。我没料到李国文和梁云杰竟然用我给他的这笔钱把生意做大了，财大气粗的李国文不愿再听我的，我也感到很难再驾驭他……”

布尔坚科说到这儿，马卡罗夫打断了他：“等等，李国文？他不是被谢德林打死了吗？”

“不，我没有死，我在绝境中跳入了波涛汹涌的大海。我永远忘不了那天的大海，十多米高的大浪不断拍打在崖壁上，我九死一生，差点儿就把小命丢在那里了。后来我一直漂到日本，在那里上了岸！”李国文答道。

这时，传来了梁媛的哭声：“爹地，我的脑袋都快要爆炸了，我究竟是不是你的女儿啊？”

“媛媛，你当然是我的女儿。”

“那爷爷呢？”

“爷爷也是你的爷爷，但他并不是你的亲爷爷！”

这时，唐风听出了一些名堂，他一把抓住梁媛的手腕：“你是不是从一开始就是你父亲派来的？”

“不！唐风，你相信我，我不是，真的不是……”

“那你刚才看见你父亲时，怎么一点儿都不惊讶，似乎早就知道你父亲会出现在这里！”唐风愤怒地说。

“不！唐风，那都是因为……因为今天凌晨……”梁媛百口莫辩，不住地摇着头，泪流满面。突然，梁媛挣脱了唐风向玉门奔去。唐风伸手想去抓，没抓住。

梁媛难以面对这样的现实，她向玉门奔去，似乎逃出那道大门就能摆脱今日的是非，回到过去那无忧无虑的生活。可是另一双坚实有力的大手抓住了她，她被那人揽入了怀抱，那是父亲的怀抱，但梁媛却感受不到一丝的温暖。

4

李国文揽住梁媛，冲唐风大声喊："唐风，你们不用怀疑媛媛，也不用逼她，让我来告诉你们一切！"李国文突然话锋一转，问布尔坚科，"将军，你自以为掌控了一切，可是你知道当年那个向克格勃总部揭发你的人是谁吗？"

布尔坚科浑身一颤，"是谁？难道是你？"

"不错！就是我！你没有想到吧？"李国文的眼睛里似乎在喷火，他顿了顿，"当年是你给了我第二次生命，又教会了我许多东西，按理我应该感谢你，甚至死心塌地为你效命，我也曾经是这么做的。但是后来我的想法变了。你和马卡罗夫少校都曾经认为，我是所有学员当中最优秀的，我为什么比其他人优秀？并不是先天的，因为我比其他人敏感，我能比所有人都更早地嗅到威胁的存在，我比所有人都有更强烈的危机感。我不断地刻苦训练、学习，希望通过强大自己来摆脱这种危机感！

"可是当我知道你的计划后，对你的看法就发生了改变。我感受到了巨大的威胁，这种威胁越来越强烈，让我越来越不安，无时无刻不在支配着我的行为。我答应为克格勃效力，是因为你曾经对我们的许诺，那曾是我唯一的希望。但后来我知道那一切不过都是幻想罢了。虽然表面上我像条狗一样对你言听计从，但我有思想，我也渴望自由，所以我知道，我不能跟你越走越远，我必须摆脱你，甚至摆脱克格勃。"

"于是，你就向总部揭发了我？可是我不明白，你是怎么向总部揭发的我？要知道，你们的一举一动都在我的掌控之中！"布尔坚科依然一副掌控全局的模样。

"你忘了？我已经被你训练成了一个超级特工，我如果想揭发你，就会做好充足的准备。首先，我的俄语水平已经完全可以用流利的俄文写出漂亮的文章；其次，我了解你几乎所有的计划。我写出了一份足以让你进监狱的揭发材料，只要我的这份材料能让克格勃高层看到，你在克格勃就基本上到头了，说不定还会有牢狱之灾。最后的问题就是如何将这份材料递上去……"李国文像是陷入了遥远的回忆，"我至今也无法忘记那一百一十公里，那是西伯利亚原始森林里的一百一十公里！"

"西伯利亚？你……你是说那次野外生存训练！"布尔坚科想起来了，就在他出事前不久，他曾带领学员们在西伯利亚的原始森林里了进行了一次残酷的野外生存训练，"我想起来了，你的各门课成绩都很优秀，特别是野外生存训练。但是那次野外生存训练，你却在原始森林中迷了路，直到第二天晚上你才最后一个回来。"

"对！就是那次！我冒着西伯利亚的严寒，顶着凛冽的寒风，还可能遭受猛兽的袭击，在茫茫原始森林里走了一百一十公里，找到最近的一个邮局，将那份材料寄了出去。”李国文说到这儿，眼中的愤怒变成了湿润，“可是我却没有料到，你竟然来了个金蝉脱壳之计。”

“李，你是不是当时就看出了空难现场有问题？”马卡罗夫忽然想起那天，李国文拦下他的吉普车，非要跟他一起去勘察现场的情形。

“要说我当时就看出上校是诈死，那是吹牛！但还是那句话，我比其他人更敏感一些，我当时就怀疑到了总部很可能有人给他通风报信，进而联想到了上校一定会采取什么应对之策，只是……只是我没有马上想到这一层。不过后来我自己琢磨琢磨，就越想越觉得是这么回事了！”李国文对多年前的往事依然记忆犹新，因为对他来说那是一段刻骨铭心的记忆。

布尔坚科对李国文的话感到震惊，他摇着头，嘴里喃喃地说：“我怎么也没想到，揭发我的人竟然是你！”

李国文继续说：“本来我以为可以借此摆脱上校，甚至可以摆脱克格勃，但是我很快发现这只是我的奢望。谢德林到来后，我们的命运没有任何改变。我开始还以为至少是摆脱了上校，可是没多久我就接到了上校从海外发来的命令。他命令我们策划一次暴动，脱离基地，逃到海参崴会有人接应！我当时真的很绝望。继续在基地待下去，前途很渺茫；暴动出去，或许还有一线生机。这就有了后来的暴动。”

“那么，你的计划呢？你是什么时候彻底摆脱将军，自立门户的？”韩江问。

“彻底摆脱将军？不，我从来没有彻底摆脱过。他就像是个幽灵，时时刻刻都在我的身旁，出现在我的生活中。我在变成梁涌泉后，来到香港投奔梁云杰，梁云杰真的把我当成了他的儿子。我用将军给我的钱经商，生意越做越大，身份、地位什么都有了。我本想结束这可怕的一切，但是将军总是如影随形地出现在我的身旁。”

“我真后悔当初没除掉你！不能帮我，反成我的累赘！”布尔坚科恨恨地说。

5

“我知道你最终也不会放过我，所以我必须反击。当我无意中在你那里发现了一封信——一封米沙写给梁云杰的信之后，我偷偷地把它寄给了梁云杰！”

“原来是你？我说那封信怎么不见了！”

“当我拿到这封信时，一个大胆的计划在我脑中产生。我想用梁云杰在明处寻找瀚海宓城，我则躲在暗处，这样即便将军怀疑到我，我也可以推脱！”

“你以为我会相信你吗？”

“是的，你还是怀疑到了我头上，借着梁云杰的死，和之后在香港发生的事，敲山震虎，让我意识到我的实力还太弱小了。我不得不选择继续与你合作，至少不能与你为敌！”

“对，香港那次就是为了敲打敲打你。不过，李国文，你有一个最重要的细节没有对你女儿讲。”布尔坚科狞笑道。

李国文一皱眉，他似乎已经知道布尔坚科要说什么，但是又无能为力，只能任由布尔坚科摆布：“小姑娘，你知道你的母亲是怎么死的吗？”

“妈咪，她……她不是病死的吗？”

“不，我告诉你，你母亲是被你父亲毒死的！她知道了你父亲的往事后，便被你父亲毒死了。李国文，你做得天衣无缝，却逃不过我的眼睛。”

梁媛听闻这话，猛地要挣脱李国文，但是她怎么也摆脱不了李国文的臂膀，梁媛哭得更伤心了：“爹地，你说这一切都是假的，不是真的！”

一阵沉默后，李国文突然爆发出来：“媛媛，我也不想伤害她，我是爱你母亲的……都是这些宝藏害的！你要恨就恨面前的这个人！是他，是他的贪欲毁了我们的家！”李国文转向布尔坚科，“你不提我妻子还好，既然提到了她，我就告诉你，你以为我会惧怕你吗？香港的事之后，我一方面不得不跑到你的老巢，对你委曲求全；另一方面我暗下决心，绝不会放过你！”

“哦？你有什么实力与我为敌？就凭你？”布尔坚科轻蔑地看着李国文。

“我的实力当然不能与你抗衡，但是我有这儿！”说着，李国文指了指自己的脑袋。

“这儿？”布尔坚科一向对自己的智慧很自信，他不相信李国文能比自己更聪明，“李国文，多说无益，此时此地，就凭你一个人，还能翻了天？说实在的，我挺佩服你的勇气……”

“我是为了带走我的女儿！”李国文吼道。

“你以为你还能走得掉吗？”布尔坚科挥了挥手，对旁边的手下吩咐道，“把他们全都绑起来！”

黑衣人闻风而动，将唐风、韩江、叶莲娜和马卡罗夫两两绑在一起。但是当黑衣人拿着绳子和枪逼向李国文时，他却带着梁媛一步一步地向后面安放着宝座的高台退去，高台边缘左右两侧各有一道阶梯。梁媛还在不停地哭泣，李国文一手拉着梁媛，一手举着枪，一步步向身后右侧的阶梯退去。但是他俩很快被逼进了角落里，已经动弹不得了。

第二十三章 复活的凶兽

1

就在李国文和梁媛似乎陷入绝境时，众人的头顶忽然传来一个声音："放了他，否则你们必将遭受长生天的惩罚！"

这像是个女人的声音，十分威严，又透着一种高贵，一种神圣不可侵犯的威严。包括唐风、韩江、布尔坚科等所有人在内，无不被这个声音震慑。他们四下张望，最后，唐风第一个看见从高台上的宝座后面闪出一个人来。不，他不能确认那是不是人，因为那就是一次次在他的噩梦中出现的戴面具的女子。

"戴面具的女子……"韩江喃喃地说。

"你是谁？"布尔坚科的言语中透着惊诧和不安，这可能是他第一次感到失去了对局势的控制。

"我是这里的主人！"戴面具的女子平静地说。

"你是这里的主人？"布尔坚科震惊无比。

黑衣人骚动不安，有的甚至已经放下了手中的枪，窃窃私语。

"是鬼吗？"

"幽灵！肯定是幽灵！"

"我们触怒了死去的人！"

半圆形大厅里，似乎只有李国文并不感到惊讶。

唐风大声问："你是没藏皇后吗？"

戴面具的女子沉默了一会儿，竟然直接报出了唐风的名字："唐风，我当然是，我就是没藏皇后的化身。"

"你……你怎么知道我的名字？！"就在唐风震惊的时候，戴面具的女子摘下了脸上的面具。唐风吃惊地盯着那张清秀美丽的面庞，"啊——竟然是你，黑云？！"

黑云就是那个戴面具的女子！所有人都震惊了。这时，李国文反倒笑道：“将军，你以为我真的向你认输了吗？你以为你们人多就可以取胜吗？”

所有人都被李国文的话绕晕了。布尔坚科看看李国文，又看看高台之上的黑云：“你这话是什么意思？”

“将军，你低估了我的能力。我的人马没有你多，我的硬实力是不如你，但我有我的优势，那就是我始终躲在暗处，‘螳螂捕蝉，黄雀在后’这句中国成语你应该听过吧？我对宓城的研究不但不亚于你，甚至还远远超过了你！”

“超过了我？”布尔坚科满脸惊诧。

“而且我早早地就在暗处埋好了两颗棋子——两颗看似不起眼，却又十分重要的棋子！”

“两颗重要的棋子！你还有谁？这个女孩吗？”

“不，她不是普通的女孩，她是党项人的后裔，她的血管里流淌着党项先辈光荣的血液。”

“这又如何？”

“黑云在很小的时候就发现自己拥有一种超自然的力量，我相信她就是没藏皇后的转世，这种超自然的力量随着她的长大越来越强！”

“超自然的力量？”所有人都感到惊愕。

“黑云只需要借助一些东西，在特定的空间就可以和远古的人神对话。是我发现了她，并一直培养她，让她走出大山，见识外面的世界，这反过来又使她的那种超自然力量倍增。”就在大家都盯着黑云的时候，李国文忽然冲高台上大喊了一声，“徐博士，你也可以出来了！”

众人更为惊骇！只见徐仁宇也从宝座后面绕了出来，他的手上戴着一个奇特的东西，像是一只金属爪子，锋利的爪尖在幽幽的烛光间闪着寒光。

2

韩江马上想到了赵永恐怖的尸体：“徐仁宇，是你杀死了赵永？”

“韩队，你不要生气。我跟赵永无冤无仇，本不想杀他，都怪他发现了我的秘密，我没办法，必须杀了他！”

“你为什么要这么做？”

“因为我想报恩。当我饥寒交迫，差点儿饿死在异国他乡时，是梁先生救了我。当然我现在知道他其实是李先生！”徐仁宇很诚恳地说。

“这么说在千户镇和狼洼出现的车辙印都是你们留下来的？”韩江厉声质问。

“是的，不过准确地说，一条是梁总和黑云留下来的，另一条是我和赵永的车留下来的。当你们进入大漠时，我们也进入了沙漠。赵永在跟你失去联系的情况下，贸然和我一起进入大漠来寻找你们。结果他发现了我的身份，所以我不得不对他采取措施。那天夜里，是我把赵永关在了千户镇的城楼上，也是我企图用匕首刺破你们的车胎，让你们无法前进！”

“怪不得我们车下有一把匕首！可你为什么用那么残忍的手段杀害赵永？”韩江恨恨地说。

“匆忙间，我落下了匕首，其实已经为你们留下了线索。赵永在第二天清晨挣脱了绳子，拿了我的枪，冲我开了一枪，就是你们听到的那声枪响。我不敢开枪，怕把你们引来。本来我是打不过赵永的，但当时他已经十分虚弱，所以我用这个玩意儿杀了他！”说着，徐仁宇抬了抬手臂，那个可怕的金属利爪跳跃着逼人的寒光。

韩江盯着徐仁宇手上的金属利爪，点了点头：“看来你们早就知道了那种凶兽的存在。”

“是的，我刚才说过了，我比将军更了解宓城！这多亏了黑云的功劳！”李国文接过话茬说，“我在向将军妥协之后，并没有认输。我知道我的力量很小，所以就要有四两拨千斤的办法。我先后派出了徐仁宇和黑云，他们只需要暗中监视你们的行踪并报告给我，同时帮我从你们那边，还有将军那边得到一些关键的信息，这就足够了。我需要的就是今天，当你们斗得两败俱伤的时候，再来收拾掉你们。”

“就凭你们几个，恐怕还嫩点儿！”布尔坚科此时已经恢复了镇定。他轻蔑地挥了挥手，黑衣人在犹豫中纷纷冲黑云和徐仁宇举起了枪。但是他俩面对布尔坚科的枪口，竟毫无惧色。

就在这时，黑云忽然抖了抖自己身上的长袍，从袍子下面托出了一个头骨。唐风一眼便认出这是佛像中的那尊头骨，“是你……黑云，竟然是你杀死了陈子健教授？”唐风感到万分震惊。

黑云脸上露出一丝惨淡的笑容：“不，我不想伤害任何人。但是陈子健太脆弱了，当我穿着这身长袍出现在他面前的时候，他竟然就这么倒下了！”

“怪不得陈子健身上没有明显的伤口，他是被你活活吓死的！那么，小卢呢？小卢也是你杀的？”

当唐风提到小卢的时候，黑云眼睛里的光芒迅速黯淡了下去。唐风心里已经明白了，他大声冲黑云喊：“小卢就是你的恋人吧！”

黑云微微低下了头，默不作声。唐风继续说：“我们已经调查过小卢，小卢在上学的时候，为一个女孩曾经失踪了一个学期。那个女孩就是你吧！”

“是的，唐风，我不需要再隐瞒什么。我曾经那么爱着他，他也爱我。我总是让妹妹代替我出现在大喇嘛面前，而我则偷偷地走出了大山。但是李先生让我认识到，我是党项人的后裔，是没藏家族的传人，更是没藏皇后的转世，我有超自然的力量，所以……”

“所以你离开了小卢！”

黑云没有说话，徐仁宇接过话茬：“但是后来我们发现了小卢的价值，他是陈子健的助手。于是，黑云再次出现在他的面前，让小卢帮助我们取得重大的进展。可是小卢心理太脆弱，当韩江开始怀疑小卢时，我果断出击，先杀了小卢，并将这消息秘密透露给了赵永。我本来并没指望陷害韩江，不过罗教授似乎对这事很感兴趣。我忽然明白了，罗教授很可能也带有某种不可告人的目的！”

“原来是这样！可……可你们要这头骨又有什么用？”唐风盯着黑云乌黑的头发问。

黑云猛地抬起了头，双眼闪动着奇怪的光芒：“唐风，让我来给你说一段历史，它或许只是一段故事。其实，没藏皇后是一对孪生姐妹。当年，昊王看上了妹妹没藏黑云。昊王遇刺时，黑云已经怀有身孕，后来生下谅祚。黑云在生谅祚时难产，再加上失去昊王，伤心过度而死！这样，即便谅祚被立为西夏第二代皇帝，没藏家族仍然会失去辅佐幼主的机会。于是，国相没藏讹庞便想出了一个主意，他让黑云的姐姐白云冒充黑云，成为至高无上的皇太后。白云成为皇太后之后，对已死的妹妹黑云秘不发丧，一直私藏着黑云的尸骨。

“白云和黑云的脾气秉性截然不同，她骄奢淫逸，荒淫无度，还养了男宠。谅祚一天天长大，对荒淫的母亲和掌权的舅舅大为不满。终于，白云遭到了报应。刺客在皇太后回宫的路上杀死了白云，白云被刺客割去了头颅。没藏讹庞为了掩人耳目，只得将黑云的头骨和白云的身体一起封在了佛像中，准备葬入西夏王陵。内心不安的没藏讹庞又将黑云的无头尸骨送到了瀚海宓城，与元昊合葬，这样也让人永远找不到黑云的尸骨。

“但是人算不如天算，谅祚很快发动了一场宫廷政变，诛灭了没藏讹庞全家。谅祚的怨气也发泄到了母亲身上，他认为母亲不配与父亲合葬，于是他将母亲——其实是白云的尸骨，也就是那尊佛像，移到了帝国遥远的北部边陲黑水城。他在那里给母亲修造了一座佛塔，把母亲的尸骨永远封在了佛塔中。笃信佛教的谅祚认为，只有这样才能使罪孽深重的母亲得以超度，升入天国。他至死都没有弄清他亲生母亲的下落。如果长生天能让谅祚多活几年，他也许可以搞清楚这一切。但是长生天偏偏不眷佑他，只给了谅祚二十年的寿命。八百多年后，俄国探险家科兹洛夫发现了黑水城，并打开了那座伟大的塔，发现了这尊精美的佛像。佛像被发现后，几经曲折，终于又回到了中国。”

“原来是这样。看来陈子健的研究是很准确的，骨架确实要比头骨的骨龄大八岁到十岁，因为白云要比难产而死的黑云晚死八年。如果不是遭遇刺客，或许她能活得更长，但是她终归逃不过权力的报复。”唐风终于明白了没藏皇后骨骸之谜。

3

布尔坚科已经对这个故事不耐烦了，“够了！你们现在还需要知道这些吗？唐风，就算你明白了这头骨是谁的，又能怎样？皇后的头骨救不了你！”他粗暴地打断黑云和唐风。

黑衣人只等将军一声令下，便要开枪。可这个时候，黑云反倒闭上了眼睛，嘴里神神叨叨，念念有词。谁也不知道黑云在念什么，只有唐风敏锐地觉察出黑云嘴里念的是一种古老的党项语言，像是某种咒语，但是他也听不出黑云念的是什么咒语，那是一种他从来没听说过的党项咒语。

黑云的声音越来越高，机械而富有韵味。唐风忽然觉得黑云此刻已经彻底变了一个人，或许应该说不是一个人！他盯着黑云那已经入定的癫狂状态，既痛心又感到恐惧，深深的恐惧……唐风扭头看看布尔坚科，刚刚还自信满满的将军这会儿已经怔住了，再看那些黑衣人，也都像是被催眠了一样，痴痴地盯着高台上的黑云。

黑云神神叨叨地念了十多分钟，唐风感到大脑有些眩晕。他极力使自己保持清醒，大声冲高台上的黑云喊道：“黑云，我们在狼洼遇到的狼群，还有今天早上不朽之殿前的狼群都是受你控制的吧？”

黑云并不理睬唐风，继续有节奏地念着咒语。唐风继续大声冲黑云叫喊：“还有……还有黑石上戴面具的女子就是你假扮的！你并没有燃起火墙的力量，那只是你利用某种东西发射了强烈的光线，点燃了满是天然沥青和硫磺的戈壁滩！”

黑云还是不理睬唐风，仍然很陶醉地念念有词。唐风再次大声吼道：“黑云，你醒醒吧，你并没有什么超自然的力量！只是……只是我不明白在狼洼时你为什么又召回了狼群，而今天早上却……”

唐风话说了一半，黑云突然停下了咒语，猛地睁开了眼睛，锋利的眼神直刺唐风，让唐风无处躲闪。

黑云终于开口了：“那是因为梁媛，第一次在狼洼时梁媛跟你们在一起。”

唐风微微点头：“我明白了，所以今天凌晨你们召回了梁媛，就指引狼群来袭击我们？！”

“不！唐风，我不是同谋者！”梁媛大叫起来，她对这一切感到难以接受，她绝望地问李国文，“爹地，难道我也是你的一颗棋子吗？”

“不，媛媛，你是我在这世上唯一的亲人了，我从未想过要让你卷进来。所以当你陪着爷爷去北京参加拍卖会时，我感到了深深的恐惧，你这个冒失的举动大大超出了我的计划。你还记得吗？当你回到香港时，我曾严令你不要管这件事……”

李国文说到这儿，梁媛眼中的泪水夺眶而出，她哭着冲李国文点了点头。

李国文接着说：“可是你不听，特别是在爷爷死后，你执意要查清楚这一切。随着你介入得越来越深，不知为何，我在见到唐风后，忽然改变了想法。既然我无法说服你，不如让你跟唐风去试试，一来有韩江和唐风照顾你，二来我也可以通过你了解老K的情况。”

“就……就是那条项链吗？”梁媛恨恨地说。

李国文点点头：“不错，我知道你到哪里都会带着那条有你母亲照片的项链，所以我将一个极其微小的定位跟踪器植入了项链。”

这时，梁媛忽然转而大声对唐风说：“唐风，请你相信我，我不是爹地的同谋者！但是今天早上我没有对你们说实话，一切都是今天凌晨我才知道的。当我见到父亲时，我感到万分惊诧。父亲他们是昨天夜里来到宓城的，是黑云不知用了什么奇特的熏香，将你们都迷倒了，然后他们将我带进了不朽之殿。父亲叫我离开这里，我不同意。徐仁宇找到了那件玉璜，是我……是我从徐仁宇手上一把夺回了玉璜，然后用重重帷幕作掩护，将玉璜藏在了昊王的神主下面。这时，天已经亮了，你们也醒了，黑云引来了狼群，我只好扔了项链，躲在大殿后面……”

唐风这才明白了今天凌晨发生的一切，怪不得梁媛的项链不见了，玉璜又失而复得，看来自己确实错怪梁媛了。他见梁媛伤心的样子，心里刀绞一般难过。

他刚想开口安慰梁媛，李国文却冲他说：“唐风，你们可能想不到，会有人从往生海南面进入绿洲吧？所以我说我比你们所有人都更了解宓城！我早早地就准备好了船，带进了沙漠。其实你们在魔鬼城的时候，已经非常接近野狼谷了，幸亏黑云吓唬住了你们，又来了一场黑尘暴……”

“你口口声声说爱自己的女儿，你难道不担心媛媛遭遇危险吗？黑尘暴差点儿要了我们的命，你知道吗！”唐风厉声质问李国文。

李国文苦笑了两声：“我当然担心媛媛，但是事已至此，没有不冒风险的办法。黑尘暴来了，谁也逃不过，我们几个也是九死一生。否则我们早就进入宓城了，还轮得到你们？”

说着，李国文狂笑起来，笑声震得整个大厅嗡嗡作响。就在这时，整个地下宫殿微微晃动了一下。

4

宏伟的地下宫殿晃动了一下，所有人都惊恐地向四周望去。时间一分一秒地过去，大殿似乎又恢复了平静。谁也不知道刚才是怎么回事，就连李国文脸上的笑容也凝固了，惊恐地望向高台上的黑云。

所有人当中，只有黑云似乎还保持着镇静。唐风看见黑云又闭上了眼睛，嘴里重新开始诵念咒语。唐风极力想辨认黑云念的是什么，但是他发现黑云念了一段新的咒语，一段他根本没有听过的咒语！

所有人的注意力再次被黑云吸引，准确地说，应该是被黑云手中的头骨吸引。因为这时，黑云手里的头骨竟然动了起来，头骨的下颚一张一合，仿佛被重新赋予了生命！黑云的诵念声越来越大，越来越响。唐风忽然觉得天旋地转，当他再抬头时，每个人的脸都扭曲起来，而大殿四周和顶部那些彩绘贴金的佛像瞬间都变了模样，一个个龇牙咧嘴，面目狰狞。这……这究竟是怎么回事？

唐风回头看韩江，却见韩江的脸似乎也扭曲起来。就在这时，布尔坚科大声命令："开枪，干掉她！"

随即传来了零星几声枪响，但是几颗子弹无一命中黑云，倒是把站在宝座一旁的徐仁宇吓得不轻，赶忙躲到了宝座后面。又有黑衣人举枪向黑云射击，这时黑云停下了诵念咒语，镇定地向后退去，一直退到了高大的宝座后面。

地下宫殿内传来布尔坚科暴怒的怒吼："不要停，继续打！"

但是他的话音刚落，就听一个黑衣人惊恐地嚷道："将军，那……那水……水池里的水……水……"

布尔坚科愤怒地揪起黑衣人前胸的衣物："你说什么？"

黑衣人语无伦次地说："水……水漫……漫上来了……"

布尔坚科松开那人，疾走几步来到地下宫殿那两个寒冷的深不见底的水池边。唐风循声望去，只见水池里有水漫出，漫出的水冒着寒气，缓缓向四周恣意流淌。众人正在疑惑，罗教授一瘸一拐地走了过来，盯着那深不见底的水池和漫出的水看了许久，突然惊恐地冲布尔坚科说："不……不好了，凶兽复活了！"

"什么？这怎么可能？"布尔坚科怔住了。

"据我所知，党项人将最后一批隗夔封在了这水池下的千年寒冰之中。我估计可能……可能是没藏皇后的咒语唤醒了隗夔，千年寒冰开始融化，所以池中的水漫了出来！"罗教授说着，惊恐地向后退去。

布尔坚科恨恨地回头望向高台之上的黑云："你以为我们死了，你就能从这里逃掉了吗？"

"我跟你们不同，我能驱使隗夔，而你们再聪明也只是凡夫俗子！"黑云的话音刚落，地下宫殿就猛地晃动起来，与此同时，漫出水池的水量开始加大，越来越多的水流淌出来。地下宫殿晃动了两分钟后，一声巨响从遥远的地下传来，紧接着又是一声，同样的巨响不断从水池下面传来。伴随着这声声巨响，一头黑色的庞然大物猛地跃出了水面。

看着那黑色的怪物，唐风惊恐地瞪大了眼睛——与之前看到的奇怪骨骸一样。那黑色怪物比熊还要高大，却异常敏捷，一声撼人心魄的长啸后，隗夔冲向了密集的人群。

不用布尔坚科下令，黑衣人纷纷举枪射击。隗夔发出阵阵怒号，但是却被强大的火力阻挡着不能上前。就在这时，又一头隗夔从另一个水池里跃出，从后面一把掀翻了几个措手不及的黑衣人。

一部分黑衣人调转枪口，对着这头隗夔射击。不过这一切都是徒劳，第三头、第四头、第五头、第六头……越来越多的隗夔跃出水面，黑衣人招架不住，不断向后退去。可隗夔已经挡住了众人的退路，只能背水一战了。

唐风和韩江使劲想挣脱身上的绳子，可是绳子很紧，根本无法挣脱。叶莲娜和马卡罗夫也被反绑。慌乱中，唐风瞥见了梁媛。梁媛惊恐地看看隗夔，又看看唐风，极力要挣脱李国文来给唐风和韩江解开绳索。可是李国文却死死抓住梁媛。梁媛哭叫着“唐风，唐风……”被李国文强行拉上了高台。

5

隗夔很轻松地将一个黑衣人撕成两半，又一把甩出两个黑衣人。布尔坚科也抬起一挺轻机枪，向凶狠的隗夔射击。一头隗夔被打成了筛子，但还在长啸不止。布尔坚科不敢放松，又是一阵猛射，才将那头隗夔击倒在地。

斯捷奇金边战边退，他准确地扔出了两个手雷，掀翻了两头隗夔，又敏捷地上前补了几枪，击毙了那两头隗夔。斯捷奇金和布尔坚科对视一眼，两人似乎又找回了当年在克格勃时的岁月。一阵血战后，六七头隗夔倒了下去。但是黑衣人已经折损大半，而隗夔却越战越勇，不断向前扑来。

唐风再次试图挣脱绳索，被勒得生疼。“啊——”唐风绝望地大喊一声后，听见韩江咒骂，“妈的，我们竟然要死在这群怪兽手下！”

“不——不会的，我不能死，我要带媛媛离开这里！”

“都什么时候了，你还儿女情长！”

韩江刚说完，眼前忽然闪出一个人。韩江惊道：“你是谁？”

唐风循声回头望去，更加吃惊：“嵬名大叔！你……你怎么找到这里来了？”

那人并不回答，而是先帮唐风和韩江解开绳索，然后才一把撕掉了腮帮子上的胡子和假发，“我并不是什么嵬名大叔，真正的嵬名大叔早在三十多年前就被将军给杀了，我是 K5。”

“什么？你就是 K5？”唐风和韩江同时惊道。

“其实，我们在贺兰山的旅店中就见过面！”

“贺兰山旅店？”唐风再次仔细观察那人面目，忽然想起在贺兰山旅店中遇到的那对年轻夫妇，还有贺兰山边出现的神秘脚印。

K5 指了指那边正在给叶莲娜和马卡罗夫解开绳索的女子，“她是 K6，我们一直以夫妻名义活动。你们或许还不知道，老K其实还有另一套人马。”

“另一套人马？就是你们俩吗？”韩江问。

“不，还有K1。”

“K1？”唐风和韩江一直不知道K1究竟是谁！

“我们和你们本来分头行动，但是后来K1牺牲了，我们只好改为配合你们行动，在暗处保护你们！”K5解释道。

“K1究竟是谁？”唐风追问道。

K5刚要回答，这时一头隗夔向他后背扑来，唐风大叫：“小心！”

K5并不回头，举起手中的微型冲锋枪，“哒哒哒——”一梭子弹打出去。那怪兽哀号一声，重重地倒在地上，但是仍然在挣扎。这时已经解放了叶莲娜和马卡罗夫的K6上去补了两枪，那头隗夔才绝了气。

又有数头隗夔朝唐风他们冲过来，韩江、唐风、叶莲娜和马卡罗夫随手拾起散落在身边的枪支，一起向这些怪兽开火。韩江更是怒吼着，向隗夔射击！

与此同时，布尔坚科那边已经溃不成军，彻底败下阵来。斯捷奇金在炸死了一头隗夔后，没注意到身后又有一头隗夔袭来，那头隗夔猛地抓起了斯捷奇金，斯捷奇金惊恐地发出一声哀嚎，便被那头隗夔撕成了数截。

罗教授见状刚要逃走，却被这头隗夔追上。罗教授被隗夔的巨掌一拍，整个人飞了出去，直甩到一根石柱上才停了下来。罗教授口吐鲜血，挣扎着从地上摸起一杆冲锋枪，慌忙中却怎么也无法弄响这支枪。这头隗夔又逼了过来。就在隗夔抬腿准备把罗教授踩死之际，罗教授终于弄响了手中的冲锋枪，子弹射中了隗夔。隗夔发出一声哀号，仍然重重地落下了粗壮有力的大脚，罗教授瞬间成了一堆肉泥。

几个黑衣人一起向这头已经受伤的隗夔射击，这头隗夔终于倒下。但是，这几个黑衣人也仅仅多活了半分钟。半分钟后，另一头隗夔冲上来，锋利的爪子瞬间捅进了那人的胸膛，再猛地一阵撕扯，那人的前胸顿时血肉模糊。但他的神志仍然清晰，他绝望地喊着，叫着，直到隗夔将他的身体抛在石柱上。

忽然，有一头隗夔向高台上的宝座冲过来。李国文赶忙拉着梁媛躲避，并大声冲黑云喊道：“你不是能控制他们吗？”

“不，我不知道！”黑云也惊慌起来。

徐仁宇首先觉出不对劲：“我们赶快撤吧，看来黑云也不顶用了！”

“闭嘴！你怎么敢冒犯我！”黑云怒斥徐仁宇。

徐仁宇却管不了那么多，他见李国文还在犹豫，一把举起玉石制作的宝座，猛地抛向那头冲过来的隗夔。这头隗夔灵活地躲过宝座，宝座重重地落在地上，顿时摔成了几十块碎片。此时已经没有人关注这些宝藏了。

那头隗夔躲过宝座，直奔徐仁宇而来。徐仁宇惊恐地瞪大了眼睛，竟忘了开枪。

李国文在一旁大喊："开枪，开枪啊！"

可等徐仁宇反应过来，还没来得及举起枪，就被那头隗夔高高举过了头顶。徐仁宇撕心裂肺地叫着，黑云也面露惊恐之色。最后，那隗夔竟将徐仁宇直接抛向了黑云。黑云赶忙躲闪，慌乱中，她手中的头骨滚落在地，一直滚到了梁媛面前。此时那头骨仿佛有了生命，怔怔地盯着梁媛，梁媛也在看着皇后的头骨，不觉浑身一颤。

徐仁宇被摔得半死，李国文果断开枪，枪枪打中了隗夔的要害。那隗夔转过身，眼露凶光，盯着李国文和梁媛，却已经没有力量对他们发起进攻了。隗夔的身体摇晃了几下后，重重地向后面倒下，正好把徐仁宇给压在了身下。

唐风等人且战且退，不断向堆放宝藏的地宫退去。

布尔坚科也带着残兵败将向地宫退去。他率先带人退入了石门，看看左右，命令道："关上石门！"

唐风和K6发现了布尔坚科的诡计，忙去争夺石门，谁料布尔坚科举枪就对他俩射击。

"小心！"K6推了一把唐风，唐风的身体撞在一侧的石门上，而K6却中弹倒下。韩江和K5见状，怒不可遏，举枪就要向布尔坚科射击。恰在此时，一头隗夔冲了上来，一头撞在另一侧石门上，直接将那一侧的石门撞翻，正在关门的三名黑衣人被压在石门下，顿时气绝。

石门前混战成一团，一头隗夔冲进石门抓住了布尔坚科。韩江和K5打死了撞翻石门的隗夔，又指挥剩余的人关上了另外半边石门——那头隗夔的尸体挡住了半侧石门。韩江反过来举枪朝那头闯进来的隗夔射击，唐风、K5、马卡罗夫、叶莲娜和其他黑衣人也都向那头隗夔射击，十余支枪射向隗夔。隗夔在倒地的最后时刻暴怒地嚎叫着，一把将布尔坚科撕成两半，然后才重重地倒在宝藏上。

布尔坚科的身体已经断裂成了两截，但他似乎还心有不甘，强撑着上半截身体一点点从隗夔身上爬出来，一点一点爬到马卡罗夫脚下，抬头看着马卡罗夫，终于绝望地说："伊万……伊万，当年我……我欺骗了你，今天……就由你来给……给我最后一枪吧……"

马卡罗夫闭上眼，缓缓地举起枪，冲着布尔坚科心脏的位置连开了三枪，布尔坚科这才气绝身亡。

6

这半截石门抵挡不了多久，果然没过两分钟，那半扇石门就被撞开了。剩余的黑衣人见将军已死，无心恋战。

韩江振臂一呼："为今之计，只有齐心合力，或许能冲出去！"黑衣人只好听从韩江的指挥，众人一拥而出。大厅内的黑衣人已经基本被隗夔消灭，只剩下高台上的黑云、李国文、梁媛三人。

韩江领着众人冲出来，又是一阵混战，黑衣人全部战死。韩江被一头隗夔抓住，幸亏众人死命射击，隗夔才甩掉了韩江。韩江受了伤，叶莲娜和K5架着他刚刚奔到一根石柱下，K5却被一头隗夔追上。唐风、叶莲娜、马卡罗夫赶忙朝那头隗夔射击，隗夔号叫着将K5抛进了那深不见底的水池中。

唐风绝望地冲过去，还没到水池近前，逼人的寒气就让唐风浑身战栗，两行热泪从他脸颊上滚落。这时他的身后传来叶莲娜和马卡罗夫的声音："小心，唐风！"

唐风回头望去，几头隗夔一起向他围拢过来。唐风灵机一动，趁几头隗夔冲过来时，敏捷地从一头隗夔的身下穿过。那几头隗夔速度太快竟无法停下，撞在一起，全都摔落池中。但唐风还没来得及回头看仔细，又有一头隗夔向他冲来。就在这千钧一发之际，高台之上的梁媛忽然抱起了那个滚落在她面前的头骨，缓缓地从嘴里冒出一些经文。说来奇怪，皇后的头骨又开始动起来，跟着梁媛的嘴唇也一上一下地晃动。黑云和李国文惊异地看着这一幕，本来要来抓唐风的隗夔竟也停下了脚步。唐风也注意到了，梁媛正在诵念的经文就是她曾经多次念过的那一段。随着梁媛的诵念，隗夔全都安静了下来，静静地伫立在了廊柱下。

唐风冲梁媛大喊："媛媛，快，趁这些家伙没反应过来，快过来！"

李国文拉着梁媛，小心翼翼地向玉门退去。李国文紧张地注视着这些被黑云唤醒的怪兽，眼见就要闯过廊柱，突然，最后一头隗夔猛地将梁媛抓了起来。李国文一惊，再回头，为时已晚，梁媛惊叫着。唐风忙举枪射向这头隗夔，隗夔疼痛难忍抛出了梁媛。唐风想去接住梁媛，但一切都是徒劳，梁媛重重地落在了地上，手中的皇后头骨也滚落在一旁。

唐风心疼地赶忙扑到梁媛近前，轻轻抱起梁媛，不住地呼唤："媛媛，媛媛，你坚持住，我会带你走出去的。"

李国文见状，也扑到梁媛近前："媛媛，都是爸爸不好，爸爸对不起你！"

唐风看看李国文，厌恶地将他一把从梁媛身边推开，怒吼道："你有什么资格做媛媛的父亲！"

"对，唐风，你骂得对！我没有资格。如果……如果你们能出去，我希望……希望你能照顾好媛媛！"李国文这个硬汉也落下了泪水。

唐风的心忽然软了下来，他没说什么，只是默默地点了点头。

"快，你们快出来！"叶莲娜在后面催促道。

叶莲娜的话音刚落，那两个深不见底的水池突然喷出了十余米高的水柱，地下宫殿开始晃动起来，那些刚刚安静下来的隗夔又开始蠢蠢欲动。唐风和李国文一起将梁媛抬出了玉门。唐风回头望去，黑云还伫立在那高台上。此刻他看见黑云身上那件黑色的长袍，一直笼罩在他心头的恐惧早已荡然无存，在他眼中，那件长袍竟变得如此滑稽可笑！唐风不忍看黑云再执迷不悟，冲黑云喊道："黑云，你难道想和这里一起被埋葬吗？"

"不，我属于这里，我不会被埋葬的！"

"你……"唐风无奈地摇摇头，地面上的水越来越多，唐风只得退出了玉门。

叶莲娜、李国文和马卡罗夫一起关闭了玉门，众人向金门退去。但是玉门显然无法经受洪水和隗夔的进攻，隗夔暴怒着几下就击碎了华丽的玉门，冲了出来。紧跟着，汹涌的洪水也涌了出来。唐风一下子明白了一切："我明白了，地下宫殿内的水是与往生海相连的，往生海的水开始涌入地下宫殿了！"

地下宫殿剧烈摇晃起来，不断有碎石坠落。唐风抱起梁媛，快步奔到了金门。他看了看坚固的金门："或许这里可以暂时抵挡住洪水和这些凶兽。"

"不，那是不可能的！"马卡罗夫说。

"除非让水达到比较高的水位，淹死这些凶兽，否则金门也抵挡不住它们的力量！"李国文迅速判断道。

"那我们该怎么办？"叶莲娜问。

马卡罗夫看看众人，不舍地说："韩江，你出去后一定要照顾好我的叶莲娜，我不准备出去了！"

"老马，你……"唐风和韩江都被老马异常平静的态度给噎住了。

叶莲娜眼含热泪，上来要拉马卡罗夫："不，我决不能把您留下！"

"我这么大年纪，已经走不动了。我现在留在这里，能让你们出去也死而无憾了！"说着，马卡罗夫用力推了叶莲娜一把。

梁媛睁开眼睛，看了唐风一眼，想说什么却又没说出来。梁媛虚弱地想抬起手，李国文一把抓住梁媛的手："媛媛，你有什么话？"

"我……我不怪你……"梁媛说完这句话，慢慢地闭上了眼睛。

唐风和李国文号啕大哭起来。汹涌的洪水咆哮着，不断从破碎的玉门中喷涌出来。数十头隗夔也争先恐后地想从玉门内冲出，但是他们巨大的身躯显然受制于玉门狭小的空间，一时竟被卡在其中。叶莲娜举枪想打死前面两头隗夔，但就在她举枪的时候，前面几头隗夔已经冲出玉门，朝他们奔了过来。叶莲娜扣动扳机，冲在最前面的隗夔一头栽倒，但是后面的隗夔不断地涌上来。叶莲娜知道，自己是无法挡住这些凶兽的。

李国文抱着梁媛的尸体痛哭不止。当水位已经淹没他的小腿时，他知道是该做最后的决断了。

梁媛的死已经让他万念俱灰，他擦干眼泪，将梁媛的尸体交给唐风："我对不起媛媛，也对不起你们，我是个罪人，就让我来赎罪吧！"

“你……”

“我也留下来，至少可以为你们争取一些时间，权当是赎罪吧！”李国文镇定地说。忽然，李国文像是想起了什么，“你们知道 K1 是谁吗？”

“谁？刚才 K5 要说，可还没来得及说他就……”

“K1 就是梁云杰！”

“什么？梁老爷子是 K1？”唐风和韩江都无法相信。

“我也是后来才知道的。梁云杰在收到米沙的那封信后，自知力量不够，他不想让我卷进来，便主动请缨，开始组建最初的老 K。”

“这么说，我是梁老爷子推荐给老 K 的？”唐风突然明白了一切。

“没有时间了，水位再上涨就没法推动金门了！”马卡罗夫大吼了一声，猛地推出叶莲娜和唐风，然后重重地关闭了金门。

叶莲娜、唐风和韩江全都怔住了。不大一会儿，门内就传来了连绵不断的枪声和瑰夔恐怖的号叫声。三个人的心里都是一坠，进而全都落入了深深的谷底。

往生海的水涌进了地下宫殿，将淹没这里的辉煌，也将埋葬肮脏的一切。

叶莲娜扶着受伤的韩江向外走，唐风想去抱梁媛的尸体，但是地下宫殿的晃动越来越猛烈，叶莲娜冲唐风大叫道："快走！唐风！"

两行热泪在唐风的脸颊上流淌，从金门门缝中涌出的洪水已经让唐风自己都难以站立，更别说抱着梁媛的尸体了。"媛媛！"唐风最后一遍撕心裂肺地喊出梁媛的名字，亲吻了一下梁媛的面颊，然后狠心奔出了不朽之殿。

伴随着巨大的轰鸣声，宓城坚固的城墙开始坍塌，巍峨的不朽之殿也终于在屹立千年之后整个陷入了地下。三人跃过已经崩塌的城墙离开了宓城，整座城市都开始下沉，最后完全陷了下去……

当三人跌跌撞撞地走到往生海边的怯薛军碑下时，一切都恢复了平静。时大时小、水面不定的往生海彻底改变了模样，所有的地下水都汇集到了瀚海宓城。往生海的水面急剧缩减，最后汇聚成了一个湖泊——一个深不可测的湖泊！传说中的古城、无尽的宝藏、虚无缥缈的秘史、复活的凶兽、罪恶的阴谋，还有自己深爱的人，所有的一切都沉入了这个刚刚形成的湖泊——往生湖。

空中，三只雄鹰在翱翔。

唐风仰起头，失神地注视着那三只雄鹰。他多么希望自己能变成一只雄鹰，飞到高处，再去看一眼这片神奇的土地，但他已经精疲力竭。唐风双膝一软，无助地跪在往生湖边。

一切都变得虚幻起来，传说中的古城、无尽的宝藏、虚无缥缈的秘史、复活的凶兽、罪恶的阴谋，这些东西真的存在过吗？眼前的沙漠戈壁荒凉而宁静，只有风亘古不变地吹拂着细沙，将这些细小的微粒从这里带向遥远的地方。

这漫漫黄沙下究竟还隐藏着多少秘密？

忽然，唐风发现脚下的黄沙中似乎露出了一丁点儿绿色，在刺眼的阳光下，透着神秘的光泽，散发着动人心魄的气息。他慢慢拂去上面的黄沙，是那件玉璜！唐风用双手从黄沙中捧出玉璜，紧紧地握住。梁媛的音容笑貌又浮现在了他眼前，他终于确信，这一切都曾经真真切切地发生过，并将永远刻骨铭心地留存在他的记忆深处。

图书在版编目（CIP）数据

西夏死书5 / 顾非鱼著. — 北京 ： 金城出版社，2018.5

ISBN 978-7-5155-1664-6

Ⅰ. ①西… Ⅱ. ①顾… Ⅲ. ①长篇小说－中国－当代
Ⅳ. ①I247.5

中国版本图书馆CIP数据核字(2018)第071130号

西夏死书5

作　　者	顾非鱼
责任编辑	李凯丽
开　　本	787毫米×1092毫米　1/16
印　　张	17.5
字　　数	352千字
版　　次	2018年6月第1版
印　　次	2018年6月第1次印刷
印　　刷	武汉立信邦和彩色印刷有限公司
书　　号	ISBN 978-7-5155-1664-6
定　　价	36.80元

出版发行	**金城出版社** 北京市朝阳区利泽东二路3号　邮编：100102
发 行 部	（010）84254364
编 辑 部	（010）84250838
总 编 室	（010）64228516
网　　址	http://www.jccb.com.cn
电子邮箱	jinchengchuban@163.com
法律顾问	北京市安理律师事务所　18911105819